JACK LONDON · DER SEEWOLF

JACK LONDON

Der Seewolf

Roman

Illustriert von Horst Bartsch

Verlag Neues Leben Berlin

Titel der amerikanischen Originalausgabe: „The Sea-Wolf"
Ins Deutsche übertragen von Christine Hoeppener
Mit einem Nachwort von Karl-Heinz Wirzberger

ISBN 3-355-00797-8

6. Auflage, 1988
Lizenz Nr. 303 (305/370/88)
LSV 7333
Schutzumschlag: Horst Bartsch
Typografie: Gerhard Christian Schulz
Schrift: 10p Baskerville
Fotomechanischer Nachdruck
Gesamtherstellung: Karl-Marx-Werk Pößneck V15/30
Bestell-Nr. 641 066 2
00740

ERSTES BUCH

Erstes Kapitel

Ich weiß kaum, wo beginnen, wenn ich auch mitunter im Scherz die Ursache all dessen auf das Konto von Charley Furuseth schreibe. Er besaß ein Sommerhäuschen in Mill Valley, im Schatten des Mount Tamalpais, und bewohnte es nie, außer wenn er die Wintermonate vertrödelte und Nietzsche und Schopenhauer las, um sein Gehirn auszuruhen. Wenn der Sommer kam, zog er es vor, sich mit einem heißen und staubigen Dasein in der Stadt zu schinden und unablässig zu schuften. Wäre es nicht meine Gewohnheit gewesen, ihn jeden Sonnabendnachmittag zu besuchen und bis Montagmorgen zu bleiben, hätte mich dieser besondere Montagmorgen im

Januar nicht an Bord in der Bucht von San Francisco gesehen.

Nicht als hätte ich mich nicht an Bord eines zuverlässigen Fahrzeuges befunden, denn die „Martinez“ war eine neue Dampffähre und machte ihre vierte oder fünfte Fahrt auf der Strecke zwischen Sausalito und San Francisco. Die Gefahr lag in dem dichten Nebel, der die Bucht einhüllte und den ich als Landratte wenig fürchtete. Tatsächlich erinnere ich mich noch der gelinden Erregung, mit der ich mich vorn auf dem Oberdeck direkt unter das Steuerhaus stellte und meine Phantasie von dem Geheimnis des Nebels gefangennehmen ließ. Eine frische Brise wehte, und eine Zeitlang war ich allein in der feuchten Dunkelheit – obwohl nicht allein, denn undeutlich war ich mir der Anwesenheit des Steuermanns und dessen, den ich für den Kapitän hielt, in dem Glashaus über meinem Kopf bewußt.

Ich weiß noch, daß mir der Gedanke kam, wie bequem diese Arbeitsteilung sei, die mich der Notwendigkeit enthob, Nebel, Winde, Gezeiten und Navigation zu studieren, damit ich meinen Freund besuchen konnte, der auf der andern Seite des Meeresarms wohnte. Es war richtig, daß sich Menschen spezialisierten, überlegte ich. Das Sonderwissen des Steuermanns und des Kapitäns reichte aus für viele Tausende, die von der See und der Navigation nicht mehr verstanden als ich. Ich hinwiederum konzentrierte meine Kraft, statt sie dem Studium einer Unmenge von Dingen widmen zu müssen, auf ein paar wenige, besondere Dinge, wie zum Beispiel auf die Untersuchung, welchen Platz Poe in der amerikanischen Literatur einnahm – übrigens ein Essay von mir in der letzten *Atlantic*. Als ich an Bord kam und durch die Kajüte ging, hatte ich gierigen Blicks einen beleibten Herrn wahrgenommen, der die just bei meinem Essay aufgeschlagene *Atlantic* las. Und da war sie wieder, die Arbeitsteilung, die Spezialkenntnis des Steuermanns und des Kapitäns, die dem beleibten Herrn erlaubte, meine Spezialkenntnis von Poe zu studieren, während sie ihn wohlbehalten von Sausalito nach San Francisco brachten.

Ein Mann mit rotem Gesicht, der die Kajüttür hinter sich zuknallte und schwerfällig an Deck stakte, unterbrach meine Betrachtungen, wenn ich mir auch im Geist eine Anmerkung über den Gegenstand machte, um sie für einen geplanten Essay zu verwenden, den ich „Die Notwendigkeit der Freiheit: Eine Ausrede des Künstlers“ zu nennen gedachte. Der Mann mit dem roten Gesicht warf einen Blick zum Steuerhaus hinauf, starrte in die Runde auf den Nebel, stakte schwerfällig über das Deck und zurück (offenbar hatte er künstliche Beine) und blieb breitbeinig und mit einem Ausdruck bissiger Freude im Gesicht neben mir stehen. Ich hatte nicht unrecht, als ich entschied, er habe sein Leben auf See verbracht.

„Ein ekelhaftes Wetter wie dies läßt sie vor der Zeit ergrauen“, sagte er mit einer Kopfbewegung zum Steuerhaus hin.

„Ich hätte nicht gedacht, daß es etwas Besonderes ist“, erwiderte ich. „Es scheint so einfach wie das Abc. Sie wissen nach dem Kompaß die Richtung, sie kennen die Entfernung und die Geschwindigkeit. Ich würde es nicht anders als eine mathematische Gewißheit nennen.“

„Was Besonderes!“ schnaubte er. „Einfach wie das Abc! Mathematische Gewißheit!“

Er schien sich zu spannen und rückwärts in den Wind zu lehnen, während er mich anstarrte. „Was ist mit dieser Flut, die durch das Golden Gate hinausströmt?“ fragte oder brüllte er vielmehr. „Wie schnell läuft sie wieder ab? Wie ist die Abdrift, he? Horchen Sie mal! Eine Glockenboje, und wir sind auf ihrer Höhe! Geben Sie acht, sie ändern den Kurs!“

Aus dem Nebel kam das klagende Geläut einer Glocke, und ich konnte sehen, wie der Steuermann mit großer Geschwindigkeit das Rad drehte. Die Glocke, die anscheinend unmittelbar voraus gewesen war, klang jetzt von der Seite. Unsere eigene Dampfpfeife ertönte heiser, und von Zeit zu Zeit drang aus dem Nebel der Laut anderer Dampfpfeifen zu uns.

„Das ist irgendein Fährboot", sagte der Fremde und wies in die Richtung einer Pfeife zur Rechten. „Und da! Hören Sie das? Mit dem Mund geblasen. Höchstwahrscheinlich ein Fährschoner. Paß lieber auf, Mister Schoner. Ah, das hab ich mir gedacht. Jetzt ist bei jemandem die Hölle los!"

Das unsichtbare Fährboot gab ein Signal nach dem andern mit der Nebeldampfpfeife, und das mit dem Mund geblasene Horn tutete, von Entsetzen gepackt.

„Und jetzt erweisen sie sich ihre Ehrerbietung und versuchen klarzukommen", fuhr der Mann mit dem roten Gesicht fort, als das überstürzte Gepfeife verstummte.

Sein Gesicht glänzte, seine Augen blitzten vor Erregung, während er die Unterhaltung der Nebelhörner und Sirenen in verständliche Sprache übersetzte. „Was da links drauflostutet, ist eine Dampfsirene. Und hören Sie den Burschen mit dem Frosch in der Kehle – ein Dampfschoner, soweit ich es beurteilen kann, der gegen die Strömung von den Heads reingekrochen kommt."

Eine schrille kleine Pfeife, die wie wahnsinnig geworden pfiff, kam direkt von vorn und von sehr nah. Alarmglocken ertönten auf der „Martinez". Unsere Schaufelräder hielten an, ihr pulsierender Schlag erstarb, und dann bewegten sie sich aufs neue. Die schrille kleine Pfeife stieß wie das Zirpen einer Grille inmitten des Gebrülls großer Tiere mehr von der Seite durch den Nebel und wurde rasch schwach und schwächer. Ich blickte meinen Gefährten Aufklärung heischend an.

„Eine von diesen waghalsigen Barkassen", sagte er. „Ich wünschte fast, wir hätten ihn versenkt, den kleinen Lümmel! Sie verursachen noch mehr Ärger. Und wozu sind sie gut?

Jeder x-beliebige Esel schifft sich auf so einem Ding ein und läßt es unentwegt rumfahren, wobei er einen Mordskrach mit seiner Pfeife veranstaltet und der übrigen Welt anzeigt, sie soll auf ihn aufpassen, weil er kommt und nicht auf sich selber aufpassen kann! Weil er kommt! Und noch dazu soll man aufpassen! Wegerecht? Üblicher Anstand? Davon haben die keinen Begriff!"

Ich fühlte mich etwas belustigt über seinen ungerechtfertigten Zorn, und während er entrüstet auf und ab stakte, verfiel ich in meine Betrachtungen über die Romantik des Nebels. Und romantisch war er zweifellos – der Nebel, wie der graue Schatten von unendlichem Geheimnis, über dem wirbelnden Pünktchen Erde lagernd; und die Menschen, bloße Licht- und Funkenstäubchen, zu einem verrückten Gefallen an der Arbeit verdammt, reiten ihre Holz- und Stahlrösser durch das Innerste des Geheimnisses, tasten sich blind durch das Unsichtbare und lärmen und dröhnen mit dreister Rede, während ihre Herzen schwer sind von Ungewißheit und Furcht.

Die Stimme meines Gefährten brachte mich zu mir, und ich mußte lachen. Auch ich hatte getastet und war umhergetappt, während ich klaren Blicks durch das Geheimnis zu dringen glaubte.

„Hallo! Da kommt jemand in unsre Richtung", sagte er. „Und hören Sie das? Er kommt schnell. Unbeirrt. Vermutlich hört er uns noch nicht. Der Wind steht in der falschen Richtung."

Die frische Brise blies uns genau entgegen, und ich konnte deutlich die Dampfpfeife vernehmen, etwas seitlich und ein wenig voraus.

„Fährboot?" fragte ich.

Er nickte und setzte dann hinzu: „Sonst würd' er nicht so'n Tempo halten." Er lachte kurz auf. „Da oben werden sie unruhig."

Ich blickte hoch. Der Kapitän hatte Kopf und Schultern aus

dem Steuerhaus gestreckt und starrte gespannt in den Nebel, als könne er ihn durch bloße Willenskraft durchdringen. Sein Gesicht war sorgenvoll wie das Gesicht meines Gefährten, der zur Reling gestakt war und mit gleicher Spannung in die Richtung der unsichtbaren Gefahr blickte.

Dann geschah sehr viel und mit unfaßbarer Schnelligkeit. Der Nebel schien sich, wie durch einen Keil gespalten, zu zerteilen, und der Bug eines Dampfbootes tauchte auf, zu beiden Seiten Nebelschwaden mitziehend wie Seegras an der Nase des Leviathan. Ich konnte das Steuerhaus sehen und einen weißbärtigen Mann, der sich auf den Ellbogen halb hinauslehnte. Er trug eine blaue Uniform, und ich weiß noch, daß mir auffiel, wie adrett und ruhig er war. Seine Ruhe unter diesen Umständen war schrecklich. Er empfing das Verhängnis, ging mit ihm Hand in Hand und erwog gelassen den Schlag. Während er dort lehnte, ließ er einen ruhigen und forschenden Blick über uns hingleiten, wie um den genauen Punkt des Zusammenstoßes auszumachen, und nahm überhaupt keine Notiz davon, als unser Steuermann bleich vor Wut schrie: „Jetzt habt ihr's geschafft!"

Da ich nun zurückschaue, ist mir klar, daß die Bemerkung zu einleuchtend war, einer Erwiderung zu bedürfen.

„Packen Sie irgendwas und halten Sie sich dran fest", sagte der Mann mit dem roten Gesicht zu mir. Seine ganze Großtuerei war dahin, und er schien von der übernatürlichen Ruhe angesteckt zu sein. „Und hören Sie, wie die Weiber kreischen", sagte er grimmig – fast bitter, kam es mir vor, als habe er die Erfahrung bereits früher gemacht.

Die Fahrzeuge stießen zusammen, ehe ich seinen Rat befolgen konnte. Wir mußten wohl genau mitschiffs getroffen worden sein, denn ich sah nichts, als das fremde Dampfboot aus meinem Gesichtskreis verschwunden war. Die „Martinez" legte sich stark auf die Seite, und es gab ein Krachen und Bersten von Holz. Ich wurde platt auf das nasse Deck geworfen, und ehe ich mich hochrappeln konnte, hörte ich das Geschrei der Frauen. Dies war es zweifellos – diese ganz unbeschreiblich haarsträubenden Laute –, was mich in Panik versetzte. Mir fielen die in der Kajüte gestapelten Rettungsgürtel ein, aber an der Tür stieß ich auf einen wilden Ansturm von Männern und Frauen und wurde zurückgefegt. Was in den nächsten paar Minuten geschah, weiß ich nicht mehr, obwohl ich eine deutliche Erinnerung habe, daß ich von den oben befindlichen Gestellen Rettungsgürtel zerrte, die der Mann mit dem roten Gesicht einem Haufen hysterischer Weiber um den Leib befestigte. Diese Erinnerung ist so deutlich und scharf wie die an irgendein Bild, das ich sah. Es ist ein Bild, und ich kann es jetzt noch sehen – die schartigen Ränder des Lochs in der Kajütenwand, durch das der graue Nebel wirbelte und kreiste; die leeren Polsterbänke, kunterbunt bedeckt mit all den Zeugnissen jäher Flucht: Paketen, Handtaschen, Regenschirmen und Umschlagtüchern; den beleibten Herrn, der meinen Essay gelesen hatte, von Kork und Segeltuch umschlossen, immer noch die Zeitschrift in der Hand und mit eintöniger Beharrlichkeit die Frage an mich richtend, ob ich glaube, daß irgendwelche Gefahr bestehe; den Mann mit dem roten Gesicht, der auf seinen künstlichen Beinen tapfer umherstakte und allen Ankommenden Rettungsgürtel umschnallte; und schließlich das kreischende Tollhaus von Frauen.

Ja, es war das Gekreisch der Frauen, das mir am meisten auf die Nerven fiel. Es muß auch dem Mann mit dem roten Gesicht auf die Nerven gefallen sein, denn ich sehe ein anderes Bild, das mir nie aus dem Gedächtnis schwinden wird. Der beleibte Herr stopft die Zeitschrift in seine Überrocktasche und schaut neugierig zu. Eine wirre Schar von Frauen mit erschöpften weißen Gesichtern und offenen Mündern kreischt wie ein Chor verlorener Seelen, und der Mann mit dem roten Gesicht, jetzt purpurn vor Zorn und die Arme nach oben gestreckt, als schleudere er Blitze, brüllt: „Aufhören! Oh, hören Sie auf!"

Ich erinnere mich, daß mich der Anblick zu unvermutetem Gelächter reizte, und im nächsten Augenblick wurde mir klar, daß ich selbst hysterisch wurde, denn dies waren Frauen meiner Gesellschaftsschicht wie meine Mutter und meine Schwestern, mit der Todesfurcht in sich und nicht gewillt zu sterben. Und ich weiß noch, daß die Töne, die sie von sich gaben, mich an das Quieken von Schweinen unterm Messer des Schlächters erinnerten, und ich wurde von Grausen gepackt über die lebhafte Ähnlichkeit. Diese Frauen, der erhabensten Gemütsbewegungen fähig, der zartesten Mitgefühle, standen offenen Mundes und schrien gellend. Sie wollten leben, sie waren hilflos wie Ratten in der Falle und schrien.

Das Grausige daran trieb mich an Deck. Ich empfand Übelkeit und Ekel und setzte mich auf eine Bank. Verschwommen sah und hörte ich Männer rennen und rufen, die sich bemühten, die Boote hinabzulassen. Es war genauso wie die Schilderungen solcher Szenen, die ich in Büchern gelesen hatte. Die Taljen klemmten. Nichts funktionierte. Ein Boot gelangte ohne Zapfen hinunter, voller Frauen und Kinder und dann voll Wasser, und kenterte. Ein anderes Boot war an einem Ende hinabgelassen und hing mit dem anderen immer noch in der Talje, wo man es aufgegeben hatte. Nichts war von dem fremden Dampfboot zu sehen, das das Unheil verursacht hatte, wenn ich auch Leute sagen hörte, es werde uns zweifellos Boote zu Hilfe schicken.

Ich stieg zum Zwischendeck hinab. Die „Martinez" sank rasch. Viele Passagiere sprangen über Bord. Andere, im Wasser, schrien danach, wieder an Bord genommen zu werden. Niemand beachtete sie. Ein Schrei erhob sich, wir sänken. Ich wurde von der nachfolgenden Panik ergriffen und ging in einer Woge von Leibern über Bord. Wie ich über Bord kam, weiß ich nicht, aber ich erkannte, und augenblicklich, warum

die im Wasser so begierig waren, wieder auf den Dampfer zu gelangen. Das Wasser war kalt – so kalt, daß es weh tat. Der jähe Schmerz, als ich hineintauchte, war heftig und scharf wie von Feuer. Es biß mir ins Mark. Es war wie der Griff des Todes. Ich keuchte vor Angst und infolge des Schlages, den es mir versetzte, als es meine Lungen füllte, ehe mich der Rettungsgürtel an die Oberfläche schnellte. Der Salzgeschmack in meinem Mund war streng, und ich würgte an dem beißenden Zeug in meiner Kehle und Lunge.

Aber am qualvollsten war die Kälte. Ich fühlte, daß ich nur wenige Minuten am Leben bleiben konnte. Um mich her kämpften und zappelten Leute im Wasser. Ich konnte hören, wie sie einander zuschrien. Und ich vernahm auch das Geräusch von Riemen. Offenbar hatte das fremde Dampfschiff seine Boote hinabgelassen. Als die Zeit verstrich, wunderte ich mich, daß ich noch lebte. In meinen unteren Gliedmaßen hatte ich überhaupt kein Gefühl mehr, während eine eisige Erstarrung mein Herz umschloß und in sein Inneres kroch. Kleine Wellen mit gehässig schäumenden Kämmen brachen unaufhörlich über meinem Kopf und in meinen Mund und stürzten mich in weitere erstickende Krampfanfälle.

Die Geräusche wurden undeutlich, doch vernahm ich einen letzten und verzweifelten Chor von Schreien in der Ferne und wußte, daß die „Martinez" untergegangen war. Später – wieviel später, weiß ich nicht – kam ich mit einem plötzlichen Ausbruch von Angst zu mir. Ich war allein. Ich konnte keine Rufe oder Schreie hören – nur den Laut der Wellen, gespenstisch hohl und hallend im Nebel. Eine Panik in einer Menge, die eine Art gemeinschaftlichen Interesses teilt, ist nicht so schrecklich wie eine Panik, wenn man allein ist, und eine solche Panik erfuhr ich. Wohin trieb ich? Der Mann mit dem roten Gesicht hatte gesagt, die Flut laufe durch das Golden Gate ab. Wurde ich also aufs Meer hinausgetragen? Und der Rettungsgürtel, in dem ich schwamm? War er nicht angetan, jeden Augenblick in Stücke zu gehen? Ich hatte von solchen Dingern gehört, die aus Papier und lockeren Binsen gemacht waren, sich rasch vollsaugten und jede Tragfähigkeit verloren. Und ich konnte nicht einen Schlag schwimmen. Und ich war allein und trieb offenbar inmitten einer grauen urzeitlichen Unermeßlichkeit. Ich gestehe, daß mich Wahnsinn packte, daß ich laut schrie, wie die Frauen geschrien hatten, und mit meinen erstarrten Händen auf das Wasser schlug.

Wie lange das dauerte, davon habe ich keine Vorstellung, denn dazwischen lag eine Dunkelheit, von der ich nicht mehr in Erinnerung habe, als man von einem unruhigen und quälenden Schlaf behält. Als ich erwachte, war es wie nach Jahrhunderten, und ich erblickte, fast über mir und aus dem Nebel tauchend, den Bug eines Schiffes und drei dreieckige Segel, jedes genau über das andere greifend und gefüllt mit Wind. Wo der Bug durch das Wasser schnitt, schäumte und gurgelte es heftig, und anscheinend befand ich mich genau auf seinem Weg. Ich versuchte laut zu rufen, war jedoch zu erschöpft. Der Bug tauchte nieder, verfehlte mich um ein Haar und ließ mir einen Wasserschwall über den Kopf klatschen. Dann glitt die lange, dunkle Schiffswand vorbei, so dicht, daß ich sie mit den Händen hätte berühren können. Ich versuchte, nach ihr zu langen, in einer wahnsinnigen Entschlossenheit, mich mit meinen Nägeln in das Holz zu krallen, aber meine Arme waren schwer und leblos. Wieder bemühte ich mich zu rufen, brachte aber keinen Ton heraus.

Das Heck des Schiffes schoß vorüber und sank dabei in eine Höhlung zwischen den Wellen, und ich erhaschte einen Blick auf einen Mann, der am Steuerrad stand, und auf einen anderen, der anscheinend nur damit beschäftigt war, eine Zigarre zu rauchen. Ich sah den Rauch von seinen Lippen wehen, als er langsam den Kopf wandte und über das Wasser in meine Richtung blickte. Es war ein gleichgültiger, zielloser Blick, etwas von diesen zufälligen Dingen, die Menschen tun, wenn sie keinen unmittelbaren Anlaß haben, etwas Besonderes zu tun, sondern handeln, weil sie leben und etwas tun müssen.

Aber Leben und Tod lagen in diesem Blick. Ich konnte sehen, wie das Schiff vom Nebel verschluckt wurde, ich sah den Rücken des Mannes am Steuerrad und den Kopf des anderen Mannes, der sich drehte, langsam drehte, als sein Blick auf das Wasser traf und sich zufällig vom Wasser zu mir hob. Sein Gesicht trug einen abwesenden Ausdruck, wie in tiefen Gedanken, und ich bekam Angst, er würde mich, wenn seine Augen auf mich fielen, trotzdem nicht sehen. Aber seine Augen fielen auf mich und blickten genau in die meinen, und er sah mich, denn er sprang zum Steuerrad, stieß den anderen Mann beiseite und wirbelte es rund und rund, Hand über Hand, wobei er gleichzeitig irgendwelche Befehle brüllte. Das Schiff schien plötzlich von seinem früheren Kurs abzugehen und schoß fast sofort aus meinem Blickfeld in den Nebel.

Ich fühlte, wie ich bewußtlos wurde, und versuchte mit der ganzen Kraft meines Willens, die erstickende Leere und Dunkelheit, die sich um mich erhob, zu besiegen. Ein wenig später vernahm ich den Schlag von Riemen, der näher und näher kam, und die Rufe eines Mannes. Als er ganz nah war, hörte ich ihn ärgerlich brüllen: „Warum zum Teufel rufst du nicht?"

Damit bin ich gemeint, dachte ich, und dann schlugen die Leere und die Dunkelheit über mir zusammen.

Zweites Kapitel

Ich schien in einem gewaltigen Rhythmus durch eine unermeßliche Himmelsbahn zu schwingen. Funkelnde Lichtpunkte sprühten und schossen an mir vorbei. Es waren Sterne, wußte ich, und lodernde Kometen, die meinen Flug unter den Sonnen umschwärmten. Als ich die Grenze meines Schwunges erreicht hatte und mich anschickte, im Gegenschwung zurückzusausen, schlug ein mächtiger Gong an und donnerte. Eine unmeßbare Zeitspanne, überspült vom Plätschern geruhsamer Jahrhunderte, genoß ich und sann über meinen ungeheuren Flug nach.

Doch eine Veränderung kam über die Gestalt meines Traumes, denn ein Traum, sagte ich mir, mußte es sein. Mein Rhythmus wurde kürzer und kürzer. Ich wurde mit aufregender Hast von Schwung zu Gegenschwung geschleudert. Ich vermochte kaum Atem zu holen, so ungestüm wurde ich durch den Himmel getrieben. Der Gong donnerte häufiger und wütender. Ich begann ihn mit namenlosem Entsetzen zu erwarten. Dann schien es, als werde ich über schmerzhaft reibende Sandwüsten geschleift, die weiß in der Sonne glühten. Das gab einem Gefühl unerträglicher Pein Raum. Meine Haut röstete in der Feuerqual. Der Gong klang und tönte. Die funkelnden Lichtpunkte blitzten in einem endlosen Strom an mir vorbei, als falle das ganze Sternensystem in den leeren Raum. Ich keuchte, holte mühsam Luft und öffnete die Augen. Zwei Männer knieten neben mir und bearbeiteten mich. Mein gewaltiger Rhythmus war das Heben und Senken eines Schiffes auf See. Der entsetzliche Gong war eine an der Wand hängende Bratpfanne, die bei jedem Sprung des Schiffes klapperte und klirrte. Die schmerzhaft reibenden, röstenden Sandwüsten waren die harten Hände eines Mannes, die meine nackte Brust frottierten. Ich krümmte mich unter dem Schmerz, den mir das verursachte, und hob halb den Kopf. Meine Brust war wund und rot, und aus der zerfetzten und entzündeten Haut konnte ich winzige Blutkügelchen treten sehen.

„Das langt, Yonson", sagte einer der Männer. „Kannst du nich sehn, daß du dem Herrn verdammt noch mal das ganze Fell hast abgeschrubbt?"

Der mit Yonson Angeredete, ein Mann von schwerfälligem,

skandinavischem Typ, hörte auf, mich zu frottieren, und erhob sich verlegen. Der Mann, der zu ihm gesprochen hatte, war ohne Zweifel ein Cockney, mit der zartgebauten Gestalt und dem schlaffen, hübschen, fast weibischen Gesicht eines Mannes, der den Klang der Bow Bells mit der Muttermilch eingesogen hat. Eine schmutzige Nesseltuchmütze auf seinem Kopf und ein verdreckter Jutesack um seine schmalen Hüften wiesen ihn als den Koch der entschieden schmutzigen Schiffskombüse aus, in der ich mich sah.

„Und wie fühl'n Sie Ihnen nu, Sir?" fragte er mit dem beflissenen, gezierten Grinsen, das nur aus Generationen trinkgelderstrebender Ahnen hervorgeht.

Als Antwort wand ich mich kraftlos in eine sitzende Stellung, und Yonson half mir auf die Beine. Das Geklirr und Getöse der Bratpfanne zerrte gräßlich an meinen Nerven. Ich war nicht imstande, meine Gedanken zu sammeln. Indem ich haltsuchend nach der Holzverkleidung der Kombüse griff – und ich gestehe, daß mir der schmierige Belag den Magen umdrehte –, langte ich über einen heißen Kochherd nach dem ärgerlichen Gerät, hakte es ab und zwängte es sicher in einen Kohlenkasten.

Der Koch grinste über meine Schaustellung hysterischer Nervenschwäche und drückte mir mit einem „Da, das wird Sie guttun" einen dampfenden Henkelbecher in die Hand. Es war ein ekelhaftes Gesöff – Schiffskaffee –, aber seine Wärme belebte mich wieder. Während ich das flüssige Zeug Schluck um Schluck trank, blickte ich auf meine wunde, blutende Brust und wandte mich an den Skandinavier.

„Vielen Dank, Mister Yonson", sagte ich, „aber meinen Sie nicht, daß Ihre Maßnahmen etwas kräftig waren?"

Weil er den Vorwurf, mehr aus meiner Bewegung als aus meinen Worten, begriff, hob er, um sie zu prüfen, seine Handfläche. Sie war ungewöhnlich schwielig. Ich fuhr mit der Hand über die hornigen Vorsprünge, und abermals drehte sich mir der Magen um bei dem dabei hervorgerufenen gräßlichen Gefühl schmerzhafter Reibung.

„Mein Name ist Johnson, nicht Yonson“, sagte er in sehr gutem, wenn auch schwerfälligem Englisch mit kaum mehr als einer Spur von Akzent.

Ein milder Protest lag in seinen blaßblauen Augen und zugleich ein schüchterner Freimut und eine Männlichkeit, die mich sehr für ihn einnahmen.

„Vielen Dank, Mister Johnson“, verbesserte ich mich und reichte ihm die Hand hin.

Er zögerte, verlegen und scheu, legte sein Gewicht von einem Bein auf das andere und ergriff dann unbeholfen meine Hand zu einem herzhaften Druck.

„Haben Sie irgendwelche trockenen Kleidungsstücke, die ich anziehen kann?“ fragte ich den Koch.

„Ja, Sir“, antwortete er mit munterer Bereitwilligkeit. „Ich werd runterlaufen und in meiner Kiste nachsehn, wenn Sie nichts dagegen haben, Sir, meine Sachen zu tragen.“

Er ging gebückt durch die Kombüsentür oder glitt vielmehr mit einer Behendigkeit und Glattheit der Bewegung hindurch, die mich nicht so sehr katzenhaft wie ölig anmutete. Tatsächlich war diese Öligkeit oder Schmierigkeit, wie ich später erfahren sollte, wahrscheinlich der bemerkenswerteste Ausdruck seiner Persönlichkeit.

„Und wo bin ich?“ fragte ich Johnson, den ich, und mit Recht, für einen der Matrosen hielt. „Was ist dies für ein Schiff, und wohin fährt es?“

„Von den Farallones nach Südwesten“, antwortete er langsam und methodisch, als suche er nach seinem besten Englisch und sei bemüht, sich streng an die Reihenfolge meiner Fragen zu halten. „Schoner ‚Ghost‘, unterwegs nach Japan zur Robbenjagd.“

„Und wer ist der Kapitän? Ich muß ihn sprechen, sobald ich mich umgezogen habe.“

Johnson blickte verwirrt und verlegen drein. Er zögerte, während er in seinem Wortschatz suchte und eine fertige Antwort formte. „Der Kapitän ist Wolf Larsen, oder so wenigstens wird er genannt. Seinen andern Namen habe ich nie gehört. Aber sprechen Sie lieber sanft mit ihm. Er ist heute morgen toll. Der Steuermann ..."

Doch er sprach nicht zu Ende. Der Koch war hereingeglitten.

„Pack dir lieber, Yonson", sagte er. „Der Alte wird dir an Deck brauchen, und du hast nich über ihn zu schimpfen."

Johnson wandte sich gehorsam zur Tür, wobei er mich über die Schulter des Kochs hinweg mit einem merkwürdig feierlichen und unheilverkündenden Zwinkern bedachte, als wolle er seine unterbrochene Bemerkung und die Notwendigkeit unterstreichen, sanft mit dem Kapitän zu reden.

Über dem Arm des Kochs hingen eine Reihe übelaussehender und streng riechender Kleidungsstücke.

„Ich hatt' sie feucht weggelegt, Sir", geruhte er zu erklären. „Aber Sie müssen schon mit vorliebnehmen, bis daß ich Ihnen Ihre am Feuer hab getrocknet."

An die Holzwand gestützt und schwankend beim Rollen des Schiffes, gelang es mir mit Hilfe des Kochs, in ein grobes wollenes Unterhemd zu schlüpfen. Bei der rauhen Berührung lief mir sofort eine Gänsehaut über. Mein unwillkürliches Zusammenzucken und verzerrtes Gesicht entgingen ihm nicht, grinsend bemerkte er: „Ich will man bloß hoffen, daß Sie sich nich müssen an so was im Leben gewöhnen, indem daß Sie 'ne verdammt zarte Haut haben, mehr wie von 'ner Dame als wie sonstwer, wo ich kenne. Ich bin gleich, wo ich Ihnen sah, verdammt sicher gewesen, daß Sie 'n feiner Herr sind."

Ich hatte von Anfang an einen Widerwillen gegen ihn gefaßt, und als er mir beim Ankleiden half, wuchs dieser Widerwille. Etwas Abstoßendes lag in seiner Berührung. Schaudernd wich ich vor seiner Handreichung zurück, mein

Fleisch empörte sich. Und dies und die Gerüche mehrerer Kochtöpfe, in denen es auf dem Kombüsenherd kochte und brodelte, trieben mich zur Eile, an die frische Luft zu kommen. Überdies hatte ich das Bedürfnis, mit dem Kapitän zu sprechen, wie er es einrichten könne, mich an Land zu setzen.

Ein billiges Baumwollhemd mit ausgefranstem Kragen und einem Vorderteil, das durch etwas, was ich für alte Blutflecke hielt, verfärbt war, wurde mir unter einem ununterbrochenen Rechtfertigungsfeuer von Erklärungen übergestreift. Meine Füße steckten in schweren Arbeiterschuhen, und als Hosen bekam ich fahlblaue, verwaschene Überhosen, bei denen ein Bein ganze zehn Zoll kürzer war als das andere. Das verkürzte Bein sah aus, als hätte der Teufel dort nach der Seele des Cockneys gegriffen und irrtümlicherweise das Abbild für den Inhalt genommen.

„Und wem habe ich für diese Freundlichkeit zu danken?" fragte ich, als ich vollständig angekleidet war, ein winziges Knabenmützchen auf dem Kopf und als Rock eine schmutzige gestreifte Baumwolljacke, die mir bis zum Kreuz ging und deren Ärmel nur eben über die Ellbogen reichten.

Der Koch richtete sich auf gespreizt unterwürfige Weise hoch, ein um Entschuldigung bittendes Grinsen auf dem Gesicht. Nach meiner Erfahrung mit Stewards auf Atlantikschiffen am Ende der Reise hätte ich schwören können, er warte auf sein Trinkgeld. Jetzt, nach meiner besseren Kenntnis dieses Menschen, weiß ich, daß die Haltung unbewußt war. Zweifellos kam sie auf das Konto ererbter Servilität.

„Mugridge, Sir", antwortete er kriecherisch, während seine weibischen Züge zu einem schmierigen Lächeln zerliefen. „Thomas Mugridge, Sir, zu Ihren Diensten."

„Gut, Thomas", sagte ich. „Ich werde Sie nicht vergessen – wenn meine Kleider trocken sind."

Ein mildes Licht überzog sein Gesicht, und seine Augen funkelten, als wären in den Tiefen seines Wesens seine

Ahnen zum Leben erwacht und regten sich in undeutlichen Erinnerungen an Trinkgelder, die sie zu früheren Lebzeiten erhalten hatten.

„Vielen Dank, Sir“, sagte er, in der Tat sehr dankbar und sehr unterwürfig.

Genau wie die Tür zurückglitt, glitt er beiseite, und ich trat auf das Deck hinaus. Ich war immer noch schwach von meiner langen Taufe. Ein Windstoß packte mich, und ich taumelte über das unruhige Deck zu einer Ecke der Kajüte, an die ich mich haltsuchend klammerte. Der Schoner legte sich weit auf die Seite und tauchte mit einer Verbeugung in die langen Wogen des Pazifiks. Wenn er auf Kurs Südwest lief, wie Johnson gesagt hatte, dann mußte der Wind, dachte ich, fast aus Süden blasen. Der Nebel war verschwunden, und statt dessen funkelte flirrend die Sonne auf der Wasserfläche. Ich wandte mich nach Osten, wo meines Wissens Kalifornien liegen mußte, konnte aber nichts als tiefliegende Nebelbänke sehen – zweifellos desselben Nebels, der das Unglück über die „Martinez“ gebracht und mich in die gegenwärtige Lage versetzt hatte. Nach Norden zu und nicht weit entfernt erhob sich eine Gruppe kahler Klippen über der See, und auf einer konnte ich einen Leuchtturm erkennen. Im Südwesten und fast auf unserm Kurs erblickte ich die pyramidenförmigen Umrisse der Segel eines Schiffes.

Als ich meine Prüfung des Horizonts beendet hatte, wandte ich mich meiner unmittelbareren Umgebung zu. Mein erster Gedanke war, daß ein Mann, der einen Zusammenstoß erlebt hatte und dem Tode nahe gewesen war, mehr Aufmerksamkeit verdiene, als sie mir zuteil wurde. Außer einem Matrosen am Steuerrad, der neugierig über das Kajütendach glotzte, schenkte mir niemand irgendwelche Beachtung.

Alle schienen sich dafür zu interessieren, was mittschiffs vor sich ging. Dort lag mit dem Rücken auf einem Lukendeckel ein großer Mann. Er war vollständig bekleidet, obwohl sein Hemd vorn aufgerissen war. Trotzdem war von seiner Brust nichts zu sehen, denn eine Masse schwarzen Haares, das wie das pelzige Fell eines Hundes anmutete, bedeckte sie. Gesicht und Hals waren unter einem schwarzen, graumelierten Bart verborgen, der spröde und buschig gewesen wäre, hätte er nicht schlapp und glatt von Wasser getrieft. Die Augen hatte er geschlossen, und er war anscheinend bewußtlos; aber sein Mund stand weit offen, und seine Brust hob sich wie am Ersticken, während er geräuschvoll nach Atem rang. Von Zeit zu Zeit und ganz methodisch wie etwas Routinemäßiges ließ ein Matrose an einem Tauende einen Segeltucheimer ins Meer, holte ihn Hand unter Hand herauf und goß seinen Inhalt über den Liegenden.

Wütend an einem Zigarrenstummel kauend, ging vor der Luke auf und ab jener Mann, dessen zufälliger Blick mich aus der See errettet hatte. Er mochte an Wuchs fünf Fuß zehn Zoll oder zehneinhalb messen, aber das war nicht mein erster Eindruck oder meine erste Empfindung von dem Mann, sondern der seiner Kraft. Und doch, obgleich er massiv gebaut war, mit breiten Schultern und starker Brust, könnte ich seine Kraft nicht als massiv bezeichnen. Sie war das, was man eine sehnige, knorrige Kraft nennen könnte, solcherart, wie wir sie mageren, drahtigen Männern zuschreiben, die jedoch bei ihm wegen seines gewichtigen Körperbaus mehr von einem Gorilla hatte. Nicht daß er in seinem Äußern auch nur im geringsten einem Gorilla glich. Was ich wiederzugeben suche, ist diese Kraft an sich, gleichsam als etwas von seiner körperlichen Erscheinung Getrenntes. Es war eine Kraft, die wir mit primitiven Geschöpfen zu verknüpfen pflegen, mit wilden Tieren und jenen Kreaturen, die wir uns als unsere baumbewohnenden Urbilder denken – eine ursprünglich wilde, grausame, lebendige Kraft, die Substanz des Lebens, in dem sie die Macht der Bewegung ist, der Urstoff, woraus die mannigfaltigen Formen des Lebens geknetet sind, kurzum jene Kraft, die sich noch im Körper der Schlange windet, wenn ihr der Kopf abgeschlagen und die Schlange als Schlange tot ist, oder die noch verweilt in dem formlosen Klumpen Schildkrötenfleisch und zurückweicht und zittert, wenn man mit dem Finger danach sticht.

Diesen Eindruck von Kraft erhielt ich von dem Mann, der auf und ab ging. Er stand fest auf seinen Beinen, stark und sicher schlugen seine Füße auf das Deck, jede Bewegung eines Muskels, vom Heben der Schultern bis zum festen Schluß der Lippen um die Zigarre, war entschieden und schien aus einer Kraft herzurühren, die ungewöhnlich und überwältigend war. Obgleich jede seiner Handlungen von dieser Kraft durchdrungen war, schien sie mir in Wahrheit nur wie eine Ankündigung einer größeren Kraft, die in ihm lauerte, die schlummernd lag und sich nur von Zeit zu Zeit regte, aber jeden Augenblick erwachen konnte, schrecklich und zwingend, wie der Grimm eines Löwen oder das Wüten eines Sturmes.

Der Koch streckte den Kopf aus der Kombüsentür und grinste mir ermunternd zu, während er gleichzeitig den Daumen in die Richtung des Mannes stieß, der vor der Luke auf und ab ging. Auf diese Weise gab er mir zu verstehen, daß jener der Kapitän sei, der „Alte", nach der Mundart des Kochs, der Mensch, mit dem ich sprechen und den ich darum bemühen mußte, mich irgendwo an Land zu setzen. Ich hatte bereits Anlauf genommen, um hinter mich zu bringen, was bestimmt stürmische fünf Minuten werden würden, als der unglückliche, auf dem Rücken liegende Mensch von einem noch heftigeren Erstickungsanfall gepackt wurde. Krampfhaft drehte und wand er sich. Das Kinn mit dem nassen schwarzen Bart zeigte höher in die Luft, da sich die Rückenmuskeln steiften und die Brust in dem unbewußten, instinktiven Bemühen schwoll, mehr Luft zu bekommen. Ich wußte, daß unter dem Backenbart und nicht wahrnehmbar die Haut eine purpurne Färbung annahm.

Der Kapitän oder Wolf Larsen, wie ihn die Leute nannten, blieb stehen und blickte auf den Sterbenden nieder. So heftig war dieses letzte Ringen geworden, daß der Matrose innehielt in seiner Bewegung, ihn mit Wasser zu überschütten, und neugierig starrte, den Segeltucheimer halb geneigt, so daß sein Inhalt auf das Deck tropfte. Der Sterbende trommelte mit den Fersen auf den Lukendeckel, streckte die Beine aus, erstarrte in einer großen, gespannten Anstrengung und rollte den Kopf von einer Seite zur andern. Dann erschlafften die

Muskeln, der Kopf hörte auf zu rollen, und ein Seufzer gleichsam tiefer Erlösung stieg von seinen Lippen empor. Die Kinnlade klappte herunter, die Oberlippe hob sich, und zwei Reihen tabakverfärbter Zähne wurden sichtbar. Es war, als seien seine Züge zu einem teuflischen Grinsen über die Welt gefroren, die er verlassen und überlistet hatte.

Dann geschah etwas ganz Unerwartetes. Wie ein Donnerschlag ging der Kapitän auf den Toten los. In einem unaufhörlichen Strom rollten Flüche von seinen Lippen. Und es waren keine geistlosen Flüche oder bloße Äußerungen der Unziemlichkeit. Jedes Wort war eine Gotteslästerung, und es gab deren viele. Sie knisterten und knatterten wie elektrische Funken.

Nie in meinem Leben hatte ich ähnliches gehört oder für möglich gehalten. Bei meiner eigenen Neigung zu literarischer Ausdrucksweise und meiner Vorliebe für starke Bilder und Sätze wußte ich sicherlich wie kein anderer Zuhörer die eigentümliche Lebendigkeit und Kraft und die uneingeschränkte Blasphemie seiner Metaphern zu würdigen. Die Ursache all dessen, soweit ich sie herausfinden konnte, war, daß jener Mann, der Steuermann, vor der Abfahrt von San Francisco versackt und dann so geschmacklos gewesen war, zu Beginn der Reise zu sterben und Wolf Larsen ungenügend bemannt zu lassen.

Es erübrigt sich wohl, wenigstens meinen Freunden, zu sagen, daß ich schockiert war. Flüche und jederlei gemeine Sprache haben mich stets abgestoßen. Ich fühlte mich schlapp, mutlos, und ich könnte ebenso sagen, mir war schwindlig. Für mich war der Tod stets mit Feierlichkeit und Würde verbunden gewesen. Friedvoll, wenn er eintrat, geheiligt, wenn seine Feier stattfand. Tod in seiner schmutzigeren und gräßlicheren Erscheinung war etwas, was ich bislang nicht gekannt hatte. Wie gesagt, während ich die Macht der schreckerregenden Anklage zu würdigen wußte, die aus Wolf Larsens Mund flutete, war ich doch unsagbar entrüstet. Der sengende Strom genügte, das Gesicht des Leichnams zu verdorren. Ich wäre nicht überrascht gewesen, hätte sich der nasse schwarze Bart geringelt und gekräuselt und wäre in Rauch und Flammen aufgelodert. Aber der Tote blieb unbeteiligt. Er fuhr fort, in hämischem Spaß, schamlosem Hohn und gemeiner Herausforderung zu grinsen. Er war Herr der Situation.

Drittes Kapitel

So plötzlich, wie er begonnen hatte, hörte Wolf Larsen auf zu fluchen. Er zündete seine Zigarre wieder an und schaute um sich. Zufällig fiel sein Blick auf den Koch.

„Na, Smutje?“ sagte er mit einer Leutseligkeit, die kalt und wie Stahl beschaffen war.

„Ja, Sir“, warf der Koch eifrig mit beschwichtigender und verteidigender Unterwürfigkeit ein.

„Meinst du nicht, du hast dir jetzt lange genug den Hals ausgereckt? Das ist ungesund. Der Steuermann ist hin, deshalb kann ich mir nicht leisten, dich auch noch zu verlieren. Du mußt sehr, sehr bedacht sein auf deine Gesundheit, Smutje. Verstanden?“

Das letzte Wort, in auffallendem Gegensatz zu der milden Freundlichkeit des vorher Gesagten, knallte wie ein Peitschenhieb. Der Koch erbebte unter ihm.

„Ja, Sir“, war die schwache Antwort, während der anstößige Kopf in der Kombüse verschwand.

Nach diesem allgemeinen Tadel, den der Koch nur auf sich gelenkt hatte, verlor die übrige Mannschaft das Interesse und machte sich an die eine oder andere Arbeit. Eine Anzahl Männer jedoch, die auf einer Kajüttreppe zwischen der Kombüse und dem Lukendeckel herumlungerten und keine Matrosen zu sein schienen, unterhielten sich weiter mit leiser

Stimme. Später erfuhr ich, daß sie Jäger waren, jene Männer, die die Robben schossen, ein dem gewöhnlichen Seemannsvolk weit überlegener Schlag.

„Johansen!“ rief Wolf Larsen. Gehorsam trat ein Matrose vor. „Hol dir Segelhandschuh und Nadel und näh den Schurken ein. Im Segelkasten findest du alte Leinwand. Mach’s ordentlich.“

„Was soll ich ihm an die Füße geben, Sir?“ fragte der Mann nach dem üblichen: „Jawohl, Sir.“

„Dafür werden wir sorgen“, antwortete Wolf Larsen und hob seine Stimme zu dem Ruf: „Smutje!“

Thomas Mugridge tauchte wie ein Schachtelmännchen aus seiner Kombüse auf.

„Geh runter und füll einen Sack mit Kohlen.“

„Hat einer von euch Burschen ’ne Bibel oder ’n Gebetbuch?“ lautete die nächste Forderung des Kapitäns, diesmal an die auf der Kajüttreppe herumlungernden Jäger.

Sie schüttelten den Kopf, und einer machte eine witzige Bemerkung, die ich nicht mitbekam, die jedoch allgemeines Gelächter hervorrief.

Wolf Larsen stellte das gleiche Verlangen an die Matrosen. Bibeln und Gebetbücher schienen seltene Artikel zu sein, aber einer von den Männern erbot sich, die Nachforschungen bei der Freiwache fortzusetzen, und kehrte nach einer Minute mit der Auskunft zurück, da gäbe es nichts dergleichen.

Der Kapitän zuckte die Schultern. „Dann werden wir ihn ohne Gewäsch über Bord schieben, wenn nicht unser geistlich aussehender Schiffbrüchiger den Bestattungsritus auf See auswendig kann.“

Unterdessen hatte er sich voll herumgeschwungen und wandte mir das Gesicht zu.

„Sie sind doch ein Prediger, wie?“ fragte er.

Die Jäger – es waren sechs – drehten sich wie ein Mann um und sahen mich an. Ich war mir peinlich meiner Ähnlichkeit mit einer Vogelscheuche bewußt. Ein Gelächter erhob sich über meine Erscheinung – ein Gelächter, das weder geschwächt noch gemildert wurde durch den Toten, der vor uns auf dem Deck lag und grinste; ein Gelächter, so rauh und hart und offen wie die See, das aus rohen Gefühlen und abgestumpftem Empfindungsvermögen solcher Naturen aufstieg, die weder Höflichkeit noch Güte kannten.

Wolf Larsen lachte nicht, wenn auch seine grauen Augen in einem schwachen Schimmer von Belustigung leuchteten, und in diesem Augenblick, da ich ganz dicht vor ihn hingetreten war, empfing ich meinen ersten Eindruck von dem Mann selbst, dem von seinem Körper und dem Strom von Gotteslästerungen, die ich ihn hatte ausspeien hören, gesonderten Mann. Das Gesicht, mit starken Zügen und kräftigen Linien, von schwedischem Typ, aber gut ausgefüllt, wirkte auf den ersten Blick massiv; aber wieder wie bei dem Körper schien das Massive zu schwinden und die Überzeugung zu wachsen, daß dahinter, in den Tiefen seines Seins schlummernd, eine ungeheure, übermäßig geistige oder übersinnliche Kraft läge. Der Kiefer, das Kinn, die Stirn, die zu beträchtlicher Höhe aufstieg und sich über den Augen stark wölbte – all das, kraftvoll an sich, ungewöhnlich kraftvoll, schien von einer Kraft oder Stärke des Geistes zu sprechen, die dahinter und darüber hinaus und außer Sicht lag. Ein solcher Geist war nicht auszuforschen, nicht abzuwägen, sein Maß und Ziel nicht zu bestimmen, er war nicht in einen Zettelkasten mit anderen ähnlichen Typs säuberlich einzuordnen.

Die Augen – und es war mein Schicksal, sie gut kennenzulernen – waren groß und schön, standen weit auseinander wie die des wahren Künstlers, Schutz suchend unter einer gewichtigen Stirn und überwölbt von dichten schwarzen Brauen. Die Augen selbst waren von jenem verwirrend unbeständigen Grau, das sich keine zweimal gleicht, das viele Schattierungen und Färbungen durchläuft wie changierende Seide in der

Sonne, das dunkel- und hellgrau ist und grünlichgrau und mitunter von dem klaren Azur der tiefen See. Es waren Augen, die die Seele unter tausend Verhüllungen verbargen und die sich mitunter, bei seltenen Gelegenheiten, öffneten und ihr erlaubten, hervorzustürzen, als wolle sie sich nackt und bloß auf ein wundervolles Abenteuer in die Welt begeben – Augen, die mit der hoffnungslosen Schwermut bleierner Himmel brüten konnten, die Feuerfunken schlagen und knistern konnten, wie sie von einem wirbelnden Schwert sprühen, die eisig werden konnten wie eine arktische Landschaft, und doch auch wieder wärmen und besänftigen und voll tanzender Liebesflammen sein, stark und männlich, lokkend und zwingend, was die Frauen zu gleicher Zeit bezaubert und beherrrscht, bis sie sich in einem Freudengefühl von Entzücken, Erlösung und Aufopferung hingeben.

Aber um zurückzukehren: Ich sagte ihm, daß ich leider, was den Bestattungsritus anginge, kein Prediger sei, worauf er hitzig fragte:

„Was tun Sie für Ihren Lebensunterhalt?"

Ich gestehe, daß mir nie zuvor eine solche Frage gestellt worden war, noch hatte ich sie selbst jemals erörtert. Ich war etwas bestürzt, und ehe ich mir klarwerden konnte, hatte ich blöderweise gestammelt: „Ich – ich bin ein Gentleman."

Seine Lippen kräuselten sich zu einem flüchtigen Hohnlächeln.

„Ich habe gearbeitet, ich arbeite wirklich", rief ich heftig, als sei er mein Richter und ich fordere Rechtfertigung, wobei ich mir gleichzeitig meiner heillosen Idiotie bewußt war, den Gegenstand überhaupt zu erörtern.

„Für Ihren Lebensunterhalt?"

Er hatte etwas so Gebieterisches und Herrisches an sich, daß ich völlig außer mir war – „vom Donner gerührt", hätte Furuseth gesagt, wie ein schlotterndes Kind vor einem gestrengen Schulmeister.

„Wer ernährt Sie?“ war seine nächste Frage.

„Ich habe ein Einkommen“, erwiderte ich trotzig und hätte mir im nächsten Augenblick die Zunge abbeißen mögen. „All das, wenn Sie mir die Bemerkung nicht übelnehmen, hat überhaupt nichts mit dem zu tun, weswegen ich mit Ihnen zu sprechen wünsche.“

Aber er beachtete meinen Einspruch nicht.

„Wer hat es erworben? Wie? Das dachte ich mir. Ihr Vater! Sie stehen auf den Beinen Gestorbener. Sie haben nie eigene besessen. Allein könnten Sie nicht zwischen zwei Sonnenaufgängen umhergehen und sich drei Mahlzeiten für Ihren Bauch verschaffen. Lassen Sie mich Ihre Hand sehen.“

Seine ungeheure, schlummernde Kraft muß sich geregt haben, rasch und bestimmt, oder ich muß einen Augenblick geschlafen haben, denn ehe ich mich dessen versah, hatte er zwei Schritte vorwärts gemacht, meine rechte Hand ergriffen und hielt sie hoch, um sie zu prüfen. Ich versuchte sie zurückzuziehen, aber seine Finger umspannten sie ohne sichtliche Anstrengung noch fester, bis ich glaubte, die meinen würden zerquetscht. Es ist schwer, unter solchen Umständen die Würde zu bewahren. Ich konnte nicht zappeln und mich winden wie ein Schuljunge. Ebensowenig konnte ich einen Menschen angreifen, der nur meinen Arm zu drehen brauchte, um ihn mir zu brechen. Es blieb nichts übrig, als stillzustehen und die schimpfliche Behandlung hinzunehmen. Ich hatte Zeit zu bemerken, daß die Taschen des Toten auf das Deck entleert und sein Leichnam und sein Grinsen dem Blick mit Segeltuch verhüllt waren, dessen Falten der Matrose Johansen mit grobem weißem Takelgarn zusammennähte, wobei er die Nadel mit einer über die Handfläche gezogenen Ledervorrichtung hindurchstieß.

Mit einer raschen, verächtlichen Bewegung ließ Wolf Larsen meine Hand fallen.

„Die Hände Gestorbener haben sie zart erhalten. Zu wenig

anderem nütze als zu Geschirrwaschen und Küchenjungenarbeit."

„Ich wünsche, an Land gesetzt zu werden", sagte ich entschieden, denn jetzt hatte ich mich in der Gewalt. „Ich werde Ihnen zahlen, was Sie für Ihre Verzögerung und Mühe als Preis veranschlagen."

Er sah mich auf sonderbare Weise an. Spott glänzte in seinen Augen.

„Ich habe einen Gegenvorschlag zu machen, und zum Besten Ihrer Seele. Mein Steuermann ist tot, und es wird einen Haufen Beförderungen geben. Ein Matrose kommt nach achtern und nimmt den Platz des Steuermanns ein; Kajütjunge kommt nach vorn und nimmt den Platz des Matrosen ein, und Sie nehmen den Platz des Kajütjungen ein und unterschreiben den Heuervertrag, zwanzig Dollar den Monat und freie Verpflegung. Na, was sagen Sie? Und bedenken Sie, es ist zum Wohl Ihrer Seele. Es wird Ihr Glück sein. Mit der Zeit lernen Sie vielleicht, auf eigenen Füßen zu stehen und möglicherweise ein bißchen zu laufen."

Aber ich beachtete ihn nicht. Die Segel des Schiffes, das ich im Südwesten gesehen hatte, waren größer und deutlicher geworden. Sie hatten dieselbe Schonertakelung wie die „Ghost", wenn auch der Schiffsrumpf, wie ich erkennen konnte, kleiner war. Es war ein hübscher Anblick, wie es auf uns zu hüpfte und flog und offenbar entschlossen war, uns in geringer Entfernung zu passieren. Der Wind hatte im Augenblick zugenommen, und die Sonne war nach wenigen erzürnten Strahlen verschwunden. Die See war ein düsteres Bleigrau und gröber geworden und schleuderte nun schäumende Wellen gen Himmel. Wir machten schnellere Fahrt und legten uns noch weiter auf die Seite. Einmal, in einer Bö, tauchte die Reling ins Meer, und die Decks auf jener Seite standen für den Augenblick unter Wasser, das zwei von den Jägern hastig die Füße heben ließ.

„Das Schiff wird uns bald passieren“, sagte ich nach einer kleinen Pause. „Da es in entgegengesetzter Richtung fährt, ist sein Bestimmungsort höchstwahrscheinlich San Francisco.“

„Höchstwahrscheinlich“, gab Wolf Larsen zur Antwort, während er sich halb von mir abwandte und laut rief: „Smutje! He, Smutje!“

Der Cockney schoß aus der Kombüse.

„Wo ist der Junge? Sag ihm, er soll herkommen.“

„Jawohl, Sir“, und Thomas Mugridge flog nach achtern und verschwand über eine andere Kajüttreppe in der Nähe des Steuerrads nach unten. Einen Augenblick später tauchte er auf, einen grobschlächtigen jungen Burschen von Achtzehn oder Neunzehn mit finsterem, garstigem Gesicht im Schlepptau.

„Da is er, Sir“, sagte der Koch.

Aber Wolf Larsen beachtete den Ehrenmann nicht, sondern wandte sich sofort an den Schiffsjungen.

„Wie heißt du, Bursche?“

„George Leach, Sir“, lautete die mürrische Antwort, und die Haltung des Jungen ließ deutlich erkennen, daß er ahnte, aus welchem Grund man ihn gerufen hatte.

„Kein irischer Name“, fuhr ihn der Kapitän scharf an. „O'Toole oder McCarthy würde zu deiner Fratze verdammt viel besser passen. Oder deine Mutter hat, was sehr wahrscheinlich ist, 'was mit einem Iren gehabt.“

Ich sah, wie sich bei dieser Beleidigung die Hände des jungen Burschen ballten und ihm das Blut scharlachrot den Hals hinaufstieg.

„Aber lassen wir das“, fuhr Wolf Larsen fort. „Du magst triftige Gründe haben, deinen Namen zu vergessen, und du wirst mir deswegen nicht weniger zusagen, solange du dich anständig aufführst. Dein Heimathafen ist natürlich Telegraph Hill. Das springt einen aus deiner ganzen Fratze an. Rauflustig, wie sie gebacken werden, und noch zweimal so tückisch. Die Sorte kenn ich. Na, du kannst ja entscheiden, ob du dir das auf diesem Schiff austreiben läßt. Verstanden? Wer jedenfalls hat dich geheuert?"

„McCready und Swanson."

„Sir!" donnerte Wolf Larsen.

„McCready und Swanson, Sir", verbesserte sich der Junge, und seine Augen brannten in einem harten Licht.

„Wer hat das Handgeld bekommen?"

„Die, Sir."

„Das hab ich mir gedacht. Und verdammt froh bist du gewesen, es ihnen zu überlassen. Konntest dich gar nicht genug beeilen, weil vielleicht ein paar Herren nach dir suchten."

Der Junge verwandelte sich augenblicklich in einen Wilden. Sein Körper krümmte sich wie zum Sprung, und sein Gesicht wurde wie das eines wütenden Raubtiers, als er knurrte: „Das ist eine . . ."

„Eine was?" fragte Wolf Larsen mit eigentümlich sanfter Stimme, als sei er unwiderstehlich neugierig, das nicht ausgesprochene Wort zu hören.

Der Junge zögerte und zähmte dann seine Heftigkeit. „Nichts, Sir. Ich nehme es zurück."

„Und du hast mir bewiesen, daß ich recht hatte." Dies mit befriedigtem Lächeln. „Wie alt bist du?"

„Grade sechzehn geworden, Sir."

„Eine Lüge. Achtzehn wirst du nicht wieder erleben. Groß für dein Alter, mit Muskeln wie ein Pferd. Pack dein Zeug zusammen und geh nach vorn in die Back. Du bist jetzt Bootsrojer. Du bist befördert, verstehst du?"

Ohne die Zustimmung des Jungen abzuwarten, wandte sich der Kapitän an den Matrosen, der soeben die grausige Arbeit beendet hatte, den Leichnam einzunähen. „Johansen, verstehst du was von Navigation?"

„Nein, Sir."

„Nun, das macht nichts, du bist trotzdem Steuermann. Bringen Sie Ihre Siebensachen nach achtern in die Steuermannskoje."

„Jawohl, Sir“, antwortete Johansen freudig, während er nach vorn ging.

Unterdessen hatte sich der ehemalige Kajütjunge nicht gerührt.

„Worauf wartest du?“ fragte Wolf Larsen.

„Ich hab mich nicht als Bootsrojer verpflichtet, Sir“, war die Antwort. „Ich hab mich als Kajütjunge verpflichtet. Und ich will nich als Rojer arbeiten.“

„Pack zusammen und geh nach vorn.“

Diesmal war Wolf Larsens Befehl durchdringend gebieterisch. Der Junge blickte finster und mürrisch, weigerte sich aber, sich zu rühren.

Da regte sich abermals Wolf Larsens ungeheure Kraft. Es kam völlig unerwartet und war mit dem Ticken zweier Sekunden abgetan und vorbei. Er war volle sechs Fuß über das Deck gesprungen und hatte dem andern die Faust in den Magen gestoßen. Im selben Augenblick, als wäre ich selber getroffen worden, fühlte ich eine jähe Übelkeit in der Magengrube. Ich erwähne das, um zu zeigen, in welch empfindlicher Verfassung sich meine Nerven damals befanden und wie ungewohnt mir der Anblick von Brutalität war. Der Kajütjunge – und er wog allerwenigstens hundertfünfundvierzig Pfund – klappte zusammen. Sein Körper fiel schlaff um die Faust wie ein nasser Lappen um einen Stock. Er hob sich in die Luft, beschrieb eine kleine Kurve und schlug neben dem Leichnam mit Kopf und Schultern auf das Deck, wo er liegenblieb und sich in heftigem Schmerz wand.

„Nun?“ fragte mich Larsen. „Haben Sie sich entschieden?“

Ich hatte hin und wieder nach dem näher kommenden Schoner geblickt, und er war jetzt fast auf unserer Höhe, nicht mehr als zweihundert Yard entfernt. Er war ein sehr schmukkes und hübsches kleines Fahrzeug. Auf einem seiner Segel konnte ich eine große schwarze Zahl erkennen, und ich kannte Lotsenboote von Bildern.

„Was ist das für ein Schiff?" fragte ich.

„Das Lotsenboot ‚Lady Mine'", antwortete Wolf Larsen grimmig. „Hat die Lotsen abgesetzt und fährt nach San Francisco. Wird bei diesem Wind in fünf oder sechs Stunden da sein."

„Würden Sie ihm dann bitte signalisieren, damit ich an Land gebracht werden kann."

„Tut mir leid, aber mein Signalbuch ist über Bord gegangen", bemerkte er, und die Gruppe der Jäger grinste.

Ich überlegte einen Moment, wobei ich ihm genau in die Augen blickte. Ich hatte die entsetzliche Behandlung des Kajütjungen erlebt und wußte, daß ich höchstwahrscheinlich die gleiche, wenn nicht eine schlimmere, erfahren würde. Wie gesagt, überlegte ich, und dann tat ich, was ich für die tapferste Handlung meines Lebens halte. Ich lief an die Reling, schwenkte die Arme und schrie:

„‚Lady Mine', ahoi! Bringt mich an Land! Tausend Dollar, wenn ihr mich an Land bringt!"

Ich wartete und beobachtete zwei Männer, die am Rad standen, der eine steuerte. Der andere hob ein Megaphon an die Lippen.

Ich wandte nicht den Kopf, obgleich ich jeden Augenblick einen mörderischen Schlag von der Menschenbestie hinter mir erwartete. Schließlich, nach Unendlichkeiten, außerstande, die Spannung noch länger zu ertragen, sah ich mich um. Er hatte sich nicht bewegt. Er stand in derselben Haltung, leicht schwankend beim Rollen des Schiffes, und zündete sich eine neue Zigarre an.

„Was ist los? Etwas nicht in Ordnung?"

Das war der Ruf von der „Lady Mine".

„Ja!" schrie ich aus voller Kehle, „Leben oder Tod! Eintausend Dollar, wenn ihr mich an Land bringt!"

„Zuviel Frisco-Fusel für die Gesundheit meiner Mannschaft!" rief Wolf Larsen hinterdrein. „Der hier", dabei zeigte er mit dem Daumen auf mich, „bildet sich grade ein, Seeschlangen und Affen zu sehn!"

Der Mann auf der „Lady Mine" lachte durch das Megaphon zurück. Das Lotsenboot schoß vorbei.

„Stoßen Sie ihm in meinem Namen die Meinung!" kam ein letzter Ruf, und die beiden Männer schwenkten zum Abschied die Arme.

Ich beugte mich verzweifelt über die Reling und beobachtete, wie der schmucke kleine Schoner die öde Wasserfläche von Ozean zwischen uns rasch vergrößerte. Und in fünf oder sechs Stunden würde er wahrscheinlich in San Francisco sein! Mir schien der Kopf zu platzen. In meiner Kehle spürte ich einen Schmerz, als säße mir das Herz da oben. Eine Woge schlug an die Bordwand und spritzte mir salzigen Gischt auf die Lippen. Der Wind blies kräftig, und die „Ghost" neigte sich weit zur Seite und vergrub in Lee die Reling. Ich konnte das Wasser über das Deck stürzen hören.

Als ich mich einen Augenblick später umdrehte, sah ich den Kajütjungen taumelnd auf die Füße kommen. Sein Gesicht war erschreckend bleich und zuckte krampfhaft in unterdrücktem Schmerz. Er sah sehr krank aus.

„Nun, Leach, gehst du nach vorn?" fragte Wolf Larsen.

„Ja, Sir", lautete die Antwort eines eingeschüchterten Geistes.

„Und Sie?" wurde ich gefragt.

„Ich gebe Ihnen tausend...", begann ich, wurde jedoch unterbrochen.

„Lassen Sie das! Werden Sie sich jetzt an Ihren Dienst als Kajütjunge scheren? Oder muß ich Sie mir erst vornehmen?"

Was sollte ich tun? Viehisch geschlagen, möglicherweise getötet zu werden, würde meine Lage nicht ändern. Standhaft blickte ich in die grausamen grauen Augen. Sie hätten aus Granit sein können, so wenig Licht und Wärme einer Menschenseele enthielten sie. In den Augen mancher Menschen kann man die Regungen der Seele erkennen, aber die seinen waren öde und kalt und grau wie die See selbst.

„Nun?“

„Ja“, sagte ich.

„Sagen Sie: ‚Ja, Sir‘.“

„Ja, Sir“, verbesserte ich mich.

„Wie heißen Sie?“

„Van Weyden, Sir.“

„Vorname?“

„Humphrey, Sir, Humphrey van Weyden.“

„Alter?“

„Fünfunddreißig, Sir.“

„Das genügt. Gehen Sie zum Koch und lassen Sie sich in Ihren Pflichten unterweisen.“

Und auf diese Weise geriet ich in ein unfreiwilliges Dienstverhältnis zu Wolf Larsen. Er war stärker als ich, das war alles. Aber es war damals sehr unwirklich. Jetzt, da ich zurückschaue, ist es nicht weniger unwirklich. Es wird mir immer als eine ungeheuerliche, unbegreifliche Sache erscheinen, als ein gräßlicher Alpdruck.

„Halt, gehen Sie noch nicht.“

Gehorsam blieb ich auf meinem Weg zur Kombüse stehen.

„Johansen, rufen Sie die ganze Mannschaft her. Da wir nun alles bereinigt haben, wollen wir die Beisetzung vornehmen und das Deck von unnützem Ballast befreien.“

Während Johansen die Freiwache zusammentrommelte, legten zwei Matrosen auf Befehl des Kapitäns den in Segeltuch gehüllten Leichnam auf einen Lukendeckel. Zu beiden Seiten des Decks waren kieloben an der Reling eine Anzahl kleiner Boote festgebunden. Ein paar Männer hoben den Lukendeckel mit seiner grausigen Fracht auf, trugen ihn nach Lee und legten ihn auf die Boote, so daß die Füße über Bord zeigten. Am Fußende wurde der Kohlensack befestigt, den der Koch geholt hatte.

Eine Bestattung auf See hatte ich mir immer als ein sehr feierliches und Ehrfurcht einflößendes Ereignis vorgestellt, aber ich wurde rasch aus meinem Wahn gerissen, jedenfalls durch diese Bestattungsfeier. Einer von den Jägern, ein kleiner schwarzäugiger Mann, den seine Gefährten „Smoke" nannten, erzählte Geschichten, die reichlich mit Flüchen und Unflätigkeiten gespickt waren, und die Jägergruppe brach in ein Gelächter aus, das mir wie ein Wolfschor oder das Gebell von Höllenhunden klang. Achtern sammelten sich geräuschvoll die Matrosen, einige von der Freiwache rieben sich den Schlaf aus den Augen und unterhielten sich leise miteinander. Ein unheilvoller, gequälter Ausdruck lag auf ihren Gesichtern. Offensichtlich mißfiel ihnen die Aussicht auf eine Reise unter einem solchen Kapitän, die noch dazu so unselig begonnen hatte. Von Zeit zu Zeit warfen sie verstohlene Blicke auf Wolf Larsen, und ich konnte sehen, daß sie sich vor dem Mann fürchteten.

Er trat zu dem Lukendeckel, und alle Mützen wurden gezogen. Ich ließ meine Augen über sie hinschweifen – insgesamt zwanzig Mann, zweiundzwanzig mit dem Mann am Steuer und mir. Ich war von verzeihlicher Neugier bei meiner Musterung, denn es schien mein Los zu sein, für wer weiß wie viele Wochen oder Monate in dieser schwimmenden Miniaturwelt mit ihnen eingepfercht zu sein. Die Matrosen waren in der Mehrheit Engländer und Skandinavier, und ihre Gesichter waren von plumper, dümmlicher Art. Die Jäger dagegen besaßen energischere Gesichter, mit harten Linien und den Spuren ungezügelter Leidenschaften. Sonderbar, und ich bemerkte es sofort, Wolf Larsens Züge trugen nicht einen solchen Stempel von Verderbtheit. Nichts Lasterhaftes schien in ihnen zu liegen. Gewiß, Linien gab es, aber es waren die Linien der Entschiedenheit und Festigkeit. Es mutete eher wie ein freimütiges und offenes Antlitz an, wobei der Freimut oder die Offenheit durch den Umstand gesteigert wurde, daß er glattrasiert war. Ich vermochte kaum zu glauben – bis sich der nächste Vorfall ereignete –, daß es das Gesicht eines Mannes war, der sich so verhalten konnte, wie er sich gegen den Kajütjungen verhalten hatte.

In diesem Augenblick, als er den Mund zum Sprechen auftat, traf den Schoner ein Windstoß nach dem andern und drückte ihn tief auf die Seite. Der Wind kreischte ein wildes Lied in der Takelung. Ein paar von den Jägern blickten besorgt nach oben. Die Leereling, wo der Tote lag, wurde in der See begraben, und als sich der Schoner hob und aufrichtete, schoß das Wasser übers Deck und machte uns bis über die Schuhspitzen naß. Ein Regenschauer wütete auf uns nieder, und jeder Tropfen schmerzte wie ein Hagelkorn. Als er vorüber war, begann Wolf Larsen zu sprechen, und die barhäuptigen Männer schwankten im Einklang mit dem Rollen und den jähen Stößen des Decks.

„Ich erinnere mich nur an eine Stelle der Zeremonie", sagte er, „und die heißt: ‚Und der Leichnam soll ins Meer geworfen werden.' Also werft ihn rein."

Er verstummte. Die Männer, die den Lukendeckel hielten, schienen bestürzt, zweifellos verblüfft über die Kürze der feierlichen Handlung.

Wütend fuhr er auf sie los.

„Hebt das Ende hoch, verdammt noch mal! Was zum Teufel ist mit euch los?"

Mit erbärmlicher Hast hoben sie das Ende des Lukendeckels an, und wie ein über Bord geschleuderter Hund glitt der Tote mit den Füßen voran ins Meer. Die Kohlen am Fußende zogen ihn hinab. Er war fort.

„Johansen", sagte Wolf Larsen zu dem neuen Steuermann „behalten Sie alle Mann, da sie nun mal hier sind, an Deck. Holen Sie die Marssegel und Klüver ein, und beeilen Sie sich. Wir bekommen einen Südost. Besser, Sie reffen außerdem den Klüver und das Großsegel, wenn Sie schon dabei sind."

Im Nu waren die Decks in Bewegung; Johansen bellte Befehle, und die Männer zurrten und lockerten Taue mannigfaltiger Art – was für eine Landratte wie mich natürlich alles verwirrend war. Aber es war die Gefühllosigkeit all dessen, die mir besonders auffiel. Der Tote war eine vergangene Episode, ein Ereignis, das in einer Segeltuchhülle mit einem Sack Kohlen fallen gelassen war, während das Schiff dahineilte und die Arbeit weiterging. Niemanden hatte es ergriffen. Die Jäger lachten über eine neue Geschichte von Smoke, die Matrosen zogen und holten nieder, und zwei von ihnen kletterten in die Takelung; Wolf Larsen studierte den auf der Luvseite sich bewölkenden Himmel, und der Tote, ekelhaft gestorben, niederträchtig bestattet, sank hinab, hinab ...

Da war es, daß mich die Grausamkeit des Meeres überfiel, seine Unbarmherzigkeit und Abscheulichkeit. Das Leben war billig und wertlos geworden, etwas Brutales und Sinnloses, ein seelenloses Sich-Regen von Schlick und Schlamm. Ich stellte mich an die Luvreling, dicht bei den Wanten, und starrte über die wüsten, schäumenden Wogen hinweg nach den tiefliegenden Nebelbänken, die San Francisco und die Küste von Kalifornien verbargen. Regenböen drängten sich stürmisch dazwischen, und ich konnte kaum den Nebel wahrnehmen. Und dieses sonderbare Schiff mit seiner schrecklichen Besatzung, von Wind und Meer bedrängt, nahm weiter Kurs nach Südwesten, in die mächtige und einsame Weite des Pazifiks.

Viertes Kapitel

Was mir als nächstes auf dem Segelschoner „Ghost“ widerfuhr, als ich mich meiner neuen Umgebung anzupassen bemühte, waren Angelegenheiten der Demütigung und Pein. Der Koch, der von der Mannschaft „der Doktor“, von den

Jägern „Tommy“ und von Wolf Larsen „Smutje“ genannt wurde, war ein veränderter Mensch. Der in meiner Lage herbeigeführte Unterschied brachte einen entsprechenden Unterschied in der Behandlung mit sich, die er mir angedeihen ließ. So unterwürfig und kriecherisch er zuvor gewesen war, so herrisch und kriegerisch war er jetzt. Im Ernst, ich war nicht mehr der vornehme Herr mit einer Haut so zart wie die einer Dame, sondern nur ein gewöhnlicher und sehr schlechter Kajütjunge.

Albernerweise bestand er darauf, daß ich ihn Mr. Mugridge anredete, und sein Benehmen und Verhalten, als er mir meine Pflichten darlegte, waren unerträglich. Abgesehen von meiner Arbeit in der Kajüte mit ihren vier kleinen Offizierskabinen, sollte ich ihm in der Kombüse helfen, und meine gewaltige Unkenntnis hinsichtlich solcher Dinge wie Kartoffelschälen oder Abwaschen schmieriger Kochtöpfe war für ihn eine Quelle endloser höhnischer Verwunderung. Er weigerte sich, zu bedenken, wer ich war oder vielmehr, welch ein Leben ich geführt hatte und welche Dinge ich gewohnt war. Das gehörte zu der Haltung, die er gegen mich einzunehmen beliebte, und ich gestehe, bevor der Tag um war, haßte ich ihn mit lebhafteren Gefühlen, als ich je zuvor in meinem Leben jemanden gehaßt hatte.

Der erste Tag wurde mir noch durch die Tatsache erschwert, daß sich die „Ghost“ unter dicht gerefften Segeln (Ausdrücke wie diesen lernte ich erst später) durch einen „jaulenden Südost“ stürzte, wie Mr. Mugridge ihn nannte. Um halb sechs deckte ich unter seiner Anleitung in der Kajüte den Tisch, mit Sturmbehältern an der richtigen Stelle, und holte dann den Tee und die gekochten Speisen aus der Kombüse. In diesem Zusammenhang kann ich mich nicht enthalten, von meiner ersten Erfahrung mit hohem Seegang zu erzählen.

„Paß auf oder du kriegst 'n Guß ab“, schärfte mir Mr. Mugridge zum Abschied ein, als ich die Kombüse verließ, in der

einen Hand eine große Teekanne und unter dem andern Arm mehrere frisch gebackene Brote. Einer von den Jägern, ein hochgewachsener, gelenkiger Bursche namens Henderson, ging gerade vom Zwischendeck (wie die Jäger witzigerweise ihre mittschiffs gelegenen Schlafquartiere nannten) nach achtern zur Kajüte. Wolf Larsen stand auf der Poop und rauchte seine ewige Zigarre.

„Da kommt sie. Pack dich!“ schrie der Koch.

Ich blieb stehen, weil ich nicht wußte, was kam, und sah, wie die Kombüsentür mit einem Knall zuglitt. Dann sah ich Henderson wie einen Verrückten nach der Takelung springen, die er hinaufschoß, bis er viele Fuß über meinem Kopf war. Ich sah auch eine große Woge, die wallend und schäumend hoch über der Reling schwebte. Ich stand genau unter ihr. Mein Verstand arbeitete nicht schnell, alles war so neu und fremd. Ich begriff, daß ich in Gefahr war, aber das war auch alles. Bestürzt stand ich still. Da rief Wolf Larsen von der Poop her:

„Halten Sie sich irgendwo fest, Sie – Sie Hump!“

Aber es war zu spät. Ich sprang auf die Takelung zu, an die ich mich hätte klammern können, und traf auf die niederschießende Wasserwand. Was dann geschah, war sehr verwirrend. Ich befand mich unter Wasser, erstickend und ertrinkend. Meine Füße rutschten unter mir weg, und ich wurde um und um gedreht und ich weiß nicht wohin gerissen. Mehrmals stieß ich an harte Gegenstände, einmal traf ein fürchterlicher Schlag mein rechtes Knie. Dann schien plötzlich die Flut zu sinken, und ich atmete wieder die gesunde Luft. Ich war gegen die Kombüse geschleudert und um die Kajüttreppe von Luv in die Lee-Speigatten gerissen worden. Der Schmerz in meinem verletzten Knie war qualvoll. Ich konnte nicht mein Gewicht darauf legen, oder zumindest glaubte ich es nicht zu können und war sicher, mir das Bein gebrochen zu haben. Aber der Koch war hinter mir her und schrie durch die Lee-Kombüsentür:

„He, du! Halt dir nich die ganze Nacht mit auf! Wo is die Kanne? Über Bord? Wär dich verdammt recht geschehn, wenn du dich hättst den Hals gebrochen!“

Ich brachte es mühsam fertig, auf die Beine zu kommen. Die große Teekanne hielt ich noch in der Hand. Ich humpelte zur Kombüse und gab sie ihm. Aber er war von echter oder vorgeblicher Entrüstung verzehrt.

„Gott straf mich, wenn du nich ’ne Qualle bist. Zu was bist du überhaupt gut, möcht ich mal wissen? He? Zu was bist du überhaupt gut? Kannst nich mal ’n bißchen Tee nach achtern tragen, ohne ihn zu verplempern. Nu muß ich neuen kochen. Und was greinst du?“ fuhr er mich mit erneuerter Wut an. „Weil du dich dein arm klein Beinchen gestoßen hast, Mamas arm klein Liebling.“

Ich greinte nicht, wenn auch mein Gesicht vor Schmerz entstellt und verzerrt sein mochte. Dennoch bot ich meine ganze Entschlossenheit auf, biß die Zähne zusammen und humpelte ohne weiteren Unfall hin und her von der Kombüse zur Kajüte und von der Kajüte zur Kombüse. Zwei Dinge hatte ich mir durch meinen Unfall eingehandelt: eine verletzte Kniescheibe, die nicht verbunden wurde und unter der ich beschwerliche Monate lang zu leiden hatte, und den Namen „Hump", bei dem mich Wolf Larsen von der Poop aus gerufen hatte. Danach war ich vorn und achtern unter keinem anderen Namen bekannt, bis die Bezeichnung zu meinen Gedankengängen gehörte und ich sie mit mir identifizierte und von mir als Hump dachte, als sei ich Hump und sei es immer gewesen.

Es war keine leichte Aufgabe, an dem Kajüttisch zu bedienen, an dem Wolf Larsen, Johansen und die sechs Jäger saßen. Erstens war die Kajüte klein, und in ihr umherzugehen, wozu ich gezwungen war, wurde nicht gerade erleichtert durch das Stampfen und Rollen des Schoners. Aber was mich am heftigsten traf, war der Mangel an Mitgefühl von seiten der Männer, die ich bediente. Ich konnte durch meine Kleider spüren, wie mein Knie schwoll und schwoll, und mir war übel und schwach vor Schmerz. Im Kajütspiegel konnte ich hin und wieder einen flüchtigen Blick auf mein Gesicht werfen, das totenbleich und vor Qual verzerrt war. Alle Männer mußten meinen Zustand bemerkt haben, aber nicht einer sprach von mir oder beachtete mich, so daß ich später (ich wusch das Geschirr) Wolf Larsen fast dankbar war, als er sagte:

„Lassen Sie sich nicht von einer solchen Kleinigkeit aus der Ruhe bringen. Mit der Zeit werden Sie sich an solche Sachen gewöhnen. Vielleicht werden Sie dadurch etwas verkrüppelt, aber trotzdem gehen lernen. – Das nennen Sie wohl ein Paradox, wie?" fügte er hinzu.

Er schien befriedigt, als ich mit dem üblichen „Ja, Sir", nickte.

„Vermutlich kennen Sie sich ein bißchen in literarischen Dingen aus. Wie? Gut. Ich werde mich irgendwann mal mit Ihnen unterhalten."

Und dann, ohne sich weiter um mich zu kümmern, kehrte er mir den Rücken und ging an Deck.

An diesem Abend, als ich einen endlosen Haufen Arbeit beendet hatte, wurde ich zum Schlafen ins Zwischendeck geschickt, wo ich mir eine überzählige Koje zurechtmachte. Ich war froh, der abscheulichen Gegenwart des Kochs zu entrinnen und nicht mehr auf den Beinen zu sein. Zu meinem Erstaunen waren meine Kleider an mir getrocknet, und offenbar gab es keine Anzeichen einer Erkältung, weder von dem letzten Bad noch von dem langen, als die „Martinez" unterging. Unter gewöhnlichen Umständen wäre ich nach all dem, was ich durchgemacht hatte, reif fürs Bett und für eine geschulte Krankenschwester gewesen.

Aber mein Knie plagte mich schrecklich. Soweit ich feststellen konnte, war die Kniescheibe innerhalb der Schwellung hochkant herausgetreten. Als ich in meiner Koje saß und das Knie untersuchte (alle sechs Jäger befanden sich im Zwischendeck, rauchten und unterhielten sich laut), warf Henderson einen flüchtigen Blick darauf.

„Sieht schlimm aus", bemerkte er. „Binden Sie sich 'n Lappen rum, dann wird's schon werden."

Das war alles, und an Land hätte ich breit auf dem Rücken gelegen in der Behandlung eines Chirurgen und mit der strikten Anweisung, ja ruhig liegenzubleiben. Aber ich muß diesen Männern Gerechtigkeit widerfahren lassen. So gefühllos wie gegen meine Leiden, so gefühllos waren sie gegen ihre eigenen, wenn ihnen etwas zustieß. Und das war, glaube ich, in erster Linie eine Folge der Gewohnheit und zweitens der Tatsache, daß sie weniger empfindlich gebaut waren. Ich glaube wirklich, daß ein zartgebauter, hochgradig nervöser Mensch bei einer ähnlichen Verletzung doppelt und dreifach soviel leiden würde wie sie.

So müde ich war – tatsächlich erschöpft –, hinderte mich doch der Schmerz in meinem Knie am Schlafen. Ich war einzig dazu imstande, an mich zu halten, daß ich nicht laut stöhnte. Zu Hause hätte ich bestimmt meiner Qual Luft gemacht, aber diese neue, naturhaft einfache Umgebung schien eine barbarische Zurückhaltung zu fordern. Wie die eines Wilden war die Haltung dieser Männer stoisch in großen Dingen und kindisch in kleinen. Ich erinnere mich, daß ich später auf der Fahrt erlebte, wie Kerfoot, ein anderer Jäger, einen Finger verlor, der ihm zu Mus gequetscht wurde, und er gab nicht einmal einen Laut von sich oder verzog eine Miene. Und doch habe ich erlebt, wie derselbe Mann wieder und wieder über eine Kleinigkeit in die zügelloseste Wut geriet.

So war es eben jetzt; er schrie, brüllte, fuchtelte mit den Armen und fluchte wie ein Teufel, und alles wegen einer Meinungsverschiedenheit mit einem anderen Jäger, ob ein Robbenjunges instinktiv schwimmen könne. Er behauptete, es könne von dem Augenblick seiner Geburt an schwimmen. Der andere Jäger, Latimer, ein hagerer, amerikanisch aussehender Kerl mit schmalen, verschlagenen Schlitzaugen, behauptete das Gegenteil, behauptete, das Robbenjunge werde gerade deshalb an Land geboren, weil es nicht schwimmen könne, seine Mutter müsse ihm das Schwimmen beibringen, so wie Vögel ihren Nestlingen das Fliegen beibringen müßten.

Die übrigen vier Jäger stützten sich auf den Tisch oder lagen in ihren Kojen und überließen die Erörterung größtenteils den beiden Gegnern. Dennoch waren sie höchst interessiert, denn ab und zu ergriffen sie hitzig Partei, und manchmal redeten alle zugleich, so daß ihre Stimmen in dem engen Raum gleichsam wie Donnerrollen in Schallwellen vor- und zurückfluteten. So kindisch und unwesentlich der Gegenstand war, die Art und Weise ihrer Beweisführung war noch kindischer und unwesentlicher. Ihre Methode war eine der Behauptungen, Voraussetzungen und heftigen Ausfälle. Sie bewiesen, daß ein Robbenjunges von Geburt an schwimmen könne oder nicht, indem sie die Behauptung sehr kriegerisch aufstellten und sie dann mit einem Angriff auf das Urteilsvermögen, den gesunden Menschenverstand, die Nationalität oder die Vergangenheit des Gegners verfolgten. Die Widerlegung war genauso. Ich habe das erzählt, um die geistige Beschaffenheit der Männer darzutun, mit denen ich ohne meinen Willen in Berührung gekommen war. Ihrem Verstand nach waren sie Kinder, die in der Körpergestalt von Männern wohnten.

Und sie rauchten, rauchten unaufhörlich, wozu sie sich eines schlechten, billigen und ekelhaft riechenden Tabaks bedienten. Die Luft war dick und düster von dem Qualm, und dies im Verein mit der heftigen Bewegung des Schiffes, das sich durch den Sturm kämpfte, hätte mich gewiß seekrank gemacht, wäre ich dafür anfällig gewesen. So erregte es nur meinen heftigen Ekel, wenn diese Übelkeit vielleicht auch auf die Schmerzen in meinem Bein und die Erschöpfung zurückzuführen war.

Wie ich da so lag und nachdachte, verweilte ich natürlich bei mir selbst und meiner Lage. Es war beispiellos, nicht im Traum auszudenken, daß ich, Humphrey van Weyden, ein Gelehrter und ein Dilettant, wenn Sie so wollen, in künstlerischen und literarischen Dingen, hier auf einem Schoner lag, der zur Robbenjagd im Beringmeer unterwegs war. Kajütjunge! Nie in meinem Leben hatte ich schwere Handarbeit oder Küchenarbeit verrichtet. Ich hatte mein Lebtag ein ruhiges, ereignisloses Dasein in sitzender Lebensweise geführt – das Leben eines Gelehrten und Einsiedlers mit einem gesicherten und behaglichen Einkommen. Eine ungestüme Lebensweise und körperliche Übungen hatten mich nie angesprochen. Ich war immer ein Bücherwurm gewesen, wie mich meine Schwestern und mein Vater in meiner Kindheit genannt hatten. Nur ein einziges Mal in meinem Leben hatte ich mich zum Camping entschlossen, und da hatte ich die Teilnehmer fast schon beim Aufbruch verlassen und war zu der Behaglichkeit und den Annehmlichkeiten eines Daches zurückgekehrt. Und hier war ich nun, mit trostlosen und endlosen Aussichten auf Tischdecken, Kartoffelschälen und Geschirrwaschen vor mir. Und ich war nicht kräftig. Die Ärzte hatten stets gesagt, ich besäße eine bemerkenswerte Konstitution, aber ich hatte weder sie noch meinen Körper je durch Leibesübungen ertüchtigt. Meine Muskeln waren klein und weich wie bei einer Frau, das wenigstens behaupteten die Ärzte ein übers andere Mal im Laufe ihrer Versuche, mich zu einer Liebhaberei auf dem Gebiet der Körperkultur zu überreden. Aber ich hatte es vorgezogen, lieber meinen Kopf als meinen Körper zu gebrauchen, und hier war ich nun in keinem für das in Aussicht stehende rauhe Dasein geeigneten Zustand.

Dies sind nur ein paar von den Dingen, die mir durch den Kopf gingen und die berichtet werden, um mich im voraus in der schwachen und hilflosen Rolle, die ich zu spielen bestimmt war, zu verteidigen. Aber ich dachte auch an meine Mutter und meine Schwestern und malte mir ihren Kummer aus. Ich gehörte zu den vermißten Toten des „Martinez"-Unglücks, ein nicht geborgener Leichnam. Ich sah die Schlagzeilen in den Zeitungen vor mir, sah die Kollegen im Universitätsklub den Kopf schütteln und sagen: „Armer Kerl!" Und ich sah Charley Furuseth, wie ich ihm morgens auf Wiedersehn gesagt und er faul auf dem mit Kissen bedeckten Sofa am Fenster gelegen und orakelhafte und pessimistische Epigramme von sich gegeben hatte.

Und die ganze Zeit, rollend, stürzend, die beweglichen Berge erklimmend und langsam in die schäumenden Täler abfallend, kämpfte sich der Schoner „Ghost" weiter und weiter ins Innere des Pazifiks – und ich befand mich auf ihm. Ich konnte den Wind oben hören. Er drang als gedämpftes Brüllen an mein Ohr. Zuweilen stampften Füße über meinem Kopf. Und überall um mich her war ein Knarren ohne Ende, das Holzwerk und die Ausrüstung ächzten und quietschten und knirschten in tausend Tonarten. Die Jäger stritten immer noch und brüllten. Die Luft war erfüllt von Flüchen und unanständigen Ausdrücken. Ich konnte ihre Gesichter sehen, gerötet und wütend, die Roheit verzerrt und betont durch das blasse Gelb der Schiffslampen, die mit dem Schiff vor und zurück schaukelten. Durch die düsteren Rauchschwaden sahen die Kojen wie die Schlafhöhlen von Tieren in einer Menagerie aus. Ölzeug und Seestiefel hingen von den Wänden, und hier und da ruhten Büchsen und Flinten sicher in den Gestellen. Es war eine Seeausrüstung für die Bukanier und Piraten vergangener Zeiten. Meine Phantasie schweifte aus, und immer noch konnte ich nicht schlafen. Und es war eine lange, lange Nacht, leidig und trostlos und lang.

Fünftes Kapitel

Aber meine erste Nacht im Zwischendeck war auch meine letzte. Am nächsten Tag wurde Johansen, der neue Steuermann, von Wolf Larsen aus der Kajüte vertrieben und ins Zwischendeck geschickt, wo er von nun an schlafen sollte, während ich die winzige Kajütschlafkabine bezog, die am ersten Tag meiner Fahrt bereits zwei Insassen gehabt hatte. Den Grund dieses Wechsels erfuhren die Jäger bald, und er wurde zum Anlaß erheblichen Murrens. Es hatte den Anschein, als durchlebe Johansen Nacht für Nacht im Schlaf noch einmal die Ereignisse des Tages. Sein unaufhörliches Reden und Rufen und Befehlebrüllen war Wolf Larsen zuviel geworden, und so hatte er diese Plage seinen Jägern untergeschoben.

Nach einer schlaflosen Nacht erhob ich mich schwach und mit heftigen Schmerzen, durch meinen zweiten Tag auf der „Ghost“ zu humpeln. Thomas Mugridge trieb mich um halb sechs hinaus, so ähnlich wie Bill Sykes seinen Hund hinausgetrieben haben muß; aber Mr. Mugridges Roheit gegen mich wurde ihm mit gleicher Münze samt Zinsen zurückgezahlt. Der unnötige Lärm, den er machte (ich hatte die ganze Nacht kein Auge zugetan), mußte einen von den Jägern geweckt haben, denn ein schwerer Schuh sauste durch das Halbdunkel, und mit einem durchdringenden Heulen vor Schmerz bat Mr. Mugridge demütig alle um Verzeihung. Später, in der Kombüse, bemerkte ich, daß sein Ohr zerschlagen und geschwollen war. Es ging nie wieder völlig auf seine normale Form zurück und wurde von den Matrosen „Blumenkohlohr“ genannt.

Der Tag war mit einer Vielfalt von Mißgeschicken angefüllt. Ich hatte am Abend zuvor meine getrockneten Kleider aus der Kombüse mit hinuntergenommen, und das erste, was ich tat, war, daß ich sie gegen das Zeug vom Koch austauschte. Ich suchte nach meiner Börse. Abgesehen von etwas Kleingeld (und ich habe ein gutes Gedächtnis für solche Dinge), hatte sie einhundertfünfundachtzig Dollar in Gold und Scheinen enthalten. Die Börse fand ich, aber ihr Inhalt war mit Ausnahme des silbernen Kleingelds entwendet. Ich sprach mit dem Koch darüber, als ich an Deck ging, um meinen Dienst in der Kombüse aufzunehmen, und obgleich ich eine schroffe Antwort erwartet hatte, war ich nicht gefaßt auf den kriegerischen Wortschwall, der sich über mich ergoß.

„Hör mal, Hump“, begann er, ein boshaftes Licht in den Augen und ein Knurren in der Stimme, „möchst du ’n Ding auf die Nase verpaßt kriegen? Wenn du denkst, ich bin ’n Dieb, denn behalt das for dir, sonst wirst du merken, wie verdammt geirrt du dir hast. Blind will ich werden, wenn das keine Erkenntlichkeit gegen dir is! Da kommst du her, so'n armseljes, elendigliches Exemplar von menschlichem Abschaum, und ich nehm dir in meine Kombüse und behandel dir nett, und das hab ich nu davon. Das nächstemal kannst du zum Deibel gehn, sag ich dich, und ich hab große Lust, dich auf jeden Fall was zu verpassen."

Mit diesen Worten hob er die Fäuste und ging auf mich los. Zu meiner Schande sei es gesagt, daß ich mich vor dem Schlag wegduckte und durch die Kombüsentür hinauslief. Was sollte ich anderes tun? Gewalt, nichts als Gewalt herrschte auf diesem viehischen Schiff. Geistige Überredung war etwas Unbekanntes. Malen Sie sich das selbst aus: Ein Mann von gewöhnlicher Größe, schlank gebaut, mit schwachen, unentwickelten Muskeln, der ein friedliches, ruhiges Leben geführt hat und jederlei Gewalttat ungewohnt ist – was konnte ein solcher Mann wohl tun? Es sprach nicht mehr dafür, standzuhalten und diesen menschlichen Bestien die Stirn zu bieten, als einem rasenden Stier standzuhalten und zu trotzen.

So überlegte ich damals, da ich es für notwendig hielt, mich zu rechtfertigen, und da ich mit meinem Gewissen einig zu sein wünschte. Aber diese Rechtfertigung überzeugte nicht. Bis zum heutigen Tag kann ich meiner Männlichkeit nicht gestatten, auf jene Vorfälle zurückzublicken und sich völlig freigesprochen zu fühlen. Die Situation war so, daß sie das Maß rationaler Rezepte wirklich überschritt und mehr erforderte als die leidenschaftslosen Schlüsse der Vernunft. Im Licht formaler Logik gesehen, gibt es nicht eine einzige Sache, deren man sich zu schämen hätte, und dennoch steigt in der Erinnerung daran Scham in mir hoch, und in meinem männlichen Stolz habe ich das Gefühl, meine Mannesehre sei auf unverantwortliche Weise beschmutzt und besudelt worden.

All das gehört nicht hierher. Die Eile, mit der ich aus der Kombüse lief, verursachte mir qualvolle Schmerzen im Knie, und hilflos sank ich an den Stufen zur Poop nieder. Doch der Cockney hatte mich nicht verfolgt.

„Seht bloß, wie er rennt! Seht bloß, wie er rennt!" hörte ich ihn rufen. „Und mit dem wacklichten Bein. Los, komm zurück, arm klein Mamas Liebling. Ich werd dir schon nich hauen, nein, bestimmt nich."

Ich ging zurück und arbeitete weiter, und damit endete für den Augenblick die Nebenhandlung, wenngleich sie sich noch weiterentwickeln sollte. Ich deckte den Frühstückstisch in der Kajüte, und um sieben Uhr bediente ich die Jäger und die Offiziere. Der Sturm hatte über Nacht nachgelassen, wenn auch der Seegang immer noch gewaltig war und ein steifer Wind wehte. In der Morgenwache waren die Segel gesetzt worden, so daß die „Ghost" unter allen außer den beiden Marssegeln und dem Außenklüver dahinstürmte. Diese drei Segel sollten, wie ich der Unterhaltung entnahm, unmittelbar nach dem Frühstück gesetzt werden. Ich erfuhr auch, daß Wolf Larsen begierig war, nach Kräften den Sturm auszunutzen, der uns nach Südwesten in jenen Teil des Meeres trieb, wo er mit den Nordostpassaten Bekanntschaft zu machen erwartete. Vor diesem stetigen Wind hoffte er den größten Teil der Fahrt nach Japan zurückzulegen, indem er nach Süden in die Tropen bog und wieder nach Norden, wenn er sich der asiatischen Küste näherte.

Nach dem Frühstück machte ich eine weitere, nicht gerade beneidenswerte Erfahrung. Als ich mit dem Abwasch fertig war, reinigte ich den Ofen in der Kajüte und trug die Asche an Deck, um sie wegzuschütten. Wolf Larsen und Henderson standen, in ein Gespräch vertieft, unweit des Steuerrads. Der Matrose Johnson steuerte. Als ich nach Luv ging, sah ich ihn eine rasche Kopfbewegung machen, die ich irrtümlich für ein Zeichen des Wiedererkennens und einen Gutenmorgengruß hielt. In Wirklichkeit versuchte er mir einen Wink zu geben, daß ich meine Asche in Lee über Bord werfen solle. Ohne zu wissen, welchen Schnitzer ich machte, ging ich an Wolf Larsen und dem Jäger vorbei und schüttete die Asche gegen den Wind über Bord. Der Wind trieb sie zurück, und nicht nur über mich, sondern auch über Henderson und Wolf Larsen. Im nächsten Augenblick hatte mir dieser einen Fußtritt versetzt, wie man ihn einem Köter gibt. Ich hatte keine Vorstellung davon gehabt, daß ein Fußtritt so schmerzhaft sein könnte. Ich taumelte weg und lehnte mich halb ohnmächtig an die Kajüte. Alles schwamm vor meinen Augen, und mir wurde schlecht. Die Übelkeit übermannte mich, und es gelang mir, an die Schiffswand zu kriechen. Aber Wolf Larsen folgte mir nicht. Er hatte sich die Asche von den Kleidern geschüttelt und dann sein Gespräch mit Henderson wieder aufgenommen. Johansen, der die Sache von den Stufen zur Poop aus mit angesehen hatte, schickte zwei Matrosen nach achtern, die Verunreinigung zu beseitigen.

Später am Morgen wurde mir eine Überraschung völlig anderer Art zuteil. Nach den Anweisungen des Kochs war ich in Wolf Larsens Kajüte gegangen, um sie aufzuräumen und das Bett zu machen. An der Wand, neben dem Kopfende der Koje, hatte er ein Gestell voller Bücher. Ich warf einen Blick auf sie und bemerkte mit Erstaunen Namen wie Shakespeare, Tennyson, Poe und de Quincey. Es gab auch wissenschaftliche Werke und darunter solche von Männern wie Tyndall, Proktor und Darwin. Astronomie und Naturwissenschaften waren vertreten, und ich bemerkte Bulfinchs „Zeitalter der Fabel", Shaws „Geschichte der englischen und amerikanischen Literatur" und Johnsons Naturgeschichte in zwei umfangreichen Bänden. Ferner gab es eine Anzahl Sprachlehren wie die von Metcalf, Reed und Kellogg, und ich mußte lächeln, als ich ein Exemplar von „Swifts Englisch" sah.

Ich konnte diese Bücher nicht mit dem Mann, wie ich ihn erlebt hatte, in Einklang bringen und fragte mich, ob es möglich sein konnte, daß er sie las. Aber als ich soweit war, das

Bett zu machen, fand ich zwischen den Decken die vollständige Cambridge-Ausgabe von Browning, wie sie ihm anscheinend beim Einschlafen aus der Hand gefallen war. Sie war bei „Auf einem Balkon“ aufgeschlagen, und ich sah hier und da Stellen mit Bleistift unterstrichen. Als mir bei einem Überholen des Schiffes das Buch entglitt, fiel überdies ein Blatt Papier heraus. Es war mit geometrischen Figuren und irgendwelchen Berechnungen vollgekritzelt.

Es war offenkundig, daß dieser entsetzliche Mensch kein unwissender Hohlkopf war, wie man es nach seinen Bekundungen von Brutalität unweigerlich vermutet hätte. Plötzlich wurde er ein Rätsel. Die eine oder die andere Seite seines Wesens waren völlig begreiflich, aber beide Seiten zusammen verwirrend. Ich hatte bereits bemerkt, daß seine Ausdrucksweise vortrefflich war, nur hin und wieder durch eine unbedeutende Nachlässigkeit beeinträchtigt. Im alltäglichen Gespräch mit den Matrosen und Jägern strotzte sie mitunter geradezu von Schnitzern, was der heimischen Mundart zuzuschreiben war; aber in den wenigen Worten, die er bisher an mich gerichtet hatte, war sie sauber und korrekt gewesen.

Dieser schwache Schimmer, den ich von seiner anderen Wesensseite aufgefangen hatte, muß mich ermutigt haben, denn ich beschloß, mit ihm über mein abhanden gekommenes Geld zu sprechen.

„Ich bin bestohlen worden“, sagte ich ein wenig später zu ihm, als ich ihn antraf, wie er allein auf der Poop auf und ab ging.

„Sir“, berichtigte er, nicht barsch, aber fest.

„Ich bin bestohlen worden, Sir“, verbesserte ich mich.

„Wie ist das geschehen?“ fragte er.

Darauf erzählte ich ihm die ganze Sache, daß meine Kleider zum Trocknen in der Kombüse geblieben wären und daß mich später der Koch beinahe geschlagen hätte, als ich davon sprach.

Er lächelte über meinen Bericht. „Nebeneinkünfte“, schloß er, „Smutjes Nebeneinkünfte. Und Sie meinen nicht, daß Ihr erbärmliches Leben den Preis wert ist? Übrigens, betrachten Sie es als eine Lehre. Sie werden mit der Zeit lernen, selber auf Ihr Geld achtzugeben. Vermutlich hat das bisher Ihr Anwalt oder Ihr Geschäftsführer für Sie getan.“

Ich konnte den gelassenen Spott in seinen Worten spüren, fragte jedoch:

„Wie kann ich es zurückerhalten?“

„Das ist Ihre Angelegenheit. Jetzt haben Sie keinen Anwalt oder Geschäftsführer, deshalb müssen Sie sich auf sich selbst verlassen. Wenn Sie einen Dollar bekommen, halten Sie ihn fest. Ein Mensch, der sein Geld so herumliegen läßt, wie Sie es getan haben, verdient, daß er es verliert. Außerdem haben Sie gesündigt. Sie haben kein Recht, Ihre Mitmenschen in Versuchung zu führen. Sie haben den Smutje in Versuchung geführt, und er fiel. Sie haben seine unsterbliche Seele in Gefahr gebracht. Übrigens, glauben Sie an die unsterbliche Seele?“

Seine Lider hoben sich träge, als er diese Frage stellte, und es schien, als öffneten sich mir die Abgründe und als blickte ich in seine Seele. Aber das war eine Täuschung. So tief es einem auch erscheinen mochte, kein Mensch hat je sehr tief in Wolf Larsens Seele geblickt oder sie überhaupt gesehen – davon bin ich überzeugt. Es war eine sehr einsame Seele, wie ich erfahren sollte, die sich nie enthüllte, wenn sie sich auch in seltenen Augenblicken den Anschein gab.

„Ich lese Unsterblichkeit in Ihren Augen“, antwortete ich, ohne „Sir“ – ein Versuch, den mir die Vertraulichkeit des Gesprächs zu erlauben schien.

Er beachtete es nicht. „Demnach sehen Sie also etwas, das lebt, aber nicht unbedingt ewig leben muß.“

„Ich lese mehr als das“, fuhr ich kühn fort.

„Dann lesen Sie Bewußtsein. Sie lesen das Bewußtsein des

Lebens, das lebt, aber doch nicht darüber hinaus; keine Unendlichkeit des Lebens."

Wie klar er dachte, und wie treffend er ausdrückte, was er dachte! Nachdem er mich forschend angesehen hatte, wandte er den Kopf und blickte nach Luv über die bleierne See. Kälte trat in seine Augen, und die Linien um seinen Mund wurden streng und hart. Offensichtlich befand er sich in einer pessimistischen Stimmung.

„Also zu welchem Zweck?" fragte er schroff und wandte sich mir wieder zu. „Wenn ich unsterblich bin – wozu?"

Ich zögerte. Wie konnte ich diesem Mann meinen Idealismus klarmachen? Wie konnte ich etwas Empfundenes, etwas wie im Schlaf vernommene Musik, etwas, das überzeugte, aber die Grenzen der Sprache überschritt, in Worte fassen?

„Was meinen Sie denn?" fragte ich dagegen.

„Ich meine, daß das Leben ein Wirrwarr ist", antwortete er sofort. „Es ist wie Hefe, ein Gärungsstoff, etwas, das in Bewegung ist und eine Minute, eine Stunde, ein Jahr oder hundert Jahre in Bewegung bleiben mag, aber am Ende aufhören wird, sich zu bewegen. Die Großen fressen die Kleinen, damit sie sich weiterhin bewegen können; die Starken fressen die Schwachen, damit sie ihre Kraft behalten können. Der Erfolgreiche frißt die meisten und bewegt sich am längsten, das ist alles. Was halten Sie von den Leuten da?"

Er schwang seinen Arm mit einer ungeduldigen Gebärde in die Richtung einer Anzahl Matrosen, die mittschiffs an irgendwelchem Tauwerk arbeiteten.

„Sie bewegen sich, die Qualle bewegt sich auch. Sie bewegen sich, um zu essen, damit sie sich weiterhin bewegen können. Da haben Sie's. Sie leben für ihren Bauch und der Bauch für sie. Es ist ein Kreis, man gelangt nirgendwohin. Die auch nicht. Am Ende kommen sie zum Stillstand. Sie bewegen sich nicht mehr. Sie sind tot."

„Aber sie haben Träume", unterbrach ich, „strahlende, flammende Träume ..."

„Von Essen", schloß er kurz und bündig.

„Und von mehr ..."

„Essen. Von größerem Appetit und mehr Glück, ihn zu befriedigen." Seine Stimme klang schroff. Sie hatte keine Leichtigkeit. „Denn, sehen Sie, sie träumen davon, erfolgreiche Fahrten zu machen, die ihnen mehr Geld einbringen, Steuermann zu werden oder Reichtümer zu entdecken – kurzum, besser imstande zu sein, ihre Gefährten auszuplündern, die ganze Nacht schlafen zu können, von gutem Essen und daß andere die Schmutzarbeit machen. Sie und ich, wir sind genau wie sie. Da ist kein Unterschied, außer, daß wir mehr und besser gegessen haben. Jetzt fresse ich die da und Sie desgleichen. Aber in der Vergangenheit haben Sie mehr gefressen als ich. Sie haben in weichen Betten geschlafen und feine Kleider getragen und gute Mahlzeiten gegessen. Wer hat diese Betten gemacht? Und diese Kleider? Und diese Mahlzeiten? Nicht Sie, Sie haben nie etwas in Ihrem Schweiße getan. Sie leben von einem Einkommen, das Ihr Vater erworben hat. Sie sind wie ein Fregattvogel, der sich auf die Tölpel stürzt und ihnen den Fisch entreißt, den sie gefangen haben. Sie sind eins mit den vielen, die eine Regierung, wie sie es nennen, geschaffen haben, die Herr über alle anderen Menschen sind und sich von dem nähren, was die anderen erzeugen und gern selber essen würden. Sie tragen die warmen Kleider. Die anderen haben die Kleider angefertigt, aber sie zittern vor Kälte in Lumpen und bitten Sie, Ihren Anwalt oder Geschäftsführer, der Ihr Geld verwaltet, um eine Arbeit."

„Aber das hat doch nichts mit der Sache zu tun", rief ich.

„Allerdings." Er sprach jetzt schnell, und seine Augen blitzten. „Das ist Niedertracht, und das ist Leben. Welch einen Sinn oder Zweck hat eine Unsterblichkeit der Niedertracht? Was ist das Ziel? Wozu ist das alles? Sie haben keine Nahrung erzeugt. Doch die Nahrung, die Sie verzehrt oder vergeudet haben, hätte zwanzig Unglücklichen, die die Nahrung erzeugt, aber nicht gegessen haben, das Leben retten können. Welchem unsterblichen Ziel dienten Sie? Oder dienten die anderen? Betrachten Sie sich und mich. Worauf läuft Ihre gepriesene Unsterblichkeit hinaus, wenn Ihr Leben mit dem meinen in Kollision gerät? Sie möchten gern an Land zurück, in diese für Ihre Art Niedertracht günstige Gegend. Es ist eine Laune von mir, Sie an Bord dieses Schiffes zu behalten, wo meine Niedertracht blüht. Und behalten werde ich Sie. Auf Biegen oder Brechen. Vielleicht sterben Sie heute, diese Woche oder nächsten Monat. Ich könnte Sie jetzt mit einem Fausthieb umbringen, denn Sie sind ein erbärmlicher Schwächling. Aber wenn wir unsterblich sind, aus welchem Grunde dann? Niederträchtig zu sein, wie Sie und ich unser Leben lang gewesen sind, scheint mir für Unsterbliche nicht gerade das richtige Handeln. Noch einmal, wozu das alles? Warum habe ich Sie hierbehalten ...?"

„Weil Sie stärker sind", platzte ich heraus.

„Doch warum stärker?" fuhr er sogleich mit seinen ständigen Fragen fort. „Weil ich ein größeres Stück von dem Gärstoff bin als Sie! Verstehen Sie nicht? Verstehen Sie nicht?"

„Aber die Hoffnungslosigkeit dessen", wandte ich ein.

„Da stimme ich Ihnen zu", antwortete er. „Warum dann überhaupt bewegen, da Bewegung Leben ist? Bewegte man sich nicht und wäre man nicht ein Teil der Hefe, dann gäbe es keine Hoffnungslosigkeit. Aber – und da haben wir's – wir wollen leben und uns bewegen, wenn wir auch keinen Grund dazu haben, weil es zufälligerweise das Wesen des Lebens ausmacht, zu leben und sich zu bewegen, leben und sich bewegen zu wollen. Wäre es nicht deswegen, dann wäre das Leben tot. Dieses Leben in Ihnen ist der Grund, warum Sie von Ihrer Unsterblichkeit träumen. Das Leben in Ihnen ist lebendig und will auf ewig weiterleben. Pah! Eine Ewigkeit von Niedertracht!"

Schroff drehte er sich auf den Fersen um und ging nach vorn. An den Stufen zur Poop blieb er stehen und rief mich zu sich.

„Wieviel war es übrigens, was der Smutje beiseite gebracht hat?" fragte er.

„Einhundertfünfundachtzig Dollar, Sir", antwortete ich.

Er nickte. Einen Augenblick später, als ich die Kajüttreppe hinabging, um den Tisch zum Mittagessen zu decken, hörte ich ihn mitschiffs laut mit einigen Matrosen herumfluchen.

Sechstes Kapitel

Bis zum nächsten Morgen hatte sich der Sturm völlig gelegt, und die „Ghost" rollte sacht auf einer ruhigen See ohne einen Windhauch. Doch hin und wieder war ein leichtes Lüftchen zu spüren, und Wolf Larsen machte ständig die Runde auf der Poop, wobei seine Augen fortwährend das Meer im Nordosten absuchten, weil aus dieser Richtung der kräftige Passat wehen mußte.

Alle Mann waren an Deck und eifrig beschäftigt, ihre verschiedenen Boote für die diesjährige Jagd vorzubereiten. Sieben Boote sind an Bord, das Dingi des Kapitäns und die sechs, die die Jäger benutzen werden. Drei Mann – ein Jäger, ein Rojer und ein Steuermann – bilden die Besatzung eines Bootes. An Bord des Schoners sind die Rojer und die Steuerleute die Besatzung. Auch von den Jägern wird vorausgesetzt, daß sie bei den Wachen Dienst tun, stets Wolf Larsens Befehlen unterworfen.

All das und noch mehr habe ich gelernt. Die „Ghost" wird für den schnellsten Schoner der Flotten von San Francisco und Victoria gehalten. Tatsächlich war sie ehemals eine

Privatjacht und für Geschwindigkeit gebaut. Ihre Form und ihre Ausrüstung – wenn ich auch von diesen Dingen nichts verstehe – sprechen für sich. Johnson erzählte mir davon in einem kurzen Gespräch, das ich gestern während der zweiten Hundewache mit ihm hatte. Er sprach begeistert, mit der Liebe zu einem schönen Fahrzeug, so wie sie manche Leute für Pferde empfinden. Die Aussicht auf das Kommende mißfällt ihm sehr, und es wird mir zu verstehen gegeben, daß Wolf Larsen unter den Robbenfängern in einem sehr üblen Ruf steht. Es war die „Ghost" selbst, die Johnson verlockt hatte, sich für die Fahrt anheuern zu lassen, aber er fängt schon an, es zu bereuen.

Wie er mir sagte, ist die „Ghost" ein Achtzigtonnenschoner von bemerkenswert schönem Modell. Ihre größte Schiffsbreite beträgt dreiundzwanzig Fuß und ihre Länge etwas mehr als neunzig Fuß. Ein Bleikiel von sagenhaftem, aber unbekanntem Gewicht macht sie sehr stabil, obgleich sie eine ungeheure Fläche Segel trägt. Vom Deck bis zur Rackkugel der Großmarsstenge mißt sie über hundert Fuß, während der Fockmast mit seiner Marsstenge acht oder zehn Fuß kürzer ist. Ich erwähne diese Einzelheiten, damit man sich ein Bild von dieser kleinen schwimmenden Welt machen kann, die zweiundzwanzig Männer umfaßt. Es ist eine sehr kleine Welt, ein Stäubchen, ein Pünktchen, und ich wundere mich, daß sich Menschen mit einem so kleinen und zerbrechlichen Apparat aufs Meer wagen.

Wolf Larsen steht auch in dem Ruf, rücksichtslos Segel zu prangen. Ich hörte Henderson und einen anderen Jäger, den Kalifornier Standish, darüber reden. Vor zwei Jahren hatte er bei einem Sturm im Beringmeer die Masten der „Ghost“ verloren, worauf die jetzigen Masten eingesetzt wurden, die in jeder Hinsicht stärker und gewichtiger sind. Als er sie einsetzte, soll er bemerkt haben, lieber wolle er kentern, als die Stangen verlieren.

Jeder an Bord, mit Ausnahme von Johansen, der nahezu überwältigt ist durch seine Beförderung, scheint eine Entschuldigung dafür zu haben, daß er auf der „Ghost“ unter Segel gegangen ist. Die Hälfte der Leute im Vorschiff sind Hochseematrosen, und ihre Entschuldigung ist, daß ihnen nichts über das Schiff oder seinen Kapitän bekannt war. Und die Wissenden munkeln, die Jäger seien zwar hervorragende Schützen, aber wegen ihrer Neigung zu Streit und Schuftigkeiten so berüchtigt, daß sie sich auf keinem anständigen Schoner hätten anheuern lassen können.

Ich habe die Bekanntschaft eines weiteren Besatzungsmitglieds gemacht – Louis heißt er und ist ein rundlicher Ire aus Neuschottland mit freundlichem Gesicht und ein sehr umgänglicher Bursche, immer zum Schwatzen aufgelegt, wenn er einen Zuhörer findet. Am Nachmittag, als der Koch unten schlief und ich die ewigen Kartoffeln schälte, kam Louis in die

Kombüse zu einem Plausch. Für seine Anwesenheit an Bord hatte er die Entschuldigung, daß er betrunken war, als er sich anheuern ließ. Ein übers andere Mal versicherte er mir, daß es das letzte auf der Welt sei, was er sich in einem nüchternen Augenblick auch nur im Traum hätte einfallen lassen. Anscheinend fährt er seit einem Dutzend Jahren regelmäßig in jeder Saison zur Robbenjagd und gilt in beiden Flotten als einer der zwei oder drei allerbesten Bootssteuerleute.

„Ach, mein Junge“, sagte er mit unheilvollem Kopfschütteln, „dies is der übelste Schoner, den du dir hättst aussuchen können, und dabei warst du zu der Zeit noch nich mal besoffen wie ich. So 'ne Robbenjagd is dem Matrosen sein Paradies – auf andern Schiffen als diesem. Der Steuermann war der erste, aber denk an mich, eh die Fahrt um is, wird's noch mehr Tote geben. Pst, nur unter uns beiden und dem Pfosten hier, dieser Wolf Larsen is 'n ausgemachter Teufel, und die ‚Ghost‘ wird'n Höllenschiff sein, wie sie das immer gewesen is, seit er sie hat. Weiß ich nich Bescheid? Weiß ich nich, wie er vor zwei Jahren in Hakodate war, wo er Streit bekam und vier von seinen Leuten niederschoß? Hab ich da nich grad die ‚Emma L.‘ gesteuert, keine dreihundert Yard weg? Und dasselbe Jahr war da 'n Mann, den er mit 'nem Fausthieb umbrachte. Jawohl, zu Tode brachte. Seinen Kopf muß er ihm wie 'ne Eierschale zerschmettert haben. Und war da nich der Gouverneur von der Insel Kura und der Polizeichef, japanische Herren, und kamen sie nich als seine Gäste an Bord der ‚Ghost‘ und brachten ihre Frauen mit – so winzige und hübsche kleine Dingelchen, wie du sie auf Fächern abgemalt siehst. Und als er abfuhr, wurden da nich die liebevollen Ehemänner achtern in ihrem Sampan zurückgelassen, wie aus Versehen? Und war es nich 'ne Woche später, wo die armen kleinen Damens auf der andern Seite von der Insel wurden an Land gesetzt und hatten keine andre Aussicht vor sich, als wie in ihren klitzekleinwinzigen Strohsandälchen, die keine

Meile zusammenhielten, quer über die Berge nach Hause zu wandern? Weiß ich nich Bescheid? So'n Tier is er, dieser Wolf Larsen – das große gewaltige Tier, das in der Offenbarung Johannis vorkommt, und es wird kein gutes Ende mit ihm nehmen. Aber ich hab nichts zu dir gesagt, denk daran. Kein Wort nich hab ich zu dir geflüstert, denn der alte dicke Louis will die Fahrt überleben, wenn ihr auch alle miteinander zu den Fischen geht.

Wolf Larsen!" schnaubte er einen Augenblick später. „Hör zu, was ich dir sag! Ein Wolf – das is er. Er hat kein schwarzes Herz wie manche Menschen. Er hat überhaupt kein Herz. 'n Wolf, haargenau 'n Wolf, das is er. Wundert's dich, daß er 'n treffenden Namen hat?"

„Aber wenn sein Wesen so gut bekannt ist", fragte ich, „wie ist es dann möglich, daß er Leute bekommt, die mit ihm fahren?"

„Und wie is es möglich, daß man Leute bekommt, die überhaupt was auf Gottes Erde und Meer tun?" fragte Louis mit keltischem Feuer. „Wieso siehst du mich an Bord, wenn nich deswegen, weil ich besoffen war wie 'n Schwein, als ich meinen Namen schrieb? Da sind solche, wo nich mit bessern Leuten fahren können, wie die Jäger, und solche, wo nich Bescheid wissen, wie die armen Teufel von Maulhelden im Vorschiff. Aber sie werden's schon noch merken, sie werden's schon noch merken und den Tag bedauern, wo sie geboren sind. Ich könnt heulen wegen den armen Geschöpfen, wenn ich nich müßt an den armen alten Louis denken und an die Leiden, wo ihm bevorstehn. Aber ich hab kein Wörtchen gesagt, denk daran, kein Wörtchen.

Die Jäger sind verruchte Kerle", platzte er dann aufs neue heraus, denn er litt unter angeborenem Redefluß. „Aber wart man ab, bis sie übermütig werden und rumstreiten. Er is der Kerl, mit ihnen fertig zu werden. Er wird ihnen schon die Gottesfurcht in ihr verrottetes schwarzes Herz treiben. Sieh dir meinen Jäger an, Horner. ‚Jock' Horner nennen sie ihn, und er sieht so friedlich und gutmütig aus und redet so sanft wie 'n Mädchen, daß du möchst meinen, ihm könnt nich die Butter im Mund schmelzen. Und hat er nich letztes Jahr im Boot seinen Steuermann umgebracht? 'n betrüblichen Unglücksfall nannten sie das, aber ich hab den Rojer von seinem Boot in Yokohama getroffen und die Wahrheit zu hören gekriegt. Und da is Smoke, der schwarze kleine Deibel – und haben ihn nich die Russen drei Jahre in den Salzbergwerken von Sibirien gehabt, weil er bei Copper Island, was 'n russisches Revier is, hat Fische gestochen? An Händen und Füßen war er mit seinem Kumpan zusammengefesselt. Und gab es nich trotzdem Streit zwischen ihnen oder 'ne Schlägerei? – Denn den andern Burschen schickte Smoke in den Fördereimern aus dem Bergwerk nach oben, jedesmal ein Stück, heute 'n Bein, morgen 'n Arm, am nächsten Tag den Kopp und so weiter."

„Aber das kann doch nicht Ihr Ernst sein!" rief ich, von Entsetzen übermannt, aus.

„Was, mein Ernst?" fragte er blitzschnell. „Ich hab nichts gesagt. Ich bin taub und stumm, was du von wegen deiner Mutter auch solltest sein, und nich 'n einziges Mal hab ich den Mund aufgemacht, als wie um Gutes von ihnen und von ihm zu sagen. Gott strafe seine Seele, und mög er zehntausend Jahre im Fegefeuer rösten und dann in die letzte und tiefste Hölle sinken!"

Johnson, der Mann, der mich wund gerieben hatte, als ich an Bord kam, schien der am wenigsten zweifelhafte von allen Männern vorn und achtern. Es gab tatsächlich nichts Zweifelhaftes an ihm. Sofort fiel einem seine Geradlinigkeit und Männlichkeit auf, mitunter durch eine Bescheidenheit gemildert, die man als Schüchternheit mißdeuten konnte. Aber schüchtern war er nicht. Er schien vielmehr den Mut seiner Überzeugung, die Gewißheit seiner Männlichkeit zu besitzen.

Dies war es, weshalb er zu Beginn unserer Bekanntschaft Einspruch dagegen erhoben hatte, Yonson genannt zu werden. Darüber und über seine Person sprach Louis sein Urteil und eine Prophezeiung aus.

„Der is 'n feiner Kerl, dieser Schwede Johnson, den wir vorn bei uns haben", sagte er. „Der beste Matrose in der Back. Er is mein Rojer. Aber er wird mit Wolf Larsen aneinandergeraten, so sicher, wie die Funken nach oben fliegen. Das weiß ich. Ich kann es wie Sturm am Himmel sich zusammenziehn und aufkommen sehn. Ich hab wie'n Bruder mit ihm geredet, aber er sieht nich ein, warum er seine Lampen einholen oder falsche Signale geben soll. Er knurrt es raus, wenn ihm was nich paßt, und es wird immer irgend'n Zuträger geben, der es dem Wolf hinterbringt. Der Wolf is stark, und es liegt in der Wolfsnatur, Stärke zu hassen, und Stärke spürt er in Johnson – kein Unterwerfen und ‚Jawohl, Sir, ergebensten Dank, Sir' für 'ne Verwünschung oder 'n Schlag. Oh, das kommt! Das kommt! Und weiß Gott, wo ich 'n andern Rojer herkriegen soll! Was macht dieser Dummkopf und sagt, als der Alte ihn Yonson nennt? ‚Mein Name ist Johnson, Sir', und buchstabiert ihn langsam und deutlich. Da hättst du dem Alten sein Gesicht sehn sollen! Ich dacht', er würd' gleich auf ihn losschlagen. Er tat's nich, aber er wird, und er wird dem Schweden das Herz brechen, oder ich weiß wenig davon, wie die Männer der Schiffe auf See sind beschaffen."

Thomas Mugridge wird unerträglich. Bei jedem Gespräch muß ich ihn „Mister" und „Sir" vorn und hinten anreden. Eine Ursache dessen ist, daß Wolf Larsen anscheinend Geschmack an ihm gefunden hat. Wie ich höre, ist es noch nicht dagewesen, daß sich ein Kapitän mit dem Koch anfreundet, aber das ist bei Wolf Larsen zweifellos der Fall. Zwei- oder dreimal hat er den Kopf zur Kombüse hereingesteckt und Mugridge gutmütig gehänselt, und einmal, an diesem Nachmittag, stand er ganze fünfzehn Minuten an den Stufen zur Poop und schwatzte mit ihm. Als das vorbei und Mugridge wieder in der Kombüse war, glänzte er ölig und machte sich an seine Arbeit, wobei er in nervenzerreißendem und mißtönendem Falsett Londoner Hökerlieder summte.

„Ich komm immer mit die Offiziere aus", bemerkte er in vertraulichem Ton zu mir. „Ich weiß, wie ich's machen muß, daß sie mir schätzen. Nehmen wir meinen letzten Kaptän – na, ich dacht mir nichts bei, auf'n Sprung in seine Kajüte runterzugehn zu'n Schwätzchen und 'n Gläschen in Freundschaft. ‚Mugridge', sagt er zu mir, ‚Mugridge', sagt er, ‚du hast deinen Beruf verfehlt.' ‚Und wieso das?' sag ich. ‚Du hättst soll'n geboren sein als 'n feiner Herr und nie für deinen Lebensunterhalt arbeiten gemußt haben.' Erschlag mich Gott, Hump, wenn er das nich gesagt hat, und ich sitz da in seiner Kajüte, fidel und gemütlich, und rauch seine Zigarren und trink seinen Rum."

Dies Geschwätz trieb mich zur Verzweiflung. Nie habe ich eine Stimme gehört, die ich so haßte. Sein öliger, schmeichlerischer Ton, sein schmieriges Grinsen und sein ungeheuerlicher Eigendünkel fielen mir so auf die Nerven, daß ich mitunter am ganzen Leibe zitterte. Er war wirklich der ekelhafteste und widerwärtigste Mensch, der mir je begegnet ist. Der Unflat seiner Kocherei war nicht zu beschreiben, und da er alles kochte, was an Bord gegessen wurde, war ich gezwungen, mir mein Essen mit großer Vorsicht zu wählen, indem ich mir unter den am wenigsten schmutzigen Fressalien etwas aussuchte.

Meine Hände, die Arbeit nicht gewohnt waren, machten mir viel zu schaffen. Die Nägel verfärbten sich und wurden schwarz, und die Haut war bereits von Schmutz marmoriert, den nicht einmal eine Scheuerbürste zu entfernen vermochte. Dann bekam ich, in schmerzhafter und endloser Folge, Blasen sowie eine große Brandwunde am Unterarm, die ich mir einhandelte, als ich bei einem Krängen des Schiffs das Gleichgewicht verlor und an den Kombüsenherd prallte. Mein Knie war auch noch nicht besser. Die Schwellung war noch nicht zurückgegangen und die Kniescheibe immer noch hochkant. Daß ich damit vom Morgen bis in die Nacht herumhumpelte, war ja nicht gerade ein Heilmittel. Was ich brauchte, war Ruhe, wenn es je gut werden sollte.

Ruhe! Nie zuvor hatte ich gewußt, was dieses Wort bedeutete. Mein Leben lang hatte ich geruht und es nicht gewußt. Und jetzt, könnte ich nur eine halbe Stunde still sitzen und nichts tun, nicht einmal denken – das wäre das Herrlichste von der Welt. Aber andrerseits ist es eine Entdeckung. Ich werde später imstande sein, das Leben der Arbeitenden zu würdigen. Ich hatte mir nicht träumen lassen, daß Arbeit etwas so Fürchterliches ist. Von halb sechs früh bis zehn Uhr abends bin ich jedermanns Sklave, ohne einen Augenblick für mich zu haben, außer wenn ich mir hin und wieder gegen Ende der zweiten Hundewache einen stehle. Laßt mich eine Minute Pause machen, über das in der Sonne funkelnde Meer zu schauen oder einen Matrosen zu bestaunen, der das Takelwerk zu den Gaffeltoppsegeln hinaufklettert oder den Klüverbaum ausbringt, und ich bin sicher, die verhaßte Stimme zu hören: „He, Hump, keine Drückebergerei nich. Ich hab'n Auge auf dir."

Es gibt Anzeichen um sich greifender Übellaunigkeit im Zwischendeck, und es geht das Gerede, zwischen Smoke und Henderson sei es zu einer Schlägerei gekommen. Henderson scheint der beste Jäger zu sein, ein bedächtiger Bursche und schwer aus der Ruhe zu bringen, aber aus der Ruhe muß er gebracht worden sein, denn Smoke hatte ein geschwollenes und verfärbtes Auge und sah besonders bösartig aus, als er zum Abendessen in die Kajüte kam.

Etwas Grausames, das bezeichnend ist für die Gefühllosigkeit und Roheit dieser Männer, ereignete sich kurz vor dem

Abendessen. Zur Mannschaft gehört ein Neuling namens Harrison, ein unbeholfen aussehender Junge vom Land, vermutlich vom Abenteuergeist beherrscht, der seine erste Fahrt macht. In den leichten, veränderlichen Lüftchen muß der Schoner viel lavieren, wobei die Segel von der einen Seite zur andern gehen und ein Matrose in die Takelung geschickt wird, das Vorgaffeltoppsegel zu schiften. Als Harrison in der Takelung war, verklemmte sich irgendwie die Schot in dem Block, durch den sie am Ende der Gaffel läuft. Soweit ich es verstand, gab es zwei Möglichkeiten, sie klar zu bekommen – erstens, indem man das Focksegel herunterfierte, was verhältnismäßig leicht und gefahrlos ist, und zweitens, indem man auf dem Piekfall bis zum Ende der Gaffel hinauskletterte, ein außerordentlich gewagtes Unternehmen.

Johansen rief Harrison zu, er solle auf dem Fall hinausklettern. Jedem war klar, daß der Junge Angst hatte. Und das konnte er mit Recht, da er sich achtzig Fuß über dem Deck diesen dünnen, ruckweise schleudernden Tauen anvertrauen sollte. Hätte eine gleichmäßige Brise geweht, wäre es nicht so schlimm gewesen, aber die „Ghost“ rollte ohne Ladung in einem Seegang mit langen Wellen, und bei jedem Krängen schlugen und knallten die Segel, und die Fallen lockerten sich und strafften sich dann wieder mit einem Ruck. Sie waren imstande, einen Mann wie eine Fliege von einer Peitschenschmitze zu schlagen.

Harrison hörte den Befehl und begriff, was von ihm verlangt wurde, zögerte jedoch. Wahrscheinlich war er zum erstenmal in seinem Leben in der Takelung. Johansen, der von Wolf Larsens Herrschsucht angesteckt war, brach in eine Flut von Beschimpfungen und Flüchen aus.

„Das langt, Johansen“, sagte Wolf Larsen schroff. „Merken Sie sich, das Fluchen auf diesem Schiff besorge ich. Wenn ich Ihre Hilfe brauche, werde ich Sie hinzuziehen.“

„Jawohl, Sir“, bestätigte der Steuermann unterwürfig.

Unterdessen hatte sich Harrison auf die Fallen hinausgewagt. Ich blickte von der Kombüsentür aus hinauf und konnte ihn wie im Schüttelfrost an allen Gliedern zittern sehen. Er kroch, Zoll für Zoll, sehr langsam und vorsichtig. Gegen das klare Blau des Himmels gezeichnet, nahm er sich aus wie eine riesige Spinne, die im Maßwerk ihres Netzes entlangkriecht.

Es war eine sacht aufwärts führende Kletterei, denn das Focksegel war aufgetoppt, und die Fallen, die durch verschiedene Blöcke an Gaffel und Mast liefen, gaben ihm jeweils Halt für Hände und Füße. Das Übel lag jedoch darin, daß der Wind weder stark noch stetig genug war, das Segel gefüllt zu halten. Als er die Hälfte hinter sich hatte, krängte die „Ghost“ weit nach Luv und legte sich dann zurück in das Tal zwischen zwei Wogen. Harrison hörte auf zu kriechen und hielt sich fest. Achtzig Fuß unter ihm konnte ich bemerken, mit welch angstvoller Muskelanspannung er sich um sein Leben anklammerte. Das Segel leerte sich, und die Gaffel schwang mitschiffs. Die Fallen lockerten sich, und obgleich all das sehr rasch geschah, sah ich, wie sie unter dem Gewicht seines Körpers absackten. Dann schwang die Gaffel mit jäher Geschwindigkeit zur Seite, das große Segel donnerte wie eine Kanone, und die drei Reihen Reffbändsel peitschten wie eine Gewehrsalve an das Segel. Harrison, immer noch angeklammert, trudelte durch die Luft. Sein Sturz hörte jäh auf. Im Nu strafften sich die Fallen. Es war wie ein Peitschenknall. Sein Griff war gesprengt. Eine Hand wurde losgerissen. Die andere säumte noch einen Augenblick verzweifelt und folgte dann. Sein Körper schwang aus und fiel, aber irgendwie gelang es ihm, sich mit den Beinen festzuhalten. Er hing mit dem Kopf nach unten. Mit einer heftigen Anstrengung brachte er seine Hände wieder nach oben zu den Fallen; aber es dauerte lange, ehe er seine frühere Stellung wieder einnehmen konnte, wo er nun hing, ein bedauernswertes Geschöpf.

„Ich wette, ihm ist der Appetit aufs Abendessen vergangen", hörte ich Wolf Larsens Stimme, die um die Kombüsenecke zu mir drang. „He, gehn Sie beiseite, Johansen! Aufpassen! Da kommt's runter!"

Harrison war wirklich sehr übel wie einem, der seekrank ist, und lange Zeit klammerte er sich an seinen schwankenden hohen Sitz und machte keinen Versuch, sich zu bewegen. Doch Johansen drängte ihn immer noch ungestüm, seine Aufgabe zu vollenden.

„Es ist eine Schande", hörte ich Johnson in quälend langsamem und korrektem Englisch grollen. Er stand am Takelwerk des Hauptmastes, wenige Fuß von mir entfernt. „Der Junge ist willig genug. Er wird lernen, wenn er eine Möglichkeit hat. Aber das ist..." Er hielt eine Weile inne, denn sein abschließendes Urteil lautete: „Mord."

„Willst du wohl stille sein!" raunte Louis ihm zu. „Wenn dir deine Mutter lieb is, halt den Mund!"

Aber Johnson knurrte weiter, während er zusah.

„Hören Sie", sagte der Jäger Standish zu Wolf Larsen, „das ist mein Rojer, und ich möcht ihn nicht verlieren."

„Ganz recht, Standish", lautete die Antwort. „Er ist Ihr Rojer, wenn Sie ihn im Boot haben, aber er ist mein Matrose, wenn ich ihn an Bord habe, und ich werde verdammt noch mal mit ihm machen, was mir beliebt."

„Aber das ist kein Grund...", begann Standish einen Redestrom.

„Es langt, regen Sie sich ab", riet ihm Wolf Larsen. „Ich habe Ihnen meine Meinung gesagt, und damit Schluß. Der Mann gehört mir, und wenn mir danach ist, koche ich Suppe aus ihm und esse sie."

Ein zorniges Funkeln war in den Augen des Jägers, aber er drehte sich auf dem Absatz um und ging und stellte sich auf die Treppe zum Zwischendeck, wo er blieb und nach oben blickte. Alle Mann befanden sich jetzt an Deck, und aller

Augen waren auf die Takelung gerichtet, wo ein Menschenleben mit dem Tode rang. Die Gefühllosigkeit dieser Männer, denen die Ordnung ihres Gewerbes Macht über das Leben anderer Menschen gab, war grauenhaft. Ich, der ich fern vom Wirbel der Welt gelebt hatte, hätte mir nie träumen lassen, daß ihre Tätigkeit auf solche Weise betrieben wurde. Das Leben war mir stets als etwas besonders Heiliges erschienen, aber hier galt es nichts, hier war es eine Ziffer in der Handelsarithmetik. Dennoch muß ich sagen, daß die Matrosen Mitgefühl hatten, wie zum Beispiel in Johnsons Fall; aber die Vorgesetzten (die Jäger und der Kapitän) waren von grausamer Gleichgültigkeit. Selbst der Einspruch von Standish entsprang nur dem Umstand, daß er seinen Rojer nicht verlieren wollte. Hätte es sich um den Rojer eines anderen Jägers gehandelt, so wäre er wie sie nichts weiter als belustigt gewesen.

Aber zurück zu Harrison. Johansen brauchte, indem er den armen Teufel beschimpfte und schmähte, volle zehn Minuten, ihn wieder in Bewegung zu setzen. Ein wenig später langte er am Ende der Gaffel an, wo er rittlings auf der Spiere eine bessere Möglichkeit hatte, sich festzuhalten. Er machte die Schot klar, und es stand ihm frei, jetzt sacht bergab, an den Fallen entlang zum Mast zurückzukriechen. Aber er hatte den Mut verloren. So unsicher seine augenblickliche Lage auch sein mochte, er war nicht geneigt, sie für die noch unsicherere auf den Fallen aufzugeben.

Er blickte den luftigen Weg entlang, den er nehmen mußte, und dann auf das Deck hinunter. Seine Augen waren weit und stier, und er zitterte heftig. Nie hatte ich ein Menschengesicht so nachdrücklich von Furcht geprägt gesehen. Johansen rief ihm vergeblich zu, er solle herunterkommen. Jeden Augenblick konnte es geschehen, daß er von der Gaffel geschleudert wurde, aber er war hilflos vor Angst. Wolf Larsen, der im Gespräch mit Smoke auf und ab ging, beachtete ihn nicht mehr, wenn er auch einmal den Mann am Steuerrad scharf anfuhr:

„Du bist aus dem Kurs, Mann! Nimm dich in acht, wenn du nicht Ärger suchst!"

„Jawohl, Sir", erwiderte der Mann am Steuer und legte ein paar Spaken in Lee.

Er hatte sich strafbar gemacht, weil er die „Ghost" ein paar Strich von ihrem Kurs gesteuert hatte, damit das bißchen Wind, das es gab, das Focksegel fülle und steif halte. Er hatte sich, auf die Gefahr hin, sich Wolf Larsens Zorn zuzuziehen, bemüht, dem unglücklichen Harrison zu helfen.

Die Zeit verging, und die bange Erwartung war mir schrecklich. Thomas Mugridge dagegen fand die Angelegenheit zum Lachen und steckte andauernd seinen Kopf zur Kombüsentür hinaus, um witzige Bemerkungen zu machen. Wie ich ihn haßte! Und wie mein Haß gegen ihn in diesen fürchterlichen Minuten zu zyklopischem Umfang wuchs und wuchs. Zum erstenmal in meinem Leben erfuhr ich das brennende Verlangen zu morden – ich „sah rot", wie einige unserer malerischen Schriftsteller es ausdrücken. Das Leben im allgemeinen mochte immer noch heilig sein, aber in dem besonderen Fall von Thomas Mugridge war es wirklich etwas sehr Profanes geworden. Ich erschrak, als mir bewußt wurde, daß ich rot sah, und mir schoß der Gedanke durch den Kopf: Wurde auch ich von der Roheit meiner Umgebung angesteckt? – Ich, der ich selbst bei den abscheulichsten Verbrechen die Berechtigung und Füglichkeit der Todesstrafe geleugnet hatte?

Eine volle halbe Stunde verging, und dann sah ich Johnson und Louis, die so etwas wie einen Wortwechsel hatten. Er endete damit, daß Johnson Louis' hindernden Arm abschüttelte und nach vorn ging. Er überquerte das Deck, sprang in die Focktakelung und begann zu klettern. Aber der scharfe Blick Wolf Larsens hatte ihn eingeholt.

„He, du, was hast du vor?“ rief er.

Johnsons Aufstieg kam zum Halt. Er blickte seinem Kapitän in die Augen und erwiderte langsam:

„Ich werde den Jungen herunterholen.“

„Du wirst aus der Takelung runterkommen, und zwar schleunigst! Verstanden? Runter!“

Johnson zögerte, aber die langen Jahre des Gehorsams gegen die Schiffsherren besiegten ihn, und er ließ sich verdrossen auf das Deck fallen und ging weiter nach vorn.

Um halb sechs stieg ich hinunter, um in der Kajüte den Tisch zu decken, aber ich wußte kaum, was ich tat, denn meine Augen und mein Denken waren erfüllt von dem Bild eines Menschen, der sich mit weißem Gesicht und zitternd, komisch anzusehen wie ein Käfer, an die hin und her schlagende Gaffel klammerte. Um sechs Uhr, als ich das Abendessen servierte und an Deck ging, um die Speisen aus der Kombüse zu holen, sah ich Harrison immer noch in derselben Lage. Die Unterhaltung bei Tisch drehte sich um andere Dinge. Keiner schien sich für das mutwillig gefährdete Leben zu interessieren. Doch als ich ein wenig später einen Extragang in die Kombüse machte, erfreute mich der Anblick von Harrison, wie er kraftlos vom Takelwerk zur Backluke wankte. Endlich hatte er sich ermannt, hinunterzuklettern.

Ehe ich diesen Vorfall abschließe, muß ich ein kleines Gespräch wiedergeben, das ich mit Wolf Larsen in der Kajüte hatte, als ich das Geschirr wusch.

„Sie sahen heute nachmittag aus, als sei Ihnen übel“, begann er. „Was war los?“

Ich merkte, daß er wußte, was mich vermutlich so krank gemacht hatte wie Harrison, und daß er mich aufziehen wollte, und ich antwortete: „Es war wegen der rohen Behandlung dieses Jungen.“

Er lachte kurz auf. „Vermutlich so was wie Seekrankheit. Manche Leute bekommen sie, andere nicht.“

„Das war es nicht“, widersprach ich.

„Genau das“, fuhr er fort. „Die Erde ist so voller Roheit wie das Meer voller Bewegung. Manche Leute macht das eine, manche das andere krank. Das ist die einzige Begründung.“

„Aber messen Sie, der Sie Spott mit dem Menschenleben treiben, ihm denn gar keinen Wert bei?“ fragte ich.

„Wert? Welchen Wert?“ Er sah mich an, und obgleich seine Augen unverwandt und reglos blickten, erschien darin ein zynisches Lächeln: „Welcherlei Wert? Wie ermessen Sie ihn? Wer veranschlagt ihn.“

„Ich“, antwortete ich.

„Was ist es Ihnen dann wert? Das Leben eines anderen Menschen, meine ich. Los doch, was ist es wert?“

Der Wert des Lebens? Wie konnte ich ihm einen greifbaren Wert zuschreiben? Der ich mich stets hatte auszudrücken gewußt, wenn ich mit Wolf Larsen zusammen war, ermangelte es mir daran irgendwie. Ich bin seitdem zu dem Schluß gekommen, daß mein Versagen zum Teil durch die Persönlichkeit dieses Mannes verursacht wurde, mehr aber noch durch seine völlig andere Warte. Mit ihm hatte ich im Gegensatz zu anderen Materialisten, die ich getroffen und mit denen ich etwas Gemeinsames hatte, wovon man ausgehen konnte, nichts gemein. Vielleicht war es auch die elementare Unbefangenheit seines Denkens, die mich hinderte. Er ging so direkt auf den Kern der Sache los, indem er eine Frage stets aller überflüssigen Einzelheiten entblößte, und mit einem solchen Anschein von Endgültigkeit, daß mir war, als strample ich in tiefem Wasser, ohne Grund unter den Füßen. Wert des Lebens? Wie konnte ich diese Frage auf Anhieb beantworten? Die Heiligkeit des Lebens hatte ich als unumstößlich angenommen. Daß es wirklich wertvoll war, galt mir als eine augenscheinliche Wahrheit, die ich nie angezweifelt hatte. Doch als er diese augenscheinliche Wahrheit anfocht, war ich sprachlos.

„Wir unterhielten uns gestern schon darüber“, sagte er. „Ich behauptete, das Leben sei ein Gärstoff, etwas Hefeartiges, das Leben verschlinge, damit es leben könne, und Leben sei eine bloße erfolgreiche Niederträchtigkeit. Nun, wenn es mit Angebot und Nachfrage etwas auf sich hat, dann ist das Leben die billigste Sache auf der Welt. Es gibt nur soundso viel Wasser, soundso viel Erde, soundso viel Luft; aber das Leben, das geboren zu werden verlangt, ist unbegrenzt. Die Natur ist eine Verschwenderin. Nehmen Sie die Fische und ihre Millionen von Eiern. Und was dies betrifft, nehmen Sie uns beide. In unsern Lenden sind die Möglichkeiten für Millionen von Leben vorhanden. Fänden wir nur Zeit und Gelegenheit und nutzten bis zum letzten jedes bißchen ungeborenen Lebens in uns, wir könnten die Väter von ganzen Völkerschaften werden und Kontinente bevölkern. Leben? Pah! Es hat keinen Wert. Von allem Billigen ist es das billigste. Überall geht es betteln. Die Natur verschüttet es mit verschwenderischer Hand. Wo Raum für ein einziges Leben ist, sät sie tausend Leben, und Leben frißt Leben, bis das stärkste und niederträchtigste übrigbleibt.“

„Sie haben Darwin gelesen“, sagte ich. „Aber Sie haben ihn mißverstanden, wenn Sie folgern, daß der Kampf ums Dasein Ihre mutwillige Vernichtung von Leben sanktioniert.“

Er zuckte die Schultern. „Es ist Ihnen doch klar, daß Sie nur in bezug auf menschliches Leben so denken, denn an Fleisch und Geflügel und Fisch vernichten Sie soviel wie ich oder sonst jemand. Und menschliches Leben ist keineswegs anders, wenn Sie auch das Gefühl haben und vernünftig darüber zu urteilen glauben. Warum sollte ich sparsam sein mit diesem Leben, das billig und ohne Wert ist? Es gibt mehr Matrosen, als es auf See Schiffe für sie gibt, mehr Arbeiter, als Fabriken oder Maschinen für sie vorhanden sind. Sie, der Sie an Land leben, wissen, daß ihr eure Armen in den Elendsvierteln der Städte unterbringt und Hunger und Seuchen auf sie losläßt und daß immer noch mehr Arme verbleiben, die aus Mangel an einer Brotkruste und einem Bissen Fleisch (der vernichtetes Leben ist) sterben, als ihr damit anzufangen wißt. Haben Sie je die Londoner Hafenarbeiter gesehen, wenn sie wie wilde Tiere um eine Aussicht auf Arbeit kämpfen?"

Er ging auf die Kajüttreppe zu, wandte jedoch den Kopf zu einem letzten Wort: „Wissen Sie, daß der einzige Wert des Lebens der ist, den es sich selbst beimißt? Und der ist natürlich überschätzt, da es ja unvermeidlich zu seinen Gunsten voreingenommen ist. Nehmen Sie den Matrosen, den ich in der Takelung hatte. Er hielt sich fest, als wäre er etwas Kostbares, ein größerer Schatz als Diamanten oder Rubine. Für Sie? Nein. Für mich? Keineswegs. Für ihn selbst? Ja. Aber ich lasse seine Einschätzung nicht gelten. Er veranschlagt sich viel zu hoch. Es gibt einen Überfluß an Leben, das geboren zu werden verlangt. Wäre er gefallen und wäre sein Hirn wie Honig aus der Wabe aufs Deck getropft, so hätte die Welt keinen Verlust erfahren. Für die Welt war er nichts wert. Das Angebot ist zu groß. Nur für sich selbst war er von Wert, und um zu beweisen, wie fiktiv selbst dieser Wert war, weiß er als Toter nicht, daß er um sich selbst gekommen ist. Er allein schätzte sich höher als Diamanten und Rubine. Die Diamanten und Rubine sind dahin, auf dem Deck verstreut, und werden mit einem Eimer Seewasser weggespült, und er weiß nicht einmal, daß die Diamanten und Rubine hin sind. Er verliert nichts, denn mit dem Verlust seiner selbst verliert er das Bewußtsein des Verlustes. Sehen Sie das nicht ein? Und was haben Sie dazu zu sagen?"

„Daß Sie zumindest konsequent sind", war alles, was ich sagen konnte, und ich setzte meinen Abwasch fort.

Siebentes Kapitel

Endlich, nach drei Tagen wechselnder Winde, haben wir die Nordostpassate zu fassen bekommen. Ich ging nach einer trotz meines armen Knies guten Nachtruhe an Deck und sah die „Ghost“ mit entgegengesetzt ausgebaumten Gaffelsegeln und unter allen Segeln außer den Klüvern in einem frischen Wind von achtern dahinschäumen! Oh, das Wunder dieses mächtigen Passats! Den ganzen Tag machten wir Fahrt, und die ganze Nacht und den nächsten Tag und den übernächsten, Tag für Tag, den Wind immer von achtern und immer stetig und stark.

Der Schoner segelte von selbst. Da gab es kein Ziehen und Zurren an Schoten und Taljen, kein Schiften von Marssegeln, überhaupt keine Arbeit für die Matrosen, abgesehen vom Steuern. Am Abend, wenn die Sonne unterging, wurden die Schote nachgelassen; am Morgen, wenn sich die Feuchtigkeit vom Tau verflüchtigte, wurden sie wieder festgezurrt – und das war alles.

Zehn Knoten, zwölf Knoten, elf Knoten; was mitunter schwankt, ist die Geschwindigkeit, die wir machen. Und immer aus Nordosten bläst der brave Wind und treibt uns von Dämmerung zu Dämmerung zweihundertfünfzig Meilen weiter auf unserm Kurs. Es macht mich traurig und erfreut mich, dieses Tempo, in dem wir San Francisco hinter uns lassen und nach Süden auf die Tropen zu schäumen. Jeden Tag wird es spürbar wärmer. In der zweiten Hundewache kommen die Matrosen nackt an Deck und begießen sich gegenseitig von oben mit Eimern voll Wasser. Fliegende Fische lassen sich sehen, und nachts krabbelt die Wache auf der Jagd nach den an Bord fallenden übers Deck. Morgens, nachdem Thomas Mugridge gebührend bestochen wurde, erfüllt die Kombüse der Wohlgeruch ihres Bratendunstes, während vorn und achtern Delphinfleisch serviert wird, wenn es Johnson gelingt,

die schimmernden Schönheiten von der Spitze des Bugspriets aus zu fangen.

Johnson scheint seine ganze Freizeit dort oder in der Takelung bei den Marsrahen zu verbringen und zu beobachten, wie die „Ghost“ unter vollen Segeln das Wasser durchschneidet. Leidenschaft, Verehrung liegt in seinen Augen, und er geht gleichsam wie in Trance umher und starrt verzückt auf die schwellenden Segel, das schäumende Kielwasser und des Schiffes Heben und Laufen über die flüssigen Berge, die sich in erhabener Prozession mit uns bewegen.

Die Tage und Nächte sind „ein einziges Wunder und wildes Entzücken“, und obgleich ich bei meiner langweiligen Arbeit wenig Zeit habe, stehle ich mir ab und an einen Augenblick, um wieder und wieder die unendliche Herrlichkeit anzustaunen, die ich der Welt nicht einmal im Traum zugetraut hätte. Der Himmel droben ist makellos blau – blau wie das Meer, das an der Kielspitze von der Farbe und dem Glanz azurnen Atlasses ist. Ringsum am Horizont hängen blasse Lämmerwölkchen, unveränderlich, unbeweglich wie eine Silberfassung für den makellosen Himmelstürkis.

Ich vergesse nicht die eine Nacht, als ich, während ich hätte schlafen sollen, ganz vorn auf der Back lag und hinunterblickte auf das geisterhafte Schaumgeriesel, das von der Kielspitze der „Ghost“ beiseite geschoben wurde. Es klang wie das Murmeln eines Baches über bemooste Steine in einer stillen Schlucht, und der leise Gesang lockte mich fort und von mir weg, bis ich nicht mehr Hump, der Kajütjunge, auch nicht mehr van Weyden war, der Mann, der fünfunddreißig Jahre zwischen Büchern verträumt hatte. Doch eine Stimme hinter mir, die unverkennbare Stimme Wolf Larsens, stark wie die unbesiegbare Sicherheit dieses Mannes und gemildert durch die Wertschätzung der Worte, die er zitierte, weckte mich.

„O die flammende Tropennacht, wenn die Schiffsspur, in Licht entfacht,
Zähmt des heißen Himmels Glut,
Wenn schnarchend zieht der feste Kiel durch sternbesäter Gründe Spiel,
Wo aufgescheucht der Wal in Wut.
Zernarbt von Sonne sind die Platten, Liebste,
Und straff vom Tau des Schiffes Fallen,
Denn mit vollen Segeln fahren wir den alten Pfad, den Pfad, der einzig unser ist,
Nach Süden hin den Langen Pfad – den Pfad, der immer neu uns allen.“

„Na, Hump? Was empfinden Sie dabei?“ fragte er nach der gebührenden Pause, die die Worte und ihr Rahmen verlangten.

Ich sah ihm ins Gesicht. Es glühte von Licht wie das Meer, und seine Augen blitzten im Sternenschein.

„Ich empfinde es zumindest als merkwürdig, daß Sie Begeisterung an den Tag legen“, erwiderte ich kühl.

„Aber, Mann, das ist Leben! Es ist das Leben!“ rief er.

„Das etwas Billiges ist und ohne Wert.“ Ich schleuderte ihm seine eigenen Worte entgegen.

Er lachte, und es war das erstemal, daß ich ehrliche Heiterkeit in seiner Stimme hörte.

„Ach, ich kann Ihnen nicht begreiflich machen, kann Ihnen nicht in den Kopf einhämmern, was dieses Leben ist. Natürlich ist das Leben wertlos, außer für einen selbst. Und ich kann Ihnen sagen, daß mein Leben gerade jetzt ziemlich wertvoll ist – für mich. Es steht über jedem Preis, was eine gewaltige Überschätzung ist, wie Sie zugeben werden, aber ich kann es nicht ändern, denn es ist das Leben in mir, das die Einschätzung trifft.“

Er schien auf die Worte zu warten, seinen Gedanken auszudrücken, und fuhr dann fort:

„Wissen Sie, ich bin von einem ungewöhnlichen Aufschwung erfüllt; mir ist, als habe unsere ganze Zeit ihren Widerhall in mir, als seien alle Kräfte mein. Ich erkenne die Wahrheit, unterscheide Gutes von Bösem, Recht von Unrecht. Mein Sehvermögen ist klar und weit. Ich könnte fast an Gott glauben. Aber“ – und seine Stimme veränderte sich, und das Licht schwand aus seinem Gesicht – „was bedeutet dieser Zustand, in dem ich mich befinde? Diese Lebensfreude? Dieser Triumph des Lebens? Diese poetische Begeisterung, wie ich es wohl nennen darf? Es ist etwas, das eintritt, wenn die Verdauung nicht gestört, wenn der Magen in Ordnung und der Appetit geschärft ist und alles geht, wie es sich gehört. Es ist die Bestechung des Lebens, der Champagner im Blut, das Aufbrausen des Gärstoffes – das manche Leute fromme Gedanken denken und andere Gott sehen oder ihn erschaffen läßt, wenn sie ihn nicht sehen können. Es ist weiter nichts als der Rausch des Lebens, das Wallen und Wimmeln der Hefe, das Stammeln des Lebens, das toll ist durch das Bewußtsein zu leben. Und – pah! Morgen werde ich dafür bezahlen, wie der Trunkenbold bezahlt. Und ich werde wissen, daß ich sterben muß, höchstwahrscheinlich auf See, daß ich aufhören werde, aus mir selbst zu wimmeln, und eingehe in das Wimmeln der Zerstörung durch die See, und gefressen und Aas sein und alle Kraft und Bewegung meiner Muskeln hingeben werde, daß sie Kraft und Bewegung in Flossen, Schuppen und Eingeweiden der Fische werden können. Pah! Und noch einmal pah! Der Champagner ist bereits abgestanden. Das Perlen und Sprudeln hat sich verflüchtigt, und er ist ein fades Getränk."

Er verließ mich so plötzlich, wie er gekommen war, indem er mit der Schwere und Weichheit eines Tigers zum Deck sprang. Die „Ghost" pflügte weiter ihren Kurs. Ich bemerkte, daß das Gurgeln um die Kielspitze einem Schnarchen sehr ähnlich klang, und als ich ihm lauschte, verließ mich allmählich der Eindruck, den Wolf Larsens jäher Sturz von erhabener Begeisterung in Verzweiflung auf mich gemacht hatte. Dann erhob vom Mitteldeck ein Hochseematrose seinen volltönenden Tenor zu dem „Lied des Passats".

„Ich bin der Wind, den die Seeleute loben –
Ich bin stetig und stark, treu und genau,
Sie verfolgen meinen Weg durch die Wolken droben
Überm unergründlichen Tropenblau.

Durch Tag und Dunkel folg ich dem Schiff,
Bleib wie ein Hund ihm auf der Spur,
Am stärksten um Mittag, doch unterm Mond
Straff ich den Bauch seines Segels nur."

Achtes Kapitel

Manchmal glaube ich, Wolf Larsen ist verrückt oder zumindest halb verrückt, wegen seiner sonderbaren Launen und Einfälle. Zu anderen Zeiten halte ich ihn für einen bedeutenden Mann, ein Genie, das nie gelandet ist. Und schließlich bin ich überzeugt, daß er das vollendete Urbild des Primitiven ist, tausend Jahre oder Generationen zu spät geboren und ein Anachronismus in diesem auf dem höchsten Punkt angelangten Zeitalter der Zivilisation. Bestimmt ist er ein Individualist von ausgeprägtestem Typ. Es gibt keine Geistesverwandtschaft zwischen ihm und den übrigen Männern an Bord. Seine ungeheure Männlichkeit und Geisteskraft sondern ihn ab. Sie sind mehr wie Kinder für ihn, sogar die Jäger, und wie Kinder behandelt er sie, indem er notgedrungen auf ihre Ebene hinabsteigt und mit ihnen spielt, wie ein Mann mit jungen Hunden spielt. Oder er sondiert sie mit der grausamen Hand eines Anatomen, indem er in ihren geistigen Vorgängen herumtastet und ihre Seelen untersucht, als wolle er sehen, woraus Seelensubstanz gemacht ist.

Ich habe Dutzende von Malen erlebt, wie er bei Tisch den einen oder anderen Jäger mit kalten, wohlgezielten Blicken und überdies einer gewissen Miene des Interesses beleidigte, während er ihre Handlungen oder Antworten oder unbedeutenden Wutausbrüche mit einer Wißbegier erwog, die mich, der ich als Zuschauer dabeistand und begriff, fast lächerlich anmutete.

Was seine eigenen Wutausbrüche betrifft, so bin ich überzeugt, daß sie nicht echt, daß sie zuweilen Experimente sind, in der Hauptsache jedoch eine Pose oder Haltung, die er sich angewöhnt hat, seit er entdeckte, wie angebracht es ist, sie seinen Mitmenschen gegenüber einzunehmen. Ich weiß, ausgenommen vielleicht den Zwischenfall mit dem toten Steuermann, daß ich ihn nie wirklich wütend gesehen habe, und ich wünsche mir auch nicht, ihn jemals in echter Wut zu erleben, wenn seine ganze Kraft zur Bewegung aufgerufen ist.

Weil ich gerade von sonderbaren Einfällen sprach, will ich erzählen, was Thomas Mugridge in der Kajüte widerfuhr, und damit gleichzeitig einen Vorfall beenden, den ich bereits ein- oder zweimal berührt habe. Eines Tages, das Zwölf-Uhr-Essen war vorbei, und ich war gerade mit dem Aufräumen der Kajüte fertig, kamen Wolf Larsen und Thomas Mugridge die Treppe herab. Obgleich der Koch eine winzige Schlafkabine innehatte, die man von der Kajüte aus erreichte, hatte er doch nie gewagt, in der Kajüte selbst zu verweilen oder sich sehen zu lassen, sondern flitzte ein- oder zweimal am Tag wie ein scheues Gespenst hin und zurück.

„Du kannst also ‚Nap' spielen", sagte Wolf Larsen in zufriedenem Ton. „Ich hätte mir denken können, daß sich ein Engländer darauf versteht. Ich habe es selbst auf englischen Schiffen gelernt."

Thomas Mugridge war außer sich, ein seliger Schwachkopf, so freute er sich darüber, sich auf diese Weise mit dem Kapitän in einem Raum aufhalten zu dürfen. Sein beschränktes Vornehmgetue und sein peinliches Bestreben, die ungezwungene Haltung eines Mannes anzunehmen, der zu einem würdigen Platz im Leben geboren ist, wären ekelerregend gewesen, hätten sie nicht so komisch gewirkt. Meine Anwesenheit ignorierte er völlig, allerdings hielt ich ihm zugute, daß er einfach außerstande war, mich zu sehen. Seine blassen, wäßrigen Augen schwammen wie schläfrige Sommerseen, wenn ich mir auch nicht vorstellen konnte, welche wonnevollen Bilder sie erschauten.

„Holen Sie die Karten, Hump", befahl Wolf Larsen, als sie am Tisch Platz nahmen. „Und bringen Sie die Zigarren und den Whisky, die Sie in meiner Koje finden werden."

Ich kehrte mit dem Gewünschten rechtzeitig zurück, um den Cockney dreist andeuten zu hören, daß ein Geheimnis um ihn

sei, daß er möglicherweise der Sohn eines vornehmen Herrn sei, mit dem etwas schiefgegangen sei, und er werde dafür bezahlt, daß er sich von England fernhalte – „dicke bezahlt, Sir“, so drückte er sich aus, „dicke bezahlt, daß ich mir wegmach und wegbleib.“

Ich hatte die gewöhnlichen Schnapsgläser gebracht, aber Wolf Larsen runzelte die Stirn, schüttelte den Kopf und bedeutete mir mit den Händen, die Wassergläser zu bringen. Diese füllte er zu zwei Drittel mit unverdünntem Whisky – „'n Gentlemangetränk“, sagte Thomas Mugridge –, und sie stießen auf das herrliche Spiel „Nap“ an, zündeten sich Zigarren an und begannen die Karten zu mischen und auszuteilen.

Sie spielten um Geld. Sie erhöhten die Einsätze. Sie tranken Whisky, tranken ihn pur, und ich holte mehr. Ich weiß nicht, ob Wolf Larsen betrog oder nicht – dessen war er durchaus fähig –, jedenfalls gewann er unentwegt. Der Koch machte wiederholt Abstecher in seine Koje, um Geld zu holen. Jedesmal vollführte er diese Abstecher mit größerer Prahlerei, brachte aber nie mehr als ein paar Dollars auf einmal mit. Er wurde weinerlich betrunken, vertraulich, konnte kaum mehr die Karten erkennen oder aufrecht sitzen. Bevor er wieder einen Abstecher in seine Koje machte, hakte er seinen schmierigen Zeigefinger in Wolf Larsens Knopfloch und verkündete mit leerem Blick mehrmals: „Ich krieg Geld, ich krieg Geld, ich sag Sie, ich bin der Sohn von ’nem vornehmen Herrn.“

Auf Wolf Larsen übte das Trinken keine Wirkung aus, dennoch trank er Glas auf Glas, und wenn man überhaupt etwas sagen kann, waren seine Gläser sogar voller. Er veränderte sich nicht. Ihn schienen nicht einmal die Possen des anderen zu belustigen.

Am Ende hatte der Koch unter lauten Beteuerungen, daß er wie ein vornehmer Herr verlieren könne, sein letztes Geld gesetzt und verloren. Worauf er den Kopf auf die Hände legte und weinte. Wolf Larsen betrachtete ihn neugierig, als wolle er ihn sondieren und vivisezieren, dann besann er sich eines anderen, als sei er zu dem Schluß gekommen, daß es da nichts zu sondieren gäbe.

„Hump“, sagte er mit ausgesuchter Höflichkeit zu mir, „haben Sie die Güte, Mister Mugridges Arm zu nehmen und ihm an Deck zu helfen. Er fühlt sich nicht ganz wohl.

Und sagen Sie Johnson, er soll ihn mit ein paar Eimern Salzwasser begießen“, fügte er leise, nur für mein Ohr bestimmt, hinzu.

Ich ließ Mr. Mugridge an Deck in den Händen zweier grinsender Matrosen, die zu diesem Zweck auserwählt waren. Mr. Mugridge blubberte schlaftrunken, daß er der Sohn eines vornehmen Herrn sei. Doch als ich die Kajüttreppe hinabstieg, um den Tisch abzuräumen, hörte ich ihn gellend aufschreien, da ihn der erste Eimer Wasser traf.

Wolf Larsen zählte seinen Gewinn.

„Genau einhundertfünfundachtzig Dollar", sagte er laut. „So wie ich's mir gedacht habe. Der Spitzbube ist ohne einen Cent an Bord gekommen."

„Und was Sie gewonnen haben, gehört mir, Sir", sagte ich mutig.

Er bedachte mich mit einem spöttischen Lächeln. „Hump, ich habe seinerzeit etwas Grammatik gelernt, und ich glaube, Sie bringen die Zeiten durcheinander. ‚Hat mir gehört', hätten Sie sagen sollen, nicht ‚gehört mir'."

„Das ist nicht eine Frage der Grammatik, sondern der Ethik", entgegnete ich.

Es dauerte vielleicht eine Minute, ehe er sprach.

„Wissen Sie, Hump", sagte er mit bedächtigem Ernst, der einen unerklärlichen Klang von Traurigkeit hatte, „dies ist das erstemal, daß ich das Wort ‚Ethik' aus dem Munde eines Menschen höre. Sie und ich sind die einzigen auf diesem Schiff, die seine Bedeutung kennen.

Es gab einmal eine Zeit in meinem Leben", fuhr er nach einer neuerlichen Pause fort, „da träumte ich davon, ich könnte mich eines Tages mit Männern unterhalten, die eine solche Sprache redeten, ich könnte mich aus der Lebensstellung emporheben, in die ich hineingeboren war, und Gespräche führen und Umgang haben mit Menschen, die just über solche Dinge wie Ethik sprechen. Und dies ist nun das erstemal, daß ich je das Wort ausgesprochen hörte. Das alles nur nebenbei, denn Sie haben unrecht. Es ist weder eine Frage der Grammatik noch der Ethik, sondern der Wirklichkeit."

„Ich verstehe", sagte ich. „Die Wirklichkeit ist, daß Sie das Geld haben."

Sein Gesicht hellte sich auf. Mein Scharfsinn schien ihn zu freuen.

„Aber das heißt der wahren Frage ausweichen", fuhr ich fort, „der Frage des Rechts."

„Ach", bemerkte er und zog den Mund schief, „wie ich sehe, glauben Sie immer noch an solche Dinge wie Recht und Unrecht."

„Aber Sie denn nicht? – Überhaupt nicht?" fragte ich.

„Nicht im geringsten. Macht ist Recht, und weiter ist darüber nichts zu sagen. Schwäche ist Unrecht. Eine sehr armselige Bemerkung, daß es gut für einen selbst ist, stark zu sein, und übel für einen selbst, schwach zu sein – oder besser noch, daß es angenehm ist, stark zu sein, wegen der Vorteile, und schmerzlich, schwach zu sein, wegen der Bußen. Eben jetzt ist der Besitz dieses Geldes eine angenehme Sache. Es ist gut für einen, es zu besitzen. Da es mir möglich ist, es zu besitzen, wäre es unrecht gegen mich und das Leben in mir gehandelt, gäbe ich es Ihnen und verzichtete auf das Vergnügen, es zu besitzen."

„Aber Sie handeln unrecht gegen mich, wenn Sie es mir vorenthalten", wandte ich ein.

„Keineswegs. Ein Mensch kann gegen einen andern Menschen nicht unrecht handeln. Er kann nur gegen sich selbst unrecht handeln. Wie ich es ansehe, tue ich stets unrecht, wenn ich Rücksicht nehme auf die Interessen anderer. Verstehen Sie nicht? Wie können zwei Teilchen der Hefe einander unrecht tun, wenn sie bestrebt sind, einander zu verschlingen? Das Bestreben, zu verschlingen, und das Bestreben, nicht verschlungen zu werden, ist ihr naturgegebenes Erbe. Wenn sie darauf verzichten, sündigen sie."

„Dann glauben Sie also nicht an Altruismus?" fragte ich.

Er nahm das Wort auf, als habe es einen vertrauten Klang, sann jedoch gedankenvoll darüber nach. „Warten Sie mal, das bedeutet doch so etwas wie Zusammenwirken, nicht wahr?"

„Nun ja, auf gewisse Weise ist so etwas wie eine Beziehung entstanden", antwortete ich, diesmal nicht erstaunt über solche Lücken in seinem Vokabular, das wie sein Wissen die

Erwerbung eines Autodidakten war, den niemand in seinen Studien angeleitet und der viel gedacht und wenig oder überhaupt nicht gesprochen hatte. „Eine altruistische Handlung ist eine zum Wohle anderer vollbrachte Handlung. Sie ist selbstlos im Gegensatz zu einer für sich selbst vollbrachten Handlung, die selbstsüchtig ist."

Er nickte. „O ja, jetzt erinnere ich mich. Bei Spencer bin ich darauf gestoßen."

„Spencer!" rief ich aus. „Sie haben ihn gelesen?"

„Nicht sehr viel", bekannte er. „Von seinen ‚Grundprinzipien' habe ich eine ganze Menge verstanden, aber seine ‚Biologie' nahm mir den Wind aus den Segeln, und seine ‚Psychologie' hat mich so manchen Tag in der Gegend der Windstillen umhergestoßen. Ich konnte offen und ehrlich nicht begreifen, worauf er hinauswollte. Ich schrieb es meiner geistigen Unvollkommenheit zu, doch seitdem bin ich zu dem Schluß gekommen, daß es Mangel an Vorbereitung war. Ich besaß keine entsprechende Grundlage. Nur Spencer und ich wissen, wie sehr ich mich plagte. Aber von seinen ‚Ethischen Daten' habe ich etwas mitbekommen. Da bin ich auch auf ‚Altruismus' gestoßen, und ich erinnere mich jetzt, wie das Wort angewandt war."

Ich fragte mich, was dieser Mann von einem solchen Werk gehabt haben konnte. Ich erinnerte mich hinreichend an Spencer, um zu wissen, daß Altruismus gebieterisch war für sein Ideal erhabensten Verhaltens. Wolf Larsen hatte die Lehren des großen Philosophen offenbar gesiebt, indem er nach seinen Bedürfnissen und Wünschen verwarf und auswählte.

„Worauf sind Sie noch gestoßen?" fragte ich.

Seine Brauen zogen sich leicht zusammen bei der geistigen Anstrengung, auf angemessene Weise Gedanken auszudrükken, die er nie zuvor in Worte gefaßt hatte. Ich empfand geistigen Hochmut. Ich tastete in seiner Seelensubstanz herum, wie er sich zur Gewohnheit machte, in der Seelensubstanz anderer herumzutasten. Ein unbekanntes, erschreckend unbekanntes Gebiet entrollte sich vor meinen Augen.

„In so wenigen Worten wie möglich", begann er, „stellt Spencer es etwa so dar: Erstens muß ein Mensch zu seinem eigenen Nutzen handeln – das zu tun, ist moralisch und gut. Zweitens muß er zum Nutzen seiner Kinder handeln. Und drittens muß er zum Nutzen seiner Art handeln."

„Und das erhabenste, vortrefflichste und richtige Verhalten", warf ich ein, „ist jenes Handeln, das gleichzeitig dem Menschen selbst, seinen Kindern und seiner Art nützt."

„Dafür würde ich nicht eintreten", erwiderte er. „Könnte nicht die Notwendigkeit dafür einsehen oder daß es vernünftig ist. Die Art und die Kinder nehme ich aus. Für die würde ich nichts opfern. Das ist bloß Rührseligkeit und Empfindelei, zumindest, das müssen Sie selbst einsehen, für einen, der nicht an ein ewiges Leben glaubt. Mit der Unsterblichkeit vor mir, wäre Altruismus ein lohnender geschäftlicher Vorschlag. Ich könnte meine Seele zu allen Höhen emporheben. Aber mit nichts Ewigem vor mir als dem Tod, für eine kurze Zeitspanne diesem gärenden Wimmeln und Schlängeln bestimmt, das Leben genannt wird, würde es mir unmoralisch erscheinen, irgendeine Handlung zu vollbringen, die ein Opfer wäre. Jedes Opfer, das mich ein einziges Wimmeln oder Schlängeln einbüßen läßt, ist töricht – und nicht allein töricht, denn es ist unrecht gegen mich selbst und eine böse Sache. Ich darf kein einziges Wimmeln oder Schlängeln einbüßen, wenn ich von dem Gärungsstoff das meiste haben soll. Auch wird die ewige Bewegungslosigkeit, die mich ereilt, nicht leichter oder schwerer gemacht durch die Opfer oder Eigennützigkeiten aus der Zeit, als ich mich in Gärung befand und wimmelte."

„Dann sind Sie ein Individualist, ein Materialist und, logischerweise, ein Hedonist."

„Große Worte", erwiderte er lächelnd. „Aber was ist ein Hedonist?"

Er nickte zustimmend, als ich ihm den Begriff erklärt hatte.

„Und Sie sind auch ein Mensch", fuhr ich fort, „auf den man sich nicht in der geringsten Sache verlassen könnte, bei der womöglich ein eigennütziges Interesse auftaucht?"

„Jetzt fangen Sie an zu verstehen", sagte er und wurde lebendig.

„Sie sind ein Mann, der nicht das mindeste davon besitzt, was die Welt Moral nennt?"

„Richtig."

„Ein Mann, den man immer fürchten muß ..."

„So kann man sagen."

„... wie man eine Schlange oder einen Tiger oder einen Hai fürchtet?"

„Jetzt erkennen Sie mich", sagte er. „Und Sie erkennen mich so, wie ich allgemein bekannt bin. Andere nennen mich ‚Wolf'."

„Sie sind so etwas wie ein Ungeheuer", fügte ich verwegen hinzu, „ein Kaliban, der über Setebos nachgedacht hat und handelt, wie Sie in müßigen Augenblicken handeln, nach Einfall und Laune."

Seine Stirn bewölkte sich bei der Anspielung. Er verstand sie nicht, und ich merkte schnell, daß er das Gedicht nicht kannte.

„Ich lese gerade Browning", gestand er, „und er ist ziemlich schwierig. Ich bin noch nicht sehr weit gekommen und habe gewissermaßen meine Peilung verloren."

Um nicht langweilig zu werden, sage ich nur, daß ich das Buch aus seiner Kabine holte und ihm „Kaliban" laut vorlas. Er war entzückt. Es war eine primitive Art, zu urteilen und die Dinge anzusehen, die er völlig verstand. Wieder und wieder unterbrach er mich mit Deutungen und kritischen Bemerkungen. Als ich endete, ließ er mich das Gedicht ein zweites und dann ein drittes Mal vorlesen. Wir gerieten in eine Diskussion – über Philosophie, Wissenschaft, Evolution, Religion. Er ließ die Ungenauigkeiten des Autodidakten erkennen und, das muß zugegeben werden, die Sicherheit und Geradlinigkeit des urwüchsigen Geistes. Gerade die Unbefangenheit seines Urteils war seine Stärke, und sein Materialismus war bei weitem zwingender als der scharfsinnig komplizierte Materialismus von Charley Furuseth. Nicht daß ich – ein eingefleischter und, wie Furuseth sich ausdrückte, geborener Idealist – zu bezwingen war, aber Wolf Larsen bestürmte die letzten Festen meines Glaubens mit einem Nachdruck, dem ich Achtung zollte, wenn auch nicht Überzeugung zugestand.

Die Zeit verging. Das Abendessen war nahe und der Tisch nicht gedeckt. Ich wurde unruhig und besorgt, und als Thomas Mugridge, krank und verdrossen aussehend, die Kajüttreppe hinabglotzte, schickte ich mich an, meinen Pflichten nachzukommen.

Aber Wolf Larsen rief ihm zu:

„Smutje, heute abend mußt du dich tummeln. Ich bin mit Hump beschäftigt, und du wirst dein Möglichstes tun ohne ihn."

Und wieder wurde das Beispiellose eingeführt. An diesem Abend saß ich mit dem Kapitän und den Jägern bei Tisch, während Thomas Mugridge uns bediente und hinterher das Geschirr wusch – ein wunderlicher Einfall, eine Kalibanslaune von Wolf Larsen und eine, die mir Ärger eintragen würde, wie ich voraussah. Unterdessen redeten und redeten wir, zum großen Mißfallen der Jäger, die nicht ein Wort begreifen konnten.

Neuntes Kapitel

Drei Tage Ruhe, drei gesegnete Tage Ruhe hatte ich mit Wolf Larsen, da ich am Tisch in der Kajüte aß und nichts tat, als über das Leben, die Literatur und das Universum zu diskutieren, während Thomas Mugridge schäumte und wütete und meine Arbeit wie auch seine eigene tat.

„Mach dich auf'n Unwetter gefaßt, weiter kann ich dir nichts sagen", warnte mich Louis in einer freien halben Stunde an Deck, als Wolf Larsen beschäftigt war, mit einem Streit zwischen den Jägern aufzuräumen.

„Du kannst nich wissen, was passiert", fuhr Louis als Antwort auf mein Ersuchen fort, sich deutlicher auszudrücken. „Der Mann is so eigenwillig wie Luft- oder Wasserströmungen. Nie kannst du ahnen, welchen Kurs er nimmt. Grad wenn du denkst, du kennst ihn und segelst in 'ner günstigen Brise mit ihm, schlägt er um, kommt dir genau von vorn und fährt heulend auf dich runter und reißt dir all deine Schönwettersegel in Fetzen."

Deshalb war ich nicht völlig überrascht, als mich das von Louis vorausgesagte Unwetter traf. Wir hatten eine hitzige Diskussion – natürlich über das Leben – und, vermessen geworden, machte ich schwer zu ertragende kritische Bemerkungen über Wolf Larsen und das Leben von Wolf Larsen. Tatsächlich vivisezierte ich ihn und kehrte seine Seelensubstanz so begierig und durchgreifend um, wie er es bei anderen zu tun pflegte. Es mag eine Schwäche von mir sein, daß meine Sprache von schneidender Schärfe ist, aber ich warf alle Zurückhaltung in den Wind und schnitt und schlitzte an dem Mann herum, bis er ein einziges Knurren war. Die dunkle Sonnenbräune seines Gesichts wurde schwarz vor Wut, seine Augen funkelten. Es lag weder Klarheit noch gesunde Vernunft in ihnen – nichts als die schreckenerregende Raserei eines Wahnsinnigen. Es war der Wolf in ihm, den ich sah, und es war ein tollwütiger Wolf. Er sprang mit einem halb unterdrückten Gebrüll auf mich los und packte mich am Arm. Ich hatte meinen Mut gestählt, um mich zu behaupten, obgleich ich innerlich zitterte, aber die ungeheure Kraft des Mannes war zuviel für meine Standhaftigkeit. Er hatte mit seiner Hand den Bizeps gepackt, und als sein Griff fester wurde, gab ich klein bei und schrie laut. Die Füße rutschten unter mir weg. Ich konnte einfach nicht mehr aufrecht stehen und den heftigen Schmerz ertragen. Die Muskeln verweigerten ihren Dienst. Die Qual war zu groß. Mein Bizeps wurde zu Mus gequetscht.

Er schien wieder zu sich zu kommen, denn ein heller Schimmer trat in seine Augen, und er lockerte seinen Griff mit einem kurzen Auflachen, das mehr einem Knurren glich. Ich fiel zu Boden und fühlte mich sehr schwach, während er sich setzte, eine Zigarre anzündete und mich belauerte, wie eine Katze eine Maus belauert. Als ich mich herumwand, sah ich in seinen Augen jene Wißbegier, die ich schon so oft bemerkt hatte, jene Verwunderung und Unruhe, jenes Forschen, seine ewige Frage, wozu das alles sei.

Schließlich rappelte ich mich auf und stieg die Kajüttreppe hinauf. Das schöne Wetter war vorbei, und es blieb mir nichts übrig, als in die Kombüse zurückzukehren. Mein linker Arm war taub, wie gelähmt, und Tage vergingen, ehe ich ihn gebrauchen konnte, wogegen Wochen verstrichen, ehe die Steifheit und der Schmerz gänzlich daraus schwanden. Und dabei hatte er nichts weiter getan, als seine Hand um meinen Arm gelegt und zugedrückt. Er hatte ihn weder verdreht noch an ihm geruckt. Er hatte nur mit festem Druck seine Hand geschlossen. Was er hätte tun können, wurde mir erst am nächsten Tag völlig klar, als er den Kopf zur Kombüse hereinsteckte und mich zum Zeichen wiederhergestellten Wohlwollens fragte, wie es meinem Arm ginge.

„Es hätte schlimmer kommen können", sagte er lächelnd.

Ich schälte Kartoffeln. Er nahm eine aus der Pfanne. Sie war angemessen groß, fest und nicht geschält. Er umschloß sie mit der Hand, drückte zu, und die Kartoffel spritzte als flüssiges Mus zwischen seinen Fingern hervor. Den breiigen Rest ließ er in die Pfanne zurückfallen und ging fort, und ich hatte

ein deutliches Bild vor Augen, wie es mir vielleicht ergangen wäre, hätte das Ungeheuer bei mir seine wahre Kraft eingesetzt.

Aber die drei Tage waren trotz allem gut, denn sie hatten meinem Knie die Ruhe gegeben, die es brauchte. Es befand sich schon viel besser, die Schwellung war wesentlich zurückgegangen, und die Kniescheibe schien sich wieder auf ihren angestammten Platz zu senken. Die drei Tage Ruhe brachten aber auch den Ärger mit sich, den ich vorausgesehen hatte. Thomas Mugridge hatte offenbar die Absicht, mich für diese drei Tage bezahlen zu lassen. Er behandelte mich niederträchtig, verfluchte mich fortwährend und häufte mir seine eigene Arbeit auf. Er wagte sogar, seine Faust gegen mich zu erheben, aber ich wurde schon selbst wie ein Tier und knurrte ihn so gewaltig an, daß es ihn zurückgeschreckt haben mußte. Es ist kein erfreuliches Bild, das ich von mir heraufbeschwören kann: Humphrey van Weyden, in dieser stinkenden Schiffskombüse, in einer Ecke über meine Arbeit gekauert, das Gesicht erhoben zu dem Gesicht des Individuums, das mich schlagen will, die Lippen aufgeworfen und knurrend wie ein Hund, und die Augen funkelnd vor Furcht und Hilflosigkeit und jenem Mut, der aus Furcht und Hilflosigkeit herrührt. Ich liebe das Bild nicht. Es erinnert mich zu sehr an eine Ratte in der Falle. Ich habe kein Verlangen, daran zu denken, aber es war wirkungsvoll, denn der drohende Schlag fiel nicht.

Thomas Mugridge wich zurück, so gehässig und bösartig starrend, wie ich ihn anstarrte. Zwei wilde Tiere waren wir, zusammengepfercht, und zeigten uns die Zähne. Er war ein Feigling, er fürchtete sich, mich zu schlagen, weil ich vorher nicht genügend gezittert hatte, daher wählte er einen neuen Weg, mich einzuschüchtern. Es gab nur ein einziges Kombüsenmesser, das als Messer für alles benutzt wurde. Durch viele Jahre Gebrauch und Abnutzung war seine Klinge schmal und dünn geworden. Es sah ungewöhnlich schrecklich aus, und das erstemal, als ich es benutzte, hatte es mich geschaudert. Der Koch borgte sich von Johansen einen Stein und begann das Messer zu schärfen. Er machte daraus eine große Schaustellung, wobei er mich bedeutungsvoll anblickte. Den ganzen Tag wetzte er es auf und nieder. Jeden freien Augenblick, den er finden konnte, holte er Messer und Stein hervor und wetzte drauflos. Der Stahl wurde wie eine Rasierklinge. Er prüfte die Schneide mit dem Daumenballen oder überm Nagel. Er rasierte sich Haare vom Handrücken, blickte mit mikroskopischer Genauigkeit die Schneide entlang und fand wirklich oder vorgeblich immer noch irgendwo eine geringfügige Unebenheit. Dann legte er die Klinge wieder auf den Stein und wetzte, wetzte, wetzte, daß ich laut hätte lachen mögen, so albern war es.

Aber es war auch ernsthaft, denn ich erfuhr, daß er imstande war, das Messer zu gebrauchen, daß unter seiner ganzen Feigheit ein Mut der Feigheit steckte, wie der meine, der ihn dazu treiben würde, genau das zu tun, wogegen seine ganze Natur sich auflehnte und wovor er sich fürchtete. „Smutje schärft sein Messer für Hump", wurde unter den Matrosen geflüstert, und manche zogen ihn damit auf. Das legte er günstig für sich aus, und es freute ihn wirklich, und er nickte in gräßlichem Vorherwissen und geheimnistuerisch, bis sich George Leach, der ehemalige Kajütjunge, einen derben Spaß über die Sache erlaubte.

Zufällig hatte nun aber Leach zu jenen Matrosen gehört, die damals ausgewählt waren, Mugridge nach seinem Kartenspiel mit dem Kapitän unter Wasser zu setzen. Offenbar hatte Leach seine Aufgabe mit einer Gründlichkeit besorgt, die ihm Mugridge nicht vergessen konnte, denn jetzt kam es zu einem Wortwechsel und üblen Beschimpfungen einschließlich besudelter Vorfahren. Mugridge drohte mit dem Messer, das er für mich schärfte. Leach lachte und überschüttete ihn weiter mit seinem üblen Fischmarktjargon von Telegraph Hill, und ehe er oder ich wußten, was geschah, war sein rechter Arm vom Ellbogen bis zum Handgelenk durch einen behenden Schnitt mit dem Messer aufgeschlitzt. Der Koch wich zurück, einen teuflischen Ausdruck im Gesicht, und hielt das Messer in Verteidigungsstellung vor sich. Leach nahm es jedoch ziemlich ruhig hin, obgleich so reichlich Blut auf das Deck spritzte wie Wasser aus einem Springbrunnen.

„Ich werd dich schon noch kriegen, Smutje", sagte er, „und zwar tüchtig. Und ich hab damit keine Eile. Du wirst ohne das Messer sein, wenn ich dich mir vornehme."

Mit diesen Worten machte er kehrt und ging ruhig nach

vorn. Mugridges Gesicht war leichenblaß vor angstvoller Besorgnis darüber, was er getan hatte und was er früher oder später von dem Mann erwarten konnte, den er mit dem Messer verwundet hatte. Aber sein Benehmen gegen mich war noch grausamer denn je. Ungeachtet seiner Angst vor der Abrechnung, die er für das Getane erwarten mußte, wurde er noch herrischer und triumphierender. Überdies legte er eine dem Wahnsinn verwandte wollüstige Begierde an den Tag, die bei dem Anblick des Blutes, das er vergossen hatte, erwacht war. Er begann rot zu sehen, in welche Richtung er auch blickte. Es waren arg verworrene Seelenvorgänge, dennoch konnte ich, was in ihm gärte, so deutlich lesen wie ein gedrucktes Buch.

Mehrere Tage vergingen, die „Ghost" schäumte immer noch mit den Passatwinden nach Süden, und ich hätte schwören können, den Wahnsinn in Thomas Mugridges Augen wachsen zu sehen. Und ich gestehe, daß ich Angst bekam, sehr große Angst. Wetzen, wetzen, wetzen, so ging es den ganzen Tag. Der Blick seiner Augen, den er auf mich warf, wenn er die scharfe Schneide befühlte, war ausgesprochen kannibalisch. Ich fürchtete mich, ihm den Rücken zu kehren, und wenn ich die Kombüse verließ, ging ich so hinaus, daß ich ihn immer vor mir hatte – zum Vergnügen der Matrosen und Jäger, die es nicht unterließen, sich in Gruppen zu versammeln und Augenzeugen meines Abgangs zu sein. Die Spannung war zu groß. Manchmal glaubte ich, den Verstand darüber zu verlieren – das Angemessene auf diesem Schiff voll Wahnsinniger und abgestumpfter Scheusale. Jede Stunde, jede Minute war mein Dasein in Gefahr. Ich war eine Menschenseele in Not, und doch besaß keine Seele, vorn oder achtern, genügend Mitgefühl, mir zu Hilfe zu kommen. Mitunter kam mir der Gedanke, mich Wolf Larsens Gnade anheimzugeben, aber nachdrücklich erstand vor mir das Bild des spöttischen Teufels in seinen Augen, der das Leben anzweifelte und höhnte, und zwang mich, davon abzustehen. Zu anderen Zeiten erwog ich ernsthaft, Selbstmord zu begehen, und die ganze Kraft meiner hoffnungsvollen Philosophie war vonnöten, mich davor zu bewahren, daß ich im Dunkel der Nacht über Bord sprang.

Mehrmals versuchte Wolf Larsen, mich zu einem Gespräch zu verleiten, aber ich gab ihm kurze Antworten und wich ihm aus. Schließlich befahl er mir, eine Zeitlang wieder meinen Platz am Kajüttisch einzunehmen und den Koch meine Arbeit tun zu lassen. Da sprach ich freiheraus und erzählte ihm, was ich wegen der drei Tage Begünstigung, die ich genossen hatte, von Thomas Mugridge zu erdulden hätte. Wolf Larsen betrachtete mich mit lächelnden Augen.

„Sie haben also Angst?" höhnte er.

„Ja", erwiderte ich trotzig und ehrlich, „ich habe Angst."

„So ist das nun mit euch Kerlen", rief er halb ärgerlich, „da werdet ihr rührselig über eure unsterblichen Seelen und habt Angst zu sterben. Beim Anblick eines scharfen Messers und eines feigen Cockneys besiegt das Klammern von Leben an das Leben Ihre ganze alberne Torheit. Aber, aber, mein Lieber, Sie werden doch ewig leben. Sie sind ein Gott, und Gott kann nicht getötet werden. Der Smutje kann Ihnen nichts antun. Sie sind Ihrer Auferstehung gewiß. Wovor also Angst?

Sie haben das ewige Leben vor sich. Sie sind ein Millionär an Unsterblichkeit, und ein Millionär, dessen Vermögen nicht eingebüßt werden kann, dessen Vermögen weniger vergänglich ist als die Sterne und so bleibend wie Raum oder Zeit. Sie können Ihr Kapital unmöglich verringern. Unsterblichkeit ist eine Sache ohne Anfang und Ende. Ewigkeit bleibt Ewigkeit, und wenn Sie auch hier und jetzt sterben, werden Sie künftig anderswo weiterleben. Und das ist alles sehr schön, dieses Abwerfen des Fleisches und Emporfliegen der Seele aus ihrem Kerker. Der Smutje kann Ihnen überhaupt nichts antun. Er kann sie nur auf den Weg schubsen, den Sie ewig gehen müssen.

Oder wenn Sie gerade jetzt noch nicht geschubst werden wollen, warum schubsen Sie dann nicht den Smutje? Ihren Vorstellungen nach muß auch er ein unsterblicher Millionär sein. Sie können ihn nicht bankrott machen. Sein Wechsel wird pari kursieren. Sie können seine Lebensdauer nicht verkürzen, indem Sie ihn töten, denn er ist ohne Anfang und Ende. Er wird ganz sicher weiterleben, irgendwo, irgendwie. Also schubsen Sie ihn. Stechen Sie ein Messer in ihn hinein und lassen Sie seine Seele frei. Wie die Dinge liegen, befindet sie sich in einem ekelhaften Gefängnis, und Sie werden ihm nur eine Freundlichkeit erweisen, wenn Sie die Tür aufbrechen. Und wer weiß? – Es mag eine sehr schöne Seele sein, die sich aus diesem widerwärtigen Leib emporschwingt ins Blau. Schubsen Sie ihn, und ich befördere Sie in seine Stellung, und er bekommt immerhin fünfundvierzig Dollar im Monat."

Es war klar, daß ich von Wolf Larsen weder Hilfe noch Mitleid erwarten konnte. Was zu tun war, mußte ich selbst in die Hand nehmen, und aus dem Mut der Angst heraus entwickelte ich den Plan, Thomas Mugridge mit seinen eigenen Waffen zu bekämpfen. Ich lieh mir von Johansen einen Wetzstein. Louis, der Bootssteuermann, hatte mich bereits um kondensierte Milch und Zucker angebettelt. Der Proviantraum, in dem solche Delikatessen lagerten, befand sich unter dem Boden der Kajüte. Indem ich eine günstige Gelegenheit abpaßte, stahl ich fünf Dosen Milch, und am Abend, als Louis an Deck Wache hatte, tauschte ich sie mit ihm gegen ein Dolchmesser, das ebenso dünn und schreckenerregend aussah wie Thomas Mugridges Küchenmesser. Es war rostig und stumpf, aber ich drehte den Schleifstein, während Louis es schärfte. In dieser Nacht schlief ich fester als sonst.

Am nächsten Morgen, nach dem Frühstück, begann Thomas Mugridge sein Wetzen, Wetzen, Wetzen. Ich sah vorsichtig nach ihm hin, denn ich lag auf den Knien und nahm die Asche aus dem Herd. Als ich zurückkam, nachdem ich sie über Bord geschüttet hatte, unterhielt er sich mit Harrison, dessen biederes, einfältiges Bauerngesicht wie verzaubert und voller Staunen war.

„Ja“, sagte Mugridge, „und was macht Seine Gnaden, er gibt mich zwei Jahre Knast. Aber verdammt will ich sein, wenn mich das was ausgemacht hat. Dem andern Blödkopp hab ich's ord'ntlich besorgt. Hättst ihn sehn sollen. 'n Messer wie dieses. Und in ihn reingestochen wie in weiche Butter, und gequiekt hat er besser als wie die im Theater.“ Er warf einen Blick in meine Richtung, um zu sehen, ob ich es mitbekam, und fuhr fort: „‚Ich hab's nich so gemeint, Tommy‘, heult er, ‚helf mir Gott, ich hab's nich so gemeint!‘ – ‚Ich werd's dich verdammt gründlich besorgen‘, sag ich und setz ihm nach. In Fetzen hab ich ihn geschnitten, jawoll, und er quiekt die ganze Zeit. Einmal kriegt er seine Hand ans Messer und versucht es festzuhalten. Und seine Finger sind drumrum, aber ich zieh es durch und schneid ihn bis auf die Knochen. Oh, der war'n Anblick, das kann ich dich sagen.“

Ein Ruf des Steuermanns unterbrach den blutrünstigen Bericht, und Harrison ging davon. Mugridge setzte sich auf die erhöhte Türschwelle der Kombüse und fuhr fort mit seinem Messerschärfen. Ich legte die Schaufel beiseite und setzte mich gelassen ihm gegenüber auf den Kohlenkasten. Er bedachte mich mit einem bösartigen Glotzen. Immer noch gelassen, obgleich mein Herz ticktack schlug, zog ich Louis' Dolchmesser hervor und begann es auf dem Stein zu wetzen. Ich hatte von dem Cockney fast so etwas wie eine Explosion erwartet, aber zu meiner Überraschung schien er nicht wahrzunehmen, was ich tat. Er wetzte weiter sein Messer. Ich desgleichen. Und zwei Stunden lang saßen wir da einander gegenüber und wetzten, wetzten, wetzten, bis sich die Nachricht verbreitete und die halbe Schiffsbesatzung sich um die Kombüsentüren drängte, um das Schauspiel zu sehen.

Ermunterung und Rat wurden freigebig erteilt, und Jock Horner, der stille, sanft redende Jäger, der aussah, als würde er keiner Maus etwas zuleide tun, riet mir, mich nicht um die Rippen zu kümmern, sondern ihm die Klinge von unten her in den Bauch zu stoßen und ihr dabei die „Spanische Drehung", wie er es nannte, zu geben. Leach, den bandagierten Arm auffällig vor sich haltend, bat mich inständig, ihm ein paar Reste von dem Koch übrigzulassen, und Wolf Larsen blieb ein- oder zweimal an den Stufen zur Poop stehen und blickte neugierig auf das, was für ihn das Wallen und Wimmeln des gärenden Etwas sein mußte, das ihm als das Leben bekannt war.

Und ich stehe nicht an zu erklären, daß für mich damals das Leben denselben schmutzigen Wert annahm. Da gab es nichts Sauberes, nichts Göttliches – nur zwei sich feigherzig bewegende Geschöpfe, die dasaßen und Stahl an Stein wetzten, und eine Gruppe anderer sich feigherzig und auf andere Weise bewegender Geschöpfe, die zusahen. Die Hälfte von ihnen, dessen bin ich sicher, war begierig, uns gegenseitig unser Blut vergießen zu sehen. Es wäre ein Zeitvertreib gewesen. Und ich glaube, nicht einer unter ihnen hätte sich eingemischt, wären wir zu einem Kampf auf Leben und Tod handgemein geworden.

Andrerseits hatte die ganze Sache etwas Lächerliches und Kindisches. Wetzen, wetzen, wetzen – Humphrey van Weyden schärft in einer Schiffskombüse sein Messer und prüft die Schneide mit dem Daumen! Von allen Situationen war dies die unfaßbarste. Ich weiß, daß meine Familie es nicht für möglich hätte halten können. Nicht ohne Grund hatte man mich mein Lebtag „Weichling" van Weyden genannt, und daß „Weichling" van Weyden fähig war, etwas Derartiges zu tun, war eine Entdeckung für Humphrey van Weyden, der nicht wußte, ob er frohlocken oder sich schämen sollte.

Aber nichts geschah. Nach zwei Stunden legte Thomas

Mugridge Messer und Stein beiseite und hielt mir die Hand hin.

„Zu was soll das gut sein, für die Fratzen da 'ne lächerliche Schaustellung von uns zu geben?" fragte er. „Sie lieben uns nich und möchten sich verdammt freuen, wenn wir uns gegenseitig die Gurgel durchschneiden. Du bist gar nich so übel, Hump! Du hast Mumm, wie ihr Yankees sagt, und irgendwie gefällst du mich. Also komm schon, gib mich die Hand."

Mochte ich auch ein Feigling sein, ich war es weniger als er. Ich hatte eindeutig einen Sieg errungen, und ich weigerte mich, etwas davon einzubüßen, indem ich seine abscheuliche Hand schüttelte.

„Na schön", sagte er ohne Stolz, „nimm ihr oder laß es, deswegen wirst du mich nich weniger gefallen." Und um sein Gesicht zu wahren, wandte er sich grimmig an die Zuschauer. „Weg von meinen Kombüsentüren, ihr verdammten Kerle!"

Dieser Befehl wurde verstärkt durch einen dampfenden Kessel Wasser, bei dessen Anblick sich die Matrosen schleunigst aus dem Staube machten. Das war gewissermaßen ein Sieg für Thomas Mugridge, und er befähigte ihn, die Niederlage, die ich ihm zugefügt hatte, mit mehr Haltung hinzunehmen, wenn er auch natürlich zu vorsichtig war, die Jäger zu vertreiben.

„Smutje ist fertig", hörte ich Smoke zu Horner sagen.

„Darauf kannst du wetten", war die Antwort. „Von jetzt an herrscht Hump in der Kombüse, und Smutje zieht die Hörner ein."

Mugridge hörte es und warf einen schnellen Blick auf mich, aber ich ließ mir nicht anmerken, daß ich das Gespräch gehört hatte. Ich hatte meinen Sieg nicht für so weitreichend und vollständig gehalten, beschloß jedoch, nichts fahrenzulassen von dem, was ich gewonnen hatte. Als die Tage verstrichen, bestätigte sich Smokes Prophezeiung. Der Cockney wurde unterwürfiger und sklavischer gegen mich als selbst gegen

Wolf Larsen. Ich redete ihn nicht mehr vorn und hinten mit „Mister“ und „Sir“ an, wusch keine schmierigen Töpfe mehr ab und schälte keine Kartoffeln mehr. Ich tat meine Arbeit und nur meine eigene Arbeit, und wann und wie ich es für angebracht hielt. Überdies trug ich das Dolchmesser nach Seemannsart in einer Scheide an der Hüfte und behauptete Thomas Mugridge gegenüber eine unwandelbare Haltung, die zu gleichen Teilen aus Anmaßung, Hohn und Verachtung bestand.

Zehntes Kapitel

Die Vertraulichkeit zwischen Wolf Larsen und mir wächst – wenn man mit Vertraulichkeit solche Beziehungen bezeichnen darf, wie sie zwischen Herr und Diener oder besser noch zwischen König und Hofnarr bestehen. Ich bin für ihn nicht mehr als ein Spielzeug, und er achtet mich nicht höher, als ein Kind sein Spielzeug achtet. Mein Amt ist es, ihn zu unterhalten, und solange ich ihn unterhalte, geht alles gut; aber er braucht sich nur zu langweilen oder von seinen düsteren Stimmungen befallen zu werden, und sofort bin ich vom Kajüttisch in die Kombüse verbannt, wobei ich noch Glück habe, wenn ich mit meinem Leben und mit heilen Gliedern davonkomme.

Die Einsamkeit dieses Mannes zwingt sich mir langsam auf. Es gibt keinen an Bord, der ihn nicht haßt oder fürchtet, und es gibt keinen, den er nicht verachtet. Er scheint sich mit der ungeheuren Kraft, die in ihm wohnt und offenbar nie entsprechenden Ausdruck in Leistungen gefunden hat, zu verzehren. Er ist, wie Luzifer sein würde, wäre dieser stolze Geist in eine Gesellschaft von Schmetterlingssammlern verbannt.

Seine Einsamkeit ist an sich schlimm genug; um sie noch ärger zu machen, lastet auf ihm die urtümliche Schwermut der

Rasse. Seit ich ihn kenne, beurteile ich die alten skandinavischen Mythen mit besserem Verständnis. Die weißhäutigen, blonden Wilden, die jenes gewaltige Pantheon schufen, waren von demselben Stoff wie er. Die Leichtfertigkeit lachlustiger Latiner hat nicht teil an ihm. Wenn er lacht, so geschieht es aus einer Stimmung heraus, die nichts anderes als wild ist. Aber er lacht selten, er ist zu oft schwermütig. Und es ist eine Schwermut, die so tief reicht wie die Wurzeln der Rasse. Sie ist das Erbteil der Rasse, diese Schwermut, die die Rasse besonnen, keusch und fanatisch sittsam gemacht hat und in dieser letztgenannten Hinsicht ihren Höhepunkt bei den Engländern in der Reformierten Kirche und in Mrs. Grundy fand.

Tatsächlich ist der bedeutendste Erguß dieser urtümlichen Schwermut die Religion in ihren eher quälenden Formen gewesen. Aber die Entschädigungen einer solchen Religion sind Wolf Larsen versagt. Sein unmenschlicher Materialismus will sie nicht zulassen. Wenn daher seine trüben Stimmungen kommen, bleibt ihm nichts anderes, als teuflisch zu sein. Wäre er nicht ein so fürchterlicher Mensch, könnte er mir zuweilen leid tun, wie zum Beispiel an dem Morgen vor drei Tagen, als ich in seine Kabine ging, seine Wasserflasche zu füllen, und ihn unvermutet überraschte. Er hatte den Kopf in den Händen vergraben, und seine Schultern hoben und senkten sich krampfhaft wie von Schluchzen. Er schien von einem gewaltigen Schmerz zerrissen. Als ich mich sacht zurückzog, hörte ich ihn stöhnen: „Gott! Gott! Gott!“ Nicht daß er Gott anrief, es war ein bloßes Füllwort, aber es kam aus seiner Seele.

Beim Mittagessen fragte er die Jäger nach einem Mittel gegen Kopfschmerzen, und am Abend war er, der starke Mann, halb blind und taumelte in der Kajüte umher.

„Ich bin nie in meinem Leben krank gewesen, Hump“, sagte er, als ich ihn in seine Kabine führte. „Ich habe auch nie Kopfschmerzen gehabt, außer in der Zeit, als mein Kopf heilte, nachdem er mir sechs Zoll von einer Spillspake aufgerissen worden war.“

Drei Tage hielten diese Kopfschmerzen, die ihn blind machten, an, und er litt, wie wilde Tiere leiden und wie man überhaupt an Bord zu leiden schien, ohne Klage, ohne Mitgefühl, völlig allein.

Heute morgen jedoch, als ich seine Kabine betrat, um aufzuräumen und sein Bett zu machen, fand ich ihn wohlauf und schwer bei der Arbeit. Tisch und Koje waren unordentlich mit Zeichnungen und Berechnungen bedeckt. Kompaß und Winkelmaß in der Hand, zeichnete er auf einen großen Bogen Transparentpapier etwas, das irgendwie eine Skala zu sein schien.

„Hallo, Hump“, begrüßte er mich munter. „Ich bin gerade bei den letzten Strichen. Wollen Sie sehen, wie es funktioniert?“

„Aber was ist es?“ fragte ich.

„Eine Arbeit ersparende Erfindung für Seeleute, Navigation einfach gemacht wie für den Kindergarten“, antwortete er fröhlich. „Von heute an wird ein Kind imstande sein, ein Schiff zu navigieren. Keine langweiligen Berechnungen mehr. Alles, was man in einer stürmischen Nacht braucht, ist ein Stern am Himmel, und sofort weiß man, wo man sich befindet. Sehen Sie. Ich lege die transparente Skala auf diese Sternenkarte und drehe sie nach dem Nordpol zu. Auf der Skala habe ich die Höhenkreise und die Richtungslinien herausgearbeitet. Jetzt brauche ich sie nur auf einen Stern einzustellen und die Skala zu drehen, bis sie sich den Zahlen auf der darunterliegenden Karte genau gegenüber befindet, und schwups!, da haben wir die genaue Ortsbestimmung des Schiffes!“

Ein Ton von Triumph lag in seiner Stimme, und seine Augen, an diesem Morgen klarblau wie das Meer, sprühten von Licht.

„Sie müssen in Mathematik gut beschlagen sein“, sagte ich. „Wo sind Sie zur Schule gegangen?“

„Hab nie eine von innen gesehn, leider“, gab er zur Antwort. „Ich mußte mir alles selber rausbuddeln.

Und was meinen Sie, warum ich dies Ding hier gemacht habe?“ fragte er plötzlich. „Weil ich davon träume, Fußtapfen im Sande der Zeit zu hinterlassen?“ Er lachte sein grauenhaft spöttisches Lachen. „Keineswegs. Um es patentieren zu lassen, um damit Geld zu verdienen, um nachts frei zu haben und in Unflat zu schwelgen, während andere Leute die Arbeit tun. Das ist mein Ziel. Außerdem hat es mir Freude gemacht, die Sache auszuarbeiten.“

„Die Schöpferfreude“, murmelte ich.

„So sollte man es vermutlich nennen. Eine andere Ausdrucksweise für die Freude am Leben, in dem sie lebendig ist, für den Triumph der Bewegung über die Materie, der

Lebenden über die Toten, den Stolz der Hefe, weil sie Hefe ist und wimmelt."

Ich warf die Arme hoch in hilfloser Mißbilligung seines eingefleischten Materialismus und begann sein Bett zu machen. Er fuhr fort, Linien und Zahlen auf die transparente Skala zu zeichnen. Das war eine Aufgabe, die äußerste Sorgfalt und Genauigkeit erforderte, und ich konnte nur bewundern, wie er seine Kraft zu der Feinheit und dem Fingerspitzengefühl mäßigte, die vonnöten waren.

Als ich das Bett gemacht hatte, ertappte ich mich dabei, daß ich ihn wie verzaubert anblickte. Er war zweifellos ein ansehnlicher Mann – schön im maskulinen Sinne. Und wieder bemerkte ich mit nie versiegendem Staunen, daß sein Gesicht nicht eine Spur von Verderbtheit, Bosheit oder Sündhaftigkeit erkennen ließ. Es war, davon bin ich überzeugt, das Gesicht eines Mannes, der kein Unrecht tat. Womit ich nicht mißverstanden werden möchte. Was ich meine, ist, daß es das Gesicht eines Mannes war, der entweder nichts gegen die Vorschriften seines Gewissens tat oder der kein Gewissen besaß. Ich neige dazu, es dem letztgenannten zuzuschreiben. Er war ein großartiger Atavismus, ein so unverfälscht primitiver Mensch, daß er zu den Urbildern gehörte, die vor der Entwicklung des Gefühls für Moral zur Welt kamen. Er war nicht unmoralisch, sondern nur morallos.

Wie ich schon sagte, im maskulinen Sinne war sein Gesicht schön. Glattrasiert, ließ es jeden Zug klar erkennen, und es war rein und scharf geschnitten wie eine Kamee, während See und Sonne seine von Natur aus helle Haut zu einem dunklen Bronzeton gegerbt hatten, der von Kampf und Strapazen sprach und sowohl seine Wildheit wie seine Schönheit verstärkte. Die Lippen waren voll, besaßen jedoch jene Festigkeit, fast Herbheit, die für dünne Lippen charakteristisch ist. Mund, Kinn und Kinnbacken waren ebenfalls fest beziehungsweise herb geformt, mit der ganzen männlichen Wildheit und Unbezwingbarkeit – desgleichen die Nase. Es war die Nase eines Menschen, der geboren ist, zu erobern und zu herrschen. Sie erinnerte sehr an einen Adlerschnabel. Sie hätte griechisch, sie hätte römisch sein können, nur war sie eine Spur zu massig für das eine und eine Spur zu zart für das andere. Und während das ganze Gesicht die verkörperte Wildheit und Kraft war, schien die urtümliche Schwermut, unter der er litt, die Linien von Mund, Augen und Stirn zu veredeln und dem Gesicht eine Größe und Vollkommenheit zu geben, die ihm sonst gefehlt hätten.

Und so ertappte ich mich dabei, daß ich müßig dastand und ihn studierte. Ich kann gar nicht sagen, in wie hohem Maße der Mann begonnen hatte mich zu interessieren. Wer war er? Was war er? Wie war es mit ihm zugegangen? Alle Fähigkeiten schienen sein, alle Möglichkeiten – warum war er dann nicht mehr als der unbedeutende Kapitän eines Robbenfangschoners, der unter den Robbenjägern in dem Ruf entsetzlicher Roheit stand?

Meine Neugier platzte mit einem Redestrom heraus.

„Warum haben Sie auf dieser Welt nichts Großes getan? Mit den Fähigkeiten, die Sie besitzen, hätten Sie zu jeder Höhe aufsteigen können. Ohne Gewissen oder sittliche Triebe, hätten Sie die Welt beherrscht, unter Ihre Macht gezwungen. Und dennoch sind Sie hier, auf der Höhe ihres Lebens, wo der Abstieg und das Sterben beginnt, und führen ein unbedeutendes und niederträchtiges Leben, jagen Seetiere, die Eitelkeit und Putzsucht der Weiber zu befriedigen, und schwelgen in Unflat, um Ihre eigenen Worte zu gebrauchen, was alles und jedes außer herrlich ist. Warum haben Sie mit dieser ganzen wundervollen Kraft nichts angefangen? Es gab nichts, Sie aufzuhalten, nichts, das Sie aufzuhalten vermochte. Was stimmte nicht? Hat es Ihnen an Ehrgeiz gefehlt? Sind Sie Versuchungen erlegen? Was war los? Was war los?“

Er hatte zu Beginn meines Ausbruchs die Augen zu mir

erhoben und folgte höflich meinem Gedankengang, bis ich fertig war und atemlos und bestürzt vor ihm stand. Er wartete einen Augenblick, als überlege er, wo er beginnen solle, und sagte dann:

„Hump, kennen Sie das Gleichnis von dem Sämann, der ausging zu säen? Wenn Sie sich erinnern: Etliches fiel in das Steinige, wo es nicht viel Erde hatte, und ging bald auf, darum daß es nicht tiefe Erde hatte. Als aber die Sonne aufging, verwelkte es, und dieweil es nicht Wurzel hatte, ward es dürre. Etliches fiel unter die Dornen, und die Dornen wuchsen auf und erstickten's."

„Na gut, und?" sagte ich.

„Gut?" wiederholte er, fast ärgerlich. „Es war nicht gut. Ich gehörte zu jenem Samen."

Er beugte den Kopf über die Skala und begann wieder zu zeichnen.

Ich beendete meine Arbeit und hatte bereits die Tür geöffnet, um zu gehen, als er zu mir sprach.

„Hump, wenn Sie sich auf der Karte von Norwegen die Westküste ansehen, werden Sie einen Einschnitt finden, der Romsdals-Fjord heißt. Hundert Meilen von dieser Wasserstrecke bin ich geboren. Aber nicht als Norweger. Ich bin Däne. Mein Vater und meine Mutter waren Dänen, und wie sie je in diese öde Bucht gelangt sind, weiß ich nicht. Ich habe es nie erfahren. Abgesehen davon gibt es nichts Geheimnisvolles. Sie waren arme Leute und unwissend. Sie entstammten Generationen von armen, unwissenden Leuten – Bauern des Meeres, die ihre Söhne auf die Wogen säten, wie sie es seit undenklichen Zeiten gewohnt waren. Weiter ist davon nichts zu erzählen."

„Aber doch", wandte ich ein. „Es ist mir immer noch unverständlich."

„Was soll ich Ihnen erzählen?" fragte er mit einem neuerlichen Ausbruch von Wildheit. „Von der Armseligkeit im

Leben eines Kindes? Von einseitiger Fischkost und rauher Lebensweise? Davon, daß ich mit den Booten ausfuhr, seit ich kriechen konnte? Von meinen Brüdern, die einer nach dem andern zur See gingen und nicht wiederkamen? Von mir selbst, Analphabet und im reifen Alter von zehn Jahren Kajütjunge auf heimatlichen Küstenschiffen? Von der schlechten Kost und noch schlechteren Behandlung, wo Fußtritte und Schläge Bett und Frühstück ersetzten und die Stelle von Unterhaltungen einnahmen und wo Furcht, Haß und Schmerz meine einzigen seelischen Erfahrungen waren? Ich habe kein Verlangen, mich daran zu erinnern. Selbst jetzt noch steigt eine wahnsinnige Wut in mir hoch, wenn ich daran denke. Aber da gab es Kapitäne auf den Küstenschiffen, zu denen ich, als ich Manneskraft erlangte, zurückgekehrt wäre, um sie zu töten, nur hatte mich mein Lebensgeschick damals in andere Gegenden verschlagen. Vor nicht langer Zeit kehrte ich tatsächlich zurück, aber die Kapitäne waren leider tot, alle außer einem, ehemals Steuermann; als ich ihn wiedertraf, war er Kapitän, und als ich ihn verließ, ein Krüppel, der nie wieder gehen würde."

„Aber Sie haben Spencer und Darwin gelesen und nie das Innere einer Schule gesehen; wie haben Sie lesen und schreiben gelernt?" fragte ich.

„In der englischen Handelsmarine. Mit zwölf Kajütjunge, mit vierzehn Schiffsjunge, mit sechzehn Leichtmatrose, mit siebzehn Vollmatrose und Anführer in der Back; unendlicher Ehrgeiz und unendliche Einsamkeit, nie empfing ich Hilfe oder Mitgefühl, alles erwarb ich mir selbst – Navigation, Mathematik, Naturwissenschaft, Literatur und was weiß ich noch. Und welchen Nutzen hat es mir gebracht? Kapitän und Eigentümer eines Schiffes auf der Höhe meines Lebens, wie Sie sagen, da mein Abstieg und Sterben beginnt. Erbärmlich, nicht wahr? ‚Und als die Sonne aufging, verwelkte ich, und dieweil ich nicht Wurzel hatte, ward ich dürre.' "

„Aber die Geschichte berichtet von Sklaven, die zum Purpur aufstiegen", sagte ich tadelnd.

„Und die Geschichte berichtet von günstigen Gelegenheiten, die den Sklaven erlaubten, zum Purpur aufzusteigen", erwiderte er grimmig. „Kein Mensch schafft die günstige Gelegenheit. Alles, was die großen Männer je taten, war, sie zu erkennen, wenn sie kam. Der Korse erkannte sie. Ich habe so hochstrebende Träume gehabt wie der Korse. Ich hätte die Gelegenheit erkannt, aber sie kam nie. Die Dornen wuchsen auf und erstickten mich. Und ich kann Ihnen sagen, Hump, daß Sie mehr von mir wissen als sonst ein Lebender, außer meinem Bruder."

„Und was ist der? Und wo ist er?"

„Kapitän des Dampfers ‚Macedonia', Robbenfänger", gab er zur Antwort. „Wir werden ihm höchstwahrscheinlich an der japanischen Küste begegnen. Die Leute nennen ihn ‚Tod' Larsen."

„Tod Larsen?" rief ich unwillkürlich aus. „Ist er wie Sie?"

„Kaum. Er ist ein Stück Vieh ohne eine Spur von Kopf. Er besitzt meine ganze – ganze ..."

„Tierische Wildheit", half ich ihm.

„Ja – vielen Dank für das Wort –, meine ganze tierische Wildheit, kann aber kaum lesen oder schreiben."

„Und hat nie über das Leben philosophiert", fügte ich hinzu.

„Nein", entgegnete Wolf Larsen mit einem unbeschreiblichen Ausdruck von Trauer. „Und er ist um so viel glücklicher, da er sich nicht um das Leben schert. Er ist zu beschäftigt, es zu leben, um darüber nachzudenken. Mein Fehler war, daß ich jemals Bücher aufgeschlagen habe."

Elftes Kapitel

Die „Ghost" hat den südlichsten Punkt des Bogens erreicht, den sie durch den Pazifik beschreibt, und beginnt bereits nach Westen und Norden vom Kurs abzuhalten, auf eine einsame Insel zu, wo sie, wie es heißt, ihre Wasserfässer füllen will, ehe sie ihre Fahrt zur diesjährigen Jagd längs der japanischen Küste fortsetzt. Die Jäger haben ihre Büchsen und Flinten ausprobiert und eingeschossen, bis sie zufrieden waren, und die Rojer und Steuerleute der Boote haben ihre Sprietsegel angefertigt, die Riemen und Riemenklampen mit Leder und Strohflechten umwunden, daß sie kein Geräusch machen, wenn sie die Robben anschleichen, und ihre Boote tipptopp-piekfein in Ordnung gebracht, um Leachs Ausdruck zu gebrauchen.

Sein Arm ist übrigens zur Zufriedenheit geheilt, wenn er auch die Narbe sein Leben lang behalten wird. Thomas Mugridge lebt in Todesangst vor ihm und fürchtet sich, nach Einbruch der Dunkelheit einen Gang an Deck zu wagen. In der Back gibt es einige Zwistigkeiten von Dauer. Louis erzählt mir, daß das Gerede seinen Weg nach achtern findet und daß zwei der Zuträger von ihren Gefährten arge Prügel bezogen haben. Er schüttelt bedenklich den Kopf über die Aussicht für den Matrosen Johnson, der in seinem Boot Rojer ist. Johnson habe sich schuldig gemacht, seine Meinung allzu offen zu sagen, und sei zwei- oder dreimal mit Wolf Larsen über die Aussprache seines Namens zusammengestoßen; Johansen habe er neulich nachts mittschiffs an Deck verdroschen, und seit der Zeit rufe ihn der Steuermann bei seinem richtigen Namen. Aber natürlich sei es undenkbar, daß Johnson Wolf Larsen verdresche.

Louis hat mir auch zusätzliche Auskünfte über Tod Larsen gegeben, die mit der kurzen Darstellung des Kapitäns übereinstimmen. Wir dürfen erwarten, Tod Larsen an der japanischen Küste zu begegnen. „Und da kannst du dich auf'n Unwetter gefaßt machen", prophezeit Louis, „denn sie hassen sich wie die Wolfsbrut, die sie sind." Tod Larsen führt das Kommando auf dem einzigen Robbendampfer der Flotte, der „Macedonia", die vierzehn Boote trägt, während die Schoner nur sechs tragen. Es geht das phantastische Gerücht um von Kanonen an Bord und von ungewöhnlichen Beutezügen und Expeditionen, die sie unternehmen, angefangen von Opiumschmuggel in die Staaten und Waffenschmuggel nach China bis zu Sklavenschmuggel und offener Piraterie. Dennoch muß ich Louis Glauben schenken, denn nie habe ich ihn bei einer Lüge ertappt, wohingegen er erschöpfende Kenntnisse über den Robbenfang und über die Mannschaften der Robbenfängerflotten besitzt.

Wie im Vorschiff und in der Kombüse, so geht es auf diesem wahren Höllenschiff im Zwischendeck und achtern zu. Wütend bekämpfen sich die Männer zu zweit oder mehreren und trachten einander nach dem Leben. Die Jäger erwarten jeden Augenblick eine Schießerei zwischen Smoke und Henderson, deren alter Streit noch nicht vernarbt ist, und Wolf Larsen sagt ihnen ausdrücklich, er werde den Überlebenden des Zweikampfs töten, wenn es zu einem solchen Zweikampf käme. Unumwunden erklärt er, daß die Haltung, die er einnähme, nicht moralischen Beweggründen entspringe, daß sie sich von ihm aus gegenseitig umbringen und auffressen könnten, brauchte er sie nicht für die Jagd lebendig. Wollten sie nur an sich halten, bis die Jagdzeit vorbei sei, verspräche er ihnen einen königlichen Karneval, wo aller Groll abgetan werden könne und wo die Überlebenden die auf der Strecke Gebliebenen über Bord werfen und sich eine Geschichte zurechtlegen dürften, wie die Fehlenden auf See zugrunde gegangen wären. Ich glaube, sogar die Jäger sind entsetzt über seine Kaltblütigkeit. So verrucht diese Männer sind, haben sie doch zweifellos große Angst vor ihm.

Thomas Mugridge ist hündisch in seiner Unterwürfigkeit gegen mich, während ich in geheimer Furcht vor ihm umhergehe. Er besitzt den Mut der Angst – etwas Seltsames, das ich von mir selbst gut kenne –, und jeden Augenblick kann dieser Mut die Angst überwältigen und ihn dazu treiben, mir das Leben zu nehmen. Mein Knie hat sich sehr gebessert, wenn es auch noch häufig längere Zeit hindurch schmerzt, und allmählich schwindet die Steifheit aus dem Arm, den Wolf Larsen mir zerquetschte. Ansonsten befinde ich mich in glänzendem Zustand und spüre auch, daß ich mich in glänzendem Zustand befinde. Meine Muskeln werden härter und nehmen an Umfang zu. Doch meine Hände sind ein Anblick zum Weinen. Sie sind von Hitzblattern übersät, mit Niednägeln behaftet; die Fingernägel sind abgebrochen und verfärbt, und die Ränder des lebenden Fleisches scheinen wild zu wuchern. Auch leide ich unter Furunkeln, die ich höchstwahrscheinlich der einseitigen Kost zu verdanken habe, denn noch nie habe ich unter dergleichen gelitten.

Vorgestern abend sah ich zu meiner Belustigung, daß Wolf Larsen in der Bibel las, die sich, nach der zu Beginn der Fahrt vergeblichen Suche nach einem Exemplar davon, in der Seemannskiste des toten Steuermanns angefunden hatte. Ich fragte mich, was Wolf Larsen daraus gewinnen könne, und er las mir laut aus dem Prediger Salomo vor. Ich konnte mir, als er mir vorlas, einbilden, er äußere seine eigenen Gedanken, und seine Stimme, die tief und klagend in der engen Kabine hallte, bezauberte und packte mich. Er mag ungebildet sein, aber zweifellos versteht er die Bedeutung des geschriebenen Wortes auszudrücken.

„Ich sammelte mir auch Silber und Gold und von den Königen und Ländern einen Schatz; ich schaffte mir Sänger und Sängerinnen und die Wonne der Menschen, allerlei Saitenspiel;

und nahm zu über alle, die vor mir zu Jerusalem gewesen waren; auch blieb meine Weisheit bei mir.

Da ich aber ansah alle meine Werke, die meine Hand getan hatte, und die Mühe, die ich gehabt hatte, siehe, da war es alles eitel und Haschen nach Wind und kein Gewinn unter der Sonne.

Es begegnet dasselbe einem wie dem andern: dem Gerechten wie dem Gottlosen, dem Guten und Reinen wie dem Unreinen, dem, der opfert, wie dem, der nicht opfert; wie es dem Guten geht, so geht's auch dem Sünder; wie es dem, der schwört, geht, so geht's auch dem, der den Eid fürchtet.

Das ist ein böses Ding unter allem, was unter der Sonne geschieht, daß es einem geht wie dem andern; daher auch das Herz der Menschen voll Arges wird, und Torheit ist in ihrem Herzen, dieweil sie leben; darnach müssen sie sterben.

Denn bei allen Lebendigen ist, was man wünscht: Hoffnung; denn ein lebendiger Hund ist besser als ein toter Löwe.

Denn die Lebendigen wissen, daß sie sterben werden; die Toten aber wissen nichts, sie haben auch keinen Lohn mehr – denn ihr Gedächtnis ist vergessen,

daß man sie nicht mehr liebt, noch haßt, noch neidet – und haben kein Teil mehr auf der Welt an allem, was unter der Sonne geschieht."

„Da haben Sie's, Hump", sagte er, während er das Buch über seinem Finger zuklappte und zu mir aufblickte. „Der Prediger, der König über Israel in Jerusalem war, dachte so, wie ich denke. Sie nennen mich einen Pessimisten. Ist dies nicht der schwärzeste Pessimismus? – ‚Alles ist eitel und Haschen nach Wind und kein Gewinn unter der Sonne', ‚. . . daß es einem geht wie dem andern', dem Narren wie dem Weisen, dem Reinen wie dem Unreinen, dem Sünder wie dem Heiligen, und daß das Ergebnis Tod ist und ein böses Ding, sagt er. Denn der Prediger liebte das Leben und wollte nicht sterben, deshalb sagte er: ‚Denn ein lebendiger Hund ist besser als ein toter Löwe.‘ Er gab der Nichtigkeit und dem Verdruß den Vorzug vor dem Schweigen und der Bewegungslosigkeit des Grabes. Und ich desgleichen. Wimmeln ist schmutzig, aber nicht zu wimmeln, wie Lehmklumpen oder Stein zu sein, ist ein Abscheu erregender Gedanke. Abscheu erregend für das Leben in mir, dessen Wesen ja gerade Bewegung ist, die Fähigkeit, sich zu bewegen, und das Bewußtsein der Fähigkeit, sich zu bewegen. Das Leben selbst ist Unzufriedenheit, aber die Aussicht auf den Tod bereitet noch größere Unzufriedenheit."

„Sie sind übler dran als Omar", sagte ich. „Nach dem üblichen qualvollen Ringen in der Jugend fand er wenigstens Zufriedenheit und machte aus seinem Materialismus etwas Erfreuliches."

„Wer war Omar?" fragte Wolf Larsen, und an diesem Tag arbeitete ich nicht mehr, auch nicht am nächsten und übernächsten.

Bei seiner planlosen Lektüre war er nie auf „Robâijjât" gestoßen, und das Werk kam für ihn der Entdeckung eines großen Schatzes gleich. Vieles hatte ich im Gedächtnis, vermutlich zwei Drittel der Vierzeiler, und es gelang mir ohne große Mühe, den Rest zu ergänzen. Wir sprachen stundenlang über einzelne Strophen, und ich stellte fest, daß er eine Klage des Bedauerns und eine Auflehnung aus ihnen herauslas, die ich selbst um mein Leben nicht zu entdecken vermochte. Möglicherweise trug ich sie in einem eigenmächtigen Rhythmus vor, denn er – sein Gedächtnis war gut, und nach einer zweiten Wiedergabe, sehr häufig schon nach der ersten, machte er sich einen Vierzeiler zu eigen – rezitierte dieselben Zeilen, indem er sie mit einer Unrast und leidenschaftlichen Empörung erfüllte, die nahezu überzeugend waren.

Es interessierte mich, welcher Vierzeiler ihm am besten gefallen würde, und es überraschte mich nicht, als er auf den einen verfiel, der aus der gereizten Stimmung eines Augenblicks entstanden war und völlig im Widerspruch stand zu der behaglichen Philosophie und den heiteren Lebensregeln des Persers:

„Warum, ohne zu fragen, hierher eilte Vonwannen?
Und warum, ohne zu fragen, Wohin eilte von dannen?
Oh, viele Trinkgefäße von diesem verbotenen Wein
Müssen die Frechheit ertränken, das Gedenken verbannen!"

„Großartig!" rief Wolf Larsen. „Großartig! Das ist der Grundton. Frechheit! Er hätte kein besseres Wort gebrauchen können."

Vergeblich machte ich Einwände und widersprach ich. Er überschwemmte, überwältigte mich mit seiner Beweisführung.

„Es liegt nicht in der Natur des Lebens, anders zu sein. Wenn das Leben erkennt, daß es aufhören muß zu leben, wird es sich stets empören. Der Prediger fand das ganze Leben und alle Lebenswerke eitel und ein Haschen nach Wind, ein böses Ding; aber den Tod, das Ende der Fähigkeit, eitel und ruhelos zu sein, fand er noch übler. Kapitel auf Kapitel hindurch quält ihn das eine Ergebnis, das allen gemeinsam ist. So ergeht es Omar, so mir, so Ihnen, ja, selbst Ihnen, denn Sie lehnten sich gegen das Sterben auf, als der Smutje ein Messer für Sie schärfte. Sie fürchteten sich zu sterben; denn das Leben, das in Ihnen wohnt, das Sie formt, das größer ist als Sie, wollte nicht sterben. Sie haben von dem Unsterblichkeitsinstinkt gesprochen. Ich spreche von dem Lebensinstinkt, der Leben bedeutet und der, wenn der Tod nah und groß sichtbar wird, den sogenannten Unsterblichkeitsinstinkt besiegt. Er hat ihn (das können Sie nicht leugnen) in Ihnen besiegt, weil ein verrückter Cockney-Koch ein Messer schärfte.

Jetzt fürchten Sie sich vor ihm. Sie fürchten sich vor mir. Das können Sie nicht abstreiten. Wenn ich Sie bei der Kehle packte, so" – seine Hand lag um meine Kehle und benahm mir den Atem –, „und das Leben aus Ihnen herauspreßte, so und so, würde Ihr Unsterblichkeitsinstinkt nur noch schwach glimmen, und Ihr Lebensinstinkt, der nach Leben verlangt, emporflackern, und Sie würden kämpfen, um sich zu retten. Na? Ich sehe die Todesangst in Ihren Augen. Sie fuchteln mit den Armen in der Luft herum. Sie bieten Ihre ganze geringe Kraft auf, um ihr Leben zu kämpfen. Ihre Hand greift nach meinem Arm, kaum zu spüren wie ein Schmetterling, der sich da niedergelassen hat. Ihre Brust wogt, Ihre Zunge hängt heraus, Ihre Haut wird schwärzlich, Ihre Augen verschwimmen. ‚Leben! Leben! Leben!' schreien Sie, und Sie schreien nach dem Leben hier und jetzt, nicht nach dem künftigen. Sie zweifeln an Ihrer Unsterblichkeit, wie? Haha! Sie sind ihrer nicht sicher. Sie wollen es nicht darauf ankommen lassen. Nur daß dies Leben etwas Wirkliches ist, wissen Sie mit Bestimmtheit. Ah, es wird dunkel und dunkler. Es ist die Dunkelheit des Todes, das Ende des Seins, das Ende des Fühlens, das Ende der Bewegung, die sich um Sie zusammenzieht, auf sie herabsenkt, rings um Sie erhebt. Ihre Augen werden starr. Sie sind glasig. Meine Stimme klingt schwach und fern. Sie können mein Gesicht nicht wahrnehmen. Und immer noch sträuben Sie sich unter meinem Griff. Sie stoßen mit den Füßen. Ihr Körper windet sich zu Verschlingungen wie der einer Schlange. Ihre Brust wogt und spannt sich. Leben! Leben! Leben ..."

Ich hörte nichts mehr. Das Bewußtsein war ausgelöscht durch die Dunkelheit, die er so anschaulich dargestellt hatte, und als ich zu mir kam, lag ich am Boden, und er rauchte eine

Zigarre und betrachtete mich nachdenklich mit jenem alten, vertrauten Feuer der Wißbegier in den Augen.

„Nun, habe ich Sie überzeugt?" fragte er. „Hier, trinken Sie das. Ich möchte Ihnen ein paar Fragen stellen."

Ich rollte am Boden verneinend den Kopf. „Ihre Argumente sind zu – zwingend", brachte ich mühsam und auf Kosten großer Qual in meiner schmerzenden Kehle heraus.

„In einer halben Stunde werden Sie wieder wohlauf sein", versicherte er mir. „Und ich verspreche Ihnen, daß ich mich keiner handgreiflichen Beweise mehr bedienen werde. Stehen Sie jetzt auf. Sie können sich auf einen Stuhl setzen."

Und da ich das Spielzeug dieses Ungeheuers war, wurde die Diskussion über Omar und den Prediger wiederaufgenommen. Und die halbe Nacht saßen wir darüber wach.

Zwölftes Kapitel

Die letzten vierundzwanzig Stunden waren Zeugen eines Karnevals der Roheit. Von der Kajüte bis zur Back scheint er wie eine ansteckende Krankheit ausgebrochen zu sein. Ich weiß kaum, wo beginnen. Wolf Larsen war die eigentliche Ursache. Das Verhältnis der Männer untereinander, gezwungen und gespannt durch Fehden, Streit und Groll, befand sich in einem Zustand labilen Gleichgewichts, und böse Leidenschaften flackerten lodernd auf wie Präriegras.

Thomas Mugridge ist ein Schleicher, ein Spion, ein Denunziant. Er hat versucht, sich bei dem Kapitän einzuschmeicheln und wieder in Gunst zu setzen, indem er ihm Gerede von den Matrosen im Vorschiff zutrug. Ich weiß, daß er es war, der Wolf Larsen so manches von Johnsons hitzigen Ausfällen hinterbrachte. Johnson hat sich anscheinend aus der Kleiderkiste Ölzeug gekauft und festgestellt, daß es von höchst geringer Qualität ist. Er säumte auch nicht, diese Tatsache bekanntzugeben. Die Kleiderkiste ist so etwas wie ein Miniaturladen für Kurzwaren, den alle Robbenschoner an Bord haben und der mit Artikeln versehen ist, die den besonderen Bedürfnissen der Matrosen entsprechen. Was ein Matrose kauft, wird ihm von seinem spärlichen Verdienst in den Robbenfanggebieten abgezogen; denn wie bei den Jägern wird es bei den Rojern und Steuerleuten der Boote gehandhabt – an Stelle von Heuer erhalten sie einen Gewinnanteil, soundso viel Prozent für jedes von ihrem Boot erbeutete Fell.

Doch daß Johnson über die Kleiderkiste gemurrt hatte, wußte ich nicht, so daß mich, was ich erlebte, völlig unerwartet traf. Ich hatte gerade die Kajüte ausgefegt und war von Wolf Larsen in ein Gespräch über Hamlet, den er unter allen Personen Shakespeares am meisten liebte, verwickelt worden, als Johansen, gefolgt von Johnson, die Kajüttreppe herabkam. Johnson zog nach Seemannsart die Mütze und stand ehrerbietig, dabei heftig und peinlich im Rollen des Schoners schwankend, mitten in der Kajüte und sah den Kapitän mutig an.

„Schließen Sie die Türen und den Schieber", sagte Wolf Larsen zu mir.

Als ich gehorchte, sah ich einen Schein von Beunruhigung in Johnsons Augen aufglänzen, ließ mir jedoch nicht träumen, warum. Nicht im Traum ließ ich mir einfallen, was geschehen sollte, bis es geschah; er aber wußte von Anfang an, was kommen würde, und sah dem tapfer entgegen. Und in seiner Handlungsweise entdeckte ich die vollendete Widerlegung des Materialismus von Wolf Larsen. Der Matrose Johnson war beherrscht von Idee, Prinzip, Wahrheit und Aufrichtigkeit. Er war im Recht, er wußte sich im Recht, und er war furchtlos. Er würde für das Recht sterben, wenn es sein müßte, er würde sich treu bleiben und aufrichtig gegen seine Seele. Und darin malte sich der Triumph des Geistes über das Fleisch ab, die Unbezwingbarkeit und sittliche Größe der

Seele, die keinen Vorbehalt kennt und sich mit einer Sicherheit und Unbesiegbarkeit über Raum und Zeit und Materie erhebt, die nichts anderem entspringen als Ewigkeit und Unsterblichkeit.

Aber wieder zurück. Ich bemerkte den Schein von Beunruhigung in Johnsons Augen, hielt sie jedoch irrtümlich für die angeborene Scheu und Verlegenheit des Mannes. Der Steuermann, Johansen, stand einige Fuß entfernt neben ihm, und volle drei Yard vor ihm saß Wolf Larsen in einem der Kajütdrehstühle. Eine merkliche Pause trat ein, als ich die Türen und den Schieber geschlossen hatte, eine Pause, die eine volle Minute gedauert haben muß. Sie wurde von Wolf Larsen abgebrochen.

„Yonson", begann er.

„Mein Name ist Johnson, Sir", verbesserte ihn der Matrose kühn.

„Gut, also Johnson, zum Teufel mit dir! Kannst du erraten, warum ich nach dir geschickt habe?"

„Ja und nein, Sir", gab er langsam zur Antwort. „Meine Arbeit mache ich gut. Der Steuermann weiß das, und Sie wissen es, Sir. Da kann es keine Klagen geben."

„Und das ist alles?" fragte Wolf Larsen mit sanfter, leiser, schnurrender Stimme.

„Ich weiß, daß Sie mir grollen", fuhr Johnson mit seiner unveränderlich schwerfälligen Langsamkeit fort. „Sie mögen mich nicht. Sie – Sie ..."

„Weiter", trieb ihn Wolf Larsen an. „Scheu dich nicht vor meinen Gefühlen."

„Ich scheue mich nicht", entgegnete der Matrose, während eine leichte Zornesröte durch seine Sonnenbräune brach. „Wenn ich nicht schnell spreche, so liegt es daran, daß ich nicht so lange wie Sie von der Heimat fort bin. Sie mögen mich nicht, weil ich Ihnen zu sehr Mann bin, das ist der Grund, Sir."

„Du bist zu sehr Mann für die Schiffsdisziplin, wenn du das meinst und wenn du verstehst, was ich meine“, gab Wolf Larsen zurück.

„Ich verstehe Englisch, und ich verstehe, was Sie meinen, Sir“, erwiderte Johnson, und seine Röte vertiefte sich bei der Anspielung auf seine englischen Sprachkenntnisse.

„Johnson“, sagte Wolf Larsen mit einer Gebärde, die alles Vorangegangene als Einleitung zu der Hauptsache, um die es ging, verabschiedete, „ich höre, daß du mit diesem Ölzeug nicht recht zufrieden bist?“

„Nein, ich bin nicht zufrieden. Es taugt nichts, Sir.“

„Und du hast dir den Mund darüber zerrissen.“

„Ich sage, was ich denke, Sir“, antwortete der Matrose tapfer, ohne es an der Schiffshöflichkeit fehlen zu lassen, die verlangte, daß er an jede Äußerung ein „Sir“ hängte.

In diesem Augenblick sah ich zufällig nach Johansen hin. Seine großen Fäuste ballten und öffneten sich, und sein Gesicht war ausgemacht teuflisch, so boshaft blickte er auf Johnson. Ich bemerkte eine immer noch schwach sichtbare schwärzliche Verfärbung unter Johansens Auge, ein Mal der Prügel, die er ein paar Nächte zuvor von dem Matrosen erhalten hatte. Zum erstenmal begann ich zu ahnen, daß sich etwas Entsetzliches abspielen sollte – aber was, konnte ich mir nicht vorstellen.

„Weißt du, was mit Leuten geschieht, die sagen, was du über meine Kleiderkiste und mich gesagt hast?“ fragte Wolf Larsen.

„Ich weiß es, Sir“, lautete die Antwort.

„Was?“ fragte Wolf Larsen scharf und herrisch.

„Was Sie und der Steuermann mit mir tun werden, Sir.“

„Sehn Sie ihn an, Hump“, sagte Wolf Larsen zu mir, „sehn Sie sich dies bißchen belebten Staub an, diese Verbindung von Materie, die sich bewegt und atmet und mir trotzt und entschieden glaubt, aus etwas Gutem zu bestehen, die durchdrungen ist von gewissen menschlichen Einbildungen wie Gerechtigkeit und Ehrlichkeit und die ihnen gemäß leben will, ungeachtet aller persönlichen Unannehmlichkeiten und Bedrohungen. Was halten Sie von ihm, Hump? Was halten Sie von ihm?"

„Ich denke, daß er ein besserer Mensch ist als Sie", antwortete ich, irgendwie von dem Wunsch getrieben, einen Teil des Zorns, der meinem Gefühl nach über Johnsons Haupt hereinbrechen mußte, auf mich zu ziehen. „Seine menschlichen Einbildungen, wie Sie es zu nennen belieben, schaffen Adel und Mannesehre. Sie haben keine Einbildungen, keine Träume, keine Ideale. Sie sind ein Bettler."

Er nickte in wilder Fröhlichkeit. „Ganz recht, Hump, ganz recht. Ich habe keine Einbildungen, die Adel und Mannesehre schaffen. Ein lebendiger Hund ist besser als ein toter Löwe, sage ich mit dem Prediger. Meine einzige Doktrin ist die Doktrin der Zweckmäßigkeit, und die schafft das Überleben. Dies bißchen Gärungsstoff, das wir ‚Johnson' nennen, wird, wenn es nicht mehr das bißchen Gärungsstoff, sondern nur noch Staub und Asche ist, nicht mehr Adel besitzen als Staub und Asche, während ich immer noch leben und toben werde. Wissen Sie, was ich tun werde?" fragte er.

Ich schüttelte den Kopf.

„Ich werde mein Vorrecht, zu toben, üben und Ihnen zeigen, wie es dem Adel ergeht. Passen Sie auf."

Drei Yard von Johnson entfernt befand er sich, und er saß. Neun Fuß! Und dennoch verließ er den Stuhl mit einem Satz, ohne sich vorher auf die Beine gestellt zu haben. Er verließ den Stuhl so, wie er darin saß, und sprang aus der Sitzhaltung wie ein wildes Tier, ein Tiger, und wie ein Tiger durchflog er den Zwischenraum. Es war eine Lawine von rasender Wut, die Johnson vergeblich abzuwehren versuchte. Er warf den einen Arm nach unten, um den Magen zu schützen, und den andern nach oben, um den Kopf zu schützen; aber Wolf Lar-

sens Faust fuhr ihm mitten zwischen beiden mit einem zermalmenden, dröhnenden Stoß an die Brust. Johnson schoß der jäh herausgetriebene Atem aus dem Mund und entfuhr ihm, ebenso jäh abgeschnitten, mit dem gezwungenen, hörbaren letzten Schnaufer eines Mannes, der eine Axt schwingt. Er fiel beinahe hintenüber und schwankte von einer Seite zur andern in dem Bestreben, sein Gleichgewicht wiederzuerlangen.

Ich kann keine weiteren Einzelheiten der gräßlichen Szene geben, die folgte. Sie war zu empörend. Noch jetzt macht es mich krank, wenn ich daran denke. Johnson kämpfte tapfer genug, aber Wolf Larsen war er nicht gewachsen, noch weniger Wolf Larsen und dem Steuermann. Es war entsetzlich. Ich hatte keinen Begriff davon gehabt, daß ein Menschengeschöpf so viel erdulden und doch weiterleben und -kämpfen könne. Und Johnson kämpfte weiter. Natürlich hatte er keine Aussicht, nicht die geringste, und das wußte er so gut wie ich, aber seine Mannesehre erlaubte ihm nicht, den Kampf für diese Mannesehre aufzugeben.

Es war zuviel für mich, es mit anzusehen. Mir war, als sollte ich den Verstand verlieren, und ich lief die Kajüttreppe hinauf, um die Türen zu öffnen und an Deck zu flüchten. Aber Wolf Larsen ließ für einen Augenblick von seinem Opfer ab, war mit einem einzigen seiner gewaltigen Sprünge neben mir und schleuderte mich in die äußerste Ecke.

„Die Wunder des Lebens“, höhnte er. „Bleiben Sie und beobachten Sie. Sie können Fakten über die Unsterblichkeit der Seele sammeln. Übrigens können wir ja Johnsons Seele nichts anhaben. Nur die vergängliche Form können wir zerstören.“

Anscheinend Jahrhunderte – vermutlich nicht mehr als zehn Minuten – dauerte die Bestrafung an. Wolf Larsen und der Steuermann wichen dem armen Kerl nicht vom Leibe. Sie hieben mit den Fäusten auf ihn ein, traten ihn mit ihren schweren Schuhen, schlugen ihn zu Boden und zerrten ihn hoch, um ihn abermals niederzuschlagen. Seine Augen waren geblendet, so daß er nichts sehen konnte, und das Blut, das ihm aus Ohren, Nase und Mund floß, verwandelte die Kajüte in ein Schlachthaus. Und als er nicht mehr aufstehen konnte, fuhren sie dennoch fort, ihn da, wo er lag, zu schlagen und mit Füßen zu treten.

„Sachte, Johansen, sachte“, sagte Wolf Larsen schließlich.

Aber in dem Steuermann war das Tier erwacht und nicht zu zügeln, und Wolf Larsen mußte ihn mit einer Rückhandbewegung beiseite fegen, die ganz sanft aussah, Johansen aber wie einen Korken zurückwarf, so daß sein Kopf mit einem Krach an die Wand flog. Er fiel zu Boden, einen Augenblick fast betäubt, atmete schwer und blinzelte einfältig.

„Stoßen Sie die Türen auf, Hump“, befahl er.

Ich gehorchte, und die beiden Rohlinge hoben den Bewußtlosen wie einen Sack Plunder auf und warfen ihn einfach die Kajüttreppe hinauf durch die enge Türöffnung und an Deck. Aus seiner Nase schoß das Blut in einem scharlachroten Strahl über die Füße des Mannes am Ruder, der kein anderer war als Louis, sein Bootssteuermann. Aber Louis legte eine Spake nach Luv oder eine nach Lee und blickte gelassen in das Kompaßhaus.

Nicht so benahm sich George Leach, der ehemalige Kajütjunge. Vorn und achtern gab es nichts, das uns mehr hätte überraschen können als sein nachfolgendes Verhalten. Er kam ohne jeden Befehl auf die Poop und schleppte Johnson nach vorn, wo er sich daran machte, so gut es ihm möglich war, seine Wunden zu verbinden und ihm Linderung zu verschaffen. Johnson war nicht mehr als Johnson zu erkennen, und nicht allein das: Seine Züge überhaupt waren als menschliche Züge nicht mehr zu erkennen, so verfärbt und verschwollen waren sie in den wenigen Minuten, die seit Beginn der Prügelstrafe und seit ihn Leach nach vorn geschleppt hatte, verstrichen waren.

Aber zu Leachs Verhalten ... Während ich die Kajüte säuberte, hatte er sich um Johnson bemüht. Ich war an Deck gekommen, um frische Luft zu schöpfen und, wenn möglich, meine übermäßig erregten Nerven zu beruhigen. Wolf Larsen rauchte eine Zigarre und prüfte das Patentlog, das die „Ghost“ gewöhnlich achtern im Schlepp hatte, das aber aus irgendeinem Grunde eingeholt worden war. Plötzlich drang Leachs Stimme an meine Ohren. Sie war spannungsgeladen und heiser vor überwältigender Wut. Ich drehte mich um und sah ihn unmittelbar bei den Stufen zur Poop auf der Backbordseite der Kombüse stehen. Sein Gesicht war verzerrt und weiß, seine Augen blitzten, die geballten Fäuste hatte er über den Kopf gehoben.

„Möge Gott deine Seele zur Hölle verdammen, Wolf Larsen; bloß ist die Hölle zu gut für dich, du Feigling, du Mörder, du Schwein!“

Mit dieser Begrüßung begann er.

Ich war wie vom Donner gerührt. Ich erwartete auf der Stelle seine Vernichtung. Aber Wolf Larsen war nicht in der Laune, ihn zu vernichten. Er schlenderte langsam nach vorn zu den Stufen der Poop, stützte den Ellbogen gegen die Ecke der Kajüte und blickte nachdenklich und neugierig auf den erregten Jungen hinab.

Und der Junge klagte Wolf Larsen an, wie er nie zuvor angeklagt worden war. Die Matrosen versammelten sich zu einem furchtsamen Häuflein genau oberhalb der Backluke und beobachteten und lauschten. Die Jäger drängten kunterbunt aus dem Zwischendeck, aber als Leach seine Schimpftirade fortsetzte, gewahrte ich keine Leichtfertigkeit mehr in ihren Gesichtern. Selbst sie waren erschrocken, nicht über die fürchterlichen Worte des Jungen, sondern über seine fürchterliche Verwegenheit. Es schien nicht möglich, daß ein lebendes Geschöpf Wolf Larsen derart Trotz bieten könne. Von mir selbst weiß ich, daß ich von jäher Bewunderung für den Jungen gepackt wurde und in ihm die herrliche Unbesiegbarkeit der Unsterblichkeit spürte, die sich wie einst bei den Propheten über das Fleisch und die Ängste des Fleisches erhob, um Ungerechtigkeit zu verdammen.

Und welche Verdammung! Er zerrte Wolf Larsens Seele nackt vor die Verachtung der Menschen. Er überschüttete sie mit Gottes und der Macht des Himmels Verwünschungen und dörrte sie in einer Glut von Schmähungen, die an eine mittelalterliche Exkommunikation der katholischen Kirche gemahnte. Er durchlief die Skala der Anklagen und schwang sich zu Höhen des Zornes auf, die erhaben und nahezu gottähnlich waren, und nur aus reiner Erschöpfung sank er zu der abscheulichsten und unflätigsten Beschimpfung ab.

Seine Wut kam dem Wahnsinn gleich. Seine Lippen waren von seifigem Schaum gefleckt, und mitunter würgte und gurgelte er und sprach nicht mehr verständlich. Und die ganze Zeit, gelassen und unempfindlich, auf seinen Ellbogen gestützt und hinunterblickend, schien Wolf Larsen in große Wißbegier versunken. Dieses zügellose Sichregen von gärendem Leben, diese fürchterliche Empörung und Herausforderung von Materie, die sich bewegte, verblüffte und interessierte ihn.

Jeden Augenblick erwartete ich und erwarteten alle, daß er auf den Jungen losspringen und ihn vernichten würde. Aber er war nicht in der Laune. Seine Zigarre ging aus, und er blickte weiterhin schweigend und wißbegierig.

Leach hatte sich in eine Ekstase ohnmächtiger Wut hineingesteigert.

„Schwein! Schwein! Schwein!" wiederholte er aus voller Kehle. „Warum kommst du nicht runter und bringst mich um, du Mörder? Tu's doch! Ich fürchte mich nicht! Keiner hindert dich! Verdammt, lieber tot und aus deiner Reichweite als lebendig und in deinen Klauen! Los doch, du Feigling! Schlag mich tot! Schlag mich tot! Schlag mich tot!"

In diesem Stadium war es, daß Thomas Mugridge von seiner ruhelosen Seele ins Spiel getrieben wurde. Er hatte an der Kombüsentür gelauscht, kam jedoch jetzt heraus, scheinbar, um Abfall über Bord zu werfen, offensichtlich jedoch, um den Totschlag mitzuerleben, von dem er überzeugt war, daß er stattfinden würde. Er grinste schmierig nach oben, Wolf Larsen ins Gesicht, der ihn nicht zu sehen schien. Doch der Cockney fühlte sich nicht beschämt, allerdings war er verrückt, völlig verrückt. Er wandte sich zu Leach und sagte: „Solch 'ne Sprache! Unerhört!"

Leachs Wut war nicht mehr ohnmächtig. Hier war endlich

etwas Greifbares. Und zum erstenmal seit der Messerstecherei war der Cockney ohne sein Messer aus der Kombüse gekommen.

Kaum hatten die Worte seinen Mund verlassen, als er von Leach niedergeschlagen wurde. Dreimal strampelte er sich auf die Füße und versuchte die Kombüse zu erreichen, und jedesmal wurde er niedergeschlagen.

„O Gott!“ schrie er. „Hilfe! Hilfe! Schafft ihn weg, hört ihr? Schafft ihn weg!“

Die Jäger lachten aus purer Erleichterung. Die Tragödie war vorbei, die Posse hatte begonnen. Die Matrosen drängten beherzt, grinsend und scharrend nach achtern, um zuzuschauen, wie der verhaßte Koch verbleut wurde. Und selbst ich fühlte eine große Freude in mir aufwogen. Ich gestehe, daß mich die Prügel ergötzten, die Leach Thomas Mugridge verabreichte, obgleich sie fast ebenso schrecklich waren wie jene, die Johnson auf Mugridges Bewirken erhalten hatte. Aber der Ausdruck auf Wolf Larsens Gesicht veränderte sich nicht. Er änderte auch nicht seine Haltung, sondern blieb dabei, mit großer Wißbegier hinabzublicken. Bei all seiner pragmatischen Sicherheit schien es, als beobachte er das Spiel und die Bewegung des Lebens in der Hoffnung, etwas mehr darin zu entdecken, in seinen wahnsinnigsten Verzerrungen etwas wahrzunehmen, das ihm bislang entgangen war – gleichsam den Schlüssel zu seinem Geheimnis, der alles klar und deutlich machen würde.

Aber die Prügel! Sie waren ganz ähnlich jenen, deren Zeuge ich in der Kajüte geworden war. Der Cockney bemühte sich vergeblich, sich vor dem rasenden Jungen zu schützen. Und vergeblich bemühte er sich, in den Schutz der Kajüte zu gelangen. Er rollte auf sie zu, kroch auf sie zu, fiel auf sie zu, wenn er niedergeschlagen wurde. Aber mit verwirrender Geschwindigkeit folgte Hieb auf Hieb. Er wurde wie ein Federball umhergeschlagen, bis er schließlich wie Johnson geprügelt und mit Füßen getreten wurde, während er hilflos auf dem Deck lag. Und niemand trat dazwischen. Leach hätte ihn umbringen können, doch da er offenbar das Maß seiner Rache erfüllt hatte, zog er sich von seinem am Boden liegenden Feind zurück, der wie ein junger Hund winselte und jaulte, und ging nach vorn.

Diese beiden Auseinandersetzungen waren aber nur Begebenheiten, die das Tagesprogramm eröffneten. Am Nachmittag fielen Smoke und Henderson übereinander her, und ein Schnellfeuer von Schüssen drang vom Zwischendeck herauf, gefolgt von einer wilden Flucht der anderen vier Jäger an Deck. Eine Säule dichten, beißenden Rauchs – wie sie stets von Schwarzpulver verursacht wird – stieg durch die offene Kajüttreppe empor, und hinunter sprang sie Wolf Larsen. Das Geräusch von Schlägen und Tumult drang an unser Ohr. Beide Männer waren verwundet, und er verprügelte beide, weil sie seine Befehle nicht befolgt hatten und sich vor der Jagdzeit zu Krüppeln gemacht hatten. Tatsächlich waren sie ernstlich verwundet, und nachdem Wolf Larsen sie verbleut hatte, machte er sich daran, sie auf grob chirurgische Art zu behandeln und ihre Wunden zu verbinden. Ich diente ihm als Assistent, während er die Ein- und Austritte der Kugeln sondierte und reinigte, und ich erlebte, wie die beiden Männer seine rohe Wundbehandlung ohne Betäubungsmittel und nur mit einem großen Glas Whisky zum Aufrechterhalten erduldeten.

Dann, in der ersten Hundewache, erreichte eine Unruhe in der Back ihren Höhepunkt. Sie hatte ihren Ursprung in dem Klatsch und der Ohrenbläserei, die der Anlaß zu Johnsons Prügelstrafe gewesen waren, und nach dem Lärm zu urteilen, den wir hörten, und dem Anblick der braun und blau geschlagenen Matrosen am nächsten Tag, war offenkundig, daß die eine Hälfte in der Back die andere gehörig verwalkt hatte.

Die zweite Hundewache und der Tag wurden mit einem

Kampf zwischen Johansen und dem mageren Jäger Latimer, der wie ein Yankee aussah, abgeschlossen. Er wurde durch Latimers Bemerkungen über die Geräusche herbeigeführt, die der Steuermann im Schlaf von sich gab, und obgleich Johansen besiegt wurde, hielt er das Zwischendeck für den Rest der Nacht wach, während er selig schlummerte und den Kampf wieder und wieder ausfocht.

Ich selbst wurde von Alpdrücken erstickt. Der Tag war wie ein gräßlicher Traum gewesen. Roheit war auf Roheit gefolgt, und glühende Leidenschaften und kaltblütige Grausamkeit hatten Menschen getrieben, einander nach dem Leben zu trachten, und zu dem Bestreben, einander zu verwunden, zu verstümmeln, zu vernichten. Meine Nerven waren erschüttert. Meine Seele selbst war erschüttert. Mein ganzes Leben hatte ich in verhältnismäßiger Unkenntnis des Tierischen im Menschen verbracht. Tatsächlich hatte ich das Leben nur in seinen intellektuellen Phasen gekannt. Wohl hatte ich Brutalität erlebt, aber es war die Brutalität des Intellekts – der schneidende Sarkasmus Charley Furuseth', die gefühllosen Epigramme und gelegentlichen derben Witzeleien der Burschen an der Bibelot und die ekelhaften Bemerkungen mancher Professoren zu Beginn meiner Studienzeit.

Das war alles. Daß aber Menschen ihren Ärger an andern ausließen, indem sie ihnen den Körper braun und blau schlugen und das Blut abzapften, war etwas befremdlich und furchtbar Neues für mich. Nicht umsonst hat man mich „Weichling" van Weyden genannt, dachte ich, als ich mich zwischen einem Alpdruck und dem nächsten ruhelos in meiner Koje herumwarf. Und mir schien, als sei meine Einfalt gegenüber den Realitäten des Lebens wahrhaft vollendet gewesen. Ich lachte bitter in mich hinein und vermeinte in Wolf Larsens abstoßender Philosophie eine angemessenere Erklärung für das Leben zu finden als in meiner eigenen.

Und ich erschrak, als mir bewußt wurde, welche Richtung

meine Gedanken nahmen. Die fortgesetzte Roheit um mich her war von entartender Wirkung. Sie versprach, mir alles zu zerstören, was das Beste und Herrlichste im Leben ist. Mein Verstand sagte mir, daß die Prügel, die Thomas Mugridge erhalten hatte, etwas Übles seien, und dennoch konnte ich um mein Leben nicht verhindern, daß sich mein Herz darüber freute. Und selbst als mich die Ungeheuerlichkeit meiner Sünde übermannte – denn Sünde war es –, kicherte ich in wahnwitziger Lust. Ich war nicht mehr Humphrey van Weyden. Ich war Hump, Kajütjunge auf dem Schoner „Ghost". Wolf Larsen war mein Kapitän, Thomas Mugridge und die übrigen waren meine Gefährten, und ich empfing wiederholt Eindrücke von dem Stempel, der sie alle geprägt hatte.

Dreizehntes Kapitel

Drei Tage lang erledigte ich meine eigene Arbeit und die von Thomas Mugridge dazu, und ich schmeichle mir, daß ich seine Arbeit gut machte. Ich weiß, daß ich Wolf Larsens Beifall errang, während die Matrosen, solange mein kurzes Regime dauerte, vor Zufriedenheit strahlten.

„Der erste saubre Bissen, seit ich an Bord gekommen bin", sagte Harrison an der Kombüsentür zu mir, als er die Töpfe und Pfannen vom Mittagessen aus der Back zurückbrachte. „Irgendwie hat Tommys Fraß immer nach Wagenschmiere, nach ranziger Wagenschmiere, geschmeckt, und ich denk mir, seit er Frisco verließ, hat er nicht sein Hemd gewechselt."

„Ich weiß, daß er es nicht getan hat", erwiderte ich.

„Und ich möcht wetten, er schläft drin", setzte Harrison hinzu.

„Und die Wette verlierst du nicht", pflichtete ich ihm bei. „Dasselbe Hemd, und die ganze Zeit hat er es nicht ein einziges Mal ausgezogen."

Aber drei Tage waren alles, was ihm Wolf Larsen bewilligte, sich von den Folgen der Prügel zu erholen. Am vierten Tag wurde er, obgleich lahm und wund und kaum imstande zu sehen, so zugeklebt waren seine Augen, am Genick aus seiner Koje gezerrt und an seine Arbeit geschickt. Er greinte und heulte, aber Wolf Larsen war erbarmungslos.

„Und nimm dich in acht, daß du uns kein Abwaschwasser mehr servierst", schärfte er ihm zum Schluß ein. „Merk dir, keine Wagenschmiere mehr und keinen Dreck, und ab und zu ein sauberes Hemd, oder du wirst kielgeholt. Verstanden?"

Thomas Mugridge schlich kraftlos über den Fußboden der Kombüse, und ein plötzliches Überholen der „Ghost" ließ ihn taumeln. Bei dem Versuch, wieder ins Gleichgewicht zu kommen, langte er nach dem Eisengeländer, das den Herd umgab, damit die Töpfe nicht abrutschten, verfehlte es jedoch, und seine Hand mit dem auf ihr lastenden Gewicht seines Körpers landete genau auf der heißen Platte. Ein Zischen, ein Geruch nach verbranntem Fleisch und ein durchdringender Schmerzensschrei.

„Ogottogott, was hab ich bloß verbrochen?" jammerte er, während er sich auf dem Kohlenkasten niederließ und seine neue Verletzung befühlte, während er sich vor und zurück wiegte. „Warum is das bloß allens über mir gekommen? Es macht mir ganz krank, wahr und wahrhaftig, und wo ich mich doch so große Mühe geben tu, unversehrt durchs Leben zu gehn und niemand nich was anzuhaben."

Die Tränen rannen ihm über die verschwollenen und verfärbten Wangen, und sein Gesicht war von Schmerz verzerrt. Ein Ausdruck unbändiger Wildheit flog darüber hin.

„Oh, wie ich ihm hassen tu! Wie ich ihm hassen tu!" knirschte er.

„Wen?" fragte ich, aber der arme Wicht beweinte schon wieder seine Mißgeschicke. Es war weniger schwierig zu erraten,

wen er haßte, als wen er nicht haßte. Denn ich war dahin gelangt, einen boshaften Teufel in ihm zu spüren, der ihn trieb, alle Welt zu hassen. Mitunter glaubte ich, er hasse sich sogar selbst, so grotesk war das Leben mit ihm umgesprungen und so ungeheuerlich. In solchen Augenblicken quoll tiefes Mitgefühl in mir empor, und ich schämte mich, daß ich mich je an seiner Niederlage oder seinem Schmerz geweidet hatte. Das Leben war ungerecht gegen ihn gewesen. Es hatte ihm einen schändlichen Streich gespielt, als es ihn zu dem Geschöpf formte, das er war, und hatte ihm seitdem ständig niederträchtige Streiche gespielt. Welche Aussicht hatte er, etwas anderes zu werden, als er war? Und als gäbe er Antwort auf meine unausgesprochenen Gedanken, jammerte er:

„Nie hab ich 'ne Möglichkeit gehabt, nich mal 'ne halbe Möglichkeit! Wer war da, mir auf Schule zu schicken oder was zu fressen in meinen hungrigen Bauch zu stoppen oder mich die blutige Nase abzuwischen, als ich 'n Junge war? Wer hat je was für mir getan, he? Wer, frag ich?"

„Laß es gut sein, Tommy", sagte ich und legte ihm beschwichtigend meine Hand auf die Schulter. „Nur Mut. Es wird am Ende noch alles gut. Du hast noch ein langes Leben vor dir und kannst aus dir machen, was du willst."

„Das is 'ne Lüge! 'ne verdammte Lüge!" schrie er mir ins Gesicht und schüttelte meine Hand ab. „Das is 'ne Lüge, und du weißt es. Ich bin schon gemacht, aus Resten und Abfall bin ich gemacht. For dir is allens in Ordnung, Hump. Du bist als 'n feiner Herr geboren. Du hast das nie kennengelernt, wie es is, wenn man Hunger hat, wenn man sich in Schlaf heult, und der kleine Bauch nagt einem und nagt einem, als hätt man 'ne Ratte drin. Es kann nich gut werden. Wenn ich möcht morgen Presedent von die Vereinigten Staaten sein, wie könnt mich das dem Bauch füllen für die Zeit, wo ich 'n kleiner Junge war und ihm leer hatte?

Wie könnt es, sag ich? Ich bin für Leiden und Kummer geboren. Ich hab grausamer gelitten als wie zehn auf einen Haufen. Mein halbes verfluchtes Leben hab ich im Krankenhaus verbracht. Ich hab das Fieber gehabt, in Aspinwall, in Havanna, in New Orleans. Ich bin fast gestorben an Skorbut und sechs Monate lang auf Barbados dran verfault. Die Pocken in Honolulu, beide Beine gebrochen in Shanghai, Lungenentzündung auf Unalaschka, drei zerbrochne Rippen und innen alles verheddert in Frisco. Und da bin ich nu. Seh mir an! Seh mir an! Wieder die Rippen mit Fußtritte vom Rücken geschlagen. Vor acht Glasen werd ich Blut spucken. Wie kann mich das wiedergutgemacht werden, frag ich? Wer wird das tun? Gott? Wie mir Gott muß gehaßt haben, als er mir anheuern ließ für 'ne Fahrt in seine verfluchte Welt!"

Dieser Erguß gegen das Schicksal hielt eine Stunde oder länger an, dann machte er sich, humpelnd und stöhnend und die Augen voller Haß gegen alles Erschaffene, emsig an die

Arbeit. Doch seine Diagnose traf zu, denn ab und zu erlitt er Schwächeanfälle, in deren Verlauf er Blut spuckte und große Schmerzen hatte. Und wie er behauptete, haßte ihn Gott anscheinend zu sehr, um ihn sterben zu lassen, denn am Ende erholte er sich und wurde boshafter denn je.

Noch mehrere Tage vergingen, ehe Johnson an Deck schlich und teilnahmslos an seine Arbeit ging. Er war immer noch krank, und mehr als einmal beobachtete ich ihn, wie er unter Schmerzen in die Takelung zu einem Marssegel kroch oder matt den Kopf hängen ließ, wenn er am Steuerrad stand. Aber noch schlimmer fand ich, daß anscheinend sein Mut gebrochen war. Er kroch vor Wolf Larsen und lag vor Johansen fast auf dem Bauch. Ganz anders verhielt sich Leach. Er ging an Deck umher wie ein Tigerjunges und funkelte Wolf Larsen und Johansen mit seinem unverhüllten Haß an. „Mit dir rechne ich noch ab, du plattfüßiger Schwede", hörte ich ihn eines Nachts an Deck zu Johansen sagen.

Der Steuermann verfluchte ihn im Dunkel, und im nächsten Augenblick traf mit einem scharfen Schlag irgendein Wurfgeschoß die Kombüse. Weitere Flüche und ein spöttisches Lachen, und als alles still war, stahl ich mich hinaus und entdeckte ein schweres Messer, das über einen Zoll tief in das solide Holz eingedrungen war. Wenige Minuten später kam der Steuermann und tappte auf der Suche danach herum, aber ich gab es Leach am nächsten Tag heimlich zurück. Er grinste, als ich es ihm aushändigte, aber es war ein Grinsen, das mehr aufrichtigen Dank enthielt, als ein Vielfaches jener überschwenglichen Worte enthalten, die den Mitgliedern meiner eigenen Klasse so geläufig sind.

Von jedem anderen der Schiffsbesatzung unterschieden, sah ich mich jetzt ohne eigene Streitigkeiten und bei allen in Gunst. Die Jäger duldeten mich vermutlich nur, obgleich keiner von ihnen eine Abneigung gegen mich hegte, während Smoke und Henderson, die als Genesende Tag und Nacht in ihren Hängematten unter einem Sonnensegel an Deck hin und her schaukelten, mir versicherten, ich sei besser als jede Krankenschwester, und sie würden mich am Ende der Fahrt, wenn sie ihr Geld bekämen, nicht vergessen. (Als ob ich ihr Geld brauchte! Ich, der ich sie mit Sack und Pack sowie den Schoner mit seiner gesamten Ausrüstung zwanzigmal hätte aufkaufen können!) Aber mir war die Aufgabe übertragen worden, ihre Wunden zu pflegen und sie durchzubringen, und ich tat mein Bestes an ihnen.

Wolf Larsen bekam abermals einen üblen Anfall von Kopfschmerzen, der zwei Tage dauerte. Er muß qualvoll gelitten haben, denn er rief mich zu sich und gehorchte meinen Anweisungen wie ein krankes Kind. Aber nichts, was ich zu tun vermochte, schien ihm Erleichterung zu verschaffen. Auf mein Anraten stellte er jedoch das Rauchen und Trinken ein; aber es machte mich ganz irre, warum ein so herrliches Tier wie er überhaupt Kopfschmerzen haben sollte.

„Das is die Hand Gottes, sag ich dir“, meint Louis. „Es is ’ne Heimsuchung für seine bösen Taten, und da steckt mehr dahinter und wird noch kommen, oder . . .“

„Oder?“ drängte ich ihn.

„Gott schläft und erfüllt nicht seine Pflicht, wenn auch gerade ich das nich sagen sollte.“

Es war ein Irrtum von mir, als ich behauptete, bei allen in Gunst zu stehen. Thomas Mugridge fährt nicht nur fort, mich zu hassen, sondern hat einen neuen Anlaß für seinen Haß gegen mich entdeckt. Es dauerte eine ganze Weile, bis ich es herausfand, aber schließlich entdeckte ich den Grund; es lag daran, daß ich glücklicher geboren war als er – als „feiner Herr“, wie er es nannte.

„Und immer noch keine weiteren Toten“, verspottete ich Louis, als sich Smoke und Henderson Seite an Seite in freundschaftlichem Gespräch zum erstenmal an Deck Bewegung machten. Louis musterte mich mit seinen listigen grauen

Augen und schüttelte unheilschwanger den Kopf. „Es kommt, sag ich dir, und da werden alle klar bei Schoten und Fallen stehn, wenn es anfängt zu heulen. Ich hab schon seit langem das Gefühl und spür es jetzt so deutlich, wie ich in dunkler Nacht die Takelung spür. Es is nah, es is nah."

„Wer stirbt zuerst?" fragte ich.

„Nicht der dicke alte Louis, das versprech ich dir", lachte er. „Denn ich spür's in den Knochen, daß ich nächstes Jahr um diese Zeit meiner alten Mutter in die Augen sehen werd, die müde sind, so viel hat sie Ausschau gehalten auf See nach ihren fünf Söhnen, die sie ihr geschenkt hat."

„Was hat er dich erzählt?" fragte Thomas Mugridge einen Augenblick später.

„Daß er eines Tages nach Hause, seine Mutter besuchen will", antwortete ich diplomatisch.

„Ich hab nie eine gehabt", bemerkte der Cockney dazu und blickte mit glanzlosen Augen ohne Hoffnung in die meinen.

Vierzehntes Kapitel

So langsam dämmert mir, daß ich dem weiblichen Geschlecht nie seinen gebührenden Wert beigemessen habe. Obgleich ich nicht, soweit ich entdeckt habe, in erheblichem Maße liebebedürftig bin, habe ich mich doch bislang nie außerhalb einer Umgebung von Frauen befunden. Ständig waren meine Mutter und meine Schwestern um mich, und ständig suchte ich ihnen zu entwischen, denn sie quälten mich bis zur Raserei mit ihrer Sorge um meine Gesundheit und ihren periodischen Überfällen auf meine Bude, wo dann mein methodisches Durcheinander, auf das ich stolz war, in ein schlimmeres und weniger methodisches Durcheinander gebracht wurde, wenngleich es auf das Auge einen recht gefälligen Eindruck machte. Nie konnte ich etwas finden, wenn sie fort waren. Und jetzt, ach, wie willkommen wäre es mir gewesen, ihre Gegenwart zu spüren, das Knistern und Rascheln ihrer Röcke zu hören, das ich von Herzen verabscheut hatte! Ich bin überzeugt, daß ich mich, sollte ich heimkommen, nie wieder über sie aufregen werde. Mögen sie mir Pillen und Tränkchen verabreichen und mich morgens, mittags und nachts verarzten und jede Minute am Tag meine Bude abstauben und fegen und aufräumen, ich werde mich nur zurücklehnen und alles beaufsichtigen und dankbar dafür sein, daß ich eine Mutter und eine ganz hübsche Anzahl Schwestern besitze.

All das hat mich in Staunen versetzt. Wo sind die Mütter dieser zwanzig und mehr Männer auf der „Ghost"? Es kommt mir unnatürlich und ungesund vor, daß Männer völlig von Frauen getrennt und als ausschließliche Männerherde durch die Welt ziehen sollen. Roheit und Zügellosigkeit sind die unvermeidlichen Folgen. Diese Männer in meiner Umgebung sollten Ehefrauen, Schwestern und Töchter haben, dann wäre es ihnen möglich, Freundlichkeit, Nachsicht und Mitgefühl aufzubringen. Wie die Dinge liegen, ist keiner von ihnen verheiratet. Jahre und Jahre hindurch ist nicht einer von ihnen mit einer tugendhaften Frau in Berührung gekommen oder des Einflusses oder der Erlösung teilhaftig geworden, die ein solches Geschöpf unweigerlich ausstrahlt. Ihrem Leben fehlt das Gegengewicht. Ihre Männlichkeit, die an sich die eines unvernünftigen Tieres ist, hat sich überentwickelt. Die andere, die geistige Seite ihres Wesens ist verkrüppelt – in der Tat geschwunden.

Sie sind eine Schar von Junggesellen, die sich heftig aneinander reiben und durch diese Reibung von Tag zu Tag mehr abstumpfen. Es erscheint mir zuweilen unmöglich, daß sie jemals Mütter gehabt haben. Es ist beinahe, als gehörten sie einer Gattung an, die halb Tier, halb Mensch ist, einer Sonderrasse, die gleichsam geschlechtlos ist, als seien sie wie Schildkröteneier von der Sonne ausgebrütet worden, als wüteten sie ihr Lebtag in viehischer Roheit und Verderbtheit und müßten am Ende so unschön sterben, wie sie gelebt haben.

Neugierig geworden durch diese neue Gedankenrichtung, sprach ich in der vergangenen Nacht mit Johansen – es waren die ersten unnötigen Worte, mit denen er mich seit Beginn der Fahrt beehrte. Er hat Schweden mit Achtzehn verlassen, ist jetzt Achtunddreißig und in der ganzen Zwischenzeit nicht daheim gewesen. Vor zwei Jahren traf er in einem Seemannsheim in Chile einen Landsmann und erfuhr auf diese Weise, daß seine Mutter noch am Leben sei.

„Sie muß jetzt eine ziemlich alte Frau sein", sagte er, während er sinnend in das Kompaßhaus starrte und dann einen scharfen Blick auf Harrison warf, der einen Strich vom Kurs abkam.

„Wann haben Sie ihr zum letztenmal geschrieben?"

Er rechnete laut nach. „Einundachtzig, nein – zweiundachtzig, wie? Nein – dreiundachtzig? Ja, dreiundachtzig. Vor zehn Jahren. Aus irgendeinem kleinen Hafen auf Madagaskar. Ich fuhr auf einem Handelsschiff.

Das ist nämlich so", fuhr er fort, als rede er über den halben Erdumfang hinweg zu seiner vernachlässigten Mutter, „jedes Jahr wollte ich nach Hause fahren. Wozu dann also schreiben? Es war ja nur ein Jahr. Und jedes Jahr passierte etwas, und ich fuhr nicht. Aber jetzt bin ich Steuermann, und wenn ich in Frisco abmustere, vielleicht mit fünfhundert Dollar, schiffe ich mich auf einem Segler ein, der um Kap Hoorn nach Liverpool fährt und wo ich noch mehr Geld verdiene, und die Überfahrt von Liverpool nach Hause bezahle ich. Dann braucht sie nicht mehr zu arbeiten."

„Aber arbeitet sie denn? Jetzt noch? Wie alt ist sie?"

„Ungefähr Siebzig", antwortete er. Und dann, prahlerisch: „In meiner Heimat arbeiten wir von der Geburt an, bis wir sterben. Deshalb leben wir auch so lange. Ich werde hundert Jahre alt."

Nie werde ich dieses Gespräch vergessen. Es waren die letzten Worte, die ich je von ihm hörte. Vielleicht waren es überdies die letzten, die er sprach. Denn als ich in die Kajüte hinunterstieg, um zu Bett zu gehen, entschied ich, daß es zu schwül war, unten zu schlafen. Es war eine stille Nacht. Wir waren aus den Passaten heraus, und die „Ghost" kam mühsam voran und machte kaum einen Knoten die Stunde. Also stopfte ich mir eine Decke und ein Kissen unter den Arm und ging an Deck.

Als ich zwischen Harrison und dem Kompaßhaus durchkam, das ins Kajütdach eingebaut war, bemerkte ich, daß er diesmal volle drei Strich vom Kurs abgegangen war. Da ich glaubte, er schlafe, und ihm einen Tadel oder Schlimmeres ersparen wollte, sprach ich ihn an.

Aber er schlief nicht. Seine Augen waren weit aufgerissen und stier. Er schien ganz verstört und außerstande, mir zu antworten.

„Was ist los?" fragte ich. „Bist du krank?"

Er schüttelte den Kopf und holte, als erwache er, mit einem tiefen Seufzer Atem.

„Dann solltest du lieber auf deinen Kurs gehen", schalt ich.

Er legte ein paar Spaken über, und ich beobachtete, wie die Kompaßrose langsam nach Nordnordwest schwang und sich mit leichten Schwankungen dort hielt.

Ich packte wieder mein Bettzeug unter den Arm und wollte schon weitergehen, als mir eine Bewegung ins Auge fiel und meinen Blick nach achtern auf die Reling lenkte. Eine sehnige, von Wasser triefende Hand klammerte sich an die Reling. Eine zweite Hand nahm in der Finsternis neben ihr Form an. Wie verzaubert beobachtete ich. Welch einen Besucher aus dem Dunkel der Tiefe sollte ich erschauen? Wer er auch sein mochte, ich erkannte, daß er mit Hilfe der Logleine an Bord kletterte. Ich erblickte einen Kopf, nasses und straffes Haar, die Gestalt selbst und dann die unverkennbaren Augen und Gesichtszüge Wolf Larsens. Seine rechte Wange war rot von Blut, das aus einer Kopfwunde floß.

Er zog sich mit einer jähen Muskelanspannung binnenbords und stellte sich auf die Beine, wobei er einen raschen Blick auf den Mann am Ruder warf, wie um sich zu vergewissern, wer er sei und daß er nichts von ihm zu befürchten habe. Das Seewasser floß in Strömen von ihm. Es floß mit einem leichten, hörbaren Gluckern, das mich ablenkte. Als er auf mich zutrat, schrak ich unwillkürlich zurück, denn in seinen Augen sah ich etwas, das Tod bedeutete.

„Schon gut, Hump", sagte er leise. „Wo ist der Steuermann?"

Ich schüttelte den Kopf.

„Johansen!" rief er gedämpft. „Johansen!"

„Wo ist er?" fragte er Harrison.

Der junge Bursche schien seine Fassung wiedererlangt zu haben, denn er antwortete einigermaßen fest:

„Ich weiß nicht, Sir. Vor einem Weilchen sah ich ihn nach vorn gehen."

„Ich bin auch nach vorn gegangen. Aber du wirst bemerkt haben, daß ich nicht auf demselben Weg zurückgekommen bin. Kannst du dir das erklären?"

„Sie müssen über Bord gewesen sein, Sir."

„Soll ich im Zwischendeck nach ihm suchen, Sir?" fragte ich.

Wolf Larsen schüttelte den Kopf. „Sie würden ihn nicht finden, Hump. Aber Sie sind mir schon recht. Kommen Sie. Scheren Sie sich nicht um Ihr Bettzeug. Lassen Sie's liegen, wo es ist."

Ich folgte ihm auf den Fersen. Mittschiffs regte sich nichts.

„Diese verfluchten Jäger", bemerkte er dazu. „Zu fett und zu faul, eine Vierstundenwache durchzuhalten."

Doch auf der Backspitze entdeckten wir drei schlafende Matrosen. Er drehte sie um und blickte ihnen ins Gesicht. Sie bildeten die Deckwache, und es war Schiffsbrauch, die Wache bei gutem Wetter schlafen zu lassen, mit Ausnahme des Offiziers, des Rudergasts und des Ausguckpostens.

„Wer ist Ausguckposten?“ fragte er.

„Ich, Sir“, antwortete Holyoak, einer von den Hochseematrosen, mit einem leichten Beben in der Stimme. „Ich bin gerade diese Minute eingenickt. Es tut mir leid, Sir. Es wird nicht wieder vorkommen.“

„Hast du irgend etwas an Deck gesehen oder gehört?“

„Nein, Sir, ich ...“

Aber Wolf Larsen hatte sich bereits mit einem ärgerlichen Schnaufen abgewandt und den Matrosen stehenlassen, der sich die Augen rieb vor Staunen, so leicht davongekommen zu sein.

„Leise jetzt“, ermahnte mich Wolf Larsen flüsternd, als er sich zur Backluke bückte und anschickte hinabzusteigen.

Ich folgte ihm bebenden Herzens. Was geschehen sollte, wußte ich ebensowenig wie, was geschehen war. Aber Blut war geflossen, und nicht aus einer sonderbaren Laune heraus war Wolf Larsen mit aufgeschlitzter Schädelhaut über Bord gegangen. Außerdem wurde Johansen vermißt.

Es war das erstemal, daß ich in die Back hinunterstieg, und nicht so bald werde ich meinen Eindruck von ihr vergessen, den ich empfing, als ich mich am Fuß der Treppe aufgerichtet hatte. Direkt in den Bug des Schoners gebaut, hatte sie die Form eines Dreiecks, an dessen Schenkeln sich die zwölf Kojen in übereinanderliegenden Doppelreihen befanden. Sie war nicht größer als die Schlafkammer über dem Eingang irgendeines erbärmlichen Hauses in der Grub Street, und doch waren hier zwölf Mann zum Essen und Schlafen und allen sonstigen Lebensverrichtungen eingepfercht. Mein Schlafzimmer zu Hause war nicht groß, dennoch hätte es ein Dutzend solcher Backs enthalten können, und mindestens zwanzig, wenn man die Deckenhöhe berücksichtigte.

Es roch säuerlich und muffig, und in dem trüben Licht der

pendelnden Schiffslampe sah ich jedes verfügbare Plätzchen an der Wand dicht vollgehängt mit Seestiefeln, Ölzeug und allerlei Kleidungsstücken, sauberen und schmutzigen. Sie schwangen bei jedem Krängen des Schiffes vor und zurück und ergaben dabei ein scharrendes Geräusch wie Bäume an einem Dach oder einer Mauer.

Irgendwo bumste laut und in unregelmäßigen Abständen ein Stiefel an die Wand, und obgleich es eine gelinde Nacht auf See war, hörte man ununterbrochen einen Chor von knarrenden Spanten und Schotten und unergründlichen Geräuschen unter den Dielen.

Den Schläfern machte das nichts aus. Es waren ihrer acht – die beiden Freiwachen –, und die Luft war dick von der Wärme und dem Geruch ihres Atems und das Ohr erfüllt von dem Lärm ihres Schnarchens, ihrer Seufzer und ihres unterdrückten Gestöhns, einwandfreien Merkmalen der Ruhe des Tiermenschen. Aber schliefen sie? Schliefen alle? Oder hatten sie geschlafen? Das war offenbar, was Wolf Larsen untersuchen wollte – er wollte diejenigen herausfinden, die zu schlafen schienen und doch nicht schliefen oder die vor kurzem nicht geschlafen hatten. Und er packte die Sache auf eine Weise an, die mich an eine Erzählung von Boccaccio erinnerte.

Er nahm die Schiffslampe aus ihrem pendelnden Gehäuse und reichte sie mir. Bei den ersten, vorderen Kojen auf der Steuerbordseite begann er. In der oberen lag Oofty-Oofty, ein Kanake und hervorragender Seemann, dem seine Gefährten diesen Namen gegeben hatten. Er schlief auf dem Rücken und atmete so ruhig und leise wie eine Frau. Einen Arm hatte er unter dem Kopf, den anderen auf der Decke. Wolf Larsen legte Daumen und Zeigefinger um sein Handgelenk und zählte den Puls. Mittendrin erwachte der Kanake. Er erwachte so sacht, wie er schlief. Ohne die geringste Bewegung des Körpers. Nur die Augen bewegten sich. Blitzartig öffneten sie sich weit, groß und schwarz und starrten, ohne zu blinzeln, in unsere Gesichter. Wolf Larsen legte den Finger an die Lippen, zum Zeichen, daß er schweigen solle, und die Augen schlossen sich wieder.

In der unteren Koje lag Louis, mächtig fett und warm und verschwitzt, in ungeheuchelt schwerem Schlaf. Als Wolf Larsen sein Handgelenk hielt, regte er sich unruhig und wölbte seinen Körper, so daß er einen Augenblick nur auf Schultern und Fersen ruhte. Seine Lippen bewegten sich und entließen die folgende, rätselhafte Äußerung:

„Ein Shilling kostet 'n Viertel, aber halt deine Augen immer auf die Dreipencestücke, sonst schieben sie dir die Gastwirte als sechs Pence zu."

Dann rollte er mit einem schweren, schluchzenden Seufzer den Kopf nach Wolf Larsens Seite und sagte:

„Ein Sechspencestück ist ein Tanner und ein Shilling ein Bob, aber was ein Pony ist, weiß ich nicht."

Überzeugt von der Ehrlichkeit seines und des Kanaken Schlaf, ging Wolf Larsen zu den beiden nächsten Kojen auf der Steuerbordseite, die, wie wir im Licht der Schiffslampe wahrnahmen, oben von Leach und unten von Johnson belegt waren.

Als sich Wolf Larsen zu der unteren Koje hinabbeugte, um Johnsons Puls zu fassen, bemerkte ich, der ich aufrecht stand und die Lampe hielt, wie Leach verstohlen den Kopf hob und über den Rand der Koje blickte, um zu sehen, was vorging. Er muß Wolf Larsens Trick und die unvermeidliche Entdeckung erraten haben, denn im Nu wurde mir die Lampe aus der Hand geschlagen, und die Back lag im Dunkeln. Im selben Augenblick muß er auch geradewegs auf Wolf Larsen hinabgesprungen sein.

Die ersten Laute waren die eines Kampfes zwischen einem Stier und einem Wolf. Ich hörte ein mächtiges, wütendes Gebrüll von Wolf Larsen und von Leach ein gewaltiges

Knurren, daß sich mir die Haare sträubten. Johnson muß sich ihm unverzüglich angeschlossen haben, woraus hervorging, daß sein kriecherisches und unwürdiges Benehmen an Deck in den letzten paar Tagen nichts als absichtliche Täuschung gewesen war.

Ich wurde von einem solchen Entsetzen gepackt über diesen Kampf im Dunkeln, daß ich mich zitternd und unfähig, hinaufzusteigen, an die Treppe lehnte. Und wieder überkam mich diese alte Übelkeit in der Magengrube, die stets durch einen Anblick von physischer Gewalttätigkeit hervorgerufen wurde. Bei dieser Gelegenheit konnte ich den Aufschlag der Hiebe nicht sehen, dafür aber hören – diesen weich schmetternden Laut, der entsteht, wenn Fleisch mit aller Macht auf Fleisch prallt. Dann hörte ich die verflochtenen Leiber krachen und knirschen, den schweren Atem, das kurze, rasche Keuchen in jähem Schmerz.

Es müssen noch mehr Leute an der Verschwörung beteiligt gewesen sein, den Kapitän und den Steuermann zu ermorden, denn den Geräuschen entnahm ich, daß Leach und Johnson von einigen ihrer Gefährten im Nu Verstärkung erhalten hatten.

„Gebt mir einer 'n Messer!" schrie Leach.

„Hau ihm auf den Kopf! Quetsch ihm das Gehirn raus!" rief Johnson.

Doch nach seinem ersten Gebrüll machte Wolf Larsen keinen Lärm mehr. Grimmig und stumm kämpfte er um sein Leben. Von vornherein zu Boden geworfen, hatte er nicht wieder auf die Beine kommen können, und bei all seiner ungeheuren Kraft spürte er, daß er keine Aussicht hatte.

Mit welcher Gewalt sie kämpften, davon erhielt ich einen lebhaften Eindruck, denn ich wurde von den wogenden Leibern niedergeschleudert und braun und blau gestoßen. Doch in dem Wirrwarr gelang es mir, aus dem Weg und in eine leere untere Koje zu kriechen.

„Alle Mann her! Wir haben ihn! Wir haben ihn!“ konnte ich Leach schreien hören.

„Wen?“ fragten jene, die wirklich geschlafen hatten und zu etwas erwacht waren, wovon sie nichts wußten.

„Es ist der verfluchte Steuermann!“ lautete Leachs schlaue Antwort, während er sich bemühte, seine Stimme zu dämpfen.

Das wurde mit Freudengeschrei begrüßt, und von da an hatte Wolf Larsen sieben starke Männer über sich, denn Louis, glaube ich, beteiligte sich nicht. Die Back glich einem zornigen Bienenschwarm, den ein Plünderer aufgestört hat.

„Holla! Ihr da unten!“ hörte ich Latimer durch die Luke rufen, zu vorsichtig, in das Inferno der Leidenschaft hinabzusteigen, dessen Wüten unter sich im Dunkel er vernehmen konnte.

„Will mir nich einer 'n Messer geben? Oh, will mir nich einer 'n Messer geben?“ flehte Leach in der ersten verhältnismäßig ruhigen Pause.

Die Zahl der Angreifer führte Verwirrung herbei. Sie behinderten sich in ihren Anstrengungen, während Wolf Larsen nur ein einziges Ziel hatte und es erreichte. Sein Ziel war, sich den Weg über den Fußboden bis zur Treppe zu erkämpfen. Obgleich in völliger Finsternis, verfolgte ich sein Vordringen durch dessen Geräusche. Kein Geringerer als ein Riese hätte vermocht, was er tat, als er erst einmal den Fuß der Treppe erreicht hatte. Schritt für Schritt, durch die Gewalt seiner Arme, zog er, während ihn die ganze Meute zurück- und niederzuzerren versuchte, seinen Körper vom Boden empor, bis er aufrecht stand. Und dann kämpfte er sich Schritt für Schritt, auf Händen und Füßen, langsam die Treppe hinauf.

Das allerletzte sah ich. Denn Latimer, der endlich eine Laterne geholt hatte, hielt sie so, daß ihr Licht durch die Luke fiel. Wolf Larsen war fast oben, wenn ich ihn auch nicht wahrnehmen konnte. Sichtbar war nur die an ihm hängende Menschentraube. Sie hampelte wie eine ungeheure vielbeinige

Spinne und schwankte vor und zurück im regelmäßigen Rollen des Schiffes. Und dennoch, Schritt für Schritt, mit langen Pausen dazwischen, stieg die Traube aufwärts. Einmal wankte sie, nahe daran zurückzufallen, aber sie erlangte aufs neue den Halt, den sie verloren hatte, und bewegte sich ständig aufwärts.

„Wer ist das?" rief Latimer.

In den Lichtstrahlen der Laterne konnte ich sein bestürztes Gesicht erkennen, als er hinunterblickte.

„Larsen", hörte ich eine gedämpfte Stimme aus der Masse.

Latimer langte mit der freien Hand hinab. Ich sah eine Hand emporschießen, um die seine zu packen. Latimer zog, und die nächsten beiden Stufen wurden mit einem Satz genommen. Dann langte Wolf Larsens andere Hand hinauf und klammerte sich an den Rand der Luke. Die Masse schwang von der Leiter weg, wobei die Männer immer noch an ihrem fliehenden Feind festhielten. Sie begannen abzufallen, wurden von dem scharfen Lukenrand abgestreift und von den Beinen abgeschlagen, die jetzt gewaltige Fußtritte austeilten. Leach war der letzte, der losließ; er fiel senkrecht vom Lukendach zurück und traf mit Kopf und Schultern auf seine platt am Boden liegenden Gefährten. Wolf Larsen und die Laterne verschwanden, und wir blieben im Dunkel zurück.

Fünfzehntes Kapitel

Es gab erhebliches Fluchen und Stöhnen, als sich die Männer am Fuß der Treppe aufrappelten.

„Mach mal einer Licht, mein Daumen ist ausgerenkt", sagte einer von den Matrosen, Parsons, ein schwarzbrauner, mürrischer Kerl, Steuermann in dem Boot von Standish, zu dem Harrison als Rojer gehörte.

„Das treibt sich irgendwo am Mastknecht rum", sagte Leach

und setzte sich auf den Rand der Koje, in der ich mich versteckt hatte.

Ein Herumkramen und das Anreißen von Streichhölzern, und dann flackerte die Schiffslampe auf, trübe und qualmend, und in ihrem geisterhaften Licht bewegten sich barfüßige Männer, betasteten ihre Beulen und versorgten ihre Verletzungen. Oofty-Oofty packte Parsons' Daumen, zog ihn kräftig aus und ließ ihn an seinen Platz zurückschnellen. Gleichzeitig bemerkte ich dabei, daß die Knöchel des Kanaken querüber bis zum Knochen aufgerissen waren. Er zeigte sie grinsend vor, wobei er schöne weiße Zähne sehen ließ, und erläuterte, daß er die Wunde durch einen Schlag in Wolf Larsens Mund erhalten habe.

„Du warst das also, du schwarzer Lump?" fragte kriegerisch ein gewisser Kelly, Irisch-Amerikaner und Küstenfischer, der seine erste Fahrt auf See machte und Kerfoots Rojer war.

Nachdem er die Frage gestellt hatte, spuckte er einen Mundvoll Blut und Zähne aus und schob sein streitsüchtiges Gesicht dicht an Oofty-Oofty heran. Der Kanake sprang rückwärts zu seiner Koje und war, ein langes Messer schwenkend, mit einem zweiten Satz wieder bei Kelly.

„Ach, leg dich hin, du langweilst mich", mischte sich Leach ein. Bei all seiner Jugend und Unerfahrenheit war er offenbar der Anführer in der Back. „Mach keinen Unsinn, Kelly. Laß Oofty in Ruhe. Wie zum Teufel konnt' er im Dunkeln wissen, daß du es bist?"

Kelly gab brummend nach, und der Kanake ließ mit einem dankbaren Lächeln seine weißen Zähne aufblitzen. Er war ein schönes Geschöpf, fast weibisch mit den gefälligen Umrissen seiner Gestalt, und in seinen großen Augen lagen eine Sanftmut und Verträumtheit, die seinem wohlerworbenen Ruf als Streithammel und Raufbold zu widersprechen schienen.

„Wie ist er weggekommen?" fragte Johnson.

Er saß auf dem Rand seiner Koje, und seine ganze Haltung verriet tiefste Niedergeschlagenheit und Hoffnungslosigkeit. Er atmete immer noch schwer nach der Anstrengung. Das Hemd war ihm bei dem Kampf völlig vom Leib gerissen, und aus einer klaffenden Wunde in der Wange floß ihm das Blut auf die nackte Brust, zeichnete einen roten Pfad über seinen weißen Oberschenkel und tropfte zu Boden.

„Weil er ein Teufel ist, wie ich dir schon vorher gesagt hab", gab Leach zur Antwort, und schon war er auf den Beinen und tobte mit Tränen in den Augen seine Enttäuschung aus.

„Und keiner von euch, der mir 'n Messer gegeben hat!" klagte er immer wieder.

Die übrigen Matrosen jedoch empfanden lebhafte Furcht vor den Folgen und beachteten ihn nicht.

„Wie will er wissen, wer welcher war?" fragte Kelly und blickte mordlustig um sich, als er hinzusetzte: „Außer, einer von uns petzt."

„Er wird's wissen, sobald er 'n Auge auf uns wirft", entgegnete Parsons. „Ein Blick auf dich wird ihm genügen."

„Sag ihm, der Tisch ist hochgeflogen und hat dir die Zähne aus dem Maul geschlagen", schlug Louis grinsend vor. Er war der einzige, der nicht aus seiner Koje gekommen war, und er frohlockte, daß er keine Beulen hatte, die davon künden konnten, daß er an diesem nächtlichen Werk beteiligt gewesen sei. „Ihr braucht bloß abzuwarten, bis er morgen 'n Blick auf die Fratzen von euch Bande geworfen hat."

„Wir werden sagen, daß wir ihn für den Steuermann gehalten haben", sagte einer. Und ein anderer: „Ich weiß, was ich sagen werd – daß ich 'ne Prügelei gehört hab, aus meiner Koje gesprungen bin, für meine Bemühungen ordentlich eins aufs Maul verpaßt bekam und mich deshalb selber reingestürzt hab. Konnt im Dunkeln nicht unterscheiden, um wen oder was es ging, und hab einfach drauflosgeschlagen."

„Und ich war's natürlich, den du getroffen hast", half ihm

Kelly ein, und für einen Augenblick hellte sich sein Gesicht auf.

Leach und Johnson nahmen an dem Gespräch nicht teil, und es war deutlich zu merken, daß ihre Gefährten sie als Leute betrachteten, für die das Schlimmste unvermeidlich war, die hoffnungslos verloren und bereits tot waren. Leach hielt ihren Befürchtungen und Vorwürfen eine Weile stand. Dann platzte er heraus:

„Ihr langweilt mich! 'n feiner Haufen Kerle seid ihr! Wenn ihr weniger mit dem Mund geredet und was mit den Händen angefangen hättet, wär er jetzt erledigt. Warum konnt mir nich einer von euch, bloß einer, 'n Messer geben, als ich danach schrie? Zum Kotzen seid ihr mir! Da meckert und blökt ihr rum, als würd' er euch umbringen, wenn er euch kriegt! Ihr wißt verdammt gut, daß er's nich tun wird. Kann er sich gar nich leisten. Hier hat er keine Heuerbaase oder kann sich besoffne Strolche am Kai auflesen, und er braucht euch bei seinem Geschäft und braucht euch bitter nötig. Wer soll rojen oder steuern oder das Schiff segeln, wenn er euch verliert? Ich und Johnson, wir beide müssen unsern Mann stehn. Kriecht jetzt in eure Kojen und haltet endlich die Schnauze, ich möcht ein bißchen schlafen."

„Schon gut, schon gut", warf Parsons ein. „Vielleicht tut er uns nichts, aber merkt euch, was ich sag, von jetzt an wird er diesem Schiff sein Eisschrank sein."

Die ganze Zeit hatte ich Befürchtungen wegen meiner eigenen üblen Lage gehegt. Was würde mir passieren, wenn diese Männer meine Anwesenheit entdeckten? Nie im Leben konnte ich mir meinen Weg nach draußen erkämpfen, wie Wolf Larsen es getan hatte. Und in diesem Augenblick rief Latimer durch die Luke herab:

„Hump! Der Alte verlangt nach dir!"

„Hier unten ist er nicht!" rief Parsons zurück.

„Doch", sagte ich, wobei ich aus der Koje glitt und mich mit aller Kraft bemühte, meine Stimme fest und unerschrocken klingen zu lassen.

Die Matrosen blickten mich bestürzt an. Heftige Furcht stand in ihren Gesichtern geschrieben und das Teuflische, das der Furcht entspringt.

„Ich komme!“ rief ich zu Latimer hinauf.

„Nein, das wirst du nicht!“ schrie Kelly und trat zwischen mich und die Treppe, die rechte Hand zu einem wahren Würgegriff gekrümmt. „Du verdammter kleiner Schleicher! Dir werd ich das Maul schließen!“

„Laß ihn gehn“, befahl Leach.

„Bei deinem Leben nich“, gab Kelly wütend zur Antwort.

Leach änderte nicht im mindesten seine Haltung auf dem Rand der Koje. „Laß ihn gehn, sag ich“, wiederholte er; aber seine Stimme klang diesmal entschieden und wie aus Metall.

Der Ire schwankte. Ich machte ein paar Schritte, um an ihm vorbeizugehen, und er trat zur Seite. Als ich die Treppe erreicht hatte, drehte ich mich zu dem Rund brutaler und bösartiger Gesichter um, die durch das Halbdunkel nach mir stierten. Ein jähes tiefes Mitgefühl quoll in mir hoch. Mir fiel ein, wie der Cockney es ausgedrückt hatte. Wie muß Gott sie gehaßt haben, daß sie so gequält wurden.

„Glaubt mir, ich habe nichts gesehen und gehört“, sagte ich ruhig.

„Ich sag euch, er is in Ordnung“, konnte ich Leach sagen hören, als ich die Treppe hinaufstieg. „Er kann den Alten nich besser leiden als ihr oder ich.“

Ich fand Wolf Larsen in der Kajüte, nackt und blutig wartete er auf mich. Er begrüßte mich mit seinem absonderlichen Lächeln.

„Vorwärts, machen Sie sich an die Arbeit, Doktor. Die Anzeichen für eine ausgedehnte Praxis auf dieser Fahrt sind günstig. Ich weiß nicht, was die ‚Ghost‘ ohne Sie angefangen hätte, und wenn ich nur solch edle Gefühle hegen könnte,

würde ich Ihnen sagen, daß ihr Kapitän Ihnen zutiefst dankbar ist."

Ich wußte, wie die einfache Reiseapotheke beschaffen war, die die „Ghost" mitführte, und während ich auf dem Ofen in der Kajüte Wasser heiß machte und mir alles zurechtlegte, um seine Wunden zu verbinden, ging er lachend und schwatzend umher und prüfte seine Verletzungen mit abwägendem Blick. Nie zuvor hatte ich ihn entkleidet gesehen, und der Anblick seines Körpers benahm mir einigermaßen den Atem. Es ist nie meine Schwäche gewesen, den menschlichen Körper überschwenglich zu preisen – weit davon entfernt; aber ich habe genug von einem Künstler in mir, sein Wunder zu würdigen.

Ich muß schon sagen, daß mich die vollkommenen Linien der Gestalt Wolf Larsens und das, was ich vielleicht ihre furchtbare Schönheit nennen darf, faszinierten. Ich hatte die Männer in der Back beobachtet. Mit wie gewaltigen Muskeln manche von ihnen auch bepackt waren, etwas stimmte bei allen nicht: hier eine unzulängliche Entwicklung, dort eine solche über Gebühr, anderswo eine Verdrehung oder Krümmung, die die Symmetrie zerstörte, zu kurze oder zu lange Beine, zuviel Sehnen oder Knochen bloßgelegt oder zuwenig. Oofty-Oofty war der einzige gewesen, dessen Linien überhaupt gefällig waren, und soweit sie gefielen, waren sie das, was ich feminin nennen würde.

Wolf Larsen war jedoch der männliche Typ, das Maskuline, und nahezu ein Gott in seiner Vollkommenheit. Wenn er umherging oder die Arme hob, sprangen und bewegten sich die prachtvollen Muskeln unter der seidigen Haut. Ich habe vergessen zu erwähnen, daß der Bronzeton mit seinem Gesicht aufhörte. Sein Körper war dank seiner skandinavischen Herkunft hellfarbig wie die Haut einer sehr blonden Frau. Ich erinnere mich, daß er die Hand hob, um seine Kopfwunde zu betasten, und daß ich beobachtete, wie sich der Bizeps gleich etwas Lebendigem in seinem weißen Futteral bewegte. Es war der Bizeps, der einmal fast das Leben aus mir gepreßt und den ich so viele mörderische Schläge hatte austeilen sehen. Ich konnte meine Augen nicht von ihm abwenden. Reglos stand ich, eine Rolle antiseptischer Watte in der Hand, die sich von selbst abspulte und am Boden entlang lief.

Er bedachte mich mit einem flüchtigen Blick, und mir wurde bewußt, daß ich ihn anstarrte.

„Gott hat Sie schön geschaffen", sagte ich.

„So?" antwortete er. „Das habe ich auch oft gedacht und mich gefragt, warum."

„Bestimmung ...", begann ich.

„Nutzen", unterbrach er. „Dieser Körper ist zum Gebrauch geschaffen. Diese Muskeln sind geschaffen, Lebewesen, die sich zwischen mich und das Leben drängen, zu packen, zu zerfleischen, zu zerstören. Und haben Sie an die anderen Lebewesen gedacht? Auch sie haben Muskeln dieser oder jener Art, die geschaffen sind zu packen, zu zerfleischen und zu zerstören, und wenn sie sich zwischen mich und das Leben drängen, übertreffe ich sie im Packen, Zerfleischen und Zerstören. Bestimmung erklärt das nicht. Nutzen, ja."

„Das ist nicht schön", wandte ich ein.

„Sie meinen, das Leben ist es nicht", lächelte er. „Dennoch sagen Sie, ich sei schön geschaffen. Sehen Sie das hier?"

Er spreizte die Beine und stemmte seine Zehen mit festem Griff auf den Boden der Kajüte. Klumpen, Hügel und Kuppen von Muskeln spielten unter der Haut und traten hervor.

„Fühlen Sie mal", befahl er.

Sie waren hart wie Eisen. Und ich bemerkte auch, wie sich sein ganzer Körper unwillkürlich zusammengezogen hatte, gespannt und wie auf dem Sprung, wie sich langsam um die Hüften, den Rücken entlang und quer über die Schultern Muskeln hinstreckten und sich abzeichneten, wie die Arme, leicht angehoben, ihre Muskeln spannten und die Finger krümmten, bis die Hände Klauen glichen, und wie selbst die Augen den Ausdruck gewechselt hatten und von Wachsamkeit, Abwägen und einem Feuer erfüllt waren, das kein anderes war als das des Kampfes.

„Standfestigkeit, Gleichgewicht", sagte er, wobei er sich im Nu entspannte und seinen Körper in Ruhestellung fallen ließ. „Füße, sich in den Boden zu krallen, Beine, darauf zu stehen und mit ihrer Hilfe zu widerstehen, während ich mich mit Armen und Händen, Zähnen und Nägeln bemühe, zu töten und nicht getötet zu werden. Bestimmung? Nutzen ist das treffendere Wort."

Ich machte keine Einwendungen. Ich hatte den Mechanismus des primitiven kämpfenden Raubtiers erlebt, und er hatte starken Eindruck auf mich gemacht, so als hätte ich die Maschinen eines großen Schlachtschiffes oder eines Ozeandampfers gesehen.

In Anbetracht des wütenden Kampfes in der Back überraschte mich die Oberflächlichkeit seiner Verletzungen, und ich bin stolz darauf, sie geschickt behandelt zu haben. Mit Ausnahme einiger übler Wunden hatte er nur erhebliche Beulen und Risse davongetragen. Der Schlag, den er erhalten hatte, ehe er über Bord ging, hatte seine Kopfhaut mehrere Zoll breit aufgerissen. Unter seiner Anleitung reinigte und nähte ich diese Wunde, nachdem ich zuvor die Ränder rasiert hatte. Ferner hatte er einen bösen Riß in der Wade, die aussah, als hätte eine Bulldogge sie zerfleischt. Irgendein Matrose, erzählte er mir, habe zu Beginn des Kampfes seine Zähne hineingeschlagen, sich darin verbissen und so die ganze Backtreppe hinaufschleppen lassen, wo er durch einen Fußtritt abgefallen sei.

„Übrigens, Hump, wie ich bemerkt habe, sind Sie ein anstelliger Mensch", begann Wolf Larsen, als mein Werk getan war. „Wie Sie wissen, fehlt es uns an einem Steuermann. Von jetzt an werden Sie für die Wachen verantwortlich sein, fünfundsiebzig Dollar im Monat erhalten und vorn und achtern Mister van Weyden angeredet werden."

„Ich – ich verstehe nichts von Navigation", sagte ich, nach Luft schnappend.

„Durchaus nicht nötig."

„Mir liegt wirklich nichts daran, hohe Stellungen innezuhaben", wandte ich ein. „Ich finde das Leben in meiner jetzigen bescheidenen unsicher genug. Ich besitze keine Erfahrung. Wissen Sie, Mittelmaß macht sich bezahlt."

Er lächelte, als wäre alles abgemacht.

„Ich will nicht Steuermann auf diesem Höllenschiff sein!" schrie ich trotzig.

Ich sah sein Gesicht hart werden und das erbarmungslose

Glitzern in seine Augen kommen. Er ging zur Tür seiner Kabine und sagte:

„Und nun gute Nacht, Mister van Weyden."

„Gute Nacht, Mister Larsen", antwortete ich schwach.

Sechzehntes Kapitel

Ich kann nicht behaupten, daß die Stellung als Steuermann etwas Erfreulicheres mit sich brachte, als daß kein Geschirr mehr abzuwaschen war. Ich kannte nicht die einfachsten Pflichten eines Steuermanns und wäre wahrhaftig übel daran gewesen, hätten die Matrosen nicht Mitleid mit mir gehabt. Ich wußte nicht die geringste Einzelheit von Tauen und Takelung, vom Setzen der Segel und ihrer richtigen Stellung; aber die Matrosen machten sich die Mühe, mich aufzuklären – Louis erwies sich als ein besonders guter Lehrer –, und ich hatte wenig Verdruß mit den mir Unterstellten.

Mit den Jägern war es anders. In unterschiedlichem Maße mit der See vertraut, sahen sie mich als eine Art Witz an. Im Ernst mutete es mich selbst wie ein Witz an, daß ich, eine ausgemachte Landratte, das Amt des Steuermanns versehen sollte, aber von anderen für einen Witz genommen zu wer-war etwas anderes. Ich beklagte mich nicht, aber Wolf Larsen forderte in meinem Fall das peinlichste Befolgen der Schiffsetikette – weit mehr, als es dem armen Johansen je zuteil geworden war –, und auf Kosten mehrerer Schlägereien und Drohungen und erheblicher Unmutsäußerungen brachte er die Jäger in Takt. Ich war vorn und achtern „Mister van Weyden", und nur inoffiziell redete mich Wolf Larsen selbst stets mit „Hump" an.

Das war recht lustig. Möglicherweise sprang, während wir beim Mittagessen saßen, der Wind ein paar Strich um, und wenn ich den Tisch verließ, sagte er: „Mister van Weyden, würden Sie die Güte haben, einen Schlag nach backbord zu wenden." Und dann ging ich an Deck, winkte mir Louis heran und erfuhr von ihm, was zu tun war. Wenige Minuten später, nachdem ich seine Unterweisungen verdaut hatte und das Manöver völlig beherrschte, begann ich dann meine Befehle zu erteilen. Ich erinnere mich an ein Beispiel dieser Art aus der ersten Zeit, als Wolf Larsen auf der Bildfläche erschien, da ich eben begonnen hatte meine Befehle zu geben. Er rauchte seine Zigarre und schaute gelassen zu, bis die Sache vollbracht war, dann kam er nach achtern und stellte sich neben mich auf die Luvseite der Poop.

„Hump", sagte er, „Verzeihung, Mister van Weyden, ich gratuliere Ihnen. Ich glaube, jetzt können Sie Ihrem Vater dessen Beine ins Grab zurückfeuern. Sie haben Ihre eigenen entdeckt und gelernt, auf ihnen zu stehen. Ein wenig Beschäftigung mit Tauwerk und Segelmachen und etwas Erfahrung mit Stürmen und ähnlichem, und am Ende der Fahrt können Sie sich auf jedem Küstenschoner einschiffen."

In dieser Zeit, zwischen Johansens Tod und der Ankunft in den Robbengründen, verbrachte ich meine angenehmsten Stunden auf der „Ghost". Wolf Larsen war einigermaßen rücksichtsvoll, die Matrosen halfen mir, und ich kam nicht mehr in die aufreizende Berührung mit Thomas Mugridge. Und ich stehe nicht an zu erklären, daß ich im Laufe der Tage einen geheimen Stolz entdeckte, den ich im Innern hegte. So phantastisch die Situation war – eine Landratte als Nächstkommandierender –, meisterte ich sie dennoch gut, und in dieser kurzen Zeit war ich stolz auf mich und begann das Stampfen und Rollen der „Ghost" unter meinen Füßen zu lieben, als sie langsam nach Norden und Westen durch die tropische See zu dem Inselchen fuhr, wo wir unsere Wasserfässer füllen wollten.

Aber mein Glück war nicht ungetrübt. Es war im Verhältnis eine weniger unselige Zeitspanne, die sich zwischen eine Vergangenheit bedeutender Unglücksschläge und eine Zukunft bedeutender Unglücksschläge eingeschlichen hatte. Denn die „Ghost" war, soweit es die Matrosen betraf, ein Höllenschiff übelster Sorte. Nie hatten sie einen Augenblick Ruhe oder Frieden. Wolf Larsen vergaß ihnen nicht den Anschlag auf sein Leben und die Prügel, die er in der Back erhalten hatte, und morgens, mittags, abends und auch die ganze Nacht widmete er sich der Aufgabe, ihnen das Leben unerträglich zu machen. Er wußte gut Bescheid in der Psychologie der Kleinigkeit, und mit Kleinigkeiten reizte er die Mannschaft ständig bis an den Rand des Wahnsinns. Ich habe erlebt, wie Harrison aus seiner Koje gerufen wurde, nur um einen an den falschen Platz gelegten Pinsel ordentlich zu verwahren, und wie die beiden Freiwachen aus ihrem Schlaf der Ermüdung gerissen wurden, um ihn zu begleiten und dafür zu sorgen, daß er es tat. Eine Kleinigkeit, wahrhaftig, aber multipliziert man sie mit den tausend erfinderischen Einfällen eines solchen Kopfes, kann man sich unschwer einen Begriff machen von dem Geisteszustand der Männer in der Back.

Natürlich wurde viel gemurrt, und ständig kam es zu kleinen Ausbrüchen. Es setzte Schläge, und immer waren zwei, drei Mann beschäftigt, ihre Verletzungen von der Hand der menschlichen Bestie zu pflegen, die ihr Herr war. Eine geplante Tat war unmöglich angesichts des umfangreichen Waffenarsenals, das im Zwischendeck und in der Kajüte mitgeführt wurde. Leach und Johnson waren die beiden vornehmlichen Opfer der teuflischen Laune Wolf Larsens, und mir blutete das Herz, wenn ich den Ausdruck tiefer Schwermut sah, der sich in Johnsons Gesicht und in seinen Augen eingenistet hatte.

Leach war anders. Er hatte zuviel von dem kämpfenden Raubtier an sich. Er schien von einer unstillbaren Wut besessen, die ihm für Kummer keine Zeit ließ. Seine Lippen hatten sich zu einem anhaltenden Knurren verzerrt, das beim bloßen

Anblick Wolf Larsens in gräßlichen, drohenden Lauten hervorbrach, ohne daß er es, glaube ich, wußte. Ich habe ihn Wolf Larsen mit den Augen verfolgen sehen wie ein Tier seinen Wärter, während das tierische Knurren tief in seiner Kehle grollte und zwischen seinen Zähnen vibrierte.

Ich weiß noch, daß ich einmal an Deck, am hellichten Tag, seine Schulter berührte, um ihm einen Befehl zu erteilen. Sein Rücken war mir zugekehrt, und in dem Augenblick, als er meine Hand spürte, sprang er knurrend in die Luft und von mir weg, wobei er im Sprung den Kopf nach mir umwandte. Er hatte mich irrtümlich für den Mann gehalten, den er haßte.

Beide, er und Johnson, hätten Wolf Larsen bei der geringsten Gelegenheit umgebracht, aber die Gelegenheit ergab sich nie. Dazu war Wolf Larsen zu gescheit, und außerdem besaßen sie keine entsprechenden Waffen. Mit ihren Fäusten allein hatten sie überhaupt keine Aussicht. Ein übers andre Mal kämpfte er es mit Leach aus, der stets zurückkämpfte, wie eine Wildkatze, mit Zähnen, Nägeln und Fäusten, bis er erschöpft oder bewußtlos der Länge nach auf dem Deck lag. Doch nie war Leach einem neuen Zusammenstoß abgeneigt. Der Teufel in ihm forderte den Teufel in Wolf Larsen heraus. Sie brauchten nur zu gleicher Zeit an Deck zu erscheinen, und schon waren sie aneinander, fluchend, knurrend, schlagend, und ich habe erlebt, wie sich Leach ohne Warnung oder Herausforderung auf Wolf Larsen stürzte. Einmal warf er sein schweres Messer, das er nach Seemannsart in der Scheide am Gürtel trug, und verfehlte Wolf Larsens Kehle um ein Haar. Ein andermal ließ er vom Besanbaum einen stählernen Marlpfriem fallen. Das war kein leichter Wurf auf einem rollenden Schiff, aber die scharfe Spitze des Pfriems pfiff fünfundsiebzig Fuß durch die Luft, verfehlte nur so eben Wolf Larsens Kopf, als er von der Kajüttreppe auftauchte, und fuhr über zwei Zoll tief in die soliden Deckplanken. Wieder ein anderes Mal schlich er ins Zwischendeck, bemächtigte sich einer geladenen Flinte und wollte schon damit an Deck stürzen, als Kerfoot ihn erwischte und entwaffnete.

Ich fragte mich oft, warum Wolf Larsen ihn nicht tötete und der Sache ein Ende machte. Aber er lachte nur und schien es zu genießen. Offenbar lag für ihn eine gewisse Würze darin, wie sie Männer empfinden, denen es Vergnügen bereitet, aus wilden Tieren Schoßhündchen zu machen.

„Es gibt dem Leben einen prickelnden Reiz", erklärte er mir, „wenn das Leben in der eigenen Hand liegt. Der Mensch ist von Natur aus ein Spieler, und das Leben ist der höchste Einsatz, den er machen kann. Je größer der Einsatz, desto größer der Reiz. Warum sollte ich mir das Vergnügen versagen, Leachs Seele auf den höchsten Fiebergrad zu erhitzen? Was das betrifft, erweise ich ihm eine Gefälligkeit. Die Größe des Gefühls ist beiderseitig. Er lebt königlicher als irgendeiner im Vorschiff, wenn er es auch nicht weiß. Denn er hat, was sie nicht haben – einen Vorsatz, etwas zu tun und zu erledigen, ein Ziel, das ihn völlig in Anspruch nimmt, da er es zu erreichen sucht, den Wunsch, mich zu töten, die Hoffnung, daß es ihm gelingt, mich zu töten. Wirklich, Hump, er lebt gründlich und erhaben. Ich bezweifle, daß er je zuvor so rasch und hitzig gelebt hat, und beneide ihn mitunter aufrichtig, wenn ich ihn auf dem Gipfel der Leidenschaft und Triebhaftigkeit rasen sehe."

„Ach, aber das ist feige, feige!" schrie ich. „Sie haben allen Vorteil für sich."

„Wer von uns beiden, Sie und ich, ist der größere Feigling?" fragte er ernst. „Ist die Situation unerfreulich, schließen Sie einen Kompromiß mit Ihrem Gewissen, wenn Sie mittun. Wären Sie wirklich groß, wirklich sich selbst treu, würden Sie mit Leach und Johnson gemeinsame Sache machen. Aber Sie fürchten sich, Sie fürchten sich. Sie wollen leben. Das Leben in Ihnen schreit heraus, daß es leben muß, einerlei, was es kostet; deshalb leben Sie schimpflich, treulos gegen das Beste, das Sie erträumen, deshalb sündigen Sie gegen all Ihre erbärmlichen, engherzigen Regeln und führen Ihre Seele geradeswegs der Hölle zu, wenn es so etwas überhaupt gibt. Pah! Ich spiele die tapferere Rolle. Ich sündige nicht, denn ich handle den Eingebungen des Lebens, das in mir ist, getreu. Ich bin wenigstens aufrichtig gegen meine Seele, und gerade das sind Sie nicht."

Es war ein Stachel in dem, was er sagte. Vielleicht spielte ich am Ende doch die Rolle eines Feiglings? Und je mehr ich darüber nachdachte, desto mehr empfand ich es als meine Pflicht, mich dafür einzusetzen, was er mir geraten hatte, mich Johnson und Leach anzuschließen und seinen Tod herbeizuführen. Gerade hier, glaube ich, machte sich das strenge Gewissen meiner puritanischen Vorfahren bemerkbar, indem es mich zu finsteren Taten trieb und selbst Mord als richtiges Verhalten guthieß. Ich verweilte bei dem Gedanken. Es würde eine höchst sittliche Tat sein, die Welt von einem solchen Ungeheuer zu befreien. Die Menschheit würde dann besser und glücklicher sein, das Leben schöner und freundlicher.

Ich grübelte lange, während ich schlaflos in meiner Koje lag und in endloser Prozession die Tatbestände noch einmal vorbeiziehen ließ und prüfte. Während der Nachtwachen, wenn Wolf Larsen unten war, sprach ich mit Johnson und Leach. Beide hatten die Hoffnung verloren – Johnson, weil sein Gemüt verzagt war, Leach, weil er sich in dem fruchtlosen Kampf erschöpft und ausgepumpt hatte. Aber eines Nachts faßte er meine Hand mit leidenschaftlichem Griff und sagte:

„Ich glaube, Sie meinen's ehrlich, Mister van Weyden. Aber bleiben Sie, wo Sie sind, und halten Sie den Mund. Lassen Sie sich nicht aus der Ruhe bringen. Wir sind dem Tod verfallen, ich weiß es, aber trotzdem können Sie uns vielleicht irgendwann, wenn wir es verdammt nötig haben, einen Dienst erweisen."

Erst am nächsten Tag, als die Insel Wainwright genau dwars in Luv auftauchte, öffnete Wolf Larsen den Mund zu einer Prophezeiung. Er war über Johnson hergefallen, Leach war über ihn hergefallen, und soeben hatte er das Paar ausgepeitscht.

„Leach", sagte er, „du weißt, daß ich dich irgendwann umbringen werde, ja?"

Ein Knurren war die Antwort.

„Und was dich betrifft, Johnson, ehe ich mit dir fertig bin, wirst du so lebensmüde sein, daß du von selber über Bord springst. Wart's nur ab.

Das ist ein Wink", fügte er leise, zu mir gewandt hinzu. „Ich wette eine Monatsheuer, daß er danach handelt."

Ich hatte die Hoffnung gehegt, seine Opfer würden, wenn sie unsere Wasserfässer füllten, eine Gelegenheit zur Flucht finden, aber Wolf Larsen hatte sich den Ort gut ausgesucht. Die „Ghost" lag eine halbe Meile vor der Brandungslinie eines einsamen Strandes. Auf ihn mündete eine tiefe Schlucht mit steilen, vulkanischen Wänden, die keiner zu erklimmen vermochte. Und hier, unter seiner unmittelbaren Aufsicht – denn er ging selbst an Land –, füllten Leach und Johnson die kleinen Fässer und rollten sie zum Strand hinunter. Sie hatten keine Möglichkeit, mit einem der Boote einen Fluchtversuch zu unternehmen und ihre Freiheit zu erlangen.

Doch Harrison und Kelly machten einen solchen Versuch. Sie bildeten die Besatzung eines der Boote, und ihre Aufgabe war es, zwischen Schoner und Küste hin und her zu pendeln und jedesmal ein Faß mitzunehmen. Kurz vor dem Mittagessen, als sie mit einem leeren Faß zum Strand fahren sollten, änderten sie plötzlich ihren Kurs und hielten nach links, um das Vorgebirge zu umrunden, das zwischen ihnen und der Freiheit ins Meer ragte. Jenseits des schaumbedeckten Fußes lagen die hübschen Dörfer der japanischen Kolonisten und freundliche Täler, die tief ins Innere einschnitten. Waren sie erst einmal innerhalb der Befestigungen, die sie verhießen, dann konnten die beiden Männer Wolf Larsen Trotz bieten.

Ich hatte beobachtet, daß Henderson und Smoke den ganzen Vormittag an Deck herumlungerten, und nun erfuhr ich, warum sie da waren. Nachdem sie ihre Büchsen geholt hatten, eröffneten sie lässig das Feuer auf die Ausreißer. Es war eine gefühllose Schaustellung ihrer Schießkunst. Zuerst zischten ihre Kugeln harmlos über die Wasserfläche zu beiden Seiten des Bootes, doch da die Männer tüchtig weiterruderten, trafen sie näher und näher.

„Paß auf, wie ich Kellys rechten Riemen nehme“, sagte Smoke und zielte sorgfältiger.

Ich blickte durch das Fernglas und sah das Ruderblatt splittern, als er schoß. Henderson machte es nach, indem er sich Harrisons rechten Riemen wählte. Das Boot drehte sich. Die beiden verbliebenen Riemen waren bald zerschmettert. Die Männer versuchten mit den Splittern zu rudern, und sie wurden ihnen aus der Hand geschossen. Kelly riß eine Bodenplanke los und begann zu paddeln, ließ sie jedoch mit einem Schmerzensschrei fallen, als ihm die Splitter in die Hände drangen. Da gaben sie auf und ließen das Boot treiben, bis ein zweites Boot, das Wolf Larsen vom Strand losgeschickt hatte, sie ins Schlepptau nahm und an Bord brachte.

Spät am Nachmittag lichteten wir die Anker und fuhren los. Nichts lag vor uns als die drei oder vier Monate Jagd in den Robbengründen. Die Aussicht war wirklich düster, und ich ging schweren Herzens an meine Arbeit. Eine nahezu Beerdigungsschwermut schien sich auf die „Ghost“ gesenkt zu haben. Wolf Larsen hatte sich mit einem neuen Anfall seiner sonderbaren, überaus heftigen Kopfschmerzen in seine Koje gelegt. Harrison stand teilnahmslos am Rad, halb darauf gestützt, als ermüde ihn das Gewicht seines Körpers. Der Rest der Besatzung war mürrisch und schweigsam. Kelly überraschte ich, wie er auf der Leeseite der Backluke kauerte, den

Kopf auf den Knien und die Arme um den Kopf gelegt, in einer Haltung unsagbarer Verzweiflung.

Johnson fand ich der Länge nach ganz vorn auf der Back liegen, wo er in den aufgewühlten Schaum an der Kielspitze starrte, und mit Grauen erinnerte ich mich an den Wink, den Wolf Larsen ihm gegeben hatte. Es schien, als sollte er Frucht tragen. Ich versuchte mich mit Gewalt in die krankhaften Gedanken des Mannes zu drängen, indem ich ihn abrief, aber er lächelte mich nur traurig an und weigerte sich zu gehorchen.

Leach kam auf mich zu, als ich wieder nach achtern ging. „Ich möchte Sie um einen Gefallen bitten, Mister van Weyden", sagte er. „Wenn Sie das Glück haben, je noch mal nach Frisco zu kommen, würden Sie dann bitte Matt McCarthy aufsuchen? Das ist mein Vater. Er wohnt auf dem Hügel, hinter der Mayfair-Bäckerei, und hat 'ne Schusterwerkstatt, die jeder kennt, und es wird Ihnen keine Mühe machen. Sagen Sie ihm, es tut mir leid, daß ich ihm soviel Kummer gemacht und wegen allem, was ich angestellt habe, und – und sagen Sie ihm ‚Gott segne dich' von mir."

Ich nickte, erwiderte jedoch: „Wir werden alle nach San Francisco zurückgelangen, Leach, und du wirst mich begleiten, wenn ich Matt McCarthy besuche."

„Ich möchte Ihnen gern glauben", antwortete er und drückte mir die Hand, „aber ich kann nicht. Wolf Larsen wird mich umbringen, das weiß ich, und ich kann bloß hoffen, daß er's schnell tut."

Und als er mich verließ, spürte ich denselben Wunsch in meinem Herzen. Da es geschehen mußte, mochte es schleunigst geschehen. Die allgemeine Schwermut hatte sich auch auf mich gelegt. Das Schlimmste schien unvermeidlich, und als ich Stunde für Stunde an Deck auf und ab ging, merkte ich, daß ich von Wolf Larsens abstoßenden Ideen angesteckt war. Wozu das alles? Wo blieb die Erhabenheit des Lebens, daß es eine so mutwillige Vernichtung von Menschenseelen duldete? Es war am Ende doch etwas Billiges und Schmutziges, dieses Leben, und je eher es vorbei war, desto besser. Vorbei und Schluß damit! Auch ich lehnte mich auf die Reling und blickte sehnsüchtig ins Meer, mit der Gewißheit, daß ich früher oder später hinabsinken würde, hinunter in die kühlen grünen Tiefen seines Vergessens.

Siebzehntes Kapitel

Seltsam! Ungeachtet der allgemeinen Vorahnung ereignete sich auf der „Ghost" nichts von besonderer Bedeutung. Wir fuhren weiter nach Norden und Westen, bis wir die Küste von Japan sichteten und mit der großen Robbenherde Bekanntschaft machten. Von wer weiß woher in dem grenzenlosen Pazifik kommend, bewegte sie sich nordwärts auf ihrem alljährlichen Zug zu den Paarungsplätzen am Beringmeer. Und nach Norden fuhren wir mit ihr, verheerend und tötend, warfen die abgezogenen Leichname den Haien vor und salzten die Felle ein, auf daß sie später die schönen Schultern der Frauen in den Städten schmücken könnten.

Es war ein mutwilliges Gemetzel, und alles um des Weibes willen. Keiner aß von dem Robbenfleisch oder -tran. Nach einem guten Mordtag habe ich unsere Decks mit Fellen und Leibern beladen gesehen, schlüpfrig von Fett und Blut, rote Ströme aus den Speigatten, Masten, Tauwerk und Relinge blutbespritzt, und die Männer, wie Schlächter, die ihr Handwerk verrichten, nackt und rot an Armen und Händen, eifrig bei der Arbeit, mit ihren Trenn- und Schlitzmessern den schönen Meeresgeschöpfen, die sie getötet hatten, das Fell abzuziehen.

Meine Aufgabe war es, die Felle zu zählen, die aus den Booten an Bord kamen, das Abpelzen und hinterher das Säubern und Aufräumen der Decks zu beaufsichtigen. Das war

keine angenehme Arbeit. Meine Seele und mein Magen empörten sich dagegen, und doch war es in gewisser Weise gut für mich, so viele Männer anzuweisen und zu lenken. Es entwickelte, was ich an praktischer Geschicklichkeit, mochte sie auch gering sein, besaß, und ich merkte, daß ich zäh und abgehärtet wurde, was dem „Weichling“ van Weyden nur zuträglich sein konnte.

Eins begann ich zu spüren, und zwar, daß ich nie wieder völlig derselbe sein konnte, der ich gewesen war. Während meine Hoffnung und mein Glaube an das menschliche Leben immer noch Wolf Larsens zerstörende Kritik überdauerten, hatte er gleichwohl eine Veränderung in geringfügigeren Dingen herbeigeführt. Er hatte mir die Welt der Wirklichkeit aufgetan, von der ich in der Tat nichts gewußt hatte und vor der ich stets zurückgeschreckt war. Ich hatte gelernt, das Leben, wie es gelebt wurde, genauer zu betrachten, zu erkennen, daß es so etwas wie Tatsachen auf der Welt gab, ich hatte gelernt, aus dem Reich des Geistes und der Idee aufzutauchen und den faßbaren und gegenständlichen Daseinsstufen einigen Wert beizumessen.

Als wir die Gründe erreicht hatten, sah ich von Wolf Larsen mehr denn je. Denn wenn das Wetter schön war und wir uns mitten in der Herde befanden, waren alle Mann in den Booten fort, und an Bord blieben nur er und ich und Thomas Mugridge, der nicht zählte. Aber das hatte nichts von Erholung an sich. Die sechs Boote, die sich fächerförmig von dem Schoner zerstreuten, bis das erste Luvboot und das letzte Leeboot irgendwo zehn bis zwanzig Meilen voneinander entfernt waren, kreuzten unentwegt über das Meer, bis die Nacht hereinbrach oder schlechtes Wetter sie zurücktrieb. Unsere Aufgabe war es, die „Ghost“ so genau in Lee des letzten Leebootes zu steuern, daß alle Boote günstigen Wind hatten, uns bei Böen oder drohendem Unwetter zu erreichen.

Es ist keine leichte Sache für zwei Mann, besonders wenn

ein steifer Wind aufgekommen ist, ein Fahrzeug wie die „Ghost“ zu handhaben, dabei zu steuern, ständig nach den Booten auszuschauen und Segel zu setzen oder einzuholen; daher galt es für mich zu lernen, und schnell zu lernen. Das Steuern eignete ich mir mühelos an, aber in die Takelung hinauf zu den Dwarssalingen zu klettern – wobei ich mit dem ganzen Gewicht an den Armen pendelte, wenn ich die Webeleinen verließ und noch höher kletterte – war schon schwieriger. Auch das lernte ich, und schnell, denn irgendwie verspürte ich den brennenden Wunsch, mich in Wolf Larsens Augen zu rechtfertigen, mein Recht zu leben auf andere als geistige Art zu beweisen. Ja, es kam die Zeit, da es mir Freude machte, zum Masttopp hinaufzulaufen und mich in dieser unsicheren Höhe mit den Beinen festzuklammern, während ich auf der Suche nach den Booten mit dem Fernglas das Meer überblickte.

Ich erinnere mich an einen schönen Tag, als die Boote zeitig ausliefen und das Knallen der Büchsen undeutlich und schwach wurde und erstarb, da sie sich weit und breit über die See verstreuten. Es wehte noch ein ganz schwacher Wind aus Westen, der aber seinen letzten Schnaufer tat, als es uns eben gelungen war, in Lee des letzten Leebootes zu kommen. Eins nach dem andern – ich war am Masttopp und sah es – verschwanden die Boote über die Erdkrümmung, als sie die Robben westwärts verfolgten. Wir lagen kaum rollend auf der ruhigen See und waren außerstande, ihnen nachzufahren. Wolf Larsen war besorgt. Das Barometer war gefallen, und der Himmel im Osten gefiel ihm nicht. Er studierte ihn mit gleichbleibender Wachsamkeit.

„Wenn es von da kommt“, sagte er, „scharf und heftig, und uns in Luv von den Booten treibt, wird es vermutlich leere Kojen im Zwischendeck und in der Back geben.“

Gegen elf war die See ein Spiegel geworden. Gegen Mittag war die Hitze, obgleich wir uns ziemlich hoch in den nördlichen Breitengraden befanden, einfach ekelhaft. Keine Frische lag in der Luft. Sie war schwül und drückend und erinnerte mich an das, was die alten Kalifornier „Erdbebenwetter" nennen. Etwas Unheilschwangeres lag in ihr, und auf nicht greifbare Weise gab sie einem das Gefühl, es stünde das Schlimmste bevor. Langsam füllte sich der ganze östliche Himmel mit Wolken, die uns weit überragten wie eine düstre Gebirgskette der Höllenregionen. So deutlich konnte man Cañon, Schlucht und Abgrund erkennen und die Schatten, die darin lagen, daß man unwillkürlich Ausschau hielt nach der weißen Brandungslinie und den brüllenden Höhlen, wo das Meer über das Land herfällt. Und immer noch wiegten wir uns sacht, und es war kein Wind.

„Das ist keine Bö", sagte Wolf Larsen. „Die alte Mutter Natur ist im Begriff, sich auf die Hinterbeine zu stellen und alles herauszuheulen, was in ihr ist, und sie wird uns springen lassen, Hump, auch nur die Hälfte unserer Boote zu bergen. Sie sollten besser hinaufgehen und die Marssegel losbinden."

„Aber wenn es losheult, und wir sind nur zu zweit?" fragte ich mit einem Ton von Protest in der Stimme.

„Nun, wir müssen den Beginn nach Kräften ausnutzen und versuchen unsere Boote zu erreichen, ehe uns die Segel weggefetzt sind. Danach scher ich mich keinen Deut drum, was geschieht. Die Hölzer werden es aushalten, und Sie und ich werden es müssen, wenn es uns auch reichlich zusetzen wird."

Die Windstille hielt immer noch an. Wir aßen zu Mittag, für mich eine hastige und unruhige Mahlzeit angesichts der achtzehn Mann draußen auf dem Meer, jenseits der Erdkrümmung, und dieser sich über den Himmel wälzenden Gebirgskette von Wolken, die sich langsam auf uns herabsenkte. Wolf Larsen schien jedoch ungerührt, wenngleich ich, als wir an Deck zurückkehrten, ein leichtes Zucken der Nasenflügel und eine merkliche Lebhaftigkeit in seinen Bewegungen wahrnahm. Sein Gesicht war ernst, die Züge hart geworden, und doch lag in seinen Augen – blau, an diesem Tag hellblau – ein sonderbarer Glanz, ein helles, flirrendes Licht. Ich hatte den Eindruck, als sei er fröhlich, auf eine grimmige Art fröhlich, als freue er sich über den bevorstehenden Kampf, als sei er durchdrungen und getragen von dem Bewußtsein, daß ihm einer der großen Lebensaugenblicke beschieden werde, wenn der Strom des Lebens zur Flut anschwillt.

Einmal, ohne zu wissen, daß er es tat oder daß ich es sah, lachte er laut, spöttisch und herausfordernd über den nahenden Sturm. Ich sehe ihn noch dastehen wie einen Zwerg aus Tausendundeiner Nacht vor dem ungeheuren Antlitz eines bösen Geistes. Er forderte das Schicksal heraus und fürchtete sich nicht.

Er ging zur Kombüse. „Smutje, wenn du mit deinen Töpfen und Pfannen fertig bist, wirst du an Deck gebraucht. Halt dich bereit, falls du gerufen wirst.

Hump", sagte er, als er den hingerissenen Blick spürte, den ich auf ihn richtete, „das geht über Whisky, und da hat Ihr Omar versagt. Ich glaube, er hat am Ende doch nur halb gelebt."

Die westliche Hälfte des Himmels war unterdessen finster geworden. Die Sonne hatte sich verdunkelt und war unserm Blick entschwunden. Es war zwei Uhr nachmittags, und ein gespenstisches Zwielicht, von unsteten Purpurfeuern durchsetzt, hatte sich auf uns niedergesenkt. In diesem purpurnen Licht glühte und glühte Wolf Larsens Gesicht und schien meiner erregten Phantasie von einem Heiligenschein umgeben. Wir lagen inmitten einer unirdischen Stille, während sich rings um uns Vorzeichen und Symptome von nahenden Geräuschen und Bewegungen zeigten. Die schwüle Hitze war unerträglich geworden. Der Schweiß stand mir auf der Stirn, und ich fühlte ihn meine Nase entlangrinnen. Mir war, als sollte ich ohnmächtig werden, und ich langte haltsuchend nach der Reling.

Und da, gerade da, strich das nur erdenklich schwächste

Luftsäuseln vorbei. Es kam von Osten, und wie ein Flüstern kam und ging es. Die schlappen Segel regten sich nicht, und dennoch hatte mein Gesicht den Lufthauch und seine Kühle gespürt.

„Smutje“, rief Wolf Larsen leise. Thomas Mugridge kehrte ihm ein bejammernswert verängstigtes Gesicht zu. „Laß diese Schonerbarkentalje laufen und leg sie quer, und wenn sie gehorcht, laß die Schot laufen und komm schön mit der Talje dazwischen. Und wenn du ein Kuddelmuddel anrichtest, wird es das letzte in deinem Leben gewesen sein. Verstanden?

Mister van Weyden, halten Sie sich bereit, die Vorsegel übergehen zu lassen. Dann springen Sie hinauf zu den Marssegeln und spannen Sie sie so schnell, wie es Ihnen Gott erlaubt – je schneller Sie es machen, desto leichter werden Sie es finden. Und wenn sich der Smutje nicht munter bewegt, hauen Sie ihm eins zwischen die Augen.“

Das Kompliment entging mir nicht, und ich freute mich darüber, daß die Anweisungen, die ich erhielt, keine Drohung begleitet hatte.

Wir lagen in Richtung Nordwest, und seine Absicht war, mit dem ersten Windstoß die Segel überzulegen.

„Wir werden die Brise backstags bekommen“, erklärte er mir. „Nach den letzten Schüssen zu urteilen, sind die Boote etwas südwärts gefahren.“

Er drehte sich um und ging nach achtern ans Steuerrad. Ich ging nach vorn und bezog meinen Posten bei den Klüvern. Abermals strich ein Windsäuseln vorbei und noch eins. Die Segel schlappten träge.

„Gott sei Dank kommt's nich allens auf 'n Haufen, Mister van Weyden“, rief der Cockney inbrünstig aus.

Und ich war tatsächlich dankbar, denn ich hatte unterdessen genug gelernt, um zu wissen, welch ein Unheil uns in einem solchen Fall mit all unsern ausgespreiteten Segeln erwartete. Aus dem Säuseln wurden Windstöße, die Segel füllten sich, die „Ghost“ kam in Bewegung. Wolf Larsen legte das Ruder hart nach backbord, und wir begannen abzufallen. Der Wind kam jetzt direkt von achtern, immer stärker grollend und blasend, und meine Fockmastsegel schlugen kräftig. Ich sah nicht, was anderswo vor sich ging, wenn ich auch das jähe Stampfen und Krängen des Schoners spürte, als der Winddruck wechselte und die Fock- und Großsegel umlegte. Ich hatte die Hände voll zu tun mit dem Außenklüver, Klüver und Stagsegel, und als dieser Teil meiner Aufgabe erledigt war, schoß die „Ghost“ nach Südwest, den Wind backstags und alle Schote steuerbords. Ohne Atempause, obgleich mein Herz von den Anstrengungen wie ein Gerbehammer schlug, sprang ich zu den Marssegeln, und ehe der Wind zu stark geworden war, hatten wir sie ordentlich beigesetzt und schossen seeklar auf. Dann ging ich nach achtern, mir weitere Befehle erteilen zu lassen.

Wolf Larsen nickte beifällig und überließ mir das Steuer. Der Wind nahm ständig an Kraft zu, und die See stieg. Eine Stunde lang steuerte ich, was jeden Augenblick schwieriger wurde. Ich hatte keine Erfahrung darin, bei dem Tempo zu steuern, das wir mit Backstagswind machten.

„Gehen Sie jetzt mit dem Fernglas nach oben und versuchen Sie, etwas von unsern Booten zu sichten. Wir haben mindestens zehn Knoten gemacht und laufen jetzt mit zwölf oder dreizehn. Das alte Mädchen weiß sich zu rühren.“

Ich begnügte mich mit den Dwarssalingen am Fockmast, die etwa siebzig Fuß über dem Deck lagen. Als ich die öde Wasserfläche vor mir absuchte, begriff ich völlig, wie dringend wir uns beeilen mußten, wenn wir einige von unsern Männern retten wollten. Während ich auf die schwere See blickte, durch die wir liefen, bezweifelte ich tatsächlich, daß noch ein Boot flott war. Es schien nicht möglich, daß ein so zerbrechliches Fahrzeug eine solche Gewalt von Wind und Wasser überleben könnte.

Die volle Stärke des Windes konnte ich nicht spüren, weil wir mit ihm liefen, aber von meinem luftigen Sitz blickte ich auf die „Ghost“ und ihre nahe Umgebung hinunter und sah ihre Umrisse scharf abgezeichnet gegen die schäumende See, während sie, von Leben durchdrungen, dahinstürmte. Zuweilen hob sie sich und flog über eine große Woge, die ihre Steuerbordreling dem Blick verbarg und ihr Deck bis zu den Luken unter dem brodelnden Meer verschwinden ließ. In solchen Augenblicken, die ein Krängen nach Luv verursachte, flog ich mit schwindelerregender Schnelligkeit durch die Luft, als hinge ich am Ende eines ungeheuren umgekehrten Pendels, dessen Ausschlagbogen bei den größeren Schlingerbewegungen siebzig Fuß und mehr gemessen haben muß. Einmal übermannte mich der Schrecken dieser Schwindel verursachenden Schwingung, und eine ganze Weile hing ich, mit Händen und Füßen angeklammert, schwach und zitternd und außerstande, die See nach den vermißten Booten abzusuchen oder überhaupt etwas von ihr wahrzunehmen als den Teil, der unter mir brüllte und die „Ghost“ zu begraben suchte.

Aber der Gedanke an die Männer, die sich mittendrin befanden, brachte mich zur Vernunft, und bei meiner Suche nach ihnen dachte ich nicht mehr an mich selbst. Eine Stunde lang sah ich nichts als die kahle, öde See. Und dann, als ein schweifender Sonnenstrahl das Meer traf und seine Oberfläche in zorniges Silber verwandelte, nahm ich einen kleinen schwarzen Fleck wahr, der für einen Augenblick himmelwärts geschleudert und dann verschlungen wurde. Ich wartete geduldig. Wieder zeichnete sich der winzige Punkt Schwarz ein paar Strich backbord voraus durch den zornigen Glanz ab. Ich versuchte erst gar nicht zu rufen, sondern teilte Wolf Larsen die Neuigkeiten mit, indem ich die Arme schwenkte. Er änderte den Kurs, und ich signalisierte ihm Bestätigung, als sich der Fleck genau voraus zeigte.

Er wurde größer, und so schnell, daß mir zum erstenmal bewußt wurde, mit welcher Geschwindigkeit wir dahinflogen. Wolf Larsen winkte mich herab, und als ich neben ihm am Rad stand, gab er mir Anweisungen zum Beidrehen.

„Machen Sie sich darauf gefaßt, daß die ganze Hölle losbricht", warnte er mich, „aber scheren Sie sich nicht darum. Ihre Sache ist es, Ihre eigene Arbeit zu erledigen und darauf zu achten, daß sich der Smutje an der Fockschot bereithält."

Es gelang mir, nach vorn zu kommen, aber es blieb mir kaum die Wahl, auf welcher Seite, denn die Luvreling schien so oft zu verschwinden wie die Leereling. Nachdem ich Thomas Mugridge mitgeteilt hatte, was er zu tun habe, kletterte ich ein paar Fuß in die Focktakelage hinauf. Das Boot war jetzt sehr nah, und ich konnte deutlich ausmachen, daß es gegen Wind und Seegang lag und Mast und Segel nachschleppte, die es gleichsam als seewärts liegenden Anker über Bord geworfen hatte. Die drei Männer schöpften das Wasser aus dem Boot. Jeder sich heranwälzende Berg entzog sie dem Blick, und dann wartete ich mit einer Unruhe, die mich krank machte, weil ich fürchtete, sie würden nie wieder auftauchen. Dann wieder, und mit unheilvoller Plötzlichkeit, schoß das Boot geradeswegs über den Schaumkamm, den Bug gen Himmel gerichtet, und zeigte der ganzen Länge nach seinen Boden, naß und schwarz, daß es schien, als sei es aus mit ihm. Manchmal warfen mir die drei Männer, die in wahnsinniger Hast Wasser schleuderten, einen flüchtigen Blick zu, wenn sie niederstürzten und bugabwärts in das gähnende Tal fielen, wobei das ganze Innere des Bootes bis zum Heck sichtbar wurde, das sich so hoch aufgerichtet hatte, daß es fast genau über dem Bug stand. Es schien mir jedesmal wie ein Wunder, wenn das Boot wieder auftauchte.

Plötzlich änderte die „Ghost" ihren Kurs und hielt ab, und schlagartig kam mir der Gedanke, Wolf Larsen gäbe die Rettung als unmöglich auf. Dann wurde mir klar, daß er sich anschickte beizudrehen, und ich ließ mich auf das Deck fallen, um bereit zu sein. Wir lagen jetzt genau vor dem Wind, das Boot weit entfernt und auf gleicher Höhe mit uns. Ich spürte eine unerwartete Beruhigung des Schoners, ein sekundenlanges Aussetzen von Kraftaufwand und Druck, gepaart mit einer raschen Beschleunigung des Tempos. Die „Ghost" drehte sich um ihre Achse und stürmte in den Wind.

Als sie im rechten Winkel zum Seegang lag, packte uns der Wind (dem wir bisher davongelaufen waren) mit voller Kraft. Unglücklicherweise und weil ich nicht Bescheid wußte, kehrte ich mich ihm zu. Er erhob sich gegen mich wie eine Mauer und füllte mir die Lungen mit Luft, die ich nicht auszustoßen vermochte. Und als ich würgte und fast erstickte und der Schoner einen Augenblick schlingerte und genau breitseits in den Wind geworfen wurde, erblickte ich eine riesige Woge, die sich weit über meinem Kopf aufstellte. Ich drehte mich zur Seite, holte Luft und blickte wieder hin. Die Woge überragte die „Ghost", und ich starrte steil nach oben und in sie hinein. Ein Sonnenstrahl traf den umschlagenden Kamm, und ich erhaschte einen flüchtigen Blick auf durchscheinendes, stürzendes Grün gegen einen Hintergrund von milchigem Gischt.

Dann kam es herab, eine Hölle brach los, alles geschah zu gleicher Zeit. Ein zermalmender, betäubender Schlag traf mich, an keiner besonderen Stelle und doch überall. Ich hatte den Halt verloren, war unter Wasser, und mir schoß der Gedanke durch den Kopf, dies sei das Schreckliche, wovon ich gehört hatte: in den Trog der See gespült zu werden. Mein Körper schlug und stieß an, während ich hilflos in die Gegend geschleudert und um und um gedreht wurde, und als ich nicht länger den Atem anhalten konnte, sog ich das scharfe Salzwasser in meine Lungen. Doch bei all dem hielt ich an dem einen Gedanken fest – *ich muß es fertigbringen, den Klüver nach Luv backzuholen.* Ich fürchtete nicht den Tod. Ich zweifelte nicht daran, daß ich irgendwie durchkommen würde.

Und da diese Idee, Wolf Larsens Befehl nachzukommen, hartnäckig in meinem verstörten Bewußtsein hängenblieb, war mir, als sähe ich ihn inmitten des tobenden Wirrwarrs am Rad stehen, wo er mit seinem Willen gegen den Willen des Sturms kämpfte und ihm trotzte.

Ich kam jäh und heftig an etwas zum Stillstand, das ich für die Reling hielt, und atmete, atmete wieder die reine Luft. Ich versuchte aufzustehen, stieß mir jedoch den Kopf und wurde auf Hände und Knie zurückgeschlagen. Durch eine Laune des Wassers war ich genau unter die Backspitze und in die Bugklüsen gespült worden. Ich krabbelte auf allen vieren hinaus und dabei über Thomas Mugridge hinweg, der als ein stöhnendes Häufchen dalag. Es war keine Zeit zu fragen. Ich mußte den Klüver backholen.

Als ich an Deck auftauchte, schien das Ende aller Dinge gekommen. Rings um mich barst und krachte Holz, Stahl und Leinwand. Die „Ghost" wurde um und um gedreht und in Stücke gerissen. Das Focksegel und das Vormarssegel, die bei dem Manöver aus dem Wind gekommen waren und nicht rechtzeitig geborgen werden konnten, weil niemand da war, es zu tun, zerfetzten donnernd, und der schwere Baum schlug von Reling zu Reling und splitterte. Die Luft war dick von herumfliegenden Schiffstrümmern, losgerissene Taue und Stagen zischten und wanden sich wie Schlangen, und in all das krachte die Fockgaffel. Viel fehlte nicht, daß mich das Rundholz getroffen hätte, während es mich gleichzeitig zum Handeln anspornte. Vielleicht war die Lage doch nicht hoffnungslos. Ich erinnerte mich an Wolf Larsens Warnung. Er hatte erwartet, daß die ganze Hölle losbrechen würde, und da hatten wir sie nun. Und wo war er? Ihn erblickte ich, wie er sich an der Großschot abmühte und sie mit seinen gewaltigen Muskeln völlig einhievte, während sich das Heck des Schoners hoch in die Luft hob und seine Gestalt sich gegen eine weiße Sturzsee abzeichnete, die vorbeischoß. All das und mehr – eine ganze Welt von Chaos und Untergang – hatte ich in vielleicht fünf Sekunden gesehen, gehört und erfaßt.

Ich hielt mich nicht auf, zu sehen, was aus dem kleinen Boot geworden war, sondern sprang zur Klüverschot. Der Klüver selbst begann, bald voll, bald schlapp, mit scharfem Knattern zu schlagen; aber mit einem Törn der Schot und dem Aufgebot meiner ganzen Kraft jedesmal, wenn er schlug, holte ich ihn langsam back. Eins weiß ich: Ich tat mein Bestes. Ich zog, daß mir alle Fingerspitzen aufplatzten, und während ich zog, rissen Außenklüver und Stagsegel entzwei und donnerten ins Nichts.

Ich zog immer noch und hielt, was ich jeweils erlangte, mit einem Doppeltörn fest, bis mir der nächste Schlag mehr überließ. Dann gab die Schot leichter nach, und Wolf Larsen stand neben mir und holte sie allein ein, während ich beschäftigt war, das freie Ende aufzuwickeln.

„Machen Sie schnell!" rief er. „Und kommen Sie!"

Als ich ihm folgte, bemerkte ich, daß trotz Verderben und Untergang annähernd Ordnung herrschte. Die „Ghost" hatte beigedreht. Obgleich die übrigen Segel fort waren, hielten sich der nach Luv backgeholte Klüver und das flach niedergeholte Großsegel und hielten ebenso tüchtig den Bug des Schoners gegen die wütende See.

Ich schaute nach dem Boot aus und sah es, als Wolf Larsen die Bootstaljen klarmachte, in Lee und keine zwanzig Fuß entfernt von einer großen Woge emporgehoben. Und so vortrefflich hatte er alles berechnet, daß wir sauber darauf zutrieben und nichts weiter zu tun blieb, als an beiden Enden die Taljen einzuhaken und das Boot an Bord zu winden. Aber das war nicht so leicht getan, wie es hingeschrieben ist.

Im Bug saß Kerfoot, Oofty-Oofty im Heck und Kelly mittschiffs. Als wir näher herantrieben, hob sich das Boot auf einer Woge, während wir in das Wellental sanken, bis ich fast genau über mir die Köpfe der drei Männer sah, die lange Hälse über Bord machten und hinabblickten. Im nächsten Augenblick wiederum wurden wir gehoben und emporgeschwungen, während sie weit unter uns hinabsanken. Es schien unglaublich, daß die nächste Woge die „Ghost" nicht auf die winzige Eierschale niederschmettern würde.

Doch im richtigen Augenblick warf ich dem Kanaken die Talje zu, und Wolf Larsen machte es vorn ebenso mit Kerfoot. Beide Taljen wurden im Handumdrehen eingehakt, und die drei Männer paßten geschickt das Krängen ab und sprangen gleichzeitig an Bord des Schoners. Als die „Ghost" ihre Schiffsseite aus dem Wasser wälzte, wurde das Boot dicht an sie herangehoben, und ehe die Rückbewegung kam, hatten wir es über Bord gehievt und kieloben auf Deck gelegt. Ich bemerkte, daß von Kerfoots linker Hand Blut floß. Auf irgendeine Weise war ihm der Mittelfinger zu Brei gequetscht. Aber er gab kein Zeichen des Schmerzes von sich und half uns mit seiner Rechten, das Boot an seinem Platz festzuzurren.

„Du, Oofty, halt dich bereit, den Klüver übergehen zu lassen!“ befahl Wolf Larsen in der Sekunde, als wir mit dem Boot fertig waren. „Kelly, komm nach achtern und laß das Großsegel nach! Du, Kerfoot, gehst nach vorn und siehst nach, was aus dem Smutje geworden ist! Mister van Weyden, laufen Sie wieder hinauf und schneiden Sie das ganze verirrte Zeug weg, das Ihnen in den Weg kommt!“

Und nach diesen Anweisungen eilte er mit seinen eigentümlichen Tigersprüngen nach achtern ans Rad. Während ich mich die Fockwanten hochquälte, fiel die „Ghost“ langsam ab. Als wir diesmal in das Wellental gerieten und überspült wurden, waren keine Segel zu verlieren, und auf halbem Weg zu den Dwarssalingen und mit der vollen Kraft des Windes gegen die Takelung gepreßt, so daß ich unmöglich hätte fallen können, sah ich, da die „Ghost“ mit ihren Balkenköpfen und Masten fast parallel zum Wasser lag, nicht hinunter, sondern beinahe im rechten Winkel von dem Perpendikel aus auf das Deck der „Ghost“. Aber nicht das Deck sah ich, sondern nur die Stelle, wo das Deck hätte sein sollen, denn es war unter einem wilden Wasserfall begraben. Nur die beiden Masten konnte ich daraus hervorragen sehen und weiter nichts. Für den Augenblick war die „Ghost“ im Meer versunken. Als sie mehr und mehr vor den Wind ging und so dem seitlichen Druck entkam, richtete sie sich auf, und ihr Deck zerteilte wie der Rücken eines Wals die Meeresfläche.

Dann stürmten wir wild über die wilde See, wobei ich wie eine Fliege in den Dwarssalingen hing und nach den anderen

Booten suchte. Nach einer halben Stunde sichtete ich das zweite, vollgeschlagen und kieloben, an das sich verzweifelt Jock Horner, der dicke Louis und Johnson klammerten. Diesmal blieb ich in der Takelung, und Wolf Larsen gelang es beizudrehen, ohne überspült zu werden. Wie zuvor trieben wir auf das Boot zu. Taljen wurden festgemacht und den Männern Leinen zugeworfen, worauf sie wie Affen an Bord kletterten. Das Boot selbst wurde, als es binnenbords kam, an der Schonerwand zerschmettert und zersplittert; doch das Wrack wurde sicher festgezurrt, denn es konnte ausgebessert und wieder instand gesetzt werden.

Wieder fiel die „Ghost" bis platt vor dem Sturm ab und tauchte diesmal so tief unter, daß ich sekundenlang glaubte, sie würde nie wieder zum Vorschein kommen. Selbst das Rad, ein gut Teil über Taillenhöhe, wurde wieder und wieder verdeckt und überspült. In solchen Augenblicken fühlte ich mich sonderbar allein mit Gott, allein mit ihm und als Zuschauer bei dem Chaos seines Zorns. Und dann tauchte das Rad wieder auf, und Wolf Larsens breite Schultern, seine Hände, die die Spaken packten und den Schoner auf dem Kurs seines Willens hielten, er selbst ein Erdgott, der den Sturm beherrschte, der sein niederstürzendes Wasser abschüttelte und ihn zu seinem eigenen Nutzen einspannte. Und oh, welch ein Wunder! Welch ein Wunder! Daß winzige Menschlein leben, atmen und schaffen und einen so zerbrechlichen Mechanismus aus Holz und Leinwand durch einen so ungeheuren Kampf der Elemente lenken konnten.

Wie zuvor schwang sich die „Ghost" aus dem Wellental, hob wieder ihr Deck aus dem Meer und jagte vor dem heulenden Sturm dahin. Es war jetzt halb sechs, und eine halbe Stunde später, als sich das Ende des Tages in einem düsteren grimmigen Zwielicht verlor, sichtete ich ein drittes Boot. Es trieb kieloben, und von seiner Besatzung war nichts zu sehen. Wolf Larsen wiederholte sein Manöver, hielt ab, holte dann nach Luv auf und trieb darauf zu. Doch diesmal verfehlte er es um vierzig Fuß, das Boot glitt achtern vorbei.

„Boot Nummer vier!“ schrie Oofty-Oofty, dessen scharfe Augen die Nummer in der einen Sekunde lasen, als es klar aus dem Gischt aufstieg.

Es war Hendersons Boot, und mit ihm hatten wir Holyoak und Williams, ebenfalls einen Hochseematrosen, verloren. Verloren waren sie zweifellos, aber das Boot blieb, und Wolf Larsen unternahm einen weiteren rücksichtslosen Versuch, es zu bergen. Ich war auf das Deck hinuntergekommen und sah Horner und Kerfoot vergeblich gegen den Versuch protestieren.

„Bei Gott, ich will mir nicht von irgendeinem Sturm, wie er je aus der Hölle blies, mein Boot rauben lassen!“ brüllte er, und obgleich wir vier mit den Köpfen dicht beieinander standen, um hören zu können, schien seine Stimme schwach und weit, als käme sie aus einer ungeheuren Entfernung zu uns.

„Mister van Weyden!“ schrie er, und ich vernahm es durch den Aufruhr, wie man ein Flüstern auffängt. „Halten Sie sich mit Johnson und Oofty am Klüver bereit! Ihr andern schert euch nach achtern an die Großschot! Ein bißchen plötzlich! Oder ich segle euch alle ins Jenseits! Verstanden?“

Und als er das Rad hart umlegte und der Bug der „Ghost“ sich drehte, blieb den Jägern nichts übrig, als zu gehorchen und eine riskante Gelegenheit aufs beste zu nutzen. Wie groß das Wagnis war, wurde mir klar, als ich abermals unter den zermalmenden Sturzseen begraben wurde und mich um mein Leben an die Nagelbank am Fuß des Fockmastes klammerte. Meine Finger wurden losgerissen, und ich wurde zur Seite und über Bord ins Meer gespült. Ich konnte nicht schwimmen, aber ehe ich unterging, wurde ich zurückgespült. Eine starke Hand packte mich, und als die „Ghost“ schließlich auftauchte, stellte ich fest, daß ich mein Leben Johnson zu verdanken hatte. Ich sah ihn besorgt um sich blicken und bemerkte, daß

Kelly, der im letzten Augenblick nach vorn gekommen war, nicht da war.

Da Wolf Larsen das Boot verfehlt hatte und sich nicht in derselben Position befand wie bei den früheren Gelegenheiten, war er diesmal gezwungen, seine Zuflucht zu einem anderen Manöver zu nehmen. Nachdem wir mit allem Zeug steuerbords vor dem Wind gelaufen waren, legte er um und fuhr scharf am Wind mit Backbordhalsen zurück.

„Großartig!“ schrie mir Johnson ins Ohr, als wir die damit verbundene Sintflut glücklich überstanden hatten, und ich wußte, daß sich das nicht auf Wolf Larsens Seefahrerkunst, sondern auf die Leistung der „Ghost“ selbst bezog.

Es war jetzt so dunkel, daß wir von dem Boot nichts sehen konnten, aber Wolf Larsen hielt wie von einem unfehlbaren Instinkt geleitet dem fürchterlichen Aufruhr stand. Obgleich wir ständig halb unter Wasser waren, gab es diesmal kein Wellental, in das wir gefegt wurden, und wir trieben genau auf das umgeschlagene Boot zu, das arg zertrümmert wurde, als wir es an Bord hievten.

Zwei Stunden schrecklicher Schufterei folgten, in denen wir alle Mann – zwei Jäger, drei Matrosen, Wolf Larsen und ich – erst den Klüver und dann das Großsegel refften. Beigedreht unter dieser spärlichen Leinwand, blieben unsere Decks verhältnismäßig frei von Wasser, während die „Ghost“ in den sich überschlagenden Wogen auf und nieder tanzte wie ein Korken.

Gleich zu Beginn waren mir die Fingerspitzen aufgeplatzt, und beim Reffen waren mir vor Schmerz die Tränen über die Wangen gelaufen. Und als alles vorbei war, ließ ich mich wie ein Weib gehen und wälzte mich in der Qual der Erschöpfung auf dem Deck.

Unterdessen war Thomas Mugridge wie eine ertrunkene Ratte unter der Backspitze hervorgezerrt worden, wo er sich feige verkrochen hatte. Ich sah, wie er nach achtern zur Kajüte geschleppt wurde, und bemerkte zu meinem Schrecken und Erstaunen, daß die Kombüse verschwunden war. Wo sie gestanden hatte, zeigte sich an Deck ein leergefegter Platz.

In der Kajüte fand ich alle Mann versammelt, auch die Matrosen, und während auf dem kleinen Ofen Kaffee gekocht wurde, tranken wir Whisky und kauten Schiffszwieback. Nie in meinem Leben war mir etwas Eßbares so willkommen gewesen. Und nie hatte mir heißer Kaffee so gut geschmeckt. Die „Ghost" stampfte, schlingerte und schüttelte sich so heftig, daß sich selbst die Matrosen unmöglich bewegen konnten, ohne sich festzuhalten, und mehrfach wurden wir nach dem Schrei: „Jetzt hat sie's erwischt!" an der Wand der Backbordkabinen aufgestapelt, als lägen wir auf dem Deck.

„Zum Teufel mit dem Ausguck", hörte ich Wolf Larsen sagen, als wir uns tüchtig satt gegessen und getrunken hatten. „An Deck kann nichts getan werden. Wenn uns jemand in den Grund segeln wollte, könnten wir ihm nicht aus dem Wege gehen. Alle Mann in die Kojen, und versucht ein bißchen zu schlafen."

Die Matrosen schlichen nach vorn und setzten unterwegs die Seitenlichter, und die beiden Jäger blieben zum Schlafen in der Kajüte, da es nicht für ratsam gehalten wurde, den Schieber zur Zwischendecktreppe zu öffnen. Wolf Larsen und ich sägten gemeinsam Kerfoots zerschmetterten Finger ab und nähten den Stumpf. Mugridge, der die ganze Zeit Kaffee kochen und servieren und das Feuer unterhalten mußte und dabei über innere Schmerzen geklagt hatte, schwor jetzt, er habe sich ein oder zwei Rippen gebrochen. Als wir ihn untersuchten, stellten wir fest, daß es drei waren. Aber sein Fall wurde auf den nächsten Tag verschoben, hauptsächlich deshalb, weil ich von gebrochenen Rippen keine Ahnung hatte und erst darüber nachlesen mußte.

„Ich glaube nicht, daß es das wert war", sagte ich zu Wolf Larsen, „ein zerbrochenes Boot für Kellys Leben."

Nach allem, was geschehen war, bei dem unerträglichen Schmerz in meinen Fingerspitzen und dem Gedanken an die drei vermißten Boote, gar nicht zu reden von den wilden Sprüngen, die die „Ghost“ machte, hätte ich es für unmöglich gehalten zu schlafen. Aber die Augen müssen mir in dem Augenblick zugefallen sein, als mein Kopf das Kissen berührte, und in tiefster Erschöpfung schlief ich die ganze Nacht, während sich die „Ghost“, einsam und ohne Führung, ihren Weg durch den Sturm kämpfte.

Achtzehntes Kapitel

Am Tag darauf, während sich der Sturm austobte, büffelten Wolf Larsen und ich Anatomie und Chirurgie und richteten Mugridge die Rippen ein. Als dann der Sturm nachließ, kreuzte Wolf Larsen vor und zurück und etwas weiter westlich über jenen Bereich des Meeres, wo wir auf das Unwetter gestoßen waren, indes die Boote ausgebessert und neue Segel gemacht und angeschlagen wurden. Einen Robbenschoner nach dem andern sichteten wir und gingen jedem längsseits, und die meisten waren auf der Suche nach verlorenen Booten, und die meisten führten Boote und Besatzungen mit, die sie aufgelesen hatten und die nicht zu ihnen gehörten. Denn die große Masse der Flotte hatte sich westlich von uns befunden, und die weit und breit verstreuten Boote waren in wilder Flucht auf die nächste Zuflucht losgesteuert.

Zwei unserer Boote samt ihrer unversehrten Besatzung nahmen wir von der „Cisco“ über, und zu Wolf Larsens großer Freude und meinem Kummer sammelte er von der „San Diego“ Smoke mit Nilson und Leach auf. So daß wir uns nach fünf Tagen nur um vier Mann verringert sahen – Henderson, Holyoak, Williams und Kelly – und abermals an den Flanken der Herde jagten.

Als wir ihr nach Norden folgten, trafen wir auf die gefürchteten Küstennebel. Tag für Tag wurden die Boote hinabgelassen und fast in dem Augenblick verschluckt, da sie das Wasser berührten, während wir an Bord in regelmäßigen Abständen ins Horn stießen und alle fünfzehn Minuten die Knallbüchse abfeuerten. Ständig wurden Boote verloren und aufgefunden, denn es war üblich, daß ein Boot für einen Anteil am Gewinn mit einerlei welchem Schoner, der es auflas, so lange jagte, bis es von seinem eigenen Schoner entdeckt wurde. Doch da Wolf Larsen ein Boot fehlte, ergriff er, was zu erwarten gewesen war, Besitz von dem ersten abgeirrten, zwang dessen Besatzung, mit der „Ghost" zu jagen, und erlaubte den Männern nicht, zu ihrem eigenen Schoner zurückzukehren, als wir ihn sichteten.

Ich erinnere mich, daß er den Jäger und die beiden Matrosen mit vorgehaltener Büchse nach unten trieb, als ihr Kapitän uns auf Wurfweite eines Schiffszwiebacks passierte und um Auskunft preite.

Thomas Mugridge, der sich so auffallend und hartnäckig an das Leben klammerte, humpelte bald umher und versah seinen zweifachen Dienst als Koch und Kajütjunge. Johnson und Leach wurden soviel wie immer beschimpft und geschlagen und waren darauf gefaßt, daß ihr Leben mit der Jagdzeit enden würde, und die übrigen der Besatzung führten ein Hundeleben und wurden von ihrem erbarmungslosen Herrn wie Hunde behandelt. Was Wolf Larsen und mich betraf, so kamen wir recht gut miteinander aus, wenn ich auch nicht völlig den Gedanken loswerden konnte, daß das richtige Verhalten für mich wäre, ihn umzubringen. Er übte einen unermeßlichen Zauber auf mich aus, und unermeßlich fürchtete ich ihn. Und doch konnte ich mir nicht vorstellen, daß er tot hingestreckt läge. Er hatte etwas Dauerhaftes an sich, wie von immerwährender Jugend, das sich gegen das Bild empörte und es verbot. Ich konnte ihn nur als einen sehen, der immer lebte, immer herrschte, kämpfte und zerstörte und sich selbst überdauerte.

Zu seinem Zeitvertreib gehörte unter anderm, daß er, wenn wir uns mitten in der Herde befanden und die See zu grob war, die Boote hinabzulassen, mit zwei Rojern und einem Steuermann selbst losfuhr. Er war überdies ein guter Schütze und brachte unter Bedingungen, die die Jäger als unmöglich für die Jagd bezeichneten, so manches Fell an Bord. Sein Leben in der eigenen Hand zu haben und mit einem ungeheuren Einsatz darum zu kämpfen schien sein Lebensodem zu sein.

Ich lernte mehr und mehr von der Seefahrerkunst, und an einem klaren Tag – etwas, das uns jetzt selten widerfuhr – hatte ich die Genugtuung, die „Ghost" zu steuern und zu führen und die Boote einzusammeln. Wolf Larsen war wieder einmal von seinen Kopfschmerzen befallen, und ich stand vom Morgen bis zum Abend am Rad, segelte über den Ozean bis hinter das letzte Leeboot, drehte bei und nahm dies sowie die fünf anderen auf, ohne Befehle oder Hinweise von ihm zu erhalten.

Hin und wieder gerieten wir in einen steifen Wind, denn es war ein rauhes und stürmisches Gebiet, und Mitte Juni in einen Taifun, der mir wegen der Veränderungen, die er für meine Zukunft mit sich brachte, höchst denkwürdig und höchst bedeutungsvoll wurde. Es muß uns fast im Zentrum dieses Wirbelsturms überfallen haben, und Wolf Larsen entlief ihm nach Süden, zuerst unter einem doppelt gerefften Klüver und schließlich vor Topp und Takel. Nie hatte ich mir eine so hochgehende See vorgestellt. Wie kleine Kräuselwellen erschienen mir die früher erlebten Wogen im Vergleich zu diesen, die sich von Kamm zu Kamm über eine halbe Meile erstreckten und aufgerichtet bestimmt unsern Masttopp überragten. So hoch ging die See, daß nicht einmal Wolf Larsen beizudrehen wagte, obgleich er weit nach Süden und von der

Robbenherde fortgetrieben wurde. Wir mußten wohl etwa die Route der Trans-Pazifik-Dampfer erreicht haben, als der Taifun nachließ, und hier sahen wir uns zur Überraschung der Jäger mitten unter Robben – einer zweiten Herde oder einer Art Nachhut, erklärten sie, und das sei etwas ganz Ungewöhnliches. Aber das bedeutete: „Boote von Bord!" und den ganzen langen Tag das Bumbum der Flinten und das erbärmliche Gemetzel.

Am Abend kam Leach zu mir. Ich war gerade damit fertig, die Felle des letzten an Bord gekommenen Bootes zu zählen, als er im Dunkel auf mich zutrat und mit leiser Stimme fragte:

„Können Sie mir sagen, Mister van Weyden, wie weit wir von der Küste entfernt sind und in welcher Richtung Yokohama liegt?"

Mein Herz hüpfte vor Freude, denn ich wußte, was er im Sinn hatte, und ich gab ihm die Richtung an – Westnordwest und fünfhundert Meilen Weg.

„Vielen Dank, Sir", war alles, was er sagte, als er ins Dunkel zurückglitt.

Am nächsten Morgen wurden Boot Nummer drei und Johnson und Leach vermißt. Ebenso fehlten die Wasserfässer und Proviantbehälter aus allen anderen Booten, wie auch das Bettzeug und die Seesäcke der beiden Männer. Wolf Larsen raste. Er setzte Segel und fuhr nach Westnordwest, ständig zwei Jäger im Masttopp, die die See mit ihren Ferngläsern bestrichen, während er selbst wie ein wütender Löwe an Deck auf und ab ging. Er wußte nur allzugut Bescheid über mein Mitgefühl mit den Ausreißern, um mich als Ausguck in die Takelung zu schicken.

Der Wind war günstig, aber launisch, und das winzige Boot in der blauen Unermeßlichkeit auszumachen, war, als sollte man eine Nadel in einem Heuschober suchen. Aber er beschleunigte das Tempo der „Ghost", um zwischen die Flücht-

linge und das Land zu gelangen. Und als er das erreicht hatte, kreuzte er hin und her in dem Bereich, von dem er wußte, daß sie darauf Kurs nehmen müßten.

Am Morgen des dritten Tages, kurz nach acht Glasen, kam von Smoke im Masttopp der Ruf, daß er das Boot gesichtet habe. Alle Mann stellten sich an die Reling. Von Westen wehte eine scharfe Brise und verhieß noch stärkeren Wind, und dort, in Lee, in dem unruhigen Silber der aufgehenden Sonne, war ein schwarzer Fleck, der auftauchte und verschwand.

Wir braßten die Rahen vierkant und liefen auf ihn zu. Mein Herz war wie Blei. Ich spürte, daß mir vor banger Vorahnung schlecht wurde, und als ich den Schein des Triumphes in Wolf Larsens Augen sah, verschwamm seine Gestalt vor mir, und ich fühlte mich fast unwiderstehlich getrieben, mich auf ihn zu stürzen. Der Gedanke an die Gewalttat, die Johnson und Leach bevorstand, entnervte mich so sehr, daß mir die Vernunft abhanden gekommen sein muß. Ich weiß nur, daß ich wie betäubt ins Zwischendeck hinunterschlich und, eine geladene Flinte in der Hand, eben wieder an Deck steigen wollte, als ich den erstaunten Ruf hörte:

„Es sind fünf Mann in dem Boot!"

Schwach und zitternd hielt ich mich noch auf der Kajüttreppe aufrecht, als die Beobachtung durch die Bemerkungen der übrigen Männer bestätigt wurde. Dann gaben die Knie unter mir nach, und ich sank nieder, wieder ich selbst, aber übermannt von der erschreckenden Erkenntnis, was ich um ein Haar getan hätte. Außerdem fühlte ich große Dankbarkeit, als ich die Flinte wegstellte und an Deck zurückschlich.

Niemand hatte meine Abwesenheit bemerkt. Das Boot war nahe genug, um zu erkennen, daß es größer als jedes Robbenboot und auch nach anderen Richtlinien gebaut war. Als wir näher trieben, wurde das Segel eingeholt und der Mast herausgenommen. Riemen wurden eingelegt, und die Insassen warteten, daß wir beidrehten und sie an Bord nähmen.

Smoke, der an Deck hinuntergestiegen war und nun neben mir stand, begann bedeutsam zu kichern. Ich sah ihn fragend an.

„Sozusagen 'ne schöne Bescherung!" gluckste er.

„Was stimmt daran nicht?" fragte ich.

Wieder kicherte er. „Sehn Sie nicht da, in den Achtersitzen, am Boden? Ich will nie wieder eine Robbe schießen, wenn das keine Frau ist!"

Ich sah genauer hin, war jedoch nicht sicher, bis von allen Seiten Ausrufe ertönten. Das Boot enthielt vier Männer, und der fünfte Insasse war zweifellos eine Frau. Wir waren ganz närrisch vor Aufregung, alle außer Wolf Larsen, der nur allzu deutlich seine Enttäuschung erkennen ließ, daß es nicht sein eigenes Boot mit den beiden Opfern seiner Bosheit war.

Wir holten den Außenklüver ein, zogen die Klüverschote nach Luv und die Großschot flach und kamen in den Wind.

Die Riemen tauchten ins Wasser, und nach wenigen Schlägen lag das Boot längsseits. Jetzt konnte ich die Frau zum erstenmal deutlich wahrnehmen. Sie war in einen langen Ulster gehüllt, denn der Morgen war rauh, und ich sah nichts als ihr Gesicht und eine Fülle hellbraunen Haares, das unter der Matrosenmütze hervorquoll. Die Augen waren groß und braun und strahlend, der Mund weich und empfindsam und das Gesicht selbst ein zartes Oval, wenn auch Sonne und salziger Wind es scharlachrot verbrannt hatten.

Sie mutete mich an wie ein Wesen aus einer anderen Welt. Ich spürte ein gieriges Verlangen nach ihr wie ein Hungernder nach Brot. Schließlich hatte ich sehr lange keine Frau zu Gesicht bekommen. Ich weiß noch, daß ich in ein großes Staunen versank, fast in eine Betäubung – dies war also eine Frau? –, und darüber mich und meine Pflichten als Steuermann vergaß und mich nicht daran beteiligte, den Ankömmlingen an Bord zu helfen. Denn als einer von den Matrosen sie in Wolf Larsens nach unten gestreckte Arme hob, blickte sie empor in unsere neugierigen Gesichter und lächelte belustigt und hold, wie nur eine Frau zu lächeln vermag und wie ich so lange niemanden hatte lächeln sehen und deshalb vergessen hatte, daß es ein solches Lächeln gab.

„Mister van Weyden!"

Wolf Larsens Stimme brachte mich rasch zu mir.

„Wollen Sie bitte die Dame nach unten bringen und für ihre Bequemlichkeit sorgen? Richten Sie die überzählige Backbordkabine her. Lassen Sie den Smutje die Arbeit besorgen. Und sehen Sie zu, was Sie für ihr Gesicht tun können. Es ist schlimm verbrannt."

Schroff wandte er sich von uns ab und begann die Neuen auszufragen. Das Boot war in Wind und Wellen umhergetrieben, was einer von ihnen eine verfluchte Schande nannte, da doch Yokohama so nahe lag.

Ich empfand eine sonderbare Scheu vor dieser Frau, die ich

nach achtern geleitete. Und ich benahm mich wie ein Tölpel. Mir schien, als werde mir zum erstenmal klar, ein wie zartes, zerbrechliches Geschöpf eine Frau ist, und als ich ihren Arm ergriff, um ihr die Kajüttreppe hinunterzuhelfen, erschrak ich darüber, wie schmal und weich er war. In Wirklichkeit war sie nicht schlanker und zarter als Frauen im allgemeinen, mir aber kam sie so ätherisch schlank und zart vor, daß ich annähernd darauf gefaßt war, ihr Arm werde in meinem Griff zerbröckeln. All das bekenne ich freimütig, um nach langer Enthaltsamkeit meinen ersten Eindruck von Frauen überhaupt und Maud Brewster im besonderen wiederzugeben.

„Kein Anlaß, sich meinetwegen große Mühe zu machen", beteuerte sie, als ich sie in Wolf Larsens Lehnstuhl setzte, den ich eilig aus seiner Kabine herbeigeschleppt hatte. „Die Leute erwarteten heute morgen jeden Augenblick, Land zu sehen, und gegen Abend müßte das Schiff einlaufen, meinen Sie nicht auch?"

Ihr schlichter Glaube an die unmittelbare Zukunft bestürzte mich. Wie konnte ich ihr die Lage erklären, den ungewöhnlichen Mann, der stolz über das Meer zog wie das Schicksal, all das, wozu ich Monate gebraucht hatte, es zu lernen? Doch ich antwortete ihr ehrlich:

„Handelte es sich um einen anderen Kapitän als den unsern, dann würde ich sagen, Sie wären morgen in Yokohama. Aber unser Kapitän ist ein außergewöhnlicher Mensch, und ich bitte Sie, sich auf alles gefaßt zu machen – verstehen Sie? –, auf alles."

„Ich – ich gestehe, daß ich nicht recht begreife", sagte sie zögernd, einen Ausdruck der Beunruhigung, aber nicht der Furcht in den Augen. „Oder irre ich mich in der Auffassung, daß Schiffbrüchigen stets jede Rücksicht zuteil wird? Es ist doch eine solche Kleinigkeit. Wir sind so dicht an Land."

„Offen gestanden, ich weiß es nicht", erwiderte ich in dem Bemühen, sie zu beruhigen. „Ich wollte Sie nur auf das

Schlimmste vorbereiten, wenn das Schlimmste eintreten sollte. Dieser Mann, dieser Kapitän, ist ein Tier, ein Dämon, und nie weiß man, was ihn seine Laune nächstens zu tun treibt."

Ich erregte mich, aber sie unterbrach mich mit einem: „Oh, ich verstehe", und ihre Stimme klang müde. Nachzudenken bedeutete offensichtlich eine Anstrengung. Sie befand sich eindeutig am Rande eines physischen Zusammenbruchs.

Sie stellte keine weiteren Fragen, und ich erlaubte mir keine Bemerkungen, sondern kam Wolf Larsens Befehl nach, es ihr bequem zu machen. Geschäftig und fast nach Hausfrauenart tummelte ich mich, holte lindernde Wässer für ihren Sonnenbrand, plünderte Wolf Larsens Privatvorräte um eine Flasche Portwein, deren Vorhandensein mir bekannt war, und wies Thomas Mugridge bei der Zurichtung der überzähligen Schlafkabine an.

Der Wind frischte rasch auf, die „Ghost" krängte mehr und mehr, und als die Schlafkabine fertig war, schoß der Schoner in lebhaftem Tempo durch das Wasser. Die Existenz von Leach und Johnson hatte ich völlig vergessen, als plötzlich wie ein Donnerschlag der Ruf „Boot ahoi!" durch die offene Kajüttreppe hinabscholl. Es war die unverkennbare Stimme von Smoke, der aus dem Masttopp schrie. Ich warf einen schnellen Blick auf die Frau, aber sie hatte sich, unsagbar müde, in den Sessel zurückgelehnt und die Augen geschlossen. Ich bezweifelte, daß sie etwas gehört hatte, und beschloß, ihr den Anblick der Brutalität zu ersparen, die, wie ich wußte, dem Ergreifen der Flüchtlinge folgen würde. Sie war müde. Ausgezeichnet. Sie sollte schlafen.

Ich hörte eilige Kommandos an Deck, Füßetrampeln und das Knallen von Reffbändseln, als die „Ghost" in den Wind und herum in die andere Richtung schoß. Als sie vollbraßte und krängte, glitt der Lehnstuhl über den Kajütboden, und ich sprang gerade noch rechtzeitig hinzu, um zu verhindern, daß die Gerettete hinausgeschleudert wurde.

Ihre Augen waren zu schwer, um mehr als eine Andeutung des schläfrigen, verwirrenden Erschreckens auszudrücken, als sie zu mir aufblickte, und sie stolperte und wankte, als ich sie in ihre Kabine führte. Mugridge grinste mir schmeichlerisch ins Gesicht, als ich ihn hinausschob und ihm befahl, wieder an seine Arbeit in der Kombüse zu gehen, und er kam zu seiner Rache, indem er unter den Jägern eifrig Berichte verbreitete, daß ich mich als eine höchst vortreffliche Kammerjungfer erwiesen hätte.

Sie lehnte sich schwer gegen mich, und ich glaube, zwischen Lehnstuhl und Schlafkabine war sie bereits wieder eingeschlafen. Das entdeckte ich, als sie bei einem jähen Überholen des Schoners beinahe in die Koje fiel. Sie erwachte, lächelte schlaftrunken und war schon wieder eingeschlummert, und so verließ ich sie, unter zwei schweren Seemannsdecken, den Kopf auf einem Kissen, das ich mir aus Wolf Larsens Koje angeeignet hatte.

Neunzehntes Kapitel

Ich kam an Deck und sah, daß die „Ghost" hart nach backbord steuerte und scharf ein vertrautes Sprietsegel anluvte, das dicht am Wind vor uns in derselben Richtung lag. Alle Mann waren an Deck, denn sie wußten, daß unweigerlich etwas geschehen würde, wenn man Leach und Johnson an Bord zog.

Es war vier Glasen. Louis kam zur Ablösung nach achtern ans Rad. Es lag Feuchtigkeit in der Luft, und ich bemerkte, daß er sein Ölzeug anhatte.

„Was werden wir bekommen?" fragte ich ihn.

„Ein gesundes, frisches Endchen steife Brise, nach dem Lüftchen zu urteilen, Sir", antwortete er, „mit einem Sprühregen, der uns man gerad den Stehkragen naß machen wird und sonst nichts."

„Zu schade, daß wir sie gesichtet haben", sagte ich, als der Bug der „Ghost" von einer großen Woge einen Strich aus dem Kurs geworfen wurde und das Boot für einen Augenblick an den Klüvern vorbeitanzte und in unsern Gesichtskreis kam.

Louis ließ eine Spake nach und suchte Zeit zu gewinnen. „Sie wären nie an Land gekommen, Sir, denk ich mir."

„Nein?" fragte ich.

„Nein, Sir. Spüren Sie das?" (Ein Stoß hatte den Schoner getroffen, und Louis mußte das Rad schnell bedienen, um ihn aus dem Wind zu halten.) „In einer Stunde wird bei diesem Seegang keine solche Eierschale flott bleiben, und es is 'n Glück für sie, daß wir hier sind und sie auflesen."

Wolf Larsen kam von mittschiffs, wo er sich mit den Geretteten unterhalten hatte, nach achtern. Die katzenhafte Elastizität seines Schritts war etwas ausgeprägter als sonst, und seine Augen waren blank und lebhaft.

„Drei Heizer und ein vierter Maschinist", sagte er zur Begrüßung. „Aber wir werden Matrosen aus ihnen machen oder wenigstens Rojer. Und was ist mit der Dame?"

Ich weiß nicht warum, aber ich spürte ein Brennen oder einen Schmerz wie von einem Messerstich, als er sie erwähnte. Ich hielt das für töricht heikel von mir, aber es blieb, ohne daß ich es wollte, und ich zuckte als Antwort nur mit den Schultern.

Wolf Larsen spitzte die Lippen zu einem langen, spöttischen Pfiff.

„Wie heißt sie denn?" fragte er.

„Ich weiß es nicht", erwiderte ich. „Sie schläft. Sie war sehr müde. Eigentlich erwarte ich, von Ihnen etwas zu erfahren. Was für ein Schiff war es?"

„Postdampfer", antwortete er kurz. „Die ‚City of Tokio', von Frisco nach Yokohama. In diesem Taifun beschädigt. Alter Kübel. Oben und unten aufgerissen wie'n Sieb. Vier Tage sind sie umhergetrieben. Und Sie wissen nicht, wer oder was sie ist, wie? – Mädchen, Frau oder Witwe? Na schön."

Er wiegte spöttisch den Kopf und sah mich mit lachenden Augen an.

„Sind Sie ...", begann ich. Es lag mir auf der Zungenspitze, ihn zu fragen, ob er die Schiffbrüchigen nach Yokohama bringen werde.

„Ob ich was bin?" fragte er.

„Was haben Sie mit Leach und Johnson vor?"

Er schüttelte den Kopf. „Im Ernst, Hump, ich weiß es nicht. Sehen Sie, mit diesem Zuwachs habe ich so ziemlich genug Mannschaft."

„Und sie haben so ziemlich genug von Flucht", sagte ich. „Warum wollen Sie ihnen nicht eine andere Behandlung gönnen? Nehmen Sie die beiden an Bord und gehen Sie sanft mit ihnen um. In alles, was sie je getan haben, sind sie hineingehetzt worden."

„Von mir?"

„Von Ihnen", antwortete ich fest. „Und ich warne Sie, Wolf Larsen, daß ich die Liebe zu meinem Leben über dem Wunsch vergessen könnte, Sie umzubringen, wenn Sie in der schlechten Behandlung dieser armen Teufel zu weit gehen."

„Bravo!" rief er. „Sie machen mir Ehre, Hump! Sie haben Ihre Beine gründlich entdeckt. Sie sind fast ein Mensch. Sie hatten das Unglück, daß Ihr Leben unter angenehme Verhältnisse geriet, aber Sie entwickeln sich, und um so besser gefallen Sie mir."

Seine Stimme und sein Ausdruck veränderten sich. Sein Gesicht war ernst. „Glauben Sie an Versprechen?" fragte er. „Sind sie etwas Heiliges?"

„Natürlich", antwortete ich.

„Dann wollen wir einen Vertrag schließen", fuhr er als der abgefeimte Schauspieler fort, der er war. „Wenn ich verspreche, nicht Hand an Leach und Johnson zu legen, wollen

Sie mir dann versprechen, daß Sie mich nicht umzubringen versuchen? – Oh, nicht daß ich Angst vor Ihnen hätte, nicht daß ich Angst vor Ihnen hätte", fügte er eilends hinzu.

Ich konnte kaum meinen Ohren trauen. Was überkam den Mann?

„Ist das abgemacht?" fragte er ungeduldig.

„Abgemacht", antwortete ich.

Seine Hand streckte sich nach der meinen aus, aber als ich sie warm drückte, hätte ich schwören können, daß ich für eine Sekunde den Spotteufel in seinen Augen aufblitzen sah.

Wir beide schlenderten über die Poop nach Lee. Das Boot lag jetzt zum Greifen nahe und befand sich in einem hoffnungslosen Zustand. Johnson steuerte, Leach schöpfte. Wir überholten sie mit etwa zwei Fuß, wenn sie einen machten. Wolf Larsen bedeutete Louis, etwas abzuhalten, und wir schossen keine zwanzig Fuß vor dem Boot nach Luv. Die „Ghost" foppte das Boot. Das Sprietsegel schlappte leer, und das Boot richtete sich gleichlastig auf und bewog die beiden Männer, schleunigst die Position zu ändern. Das Boot verlor Fahrt, und als wir uns auf einer riesigen Woge emporhoben, hing es über und stürzte in das Wellental.

In diesem Augenblick schauten Leach und Johnson hinauf in die Gesichter ihrer Schiffskameraden, die mittschiffs an der Reling aufgereiht standen. Keiner grüßte. In den Augen ihrer Gefährten waren sie Tote, und zwischen ihnen lag der Abgrund, der die Lebenden von den Toten scheidet.

In der nächsten Sekunde befanden sie sich genau gegenüber der Poop, wo Wolf Larsen und ich standen. Wir fielen in das Wellental, sie erhoben sich auf der Woge. Johnson sah mich an, und ich konnte erkennen, wie erschöpft und abgehärmt sein Gesicht war. Ich winkte ihm zu, und er erwiderte den Gruß, aber mit einer Bewegung, die hoffnungslos und verzweifelt war. Es war, als sage er Lebewohl. Leach konnte ich nicht in die Augen sehen, denn er blickte Wolf Larsen an, das alte, unversöhnliche und haßerfüllte Knurren stärker denn je in seinem Gesicht.

Dann waren sie achtern zurückgeblieben. Das jäh mit Wind gefüllte Sprietsegel brachte das zerbrechliche offene Fahrzeug zum Krängen, daß es schien, als müsse es unweigerlich kentern. Eine Schaumwelle stand über ihm und barst in einen schneeweißen Dunst. Dann tauchte das Boot auf, halb vollgeschlagen; Leach schleuderte das Wasser hinaus, und Johnson klammerte sich mit bleichem und angstvollem Gesicht an das Steuerruder.

Wolf Larsen blaffte mir ein kurzes Lachen ins Ohr und ging mit langen Schritten zur Luvseite der Poop. Ich erwartete schon, daß er Befehle gäbe, die „Ghost" beizudrehen, aber sie hielt ihren Kurs, und er gab kein Zeichen. Louis stand unerschütterlich am Rad, aber ich bemerkte, daß uns die vorn versammelten Matrosen beunruhigte Gesichter zuwandten. Immer noch lief die „Ghost" eilig dahin, bis das Boot zu einem Fleck zusammenschrumpfte; da erklang Wolf Larsens befehlende Stimme, steuerbord zu halsen.

Wir liefen zwei Meilen und mehr zurück in Luv der kämpfenden Nußschale, als der Außenklüver eingeholt wurde und der Schoner beidrehte. Die Robbenboote sind nicht dafür geschaffen, gegen den Wind zu gehen. Ihre Hoffnung liegt darin, sich in Luv zu halten, so daß sie, wenn der Wind auffrischt, vor ihm auf den Schoner zulaufen können. Doch in dieser ganzen wilden Wasserwüste gab es für Leach und Johnson keine Zuflucht als die „Ghost", und entschlossen lavierten sie gegen den Wind. Das war eine langwierige Arbeit in der schweren See. Jeden Augenblick konnten sie unter den zischenden Wogenkämmen begraben werden. Wieder und wieder und unzählige Male beobachteten wir, wie das Boot in die großen Schaumwellen hielt, Fahrt verlor und wie ein Korken zurückgeschleudert wurde.

Johnson war ein hervorragender Seemann und verstand

sich auf kleine Boote ebensogut wie auf Schiffe. Nach anderthalb Stunden war er fast längsseits, hielt den letzten Schlag über unser Heck hinaus an, in der Absicht, uns mit dem nächsten Gegenschlag einzuholen.

„Ihr habt euch also anders besonnen?“ hörte ich Wolf Larsen murmeln, halb zu sich, halb zu ihnen, als könnten sie ihn hören. „Ihr möchtet an Bord kommen, wie? Na schön, dann kommt nur.

Ruder hart in Lee auflegen!“ befahl er Oofty-Oofty, dem Kanaken, der unterdessen Louis am Rad abgelöst hatte.

Kommando folgte auf Kommando. Da der Schoner vom Wind abfiel, wurden die Fock- und Großschote für günstigen Wind gefiert. Und vor dem Wind liefen und sprangen wir, als Johnson unter drohender Gefahr seine Schot nachließ und hundert Fuß entfernt unser Kielwasser schnitt. Wieder lachte Wolf Larsen und winkte ihnen gleichzeitig mit dem Arm zu folgen. Offenbar war es seine Absicht, mit ihnen zu spielen – eine Lehre, dachte ich, statt einer Prügelstrafe, wenn auch eine gefährliche Lehre, denn das zerbrechliche Fahrzeug befand sich in der unmittelbaren Gefahr, zerschmettert zu werden.

Johnson braßte unverzüglich vierkant und setzte uns nach. Es blieb ihm nichts anderes übrig. Überall schlich der Tod einher, und es war nur eine Frage der Zeit, wann eine von diesen vielen gewaltigen Wogen auf das Boot stürzen, darüber hinweg und weiter rollen würde.

„Die Todesangst sitzt ihnen im Herzen“, murmelte mir Louis ins Ohr, als ich nach vorn ging, um dafür zu sorgen, daß Außenklüver und Stagsegel eingeholt wurden.

„Oh, noch ein Weilchen, und er wird beidrehen und sie aufnehmen“, entgegnete ich munter. „Er hat sich darauf versteift, ihnen eine Lehre zu erteilen, weiter nichts.“

Louis sah mich scharf an. „Meinen Sie?“ fragte er.

„Zweifellos“, antwortete ich. „Du nicht?“

„Ich denke in diesen Tagen bloß an meine eigene Haut", gab er zurück, „und es erfüllt mich Staunen, wie sich die Dinge herausarbeiten. In 'ne schöne Patsche hat mich der Whisky in Frisco gebracht, und in 'ne noch schönere Patsche wird Sie die Frau da achtern bringen. Ach, was ich bin, so weiß ich, daß Sie 'n verdammter Narr sind."

„Wie meinst du das?" fragte ich, denn nachdem er seinen Pfeil abgeschossen hatte, wandte er sich zum Gehen.

„Wie ich das meine?" schrie er. „Und das fragen Sie mich noch? Es handelt sich nich darum, was ich meine, sondern was der Wolf meint. Der Wolf, sag ich, der Wolf!"

„Wenn es Ärger gibt, wirst du uns beistehen?" fragte ich impulsiv, denn er hatte meine eigene Befürchtung ausgesprochen.

„Beistehen? Dem dicken alten Louis steh ich bei, und Ärger wird's genug geben. Wir sind erst am Anfang, sag ich Ihnen, am allerersten Anfang."

„Ich hätte dich nicht für einen solchen Feigling gehalten", höhnte ich.

Er bedachte mich mit einem erstaunt geringschätzigen Blick. „Wenn ich schon nicht die Hand gerührt hab für den armen Narren" – dabei deutete er nach achtern auf das winzige Segel –, „meinen Sie dann, ich bin erpicht, auf 'nen eingeschlagnen Kopf von wegen 'ner Frau, die ich bis heute nie gesehn hab?"

Verächtlich wandte ich mich ab und ging nach achtern.

„Sie sollten wohl besser die Marssegel einholen, Mister van Weyden", sagte Wolf Larsen, als ich auf die Poop kam.

Ich empfand Erleichterung, zumindest, soweit es die beiden Männer betraf. Es war klar, daß er ihnen nicht zu weit davonlaufen wollte. Ich faßte Hoffnung bei dem Gedanken und führte den Befehl rasch aus. Kaum hatte ich den Mund geöffnet, die nötigen Anweisungen zu erteilen, als schon Eifrige zu den Fallen und Niederholern sprangen und andere in die

Takelung hinaufjagten. Ihr Eifer wurde von Wolf Larsen mit einem grimmigen Lächeln verzeichnet.

Wir vergrößerten immer noch unsern Vorsprung, und als das Boot mehrere Meilen zurückgeblieben war, drehten wir bei und warteten. Aller Augen beobachteten, wie es herankam, selbst Wolf Larsens, aber er war der einzige Mann an Bord, der gelassen blieb. Louis starrte angestrengt, und sein Gesicht verriet eine bekümmerte Unruhe, die er nicht völlig verbergen konnte.

Das Boot kam näher und näher, wurde wie ein lebendiges Wesen durch das brodelnde Grün geschleudert, hob sich, flog, schnellte empor auf den ungeheuren Rücken der Brecher oder verschwand hinter ihnen, nur um ungestüm wieder in Sicht zu kommen und gen Himmel zu schießen. Es schien unmöglich fortdauern zu können, und doch vollbrachte es mit jedem schwindelerregenden Schwung das Unmögliche. Eine Regenbö trieb vorbei, und aus der fliegenden Nässe tauchte das Boot auf, fast neben uns.

„Hart auf!“ brüllte Wolf Larsen, sprang selbst ans Rad und wirbelte es herum.

Wieder sprang die „Ghost“ davon und jagte vor dem Wind, und zwei Stunden lang verfolgten uns Johnson und Leach. Wir drehten bei und liefen fort, drehten bei und liefen fort, und immer noch flog achtern das kämpfende Läppchen Segel gen Himmel und stürzte in die rauschenden Täler. Es war eine Viertelmeile entfernt, als eine dichte Regenbö es dem Blick verbarg. Es tauchte nicht mehr auf. Der Wind blies die Luft wieder klar, aber kein Fetzchen Segel unterbrach die unruhige Wasserfläche. Ich glaubte, für einen Augenblick den Boden des Bootes in einem brechenden Kamm schwarz abgezeichnet zu sehen. Das war eigentlich alles. Für Johnson und Leach war der Kampf ums Dasein beendet.

Die Mannschaft blieb mittschiffs versammelt. Keiner war hinuntergegangen, und keiner sprach. Auch wurden keine

Blicke gewechselt. Jedermann schien betäubt – gleichsam tief nachdenklich, und da sie sich nicht ganz sicher waren, versuchten sie sich klarzumachen, was geschehen war. Wolf Larsen ließ ihnen wenig Zeit zum Nachdenken. Sofort brachte er die „Ghost" auf ihren Kurs – einen Kurs, dessen Ziel die Robbenherde und nicht der Hafen von Yokohama war. Aber die Matrosen betrieben das Fieren und Zurren nicht mehr mit Eifer, und ich hörte Flüche von ihnen, die ihre Lippen unterdrückt und so schwerfällig und kraftlos verließen, wie sie selbst es waren. Nicht so die Jäger. Der unbezähmbare Smoke erzählte eine Geschichte, und unter gröhlendem Gelächter stiegen sie ins Zwischendeck hinunter.

Als ich auf meinem Weg nach achtern die Leeseite der Kombüse nahm, trat der Maschinist, den wir gerettet hatten, auf mich zu. Sein Gesicht war weiß, die Lippen zitterten. „Großer Gott! Sir, was ist das nur für ein Fahrzeug?" rief er.

„Sie haben Augen, Sie haben gesehen", antwortete ich nahezu grob wegen der Qual und Furcht in meinem eigenen Herzen.

„Ihr Versprechen?" sagte ich zu Wolf Larsen.

„Ich hatte nicht im Sinn, sie an Bord zu nehmen, als ich das Versprechen gab", antwortete er. „Und wie dem auch sei, Sie werden mir zugeben, daß ich nicht Hand an sie gelegt habe.

Durchaus nicht, durchaus nicht", fügte er einen Augenblick später lachend hinzu.

Ich gab keine Antwort. Ich war außerstande zu sprechen, mein Geist war zu verwirrt. Ich wußte, daß ich Zeit brauchte, um nachzudenken. Diese Frau, die nun in der überzähligen Kabine schlief, bedeutete eine Verantwortung, die ich erwägen mußte, und der einzige vernünftige Gedanke, der mir durch den Kopf flatterte, war, daß ich nichts überstürzen durfte, wenn ich ihr überhaupt eine Hilfe sein sollte.

ZWEITES BUCH

Erstes Kapitel

Der Rest des Tages verlief ereignislos. Das Endchen frischer Wind, das uns den Stehkragen naß gemacht hatte, legte sich allmählich. Der vierte Maschinist und die drei Heizer wurden nach einer hitzigen Unterredung mit Wolf Larsen aus den Vorräten der Kleiderkiste ausgestattet, zu den Jägern in den verschiedenen Booten und zu den Schiffswachen eingeteilt und nach vorn in die Back verwiesen. Sie gingen unter Protest, aber ihre Stimmen waren nicht laut. Sie waren eingeschüchtert durch das, was sie bereits von Wolf Larsens Persönlichkeit erlebt hatten, und das Klagelied, das sie bald in der Back zu hören bekamen, benahm ihnen das letzte bißchen Aufsässigkeit.

Miss Brewster – wir hatten ihren Namen von dem Maschinisten erfahren – schlief und schlief. Beim Abendessen bat ich die Jäger, ihre Stimmen zu dämpfen, damit sie nicht gestört werde, und erst am nächsten Morgen kam sie zum Vorschein. Ich hatte die Absicht gehabt, ihr die Mahlzeiten gesondert servieren zu lassen, aber Wolf Larsen wies diese Zumutung zurück. Wer sie denn sei, daß sie sich zu gut für die Kajüttafel und Kajütgesellschaft fühlen müsse, hatte er gefragt.

Ihr Erscheinen bei Tisch hatte jedoch eine ergötzliche Wirkung. Die Jäger verstummten wie auf den Mund gefallen. Nur Jock Horner und Smoke ließen sich nicht in Verlegenheit bringen, sondern warfen hin und wieder verstohlene Blicke auf sie und beteiligten sich sogar am Gespräch. Die andern vier klebten mit den Augen an ihren Tellern und kauten gleichmäßig und mit tiefsinniger Gründlichkeit, wobei sich ihre Ohren im Takt mit ihren Kinnladen wie die Ohren von Tieren bewegten und wackelten.

Wolf Larsen hatte anfangs wenig zu sagen, nicht mehr, als daß er erwiderte, wenn er angesprochen wurde. Nicht daß er verlegen gewesen wäre. Bei weitem nicht. Aber diese Frau war für ihn ein neuer Typ, ein ganz anderer Schlag als alle, die er bisher kennengelernt hatte, und er war neugierig. Er studierte sie, und seine Augen ließen allenfalls von ihrem Gesicht ab, um die Bewegungen ihrer Hände oder Schultern zu verfolgen. Ich studierte sie ebenfalls, und obgleich ich es war, der das Gespräch in Gang hielt, weiß ich, daß ich etwas schüchtern und nicht ganz geistesgegenwärtig war. Er besaß das vollendete Gleichgewicht, das höchste, durch nichts zu erschütternde Selbstvertrauen, und eine Frau machte ihm ebensowenig bange wie Sturm oder Kampf.

„Und wann werden wir in Yokohama sein?“ fragte sie ihn und blickte ihm geradezu in die Augen.

Da war sie, die klare Frage. Die Kinnladen hörten auf zu arbeiten, die Ohren wackelten nicht mehr, und obgleich die

Augen an die Teller geklebt blieben, lauschte jeder begierig auf die Antwort.

„In vier Monaten, möglicherweise in drei, wenn die Jagdzeit früh zu Ende geht", sagte Wolf Larsen.

Sie schnappte nach Luft und stammelte: „Ich – ich dachte – man hatte mir zu verstehen gegeben, Yokohama sei nur eine Tagesreise entfernt. Es . . ." Sie hielt inne und blickte in die Runde auf die teilnahmslosen Gesichter, die auf ihre Teller stierten. „Es ist nicht recht", schloß sie.

„Das ist eine Frage, die Sie mit Mister van Weyden hier klären müssen", erwiderte er und nickte mir mit schadenfrohem Zwinkern zu. „Mister van Weyden können Sie getrost als eine Autorität in Fragen des Rechts bezeichnen. Was mich betrifft, ich bin nur ein Seemann und sehe die Situation etwas anders an. Für Sie mag es vielleicht ein Unglück sein, daß Sie bei uns bleiben müssen, aber für uns ist es gewiß ein Glück."

Lächelnd betrachtete er sie. Ihre Augen senkten sich vor seinem Blick, aber dann hob sie sie herausfordernd zu den meinen. Ich las die unausgesprochene Frage darin: Ist das Recht? Doch ich hatte beschlossen, daß ich eine neutrale Rolle spielen müsse, deshalb antwortete ich nicht.

„Was meinen Sie?" fragte sie.

„Daß es sich unglücklich trifft, vor allem, wenn Sie irgendwelche Verpflichtungen haben sollten, die in die nächsten paar Monate fielen. Doch da Sie sagen, Ihre Reise nach Japan solle nur Ihrer Gesundheit dienen, kann ich Ihnen versichern, daß sie sich nirgendwo spürbarer bessern wird als auf der ‚Ghost'."

Ich sah ihre Augen vor Entrüstung aufblitzen, und diesmal war ich es, der die seinen senkte, während ich mein Gesicht unter ihrem Blick erröten fühlte. Es war feige, aber was konnte ich anderes tun?

„Mister van Weyden spricht als Gewährsmann", lachte Wolf Larsen.

Ich nickte, und sie, die ihre Fassung wiedererlangt hatte, blickte erwartungsvoll.

„Nicht daß sich schon Nennenswertes über ihn sagen ließe“, fuhr Wolf Larsen fort, „aber er hat sich erstaunlich gebessert. Sie hätten ihn sehen sollen, als er an Bord kam. Ein kläglicheres Klappergestell von Mensch hätte man sich schwerlich vorstellen können. Stimmt's, Kerfoot?“

Kerfoot erschrak über diese direkte Anrede so sehr, daß er sein Messer zu Boden fallen ließ, brachte es jedoch fertig, bestätigend zu grunzen.

„Hat sich durch Kartoffelschälen und Geschirrwaschen entwickelt. Wie, Kerfoot?“

Wieder grunzte der angesprochene Ehrenmann.

„Und sehn Sie ihn jetzt an. Was Sie muskulös nennen würden, ist er freilich nicht, aber immerhin hat er Muskeln, und das ist mehr, als er besaß, da er an Bord kam. Auch hat er Beine, drauf zu stehen. Sie würden es nicht glauben, wenn Sie ihn so sehen, aber anfangs war er völlig außerstande, ohne Hilfe zu stehen.“

Die Jäger kicherten, aber sie blickte mich mit einem Mitgefühl in den Augen an, das Wolf Larsens Niedertracht mehr als nur aufwog. Tatsächlich hatte ich seit so langer Zeit kein Mitgefühl erfahren, daß ich weich wurde und von nun an, und mit Freuden, ihr williger Sklave. Aber ich war wütend auf Wolf Larsen. Mit seinen geringschätzigen Anspielungen stellte er meine Männlichkeit in Frage, ja, sogar meine Beine, die er mir verschafft zu haben behauptete.

„Ich mag gelernt haben, auf meinen eigenen Beinen zu stehen“, entgegnete ich. „Aber noch nicht, auf anderen herumzutrampeln.“

Er warf mir einen unverschämten Blick zu. „Dann ist Ihre Erziehung erst halb vollendet“, erklärte er trocken und wandte sich ihr zu.

„Wir sind sehr gastfreundlich auf der ‚Ghost‘. Mister van

Weyden hat das herausgefunden. Wir tun alles, daß sich unsere Gäste wie zu Hause fühlen, nicht wahr, Mister van Weyden?"

„Sogar bis zum Kartoffelschälen und Geschirrwaschen", antwortete ich „ganz zu schweigen davon, daß Sie ihnen aus reiner Freundschaft den Hals umdrehen."

„Ich bitte Sie, sich durch Mister van Weyden nicht zu einem falschen Eindruck von uns verleiten zu lassen", unterbrach er mit scheinbarer Besorgnis. „Sie werden bemerken, Miss Brewster, daß er ein Dolchmesser im Gürtel trägt, etwas – hm – etwas höchst Ungewöhnliches für einen Schiffsoffizier. Zwar in der Tat überaus schätzenswert, ist Mister van Weyden mitunter doch – wie soll ich sagen? – hm – streitsüchtig, und das erfordert strenge Maßnahmen. In seinen ruhigen Augenblicken ist er ganz vernünftig und friedlich, und da dies ein ruhiger ist, wird er nicht abstreiten, daß er erst gestern mein Leben bedrohte."

Ich erstickte fast, und bestimmt glühten meine Augen. Er lenkte die Aufmerksamkeit auf mich.

„Sehen Sie ihn jetzt an. Er kann sich kaum in Ihrer Gegenwart beherrschen. Er ist jedenfalls nicht an die Gegenwart von Damen gewöhnt. Ich werde mich auch bewaffnen müssen, ehe ich mich mit ihm an Deck wage." Er schüttelte betrübt den Kopf und murmelte: „Zu schlimm, zu schlimm", während die Jäger in wieherndes Gelächter ausbrachen.

Die auf See rauh gewordenen Stimmen dieser Männer, die in dem engen Raum dröhnten und brüllten, erzielten eine phantastische Wirkung. Die ganze Szene war phantastisch, und als ich diese fremde Frau betrachtete und mir vergegenwärtigte, wie fehl am Platze sie hier war, wurde mir zum erstenmal bewußt, wie sehr ich selbst dazugehörte. Ich kannte diese Männer und das, was in ihnen vorging, war selbst einer von ihnen, lebte das Robbenjägerleben, aß die Robbenjägerkost und dachte im großen und ganzen die Robbenjägergedanken. Für mich lag nichts Befremdliches darin, nicht in der groben Kleidung, den rohen Gesichtern, dem wilden Gelächter, nicht in den schwankenden Wänden der Kajüte und den schaukelnden Schiffslampen.

Als ich ein Stück Brot mit Butter bestrich, fiel mein Blick zufällig auf meine Hand und blieb darauf liegen. Die Knöchel waren abgeschrammt und querüber entzündet, die Finger geschwollen, die Nägel schwarzgerändert. Ich spürte den matratzenartigen Bartwuchs überm Kragen, wußte, daß mein Rockärmel geplatzt war und daß am Halsausschnitt des blauen Hemdes, das ich trug, ein Knopf fehlte. Das von Wolf Larsen erwähnte Dolchmesser ruhte in seiner Scheide an meiner Hüfte. Es war ganz natürlich, daß es da hing – wie natürlich, hatte ich mir nicht überlegt bis jetzt, da ich mit ihren Augen darauf niederblickte und erkannte, wie befremdlich ihr das und alles, was damit zusammenhing, erscheinen mußte.

Aber sie erriet den Spott in Wolf Larsens Worten und bedachte mich abermals mit einem mitfühlenden Blick. Ihre Augen enthielten jedoch gleichzeitig einen Ausdruck der Bestürzung. Daß es Spott war, machte ihr die Situation noch verwirrender.

„Vielleicht kann mich ein vorbeifahrendes Schiff mitnehmen", meinte sie.

„Es werden keine Schiffe vorbeifahren außer anderen Robbenschonern", gab Wolf Larsen zur Antwort.

„Ich habe keine Kleider, nichts", wandte sie ein. „Sie machen sich wohl nicht klar, Sir, daß ich kein Mann bin oder daß ich nicht an das unbekümmerte Vagabundenleben gewöhnt bin, das Sie und Ihre Leute zu führen scheinen."

„Je eher Sie sich daran gewöhnen, desto besser", sagte er. „Ich werde Ihnen Stoff, Nadeln und Garn geben", fügte er hinzu. „Ich hoffe, es wird Ihnen keine allzu fürchterliche Beschwernis verursachen, sich ein, zwei Kleider zu nähen."

Sie verzog den Mund, wie um ihre Unkenntnis im Kleidernähen auszudrücken. Daß sie erschrocken und bestürzt war und daß sie sich tapfer bemühte, es zu verbergen, war mir völlig klar.

„Vermutlich sind Sie wie Mister van Weyden daran gewöhnt, daß die Dinge von andern für Sie getan werden. Nun, ich denke mir, wenn Sie einiges selber machen, werden Sie sich wohl kaum die Glieder verrenken. Übrigens, was tun Sie eigentlich für Ihren Lebensunterhalt?"

Sie blickte ihn mit unverhohlenem Erstaunen an.

„Ich will Sie nicht beleidigen, glauben Sie mir. Die Menschen essen, deshalb müssen sie sich die Mittel beschaffen. Diese Männer hier schießen Robben, um zu leben, aus demselben Grund führe ich diesen Schoner, und Mister van Weyden verdient, jedenfalls gegenwärtig, sein etwas saures Brot, indem er mir hilft. So, und was tun Sie?"

Sie zuckte die Achseln.

„Ernähren Sie sich selbst? Oder ernährt Sie jemand anders?"

„Ich fürchte, die meiste Zeit meines Lebens hat mich jemand anders ernährt", lachte sie mit dem tapferen Versuch, auf seine eigenartige Spötterei einzugehen, obgleich ich sehen konnte, daß in ihren Augen, die Wolf Larsen beobachteten, Entsetzen aufdämmerte und wuchs.

„Und vermutlich macht auch jemand anders das Bett für Sie?"

„Ich habe wirklich schon Betten gemacht", erwiderte sie.

„Sehr oft?"

Sie schüttelte scheinbar bekümmert den Kopf.

„Wissen Sie, was man in den Staaten mit den armen Leuten macht, die wie Sie nicht für Ihren Lebensunterhalt arbeiten?"

„Ich bin sehr unwissend", verteidigte sie sich. „Was macht man mit den armen Leuten, die so sind wie ich?"

„Man sperrt sie ins Gefängnis. Das Verbrechen, nicht seinen

Lebensunterhalt zu erwerben, wird in ihrem Fall als Landstreichertum bezeichnet. Wäre ich Mister van Weyden, der immer und ewig auf den Fragen von Recht und Unrecht herumreitet, würde ich fragen, mit welchem Recht Sie leben, wenn Sie nichts tun, das Leben zu verdienen?"

„Da Sie aber nicht Mister van Weyden sind, brauche ich auch nicht zu antworten, nicht wahr?"

Sie strahlte ihn mit ihren von Entsetzen erfüllten Augen an, und das war so ergreifend, daß es mir ins Herz schnitt. Auf irgendeine Weise mußte ich mich einmischen und das Gespräch in andere Bahnen lenken.

„Haben Sie jemals durch eigene Arbeit einen Dollar erworben?" fragte er, ihrer Antwort gewiß, mit einer triumphierenden Rachsucht in der Stimme.

„Ja, das habe ich", antwortete sie langsam, und ich hätte laut lachen mögen über sein enttäuschtes Gesicht. „Ich erinnere mich, daß mir mein Vater einmal, als ich noch ein kleines Mädchen war, einen Dollar gab, weil ich fünf Minuten ganz still geblieben war."

Er lächelte nachsichtig.

„Aber das ist schon lange her", fuhr sie fort. „Und Sie würden von einem neunjährigen kleinen Mädchen wohl kaum verlangen, daß es sich seinen Lebensunterhalt selbst verdient.

Jetzt allerdings", sagte sie, wieder nach einer kleinen Pause, „verdiene ich etwa achtzehnhundert Dollar im Jahr."

Einmütig hoben sich aller Augen von den Tellern und hefteten sich auf sie. Eine Frau, die achtzehnhundert Dollar im Jahr verdiente, war des Anschauens wert. Wolf Larsen verhehlte seine Bewunderung nicht.

„Gehalt oder Stückarbeit?" fragte er.

„Stückarbeit", antwortete sie rasch.

„Achtzehnhundert", rechnete er. „Das sind hundertfünfzig im Monat. Nun, Miss Brewster, die ‚Ghost' ist nicht kleinlich.

Betrachten Sie sich während Ihres Aufenthalts bei uns zu diesem Gehalt angestellt."

Sie erwiderte darauf nichts. Sie war noch zu wenig vertraut mit den wunderlichen Einfällen dieses Mannes, um sie gleichmütig hinzunehmen.

„Ich vergaß zu fragen", fuhr er verbindlich fort, „worin Ihre Tätigkeit besteht. Was stellen Sie Nützliches her? Welche Werkzeuge und Materialien brauchen Sie?"

„Papier und Tinte", lachte sie. „Und, o ja!, eine Schreibmaschine auch."

„Sie sind Maud Brewster", sagte ich langsam und mit Bestimmtheit, fast als beschuldige ich sie eines Verbrechens.

Neugierig hob sie die Augen zu den meinen. „Woher wissen Sie das?"

„Sind Sie es nicht?" fragte ich.

Sie bestätigte es mit einem Kopfnicken. Jetzt war Wolf Larsen an der Reihe, verdutzt zu sein. Der Name und sein Zauber bedeuteten ihm nichts. Ich war stolz darauf, daß er mir etwas sagte, und zum erstenmal in einer leidigen Zeit war ich mir einer Überlegenheit gegen ihn schlagend bewußt.

„Ich erinnere mich, eine Besprechung über ein schmales Bändchen geschrieben zu haben ...", begann ich unbedacht, als sie mich unterbrach.

„Sie!" rief sie aus. „Sie sind ..."

Mit großen Augen starrte sie mich verwundert an.

Jetzt war es an mir, bestätigend zu nicken.

„Humphrey van Weyden", schloß sie und fügte sodann mit einem Seufzer der Erleichterung, ohne darauf zu achten, daß sie mit dieser Erleichterung auf Wolf Larsen anspielte, hinzu, „wie froh bin ich darüber.

Ich erinnere mich an die Besprechung", fuhr sie hastig fort, da ihr die Unhöflichkeit ihrer Bemerkung bewußt wurde, „an diese viel, viel, viel zu schmeichelhafte Besprechung."

„Durchaus nicht“, widersprach ich kühn. „Sie setzen Zweifel in mein nüchternes Urteil und messen meinen Regeln wenig Wert bei. Außerdem stimmten alle meine Kritikerkollegen mit mir überein. Hat nicht Lang Ihren ‚Geduldeten Kuß‘ unter die vier erhabensten Sonette eingereiht, die von Frauen in englischer Sprache geschrieben wurden?“

„Aber Sie haben mich die amerikanische Mistress Meynall genannt!“

„Und trifft das nicht zu?“ fragte ich.

„Darum geht es nicht“, erwiderte sie. „Es hat mich verletzt.“

„Wir können das Unbekannte nur an dem Bekannten messen“, entgegnete ich auf meine geschliffenste akademische Art. „Als Kritiker war ich gezwungen, Sie einzuordnen. Jetzt sind Sie selbst ein Maßstab geworden. Sieben Ihrer schmalen Bändchen stehen in meinen Bücherregalen und überdies zwei dickere Bände, die Essais, die, verzeihen Sie, wenn ich das sage, Ihren Versen durchaus gemäß sind, wobei ich nicht weiß, für welche von beiden das schmeichelhafter ist. Die Zeit ist nicht fern, da in England irgendeine Unbekannte aufsteigen und von den Kritikern als die englische Maud Brewster bezeichnet werden wird.“

„Sie sind wirklich sehr gütig“, murmelte sie, und gerade das Konventionelle ihres Tons und ihrer Worte, das einen Schwarm von Ideenverbindungen mit dem früheren Leben auf der anderen Seite der Welt erweckte, fuhr mir jäh durch die Glieder und ließ mich erbeben – reich an Erinnerung, aber heftig schmerzend wie Heimweh.

„Und Sie sind Maud Brewster“, sagte ich feierlich ernst und blickte sie über den Tisch hinweg an.

„Und Sie sind Humphrey van Weyden“, sagte sie und erwiderte meinen Blick mit der gleichen ernsten Feierlichkeit und Ehrfurcht. „Wie außergewöhnlich! Ich begreife es nicht. Wir haben doch gewiß nicht irgendeine wildromantische Seegeschichte aus Ihrer besonnenen Feder zu erwarten!“

„Nein, ich sammle nicht Material, da können Sie sicher sein", gab ich zur Antwort. „Ich besitze weder die Tauglichkeit noch die Neigung, einen Roman zu schreiben."

„Aber sagen Sie mir, warum haben Sie sich die ganze Zeit in Kalifornien versteckt?" fragte sie als nächstes. „Das war nicht nett von Ihnen. Wir im Osten haben so wenig von Ihnen zu sehen bekommen – wirklich, viel zuwenig von dem Swift der amerikanischen Literatur."

Ich verneigte mich für das Kompliment und wies es gleichzeitig von mir. „Einmal wäre ich Ihnen fast begegnet, in Philadelphia, irgendwas über Browning oder einen anderen – Sie sollten einen Vortrag halten. Aber mein Zug verspätete sich um vier Stunden."

Und dann vergaßen wir völlig, wo wir uns befanden, und ließen Wolf Larsen gestrandet und verstummt in der Flut unserer geschwätzigen Unterhaltung zurück. Die Jäger standen vom Tisch auf und gingen an Deck, und immer noch redeten wir. Nur Wolf Larsen blieb. Plötzlich wurde ich seiner gewahr, wie er vom Tisch zurückgelehnt saß und neugierig unsern fremdartigen Reden von einer Welt lauschte, die er nicht kannte.

Ich brach mitten in einem Satz ab. Die Gegenwart mit all ihren Gefahren und Besorgnissen überfiel mich mit betäubender Gewalt. Auch Miss Brewster wurde davon erfaßt, denn ein unbestimmtes, namenloses Entsetzen drängte sich ungestüm in ihre Augen, als sie Wolf Larsen ansah.

Er stand auf und lachte verlegen. Es klang wie Metall.

„Oh, kümmern Sie sich nicht um mich", sagte er mit einer um Entschuldigung bittenden Geste. „Ich zähle nicht. Sprechen Sie nur weiter, bitte sprechen Sie nur weiter."

Aber die Tore des Gesprächs waren geschlossen, und auch wir standen vom Tisch auf und lachten verlegen.

Der Ärger, den Wolf Larsen empfand, weil er in der Unterhaltung bei Tisch von Maud Brewster und mir übergangen worden war, mußte sich irgendwie äußern, und Thomas Mugridge wurde das Opfer. Nichts war besser geworden bei ihm, weder seine Bräuche noch sein Hemd, obgleich er behauptete, dieses gewechselt zu haben. Das Kleidungsstück selbst stand nicht dafür ein, und die Ansammlungen von schmierigem Fett auf Herd, Töpfen und Pfannen bescheinigten ebensowenig eine übliche Reinlichkeit.

„Ich habe dich gewarnt, Smutje", sagte Wolf Larsen, „und jetzt mußt du deine Medizin nehmen."

Mugridges Gesicht wurde weiß unter seiner Rußschicht, und als Wolf Larsen nach einem Tau und ein paar Mann rief, sauste der unselige Cockney in wilder Flucht aus der Kombüse und sprang im Zickzack und geduckt über das Deck, verfolgt von der grinsenden Besatzung. Wenig hätte den Männern mehr Vergnügen bereiten können, als ihn über Bord zu werfen und ins Schlepptau zu nehmen, denn was er in die Back geschickt hatte, war stets ein Fraß und eine Panscherei übelster Art gewesen. Die Umstände begünstigten das Unternehmen. Die „Ghost" schlich mit nicht mehr als drei Meilen die Stunde durch das Wasser, und die See war ganz ruhig. Dennoch hatte Mugridge wenig Appetit auf ein Bad. Möglicherweise hatte er schon erlebt, wie Leute ins Schlepptau genommen wurden. Außerdem war das Wasser gräßlich kalt, und seine Konstitution war alles andere als robust.

Wie üblich tauchten die Freiwachen und die Jäger auf, weil sie sich einen Spaß versprachen. Mugridge schien eine rasende Angst vor dem Wasser zu haben und legte eine Behendigkeit und Eile an den Tag, die wir ihm nicht im Traum zugetraut hätten. In dem rechten Winkel zwischen Poop und Kombüse in die Enge getrieben, sprang er wie eine Katze auf das Dach der Kajüte und lief nach achtern. Aber da ihm seine Verfolger zuvorkamen, lief er plötzlich wieder zurück über die Kajüte, dann über die Kombüse und gelangte mit Hilfe der Zwischendeckluke an Deck. Dann rannte er schnurstracks geradeaus, den Bootsrojer Harrison auf den Fersen, der ihn einholte. Doch jählings sprang Mugridge in die Luft und packte den Klüverbaumtoppnant. Das war die Sache eines Augenblicks. Während er sich mit den Armen festhielt und mitten in der Luft die Beine anzog, ließ er beide Füße herumfahren. Der herankommende Harrison erwischte den Fußtritt genau in der Magengrube, stöhnte unwillkürlich, klappte zusammen und fiel rücklings auf das Deck.

Mit Händeklatschen und brüllendem Gelächter begrüßten die Jäger diese Heldentat, während sich Mugridge der einen Hälfte seiner Verfolger am Fockmast geschickt entzog und durch die andere Hälfte wie ein Läufer auf dem Fußballplatz nach achtern lief. Schnurstracks nach achtern lief er, zur Poop und an der Poop entlang zum Heck. Und so geschwind lief er, daß er in der Kurve um die Kajütecke ausrutschte und fiel. Nilson stand am Rad, und der wirbelnde Körper des Cockneys schlug ihm an die Beine. Beide lagen jetzt am Boden, aber nur Mugridge stand wieder auf. Durch eine Laune des Zufalls hatte sein zarter Körper dem starken Mann das Bein wie einen Pfeifenstiel gebrochen.

Parsons nahm das Rad, und die Verfolgung wurde fortgesetzt. Immer rund und rund um die Decks ging es, Mugridge krank vor Angst, hinterdrein die johlenden Matrosen, die sich Hinweise zubrüllten, und die Jäger, die sie mit grölendem Gelächter anspornten. Auf dem vordersten Lukengatter ging Mugridge unter drei Mann zu Boden, tauchte jedoch wie ein Aal aus der Masse auf, Blut am Mund und das anstößige Hemd in Fetzen zerrissen, und sprang nach der Takelung des Großmastes. Und geradeswegs hinauf lief er, über die Webeleinen hinweg bis zum Masttopp.

Ein halbes Dutzend Matrosen schwärmten ihm nach zu den Dwarssalingen, wo sie in Trauben hängenblieben und abwarteten, während zwei von ihnen, Oofty-Oofty und Black (Latimers Bootssteuermann), weiter die dünnen Stahlstage emporklommen und mit den Armen höher und höher hangelten.

Es war ein gefährliches Unternehmen, und ihre Position, in mehr als hundert Fuß überm Deck und ohne einen anderen Halt als den ihrer Hände, war nicht gerade die beste, sie vor Mugridges Füßen zu schützen. Und Mugridge trat wild um sich, bis der Kanake, nur an einer Hand hängend, mit der anderen einen Fuß des Cockneys packte. Black wiederholte das Kunststück einen Augenblick später mit dem anderen Fuß. Dann verhedderten sich alle drei zu einem schaukelnden Knoten, der zappelte, rutschte und schließlich in die Arme der Gefährten auf den Dwarssalingen fiel.

Die Luftschlacht war aus, und Thomas Mugridge, winselnd und schnatternd, den Mund mit blutigem Schaum gefleckt, wurde an Deck niedergeholt. Wolf Larsen führte eine Buline durch ein Stück Tau und schob es ihm flink unter die Achseln. Dann wurde er nach achtern geschleppt und ins Meer geworfen.

Vierzig – fünfzig – sechzig Fuß Leine liefen aus, bis Wolf Larsen rief: „Belegen!" Oofty-Oofty legte einen Törn um einen Poller, das Tau straffte sich, und die mit einem Ruck vorwärtsspringende „Ghost" schleuderte den Koch an die Oberfläche.

Es war ein jammervolles Schauspiel. Wenn er auch nicht ertrinken konnte und überdies zählebig war wie eine Katze, erlitt er alle Todesqualen eines fast Ertrinkenden. Die „Ghost" fuhr sehr langsam, und wenn sich ihr Heck auf eine Welle hob und sie vorwärtsglitt, zog sie den Unglücklichen an die Oberfläche und gab ihm einen Augenblick Zeit zum Atemholen; aber nach jedem Emporheben fiel das Heck hin-

ab, und während der Bug träge die nächste Welle erklomm, wurde die Leine schlaff, und er sank unter.

Ich hatte das Vorhandensein von Maud Brewster vergessen und erinnerte mich ihrer mit einem jähen Schreck, als sie leichten Schritts neben mich trat. Sie war das erstemal an Deck, seit sie an Bord gekommen war. Eine Totenstille begrüßte ihr Erscheinen.

„Welche Ursache hat die Belustigung?“ fragte sie.

„Fragen Sie Kapitän Larsen“, antwortete ich gelassen und kühl, obgleich mir im Innern das Blut kochte bei dem Gedanken, daß sie Zeuge einer solchen Unmenschlichkeit sein sollte.

Sie nahm meinen Rat entgegen und wandte sich ab, um ihn in die Tat umzusetzen, als ihr Blick auf Oofty-Oofty fiel, der unmittelbar vor ihr stand, mit seinem von Wachsamkeit und

Anmut belebten Körper, während er den Törn der Leine hielt.

„Fischen Sie?" fragte sie.

Er gab keine Antwort. Seine gespannt nach achtern auf die See gerichteten Augen blitzten plötzlich auf.

„Hai ahoi, Sir!" schrie er.

„Hol ein! Schnell! Alle Mann in eine Reihe und zupacken!" brüllte Wolf Larsen und sprang selbst vor dem Eiligsten an die Leine.

Mugridge hatte den Warnruf des Kanaken gehört und schrie wie wahnsinnig. Ich konnte eine schwarze Flosse das Wasser durchschneiden und mit größerer Geschwindigkeit auf ihn zukommen sehen, als er an Bord gezogen wurde. Es stand gleich zu gleich, ob der Hai oder wir ihn bekommen würden, und es war eine Sache von wenigen Augenblicken. Als Mugridge genau unter uns war, fiel das Heck die Schräge einer vorbeirollenden Woge hinab und gab auf diese Weise dem Hai eine günstige Gelegenheit. Die Flosse verschwand. Fast ebenso rasch, aber nicht ganz, war Wolf Larsen. Er warf seine Kraft in ein gewaltiges Anrucken. Der Körper des Cockneys verließ das Wasser, so auch teilweise der Hai. Mugridge zog die Beine an, und der Hai schien nur eben den einen Fuß zu berühren und sank mit einem Aufklatschen zurück ins Wasser. Doch in dem Augenblick, da er ihn berührte, schrie Thomas Mugridge auf. Dann kam er wie ein frisch gefangener Fisch an der Leine in hohem Bogen über die Reling an Bord, fiel mit Händen und Knien zugleich aufs Deck und überschlug sich.

Doch eine Fontäne von Blut sprang empor. Der rechte Fuß fehlte, sauber am Knöchel amputiert. Ich blickte sofort nach Maud Brewster. Ihr Gesicht war weiß, die Augen vor Entsetzen geweitet. Sie starrte nicht Thomas Mugridge, sondern Wolf Larsen an. Und er merkte es, denn mit seinem eigentümlichen kurzen Auflachen sagte er:

„Männerspiel, Miss Brewster. Etwas rauher, möchte ich wetten, als das, was Sie gewöhnt sind, aber doch – Männerspiel. Der Hai war nicht mit eingerechnet. Es ..."

Doch in diesem kritischen Augenblick krabbelte Mugridge, der den Kopf gehoben und sich über den Umfang seines Verlustes vergewissert hatte, über das Deck und grub seine Zähne in Wolf Larsens Bein. Wolf Larsen bückte sich gelassen zu dem Cockney nieder und drückte ihm mit Daumen und Finger unterhalb der Ohren die Kinnladen zusammen. Widerstrebend öffneten sich die Kinnladen, und Wolf Larsen trat ungehindert von ihm weg.

„Wie ich schon sagte", fuhr er fort, als habe sich nichts Ungewöhnliches ereignet, „der Hai war nicht mit eingerechnet. Es war – hm – sollen wir Vorsehung sagen?"

Sie ließ durch kein Zeichen erkennen, daß sie ihn gehört hatte, wenn auch der Ausdruck ihrer Augen einem unsagbaren Ekel Raum gab, als sie sich anschickte zu gehen. Mit der Absicht hatte es sein Bewenden, denn sie wankte und taumelte und langte kraftlos mit ihrer Hand nach der meinen. Ich fing sie rechtzeitig auf, sie vor dem Sturz zu bewahren, und half ihr, sich auf die Kajüte zu setzen. Ich glaubte, sie werde auf der Stelle in Ohnmacht fallen, aber sie nahm sich zusammen.

„Holen Sie bitte eine Aderpresse, Mister van Weyden", rief mir Wolf Larsen zu.

Ich zögerte. Ihre Lippen bewegten sich, und obgleich sie keine Worte formten, befahl sie mir mit den Augen so deutlich, als hätte sie es ausgesprochen, dem Unglücklichen zu helfen.

„Bitte", flüsterte sie mit Mühe, und ich konnte nicht anders als gehorchen.

Unterdessen hatte ich eine solche Geschicklichkeit in der Chirurgie entwickelt, daß mich Wolf Larsen nach wenigen Ratschlägen meiner Aufgabe überließ, bei der mir zwei Matrosen zur Seite standen. Als seine Aufgabe wählte er sich die

Rache an dem Hai. Ein schwerer Wirbelhaken mit einem Köder aus fettem Pökelfleisch wurde über Bord geworfen, und als ich die durchgeschnittenen Venen und Arterien abgebunden hatte, holten die Matrosen singend das mißliebige Ungeheuer ein. Ich selbst sah es nicht, aber meine Gehilfen verließen mich, erst der eine, dann der andere, für ein paar Augenblicke, um nach mittschiffs zu laufen und zu sehen, was vor sich ging. Der sechzehn Fuß lange Hai wurde an die Takelung des Großmastes emporgeheißt. Sein Rachen wurde durch Hebel so weit auseinandergerissen, wie es nur anging, und ein handfester, an beiden Enden zugespitzter Pfahl so eingesetzt, daß er in dem aufgesperrten Rachen festsaß, als die Hebel entfernt wurden. Als dies getan war, wurde der Haken herausgeschnitten. Der Hai fiel ins Meer zurück, hilflos, doch bei vollen Kräften, zu einem langsamen Hungertod verurteilt – einem Tod bei lebendigem Leibe, der für ihn weniger angebracht war als für den Mann, der sich diese Strafe ausgedacht hatte.

Drittes Kapitel

Ich wußte, worum es ging, als sie auf mich zukam. Zehn Minuten lang hatte ich sie bei einem ernsten Gespräch mit dem Maschinisten beobachtet, und nun zog ich sie, indem ich ihr zu schweigen bedeutete, außer Hörweite des Rudergasts. Ihr Gesicht war weiß und entschlossen, ihre großen Augen, noch größer als sonst durch die Entschiedenheit, die sie ausdrückten, blickten durchdringend in die meinen. Ich fühlte mich etwas verlegen und in banger Sorge, denn sie war gekommen, Humphrey van Weydens Seele zu ergründen, und Humphrey van Weyden besaß seit seiner Ankunft auf der „Ghost“ nichts, worauf er besonders stolz hätte sein können.

Wir gingen zu der Poop, wo sie sich zu mir drehte und mir ins Gesicht blickte. Ich schaute um mich, ob auch niemand in Hörweite war.

„Was gibt's?" fragte ich sanft, aber der Ausdruck von Entschlossenheit in ihrem Gesicht entspannte sich nicht.

„Ich kann wohl verstehen", begann sie, „daß diese Sache heute morgen weitgehend ein Unglücksfall war, aber ich habe mit Mister Haskins gesprochen. Er sagt, daß an dem Tag, als wir gerettet wurden und als ich mich in der Kajüte befand, zwei Männer ertränkt, vorsätzlich ertränkt – ermordet wurden."

In ihrem Ton lag eine Frage, und sie sah mir anklagend ins Gesicht, als hätte ich mich der Tat schuldig gemacht oder zumindest daran beteiligt.

„Die Auskunft trifft völlig zu", antwortete ich. „Die beiden Männer wurden ermordet."

„Und Sie ließen es zu!" rief sie aus.

„Ich war nicht in der Lage, es zu verhindern, ist wohl besser ausgedrückt", erwiderte ich, immer noch sanft.

„Aber haben Sie denn versucht, es zu verhindern?" Es lag Nachdruck auf dem Wort „versucht" und in ihrer Stimme etwas Flehendes.

„Oh, Sie haben's nicht", fuhr sie hastig fort, da sie meine Antwort erriet. „Aber warum versuchten Sie es nicht?"

Ich zuckte die Schultern. „Sie müssen bedenken, Miss Brewster, daß Sie ein neuer Bewohner dieser kleinen Welt sind und daß Sie sich noch nicht in den Gesetzen auskennen, nach denen sie gelenkt wird. Was Sie mitbringen, sind erhabene Begriffe von Menschlichkeit, Mannesmut, Verhalten und dergleichen, aber hier werden Sie feststellen, daß es falsche Auffassungen sind. Ich habe es festgestellt", fügte ich mit einem unwillkürlichen Seufzer hinzu.

Sie schüttelte ungläubig den Kopf.

„Was würden Sie mir also raten?" fragte ich. „Daß ich ein

Messer nehme oder ein Gewehr oder eine Axt und diesen Mann umbringe?“

Sie fuhr etwas erschrocken zurück.

„Nein, das nicht!“

„Was soll ich dann tun? Mich selbst umbringen?“

„Sie sprechen in rein materialistischen Begriffen“, wandte sie ein. „Aber es gibt so etwas wie sittlichen Mut, und sittlicher Mut ist nie ohne Wirkung.“

„Aha“, lächelte ich, „Sie raten mir demnach, weder ihn noch mich selbst umzubringen, sondern mich von ihm umbringen zu lassen.“ Ich hob die Hand, als sie sprechen wollte. „Denn sittlicher Mut ist ein wertloser Aktivbestand in dieser kleinen schwimmenden Welt. Leach, einer der beiden Ermordeten, besaß sittlichen Mut in geradezu ungewöhnlichem Maße. Desgleichen der andere, Johnson. Nicht allein, daß er ihnen nichts nützte, er vernichtete sie. Und so erginge es mir, würde ich das bißchen sittlichen Mut, das ich besitzen mag, aufbieten. Sie müssen begreifen, Miss Brewster, und vollständig begreifen, daß dieser Mann ein Ungeheuer ist. Er hat kein Gewissen. Nichts ist ihm heilig, nichts zu entsetzlich, es zu tun. Einer Laune von ihm verdanke ich, daß ich an Bord zurückgehalten wurde. Einer Laune von ihm verdanke ich, daß ich noch am Leben bin. Ich unternehme nichts, kann nichts unternehmen, weil ich ein Sklave dieses Ungeheuers bin, wie Sie ihm jetzt eine Sklavin sind, weil ich den Wunsch habe zu leben, wie Sie den Wunsch haben zu leben, weil ich ihn nicht bekämpfen und überwältigen kann, so wie Sie nicht imstande sein werden, ihn zu bekämpfen und zu überwältigen.“

Sie wartete, daß ich fortfahre.

„Was bleibt noch? Meine Rolle ist die des Schwachen. Ich schweige und erdulde Schmach, so wie Sie schweigen und Schmach erdulden werden. Und das ist gut so. Es ist das Beste, was wir tun können, wenn wir leben wollen. Nicht immer entscheidet sich der Kampf für den Starken. Wir besitzen nicht die Kraft, gegen diesen Mann zu kämpfen; wir müssen uns verstellen und durch List siegen, wenn es uns gelingt zu siegen. Wenn Sie sich von mir raten lassen, werden Sie genau das tun. Ich weiß, daß meine Lage gefährlich ist, und ich darf offen sagen, daß die Ihre sogar noch gefährlicher ist. Wir müssen in einem geheimen Bündnis zusammenstehen, ohne es nach außen erkennen zu lassen. Es wird mir nicht möglich sein, offen für Sie einzutreten, und was mir auch an schimpflicher Behandlung widerfahren mag, Sie müssen ebenfalls schweigen. Wir dürfen diesen Mann nicht zu Auftritten reizen oder seinen Willen durchkreuzen. Und wir müssen ein lächelndes Gesicht wahren und freundlich zu ihm sein, mag es uns auch noch so sehr anwidern."

Sie fuhr sich verwirrt mit der Hand über die Stirn und sagte:

„Ich begreife immer noch nicht."

„Sie müssen tun, was ich Ihnen sage", unterbrach ich gebieterisch, denn ich sah, wie Wolf Larsen den Blick zu uns schweifen ließ, während er mittschiffs mit Latimer auf und ab ging. „Tun Sie, was ich Ihnen sage, und Sie werden bald merken, daß ich recht habe."

„Was soll ich also tun?" fragte sie, da sie den besorgten Blick auffing, den ich auf den Gegenstand unseres Gesprächs warf, und, wie ich mir schmeichle, von meinem Ernst beeindruckt war.

„Trennen Sie sich so vollständig wie möglich von Ihrem sittlichen Mut", sagte ich rasch. „Erregen Sie nicht den Unwillen dieses Mannes. Seien Sie durchaus freundlich zu ihm, reden Sie mit ihm, sprechen Sie mit ihm über Literatur und Kunst – dergleichen liebt er. Sie werden in ihm einen interessierten Zuhörer finden und keinen Dummkopf. Und um Ihrer selbst willen sehen Sie zu, daß Sie es nach Möglichkeit vermeiden, Zeuge der Roheiten auf dem Schiff zu sein. Das wird es Ihnen leichter machen, Ihre Rolle zu spielen."

„Ich soll also lügen", sagte sie in festem, aufsässigem Ton, „in Wort und Tat lügen."

Wolf Larsen hatte sich von Latimer getrennt und kam auf uns zu. Ich war verzweifelt.

„Bitte, bitte, verstehen Sie mich", sagte ich hastig mit gedämpfter Stimme. „Ihre ganze Erfahrung mit Menschen und Dingen ist hier wertlos. Sie müssen wieder von vorn anfangen. Ich weiß – ich erkenne es –, daß Sie, abgesehen von anderem, gewohnt sind, Menschen mit Ihren Augen gefügig zu machen, indem Sie gleichsam Ihren sittlichen Mut aus ihnen sprechen lassen. Mich haben Sie bereits mit Ihren Augen gefügig gemacht, mich mit ihnen beherrscht. Aber versuchen Sie das nicht bei Wolf Larsen. Ebensoleicht könnten Sie über einen Löwen gebieten, und er würde sich über Sie lustig machen. Er würde – ich bin immer stolz darauf gewesen, daß ich ihn entdeckte", sagte ich, das Thema wechselnd, als Wolf Larsen auf die Poop trat und sich zu uns gesellte. „Die Redakteure fürchteten ihn, und die Verleger wollten nichts von ihm haben. Aber ich wußte Bescheid, und sein Genie und mein Urteil wurden gerechtfertigt, als er diesen glänzenden Erfolg mit seiner ‚Schmiede' hatte."

„Und dabei war es ein Zeitungsgedicht", sagte sie geläufig.

„Zufällig erschien es in einer Zeitung", erwiderte ich, „aber nicht, weil den Zeitschriftenredakteuren ein Blick darauf versagt worden wäre. Wir sprechen von Harris", sagte ich zu Wolf Larsen.

„O ja", räumte er ein. „Ich erinnere mich an die ‚Schmiede'. Voll hübscher Gefühle und einem allmächtigen Glauben an menschliche Illusionen. Übrigens, Mister van Weyden, sollten Sie lieber zu dem Smutje hineinschauen. Er klagt und ist unruhig."

Auf diese Weise wurde ich rundheraus von der Poop verwiesen, nur um Mugridge in tiefem Schlaf anzutreffen nach dem Morphium, das ich ihm gegeben hatte. Ich beeilte mich nicht, an Deck zurückzukehren, und als ich es tat, sah ich zu meiner Freude Miss Brewster in angeregter Unterhaltung mit Wolf Larsen. Wie gesagt, der Anblick freute mich. Sie folgte meinem Rat. Und doch war ich mir eines leichten Schocks oder Schmerzes bewußt, daß sie imstande war, das zu tun, worum ich sie inständig gebeten und was sie mißbilligt hatte.

Viertes Kapitel

Brave Winde, die günstig wehten, trieben die „Ghost" geschwind nordwärts in die Robbenherde. Wir trafen sie fast genau auf dem vierundvierzigsten Breitengrad in einer groben und stürmischen See, über die in endloser Flucht der Wind die Nebelbänke jagte. Mitunter konnten wir tagelang weder die Sonne sehen noch überhaupt etwas wahrnehmen, dann fegte plötzlich der Wind das Antlitz des Ozeans sauber, die Wellen kräuselten sich und blitzten auf, und wir erfuhren, wo wir uns befanden. Ein klarer Tag mochte folgen, auch drei oder vier Tage, und dann ließ sich der Nebel auf uns nieder, anscheinend dichter denn je.

Die Jagd war gefährlich, dennoch wurden die Boote Tag für Tag hinabgelassen, von der grauen Düsternis verschluckt und waren nicht mehr zu sehen bis zum Einbruch der Nacht und häufig erst lange danach, wo sie dann, eins nach dem andern, wie die Geister auf See Gestorbener aus dem Grau hervorschlichen. Wainwright – der Jäger, den sich Wolf Larsen samt Boot und Besatzung erlistet hatte – benutzte die günstige Gelegenheit der verhüllten See und entfloh. Er verschwand eines Morgens mit seinen beiden Matrosen in dem Nebel, der uns einschloß, und wir sahen sie nie wieder, obgleich es nur wenige Tage dauerte, daß wir erfuhren, sie seien von Schoner zu Schoner gefahren, bis sie endlich ihren eigenen wiedergefunden hätten.

Das war genau das, was ich mir in den Kopf gesetzt hatte, aber nie bot sich die Gelegenheit. Es lag nicht im Tätigkeitsbereich des Steuermanns, mit den Booten auszufahren, und wie schlau ich auch darauf hinarbeitete, nie bewilligte mir Wolf Larsen dieses Sonderrecht. Hätte er es getan, so wäre es mir schon irgendwie gelungen, Miss Brewster mitzunehmen. So aber näherte sich die Situation einem Stadium, das ich zu erwägen fürchtete. Unwillkürlich wich ich dem Gedanken daran aus, und doch tauchte dieser Gedanke ständig wie ein spukendes Gespenst in meinem Sinn auf.

Ich hatte seinerzeit Seeromane gelesen, in denen als etwas, das sich von selbst versteht, die einzelne Frau inmitten einer Schiffsladung von Männern eine Rolle spielte, doch jetzt erfuhr ich, daß ich nie die tiefere Bedeutung einer solchen Situation begriffen hatte – jener, auf der die Schriftsteller herumritten und die sie so gründlich ausbeuteten. Und hier war sie nun, und ich stand ihr gegenüber. Sie so bedeutsam wie möglich zu machen, bedurfte es nicht mehr, als daß diese Frau Maud Brewster war, die mich nun auch als Mensch bezauberte, wie sie mich längst durch ihr Werk bezaubert hatte.

Man konnte sich niemanden vorstellen, der weniger zu seiner Umgebung gepaßt hätte. Sie war ein zartes, ätherisches Geschöpf, geschmeidig und biegsam, leicht und anmutig in ihren Bewegungen. Nie hatte ich bei ihr den Eindruck, als gehe sie oder zumindest als gehe sie nach der üblichen Art Sterblicher. Sie besaß eine außergewöhnliche Geschmeidigkeit und bewegte sich mit einer unerklärlichen Leichtigkeit, wenn sie sich einem näherte wie eine schwebende Flaumfeder oder ein Vogel auf lautlosen Schwingen.

Sie war wie ein Stück Meißener Porzellan, und ständig war ich von dem durchdrungen, was ich ihre Zerbrechlichkeit nennen möchte. So wie damals, als ich ihren Arm ergriff, um ihr hinunterzuhelfen, war ich jedesmal durchaus darauf gefaßt, sie zerbröckeln zu sehen, falls ihr eine ungestüme oder rohe Behandlung zustieße. Nie hatte ich Körper und Geist in einem so vollkommenen Einklang erlebt. Beschreibt man ihre Dichtung, wie es von den Kritikern getan wurde, als erhaben und ätherisch, so hat man die Beschreibung ihres Körpers. Er schien ein Teil ihrer Seele zu sein, entsprechende Eigenschaften zu besitzen und sie mit den allerdünnsten Ketten an das Leben zu binden. Wahrhaftig, sie trat leichtfüßig auf die Erde, und in ihrer Beschaffenheit war wenig von dem kräftigen Lehm.

Sie bildete einen auffallenden Gegensatz zu Wolf Larsen. Jeder von ihnen war nichts, was der andere war, und alles, was der andere nicht war. Ich beobachtete sie eines Morgens, wie sie miteinander über das Deck spazierten, und ich verglich sie mit den äußersten Enden der menschlichen Entwicklungsleiter – er der Gipfel aller Wildheit, sie das vollendete Produkt der erlesensten Zivilisation. Freilich, Wolf Larsen besaß in ungewöhnlichem Maße Intellekt, aber dieser war einzig und allein auf die Übung seiner rohen Instinkte gelenkt und machte ihn dadurch zu einem noch furchtbareren Wilden. Er war prachtvoll mit Muskeln bepackt, ein gewichtiger Mann, und obgleich er mit der Sicherheit und Bestimmtheit des körperlich Geschulten einherschritt, lag in seinem Gang nichts Schweres. Im Heben und Senken seiner Füße lauerten der Dschungel und die Wildnis. Sein Gang war geräuschlos, er selbst geschmeidig und stark, immer stark. Ich verglich ihn mit einem großen Tiger, einem tapferen Raubtier. Er wirkte so, und das harte Glitzern, das mitunter in seine Augen kam, war dasselbe harte Glitzern, das ich in den Augen gefangener Leoparden oder anderer Raubtiere der Wildnis beobachtet hatte.

An diesem Tag, als ich sie auf und ab gehen sah, bemerkte ich jedoch, daß sie dem Spaziergang ein Ende setzte. Ich stand am Eingang zur Kajüttreppe, und sie kamen auf mich zu. Obgleich sie es durch kein äußeres Zeichen verriet, spürte ich, daß sie heftig beunruhigt war. Sie machte irgendeine belanglose Bemerkung, wobei sie mich ansah, und lachte recht munter, aber ich sah ihre Augen unwillkürlich, wie verzaubert, zu den seinen zurückwandern, dann senkten sie sich, aber nicht rasch genug, das jähe Entsetzen zu verhüllen, das sie erfüllte.

In seinen Augen las ich die Ursache ihrer Beunruhigung. Sonst grau und kalt und hart, waren sie jetzt warm und sanft und golden und tanzten von Lichtpünktchen, die sich trübten und schwanden oder aufsprühten, bis die Augäpfel überflutet waren von einem glühenden Strahlenglanz. Vielleicht rührte daher die Goldfarbe, denn golden waren seine Augen, lockend und herrisch, verführerisch und zugleich zwingend, und äußerten ein Begehren und einen Aufschrei des Blutes, die keine Frau, viel weniger Maud Brewster, mißverstehen konnte.

Ihr Entsetzen griff auf mich über, und in diesem Augenblick der Angst – der fürchterlichsten Angst, die ein Mann erfahren kann – erkannte ich, daß sie mir unsagbar teuer war. Die Erkenntnis, daß ich sie liebte, überfiel mich zugleich mit dem Entsetzen, und da mir beide Empfindungen ans Herz griffen und mein Blut gefrieren und gleichzeitig unbändig aufwallen ließen, fühlte ich mich von einer Macht außerhalb und jenseits meiner fortgezogen und spürte, wie meine Augen gegen meinen Willen zurückwanderten, um Wolf Larsens Augen zu suchen. Aber er war wieder zu sich gekommen. Die goldene Farbe und die tanzenden Lichter waren verschwunden. Kalt und grau glitzerten sie, als er sich schroff verneigte und davonging.

„Ich fürchte mich", flüsterte sie schaudernd. „Ich fürchte mich."

Auch ich fürchtete mich, und über meine Entdeckung, wie viel sie mir bedeutete, wirbelte mir der Kopf, dennoch gelang es mir, einigermaßen ruhig zu erwidern:

„Es wird schon alles gut gehen, Miss Brewster. Glauben Sie mir, es wird gut gehen."

Sie antwortete mir mit einem dankbaren kleinen Lächeln, das mein Herz klopfen ließ, und ging dann die Kajüttreppe hinunter.

Lange Zeit blieb ich stehen, wo sie mich verlassen hatte. Es war mir ein gebieterisches Bedürfnis, mit mir ins reine zu kommen, über die Bedeutung des veränderten Aussehens nachzudenken, das die Dinge erfahren hatten. Sie war gekommen, endlich war die Liebe gekommen, da ich sie am wenigsten erwartete und unter den widerwärtigsten Umständen. Natürlich hatte meine Philosophie stets anerkannt, daß die Liebeslockung früher oder später unvermeidlich sei, aber lange, in der Bücherstille verbrachte Jahre hatten mich unaufmerksam gemacht und nicht darauf vorbereitet.

Und nun war die Liebe gekommen! Maud Brewster! Meine Erinnerung flog zurück zu jenem ersten dünnen Bändchen auf meinem Schreibtisch, und ich sah greifbar vor mir die Reihe dünner Bändchen in dem Bücherregal meiner Bibliothek. Wie freudig hatte ich jedes davon begrüßt! Jedes Jahr hatte eins die Druckerpresse verlassen, und für mich bedeutete jedes die Ankunft des Jahres. Sie hatten von einem verwandten Intellekt und Geist gekündet, und als solche hatte ich sie in geistiger Kameradschaft aufgenommen, doch nun war ihr Platz in meinem Herzen.

Mein Herz? Ein jäher Umschwung des Gefühls vollzog sich in mir. Mir war, als stehe ich neben mir und betrachte mich ungläubig. Maud Brewster! Humphrey van Weyden, „der kaltblütige Fisch", „das gefühllose Ungeheuer", „der analytische Dämon", wie mich Charley Furuseth liebevoll getauft hatte! Und dann, ohne Sinn und Verstand und durchaus skeptisch, flogen meine Gedanken zurück zu einer kleinen biographischen Notiz in dem rotgebundenen „Wer ist wer", und ich sagte mir auf: „Sie wurde in Cambridge geboren und ist siebenundzwanzig Jahre alt." Und dann sagte ich mir: „Siebenundzwanzig Jahre alt und immer noch frei und ohne Liebesneigung?" Aber woher wußte ich, daß sie frei von Liebe war? Und der plötzliche Schmerz neugeborener Eifersucht jagte die ganze Ungläubigkeit in die Flucht. Es gab keinen Zweifel daran. Ich war eifersüchtig, daher liebte ich. Und die Frau, die ich liebte, war Maud Brewster.

Ich, Humphrey van Weyden, war verliebt! Und wieder fiel mich der Zweifel an. Nicht daß ich vor der Liebe bange gewesen wäre oder abgeneigt, ihr zu begegnen. Im Gegenteil, als der ganz entschiedene Idealist, der ich war, hatte meine Philosophie die Liebe stets als das Größte auf der Welt anerkannt, und gekrönt, als das Ziel und den Gipfel des Daseins, als den köstlichsten Grad der Freude und des Glücks, das Ding aller Dinge, es zu begrüßen, zu bewillkommnen und im Herzen aufzunehmen. Doch nun, da die Liebe gekommen war, konnte ich es nicht glauben. Ich konnte nicht so vom Glück begünstigt sein. Es war zu schön, zu schön, um wahr zu sein. Symons Zeilen fielen mir ein:

All die Jahre sucht ich dich,
Wandernd durch eine Welt von Frauen.

Und dann hatte ich aufgehört zu suchen. Es war mir nicht bestimmt, dies Größte auf Erden, hatte ich entschieden. Furuseth hatte recht, ich war anormal, ein „gefühlloses Ungeheuer", ein sonderbares Buchwesen, das sich nur an geistigen Empfindungen zu erfreuen vermochte. Und obgleich ich mein Leben lang von Frauen umgeben gewesen war, hatte ich sie nur ästhetisch gewürdigt und weiter nichts. Ich hatte mich mitunter tatsächlich außerhalb des Bereichs gesehen, als einen mönchischen Kauz, der sich die ewigen oder vorübergehenden Leidenschaften versagte, die er bei anderen bemerkte und so gut verstand. Und nun war die Liebe gekommen! Unverhofft und unangekündigt war sie gekommen. In Verzückung verließ ich meinen Platz oberhalb der Kajüttreppe und ging das Deck entlang, wobei ich leise jene wundervollen Zeilen von Mrs. Browning vor mich hin sprach:

Traumbilder waren viele Jahre lang
Genossen statt der Frau'n und Männer mir;
Die besten Kameraden seid doch ihr,
Kein süßer Lied ein andrer je mir sang.

Aber das süßere Lied klang in meinen Ohren, und ich war blind gegen alles um mich her und vergaß es. Die scharfe Stimme Wolf Larsens rüttelte mich auf.

„Was zum Teufel haben Sie vor?" fragte er.

Ich war nach vorn geschlendert, wo die Matrosen anstrichen, und als ich zu mir kam, merkte ich, daß mein erhobener Fuß dicht davor war, einen Farbtopf umzustoßen.

„Schlafwandeln, Sonnenstich – was?" bellte er.

„Nein, schlechte Verdauung", entgegnete ich und setzte meinen Weg fort, als sei überhaupt nichts Verdrießliches geschehen.

Fünftes Kapitel

Zu den lebhaftesten Erinnerungen meines Lebens gehören jene an die Ereignisse auf der „Ghost" in den vierzig Stunden, die der Entdeckung meiner Liebe zu Maud Brewster folgten. Ich, der ich mein Leben an ruhigen Orten verbracht hatte und im Alter von fünfunddreißig Jahren auf eine Bahn der unsinnigsten Abenteuer geriet, die ich mir hätte vorstellen können, hatte nie eine solche Fülle von Ereignissen und Aufregungen in vierzig Stunden gepreßt erfahren. Auch kann ich meine Ohren nicht völlig einer leisen Stimme des Stolzes verschließen, die mir sagt, alles in allem betrachtet, habe ich es gar nicht so schlecht gemacht.

Um damit zu beginnen: Wolf Larsen teilte den Jägern beim Mittagessen mit, daß sie von nun an im Zwischendeck speisen müßten. Das war etwas Unerhörtes auf Robbenschonern, wo es Brauch ist, daß die Jäger inoffiziell als Offiziere gelten. Er gab keinen Grund an, aber was ihn dazu bewog, war augenscheinlich genug. Horner und Smoke hatten gegen Maud Brewster eine Galanterie entfaltet, die an sich lächerlich und für sie nicht beleidigend war, ihm jedoch offenbar mißfiel.

Die Ankündigung wurde mit düsterem Schweigen entgegengenommen, wenn auch die vier anderen Jäger die beiden, die der Anlaß ihrer Verbannung waren, mit einem vielsagenden Blick bedachten. Jock Horner in seiner ruhigen Art ließ sich nichts anmerken, aber Smoke schoß tiefrot das Blut zu Kopf, und er öffnete halb den Mund zum Sprechen. Wolf Larsen beobachtete ihn, wartete auf ihn, das stählerne Glitzern in den Augen, doch Smoke schloß den Mund wieder, ohne etwas gesagt zu haben.

„Irgend etwas zu bemerken?" fragte der andere angriffslustig.

Das war eine Herausforderung, aber Smoke weigerte sich, sie anzunehmen.

„Worüber?" fragte er so unschuldig, daß Wolf Larsen aus der Fassung geriet, während die andern lächelten.

„Oh, nichts", sagte Wolf Larsen lahm. „Ich dachte nur, Sie wollten vielleicht einen Tritt verpaßt haben."

„Weswegen?" fragte der unerschütterliche Smoke.

Smokes Gefährten lächelten jetzt freiheraus. Sein Kapitän hätte ihn umbringen mögen, und ich zweifle nicht daran, daß Blut geflossen wäre, hätte nicht Maud Brewster dabeigesessen. Ihre Anwesenheit erlaubte Smoke, so zu handeln, wie er es tat. Er war ein zu besonnener und vorsichtiger Mann, Wolf Larsens Zorn zu einer Zeit zu erregen, da dieser Zorn kräftiger als durch Worte geäußert werden konnte. Ich fürchtete, daß es zu einem Kampf kommen könne, aber ein Ruf des Rudergasts rettete die Situation.

„Rauch ahoi!“ kam der Ruf über die offene Kajüttreppe.

„Welche Richtung?“ rief Wolf Larsen hinauf.

„Genau achtern, Sir.“

„Vielleicht ist es ein Russe“, meinte Latimer.

Seine Worte erfüllte die Gesichter der Jäger mit ängstlicher Besorgnis. Ein Russe konnte nur eins bedeuten – einen Kreuzer. Wenn die Jäger auch nur in groben Zügen über die Position des Schiffes unterrichtet waren, wußten sie doch, daß wir uns dicht an den Grenzen des verbotenen Seegebiets befanden, und Wolf Larsens Ruf als Wilderer war wohlbekannt. Aller Augen richteten sich auf ihn.

„Wir sind todsicher“, erklärte er lachend. „Diesmal keine Salzminen, Smoke. Aber ich will euch mal was sagen – ich wette fünf gegen eins, daß es die ‚Macedonia‘ ist.“

Keiner nahm sein Angebot an, und er fuhr fort: „Und in dem Fall wette ich zehn gegen eins, daß es Ärger gibt.“

„Nein, vielen Dank“, entfuhr es Latimer. „Ich habe ja nichts dagegen, mein Geld zu verlieren, aber immerhin möchte ich doch wenigstens eine Möglichkeit haben. Und nie ist es ohne Ärger abgegangen, wenn Sie und Ihr Bruder zusammentrafen, darauf wette ich zwanzig gegen eins.“

Das erregte allgemeines Schmunzeln, in das Wolf Larsen einstimmte, und das Essen wurde friedlich fortgesetzt, dank meiner, denn bis zum Ende der Mahlzeit behandelte er mich abscheulich, verhöhnte und begönnerte mich, bis ich vor unterdrückter Wut am ganzen Leibe zitterte. Doch ich wußte, daß ich mich um Maud Brewsters willen beherrschen mußte, und ich empfing meinen Lohn, als ihre Augen für eine flüchtige Sekunde die meinen suchten und so deutlich wie mit Worten sagten: „Halten Sie sich tapfer, halten Sie sich tapfer.“

Wir verließen die Tafel, um an Deck zu gehen, denn ein Dampfer war eine willkommene Unterbrechung in der Eintönigkeit des Meeres, auf dem wir schwammen, und die Überzeugung, daß es Tod Larsen mit seiner „Macedonia“ sei, erhöhte die Aufregung. Die steife Brise und die schwere See, die am vergangenen Nachmittag aufgekommen waren, hatten sich am Vormittag gemäßigt, so daß es jetzt möglich war, die Boote zu einer nachmittäglichen Jagd hinabzulassen. Die Jagd versprach ertragreich zu werden. Seit Tagesanbruch waren wir durch ein robbenarmes Gebiet gesegelt und liefen jetzt in die Herde hinein.

Der Rauch war immer noch meilenweit achtern, holte uns jedoch rasch ein, als wir die Boote hinabließen. Sie zerstreuten sich und gingen auf nördlichen Kurs über das Meer. Ab und zu sahen wir ein Segel niedergehen, hörten das Knallen der Flinten und sahen das Segel wieder hochgehen. Die Robben waren dicht bei dicht, der Wind wurde schwächer, alles begünstigte einen großen Fang. Als wir losfuhren, um unsere Position in Lee des letzten Leebootes einzunehmen, fanden wir das Meer mit schlafenden Robben geradezu wie mit einem Teppich bedeckt. Überall um uns her waren sie, dichter, als ich sie je zuvor gesehen hatte, zu zweit und dritt und zu ganzen Haufen der Länge nach auf der Oberfläche hingestreckt, und schliefen so fest wie eine Schar fauler junger Hunde.

Unter dem näherkommenden Rauch wuchsen jetzt Rumpf und Aufbauten eines Dampfers. Es war die „Macedonia“. Ich las ihren Namen durch das Fernglas, als sie kaum eine Meile entfernt steuerbords vorbeifuhr. Wolf Larsen blickte wütend auf das Schiff, und Maud Brewster war neugierig.

„Was für Ärger glauben Sie so sicher zu bekommen, Kapitän Larsen?“ fragte sie heiter.

Er sah sie an, und eine flüchtige Belustigung milderte seine Züge.

„Was erwarten Sie? Daß sie an Bord kommen und uns die Kehle durchschneiden?“

„So etwas Ähnliches", gab sie zu. „Sie müssen verstehen, Robbenjäger sind für mich etwas so Neues und Fremdes, daß ich so ziemlich auf alles gefaßt bin."

Er nickte. „Ganz recht, ganz recht. Ihr Fehler ist nur, daß Sie es unterlassen, das Schlimmste zu erwarten."

„Aber was kann denn noch schlimmer sein, als uns die Kehlen durchzuschneiden?" fragte sie mit ziemlich naivem Staunen.

„Uns ein Loch in den Geldbeutel zu schneiden", antwortete er. „Der Mensch von heute ist so beschaffen, daß seine Lebensfähigkeit durch das Geld bestimmt wird, das er besitzt."

„Wer mir den Geldbeutel stiehlt, stiehlt wertlosen Plunder", zitierte sie.

„Wer mir den Geldbeutel stiehlt, stiehlt mir das Recht zu leben", gab er zur Antwort, „im Gegensatz zu alten Sprichwörtern. Denn er stiehlt mein Brot, mein Fleisch und mein Bett und gefährdet dadurch mein Leben. Es gibt nicht genug

Volksküchen, die man abgrasen kann, und wenn die Leute nichts in ihrem Geldbeutel haben, sterben sie gewöhnlich und sterben erbärmlich – außer sie sind imstande, ihren Geldbeutel ziemlich schnell aufzufüllen."

„Aber ich kann nicht sehen, daß dieser Dampfer Absichten auf unsern Geldbeutel hat."

„Warten Sie ab, und Sie werden es sehen", erwiderte er grimmig.

Wir brauchten nicht lange zu warten. Nachdem die „Macedonia" einige Meilen über unsere Bootsreihe hinausgefahren war, begann sie ihre Boote hinabzulassen. Wir wußten, daß sie vierzehn Boote mitführte gegenüber unsern fünf (durch Wainwrights Flucht fehlte uns eins), und die ließ sie zuerst weit in Lee von unserm letzten Boot hinab, dann dwars zu unserm Kurs und zum Schluß weit in Luv unseres ersten Luvbootes. Die Jagd war für uns verdorben. Hinter uns befanden sich keine Robben, und vor uns die Linie der vierzehn Boote, die wie ein riesiger Besen die Herde vor sich herfegte.

Unsere Boote jagten auf den zwei, drei Meilen Wasser zwischen sich und dem Punkt, wo die „Macedonia"-Boote hinabgelassen worden waren, und machten sich dann auf den Heimweg. Der Wind hatte sich zu einem bloßen Säuseln gelegt, das Meer wurde ruhiger und ruhiger, und dies im Verein mit der großen Herde machte den Tag für die Jagd vollkommen – es war einer der ganz wenigen Tage, die in einer erfolgreichen Jagdsaison anzutreffen sind. Ein wütender Männerhaufe, Rojer, Steuerleute wie auch Jäger, kletterte an Bord. Jeder fühlte sich beraubt, und die Boote wurden unter Flüchen hochgewunden, die, wenn Flüchen Macht innewohnte, Tod Larsen für alle Ewigkeit erledigt hätten. – „Tot und verdammt für ein Dutzend Ewigkeiten", bemerkte Louis und blickte zwinkernd zu mir empor, als er sich ausruhte, nachdem er die Bändsel seines Bootes festgelascht hatte.

„Hören Sie sich das an und sagen Sie, ob es schwer ist, das Lebenswichtigste in ihren Seelen zu entdecken“, bemerkte Wolf Larsen. „Glaube und Liebe? Und hohe Ideale? Das Gute? Das Schöne? Das Wahre?“

„Ihr angeborener Rechtssinn ist verletzt worden“, sagte Maud Brewster, indem sie sich in die Unterhaltung mischte.

Sie stand ein Dutzend Fuß entfernt, eine Hand ruhte auf den Großwanten, und ihr Körper schwankte sacht in dem leichten Rollen des Schiffs. Sie hatte nicht die Stimme erhoben, und doch war ich betroffen von ihrem klaren Glockenton. Ach, er klang mir süß in den Ohren! Gerade jetzt wagte ich kaum, sie anzusehen, aus Angst, mich zu verraten. Eine Knabenmütze saß ganz oben auf ihrem Kopf, und ihr lichtbraunes, locker und flaumig angeordnetes Haar, in dem sich die Sonne fing, glich einem Heiligenschein um das zarte Oval ihres Gesichts. Sie war unbedingt bezaubernd und überdies auf eine liebliche Art übersinnlich, wenn nicht sogar wie eine Heilige. Meine ganze frühere Bewunderung des Lebens kehrte mir beim Anblick dieser seiner herrlichen Verkörperung zurück, und Wolf Larsens kalte Auslegung des Lebens und seiner Bedeutung wurde wahrhaft lächerlich und albern.

„Eine Sentimentale wie Mister van Weyden“, höhnte er. „Diese Männer fluchen, weil ihren Wünschen Gewalt angetan wurde. Das ist alles. Was für Wünschen? Den Wünschen nach gutem Essen und weichen Betten an Land, die ihnen ein ansehnlicher Löhnungstag verschafft – nach Weibern und Saufen, nach Völlerei und Tierhaftigkeit, die insgesamt so treffend das Beste in ihnen ausdrücken, ihre höchsten Sehnsüchte, ihre Ideale, wenn Sie wollen. Die Schaustellung ihrer Gefühle ist kein rührender Anblick, doch zeigt er, wie gründlich es sie berührt hat, wie gründlich an ihren Geldbeutel gerührt wurde, denn Hand an ihren Geldbeutel legen bedeutet Hand an ihre Seele legen.“

„Sie selbst benehmen sich kaum so, als hätte man an Ihren Geldbeutel gerührt“, sagte sie lächelnd.

„Dann will es der Zufall so, daß ich mich anders benehme, denn es wurde sowohl an meinen Geldbeutel wie an meine Seele gerührt. Beim gegenwärtigen Preis für Felle auf dem Londoner Markt und nach angemessener Schätzung, wie groß heute nachmittag unser Fang gewesen wäre, hätte ihn nicht die ‚Macedonia‘ gierig an sich gerissen, hat die ‚Ghost‘ etwa tausendfünfhundert Dollar an Fellen eingebüßt.“

„Und das sagen Sie so ruhig ...“, begann sie.

„Aber mir ist nicht ruhig zumute, ich könnte den Mann, der mich beraubt hat, umbringen“, unterbrach er. „Ja, ja, ich weiß, und dieser Mann ist mein Bruder – noch mehr Empfindelei! Pah!“

Sein Gesicht erfuhr eine jähe Veränderung. Seine Stimme klang weniger schroff und völlig aufrichtig, als er sagte:

„Ihr müßt doch glücklich sein, ihr Sentimentalen, wirklich und wahrhaft glücklich, indem ihr träumt und die Dinge gut findet, und weil ihr euch selbst gut fühlt, da ihr manches gut findet. Sagt mir, ihr zwei, findet ihr mich gut?“

„Sie sind gut anzusehen – auf gewisse Weise“, schränkte ich ein.

„In Ihnen wohnen alle Kräfte für das Gute“, lautete Maud Brewsters Antwort.

„Da haben wir's!“ schrie er sie fast zornig an. „Eure Worte sagen mir nichts. Nichts Klares, Scharfes und Bestimmtes liegt in dem Gedanken, den ihr ausgedrückt habt. Man kann ihn nicht in beide Hände nehmen und betrachten. Tatsächlich ist es gar kein Gedanke. Es ist ein Gefühl, eine Empfindung, etwas auf Illusionen Gegründetes und überhaupt nichts, was die Vernunft hervorgebracht hat.“

Als er weitersprach, wurde seine Stimme wieder sanft und bekam einen vertrauensvollen Klang. „Wißt ihr, manchmal ertappe ich mich bei dem Wunsch, auch ich wäre blind gegen die Tatsachen des Lebens und wüßte nur von seinen Phantasien und Illusionen. Die sind natürlich falsch, alle falsch und wider die Vernunft, aber stehe ich ihnen gegenüber, sagt mir meine Vernunft, mögen sie nun falsch oder mehr als falsch sein, zu träumen und nach Illusionen zu leben schenkt größere Lust. Und schließlich ist Lust der Lohn des Lebens. Ohne Lust ist Leben ein wertloses Tun. Sich für das Leben abzumühen und unbelohnt zu bleiben ist schlimmer, als tot zu sein. Wer der höchsten Lust teilhaftig ist, lebt am höchsten, und eure Träume und Unwirklichkeiten beunruhigen euch weniger und befriedigen euch mehr als mich meine Tatsachen."

Er schüttelte langsam und sinnend den Kopf.

„Ich zweifle oft, ich zweifle oft daran, daß die Vernunft der Mühe wert ist. Träume müssen wesentlicher und befriedigender sein. Lust des Gefühls erfüllt mehr und hält länger an als geistige Lust, und außerdem bezahlt man die Augenblicke geistiger Lust mit Schwermut. Der Lust des Gefühls folgt nichts weiter als ermattete Empfindungsfähigkeit, die sich rasch wieder erholt. Ich beneide euch, ich beneide euch."

Er hielt plötzlich inne, und auf seinen Lippen formte sich das sonderbare spöttische Lächeln, das ihm eigen war, als er hinzufügte:

„Beachtet, aus meinem Hirn beneide ich euch, nicht aus meinem Herzen. Meine Vernunft diktiert es. Der Neid ist ein Produkt des Verstandes. Ich bin wie ein Nüchterner, der Betrunkenen zusieht und, tief ermüdet, wünscht, auch er wäre betrunken."

„Oder wie ein Weiser, der Narren zusieht und wünscht, auch er wäre ein Narr", lachte ich.

„Ganz recht", sagte er. „Ihr seid ein gesegnetes, bankrottes Narrenpaar. Ihr habt keine Tatsachen in eurer Brieftasche."

„Dennoch verschwenden wir so großzügig wie Sie", lautete Maud Brewsters Beitrag.

„Großzügiger, weil es euch nichts kostet."

„Und weil wir den Wechsel auf die Ewigkeit ziehen", gab sie zurück.

„Ob ihr es tut oder zu tun glaubt, bleibt sich gleich. Ihr verschwendet, was ihr nicht besitzt, und zum Entgelt erhaltet ihr Wertvolleres für die Verschwendung dessen, was ihr nicht besitzt, als ich durch die Verschwendung dessen, was ich besitze und mit meinem Schweiß errungen habe."

„Warum ändern Sie dann nicht Ihre Münzbasis?" fragte sie bohrend.

Er sah sie rasch und fast hoffnungsvoll an und sagte dann mit tiefem Bedauern: „Zu spät. Ich würde es vielleicht ganz gern, aber ich kann nicht. Meine Brieftasche ist vollgestopft mit der alten Münze, und die hat etwas Hartnäckiges an sich. Nie kann ich mich dazu bringen, etwas anderes als gültig anzuerkennen."

Er schwieg, und sein Blick wanderte abwesend über sie hin und verlor sich auf dem ruhigen Meer. Die alte urtümliche Schwermut überfiel ihn mit Macht. Er erbebte davor. Er hatte sich in einen Zauber der Melancholie hineingeredet, und man konnte darauf gefaßt sein, daß in wenigen Stunden der Teufel in ihm erwachte und sich regte. Ich dachte an Charley Furuseth und erkannte die Trauer dieses Mannes als die Buße, die der Materialist stets für seinen Materialismus zahlt.

Sechstes Kapitel

„Sie sind an Deck gewesen, Mister van Weyden", sagte Wolf Larsen tags darauf am Frühstückstisch. „Wie sieht's aus?"

„Ziemlich klar", antwortete ich und blickte auf den Sonnenschein, der über die offene Kajüttreppe hinabströmte. „Günstige Brise aus Westen, die steif zu werden verspricht, wenn Louis' Voraussage zutrifft."

Er nickte erfreut. „Irgendwelche Anzeichen von Nebel?"

„Dichte Bänke im Norden und Nordwesten."

Abermals nickte er, wobei er sogar noch größere Befriedigung an den Tag legte als zuvor.

„Was ist mit der ‚Macedonia'?"

„Nicht gesichtet", gab ich zur Antwort.

Ich hätte schwören können, daß er bei dieser Nachricht ein langes Gesicht zog, warum sie ihn jedoch enttäuschte, konnte ich mir nicht denken.

Ich sollte es bald erfahren. „Rauch ahoi!" kam der Ruf von Deck, und sein Gesicht hellte sich auf.

„Gut!" rief er aus und verließ sofort den Tisch, um an Deck und ins Zwischendeck zu gehen, wo die Jäger das erste Frühstück in ihrer Verbannung einnahmen.

Maud Brewster und ich nahmen kaum etwas von dem vor uns stehenden Essen und sahen uns dafür in schweigender Besorgnis an und lauschten auf Wolf Larsens Stimme, die durch das dazwischenliegende Schott mühelos in die Kajüte drang. Er sprach lange, und das Ende seiner Rede wurde mit ungestümem Beifallsgebrüll begrüßt. Das Schott war zu dick, als daß wir vernehmen konnten, was er sagte, aber was es auch sein mochte, es übte eine starke Wirkung auf die Jäger aus, denn dem Beifall folgten laute Rufe und Freudengeschrei.

Die Geräusche an Deck verrieten mir, daß die Matrosen aus den Kojen getrieben waren und sich anschickten, die Boote hinabzulassen. Maud Brewster begleitete mich an Deck, aber ich ließ sie an den Stufen zur Poop stehen, wo sie das Schauspiel ansehen konnte, ohne dabei selbst in Erscheinung zu treten. Die Matrosen mußten erfahren haben, was geplant war, und die Rührigkeit und Energie, mit denen sie ihre Arbeit anpackten, zeugten für ihre Begeisterung. Die Jäger kamen alle auf einmal mit ihren Flinten, Munitionskästen und, was ganz ungewöhnlich war, ihren Büchsen an Deck. Die Büchsen wurden selten im Boot mitgenommen, denn eine auf große Entfernung mit einem Büchsenschuß getroffene Robbe sank unweigerlich, ehe das Boot sie erreichen konnte. Doch an diesem Tag hatte jeder Jäger seine Büchse und einen großen Vorrat an Patronen bei sich. Ich bemerkte, daß sie jedesmal zufrieden grinsten, wenn sie auf den Rauch der „Macedonia" blickten, der nun, während sie von Westen herankam, höher und höher emporwuchs.

Die fünf Boote gingen im Handumdrehen von Bord, breiteten sich aus wie die Rippen eines Fächers und nahmen wie am vorangegangenen Nachmittag Kurs nach Norden, wohin wir folgen mußten. Ich beobachtete sie eine Zeitlang neugierig, aber in ihrem Verhalten schien nichts Außergewöhnliches zu liegen. Sie ließen die Segel nieder, schossen Robben, heißten dann wieder die Segel und setzten ihren Weg fort, wie ich es sie stets hatte tun sehen. Die „Macedonia" wiederholte ihre Leistung vom Vortag und riß die See an sich, indem sie ihre Boote vor uns und dwars zu unserem Kurs hinabließ. Vierzehn Boote erfordern eine beträchtliche Meeresfläche, um eine bequeme Jagd zu ermöglichen, und als der Dampfer unsere Reihe vollständig eingeschlossen hatte, dampfte er weiter nach Nordosten und ließ dabei noch mehr Boote zu Wasser.

„Was ist los?" fragte ich Wolf Larsen, außerstande, meine Neugier noch länger zu bezähmen.

„Kümmern Sie sich nicht darum, was los ist", antwortete er barsch. „Es wird keine tausend Jahre dauern, bis Sie's herausfinden, und inzwischen beten Sie nur um reichlich Wind. Oh, ich will es Ihnen gern erzählen", sagte er einen Augenblick später. „Ich werde meinem Herrn Bruder eine Kostprobe seiner eigenen Medizin verabreichen. Mit einem Wort, ich werde selbst den Gefräßigen spielen, und nicht bloß einen

Tag, sondern für den Rest der Saison – wenn wir Glück haben."

„Und wenn wir keins haben?" fragte ich.

„Wird nicht in Betracht gezogen", lachte er. „Wir müssen einfach Glück haben, sonst ist es aus mit uns."

Er stand am Rad, und ich ging nach vorn zu meinem Lazarett in der Back, wo die beiden Krüppel lagen, Nilson und Mugridge. Nilson war so munter, wie man es erwarten konnte, denn sein gebrochenes Bein fügte sich schön zusammen, doch der Cockney war furchtbar niedergeschlagen, und ich empfand großes Mitgefühl mit dem unglücklichen Geschöpf. Und das Wunder war, daß er immer noch lebte und sich an das Leben klammerte. Die unmenschlichen Jahre hatten seinen mageren Körper zu einem geborstenen Wrack heruntergebracht, und doch brannte der Lebensfunke in ihm so hell wie eh und je.

„Mit einem künstlichen Fuß – und sie machen jetzt hervorragende – wirst du bis an dein Lebensende in Schiffskombüsen herumhumpeln", versicherte ich ihm heiter.

Aber seine Antwort war ernst, ja, feierlich. „Ich weiß nich, von was Sie reden, Mister van Weyden, aber ich weiß, daß ich nie werde glücklich schlafen, bis daß ich diesen Höllenhund mausetot seh. Er kann nich so lang leben als wie ich. Er hat kein Recht nich zu leben, und wie Gottes Wort sagt: ‚Er wird gewiß sterben', und ich sag: Amen, und verdammt bald soll er."

Als ich an Deck zurückkehrte, sah ich, daß Wolf Larsen hauptsächlich mit einer Hand steuerte, während er in der anderen das Schiffsteleskop hielt und die Lage der Boote studierte, wobei er der Position der „Macedonia" besondere Aufmerksamkeit schenkte. Die einzige wahrnehmbare Veränderung an unseren Booten war, daß sie dicht an den Wind geholt und ihren Kurs einige Strich West zu Nord genommen hatten. Wozu dies Manöver gut war, konnte ich jedoch nicht einsehen, denn die offene See war immer noch von den fünf Luvbooten der „Macedonia“ versperrt, die ihrerseits dicht an den Wind geholt hatten. Auf diese Weise wichen sie langsam nach Westen ab und entfernten sich immer weiter von den übrigen Booten in ihrer Reihe. Unsere Boote segelten nicht nur, sondern rojten auch. Sogar die Jäger rojten, und mit drei Paar Riemen im Wasser holten sie den Feind, wie ich wohl angemessenerweise sagen darf, rasch ein.

Der Rauch der „Macedonia“ war zu einem dunklen Klecks am nordöstlichen Horizont zusammengeschrumpft. Von dem Dampfer selbst war nichts zu sehen. Wir waren bis jetzt dahingetrödelt, die halbe Zeit mit schlagenden und in den Wind brassenden Segeln, und zweimal hatten wir für ein Weilchen beigelegt. Aber jetzt war es aus mit der Trödelei. Segel wurden getrimmt, und Wolf Larsen begann die „Ghost“ laufen zu lassen. Wir liefen an unserer Bootsreihe vorbei und hielten auf das erste Luvboot der anderen Reihe zu.

„Runter mit dem Außenklüver, Mister van Weyden“, befahl Wolf Larsen. „Und halten Sie sich bereit, die Klüver backzuholen.“

Ich rannte nach vorn und hatte den Niederholer des Außenklüvers drin und festgemacht, als wir hundert Fuß in Lee an dem Boot vorbeiglitten. Die drei Männer darin starrten uns mißtrauisch an. Sie hatten die See an sich gerissen, und sie kannten Wolf Larsen, auf jeden Fall nach seinem Ruf. Ich bemerkte, daß der Jäger, ein gewaltiger Skandinavier, der im Bug saß, seine Büchse schußbereit über den Knien hielt. Sie hätte sich an ihrem eigentlichen Platz im Recken befinden sollen. Als sie genau vor unserm Heck lagen, grüßte Wolf Larsen sie mit einer Handbewegung und rief:

„Kommt an Bord auf einen Schwatz!“

Ein „Schwatz“ bedeutete bei den Robbenschonern soviel wie „Besuch“ und „Unterhaltung“. Es ist ein Ausdruck der

Geschwätzigkeit auf See und eine angenehme Unterbrechung in der Einförmigkeit des Lebens.

Die „Ghost“ schwang sich herum in den Wind, und ich beendete meine Arbeit vorn rechtzeitig, um nach achtern zu laufen und an der Großschot zu helfen.

„Sie werden bitte an Deck bleiben, Miss Brewster“, sagte Wolf Larsen, als er sich anschickte, nach vorn seinen Gästen entgegenzugehen. „Und Sie desgleichen, Mister van Weyden.“

Das Boot hatte sein Segel niedergelassen und fuhr längsseits. Der Jäger, goldbärtig wie ein Meerkönig, kam über die Reling und sprang an Deck. Aber trotz seiner ungeheuren Größe konnte er nicht völlig Herr seines bangen Argwohns werden. Zweifel und Mißtrauen zeigten sich nachdrücklich in seinem Gesicht. Es war ungeachtet seines Haarpanzers ein leicht zu durchschauendes Gesicht und sprach von augenblicklicher Erleichterung, als er von Wolf Larsen zu mir blickte und bemerkte, daß wir nur zu zweit waren, und dann zu seinen eigenen beiden Männern hinsah, die sich zu ihm gesellt hatten. Bestimmt hatte er wenig Ursache, sich zu fürchten. Wie ein Goliath überragte er Wolf Larsen. Er muß sechs Fuß, acht oder neun Zoll gemessen haben, und später erfuhr ich sein Gewicht – zweihundertvierzig Pfund. Und er hatte kein Fett am Leibe. Er war lauter Knochen und Muskeln.

Daß sein Argwohn wiederkehrte, wurde offensichtlich, als ihn Wolf Larsen vor der Kajüttreppe nach unten einlud. Aber er beruhigte sich nach einem Blick, den er auf seinen Gastgeber niederwarf – auch dieser ein großer Mann, aber zum Zwerg verkümmert in der Nachbarschaft des Riesen. Deshalb schwand alle Unschlüssigkeit, und das Paar stieg in die Kajüte hinunter. Unterdessen waren die beiden Matrosen, wie es Seemannsbrauch ist, wenn man auf einem Schiff zu Gast ist, nach vorn in die Back gegangen, um selbst einen Besuch abzustatten.

Plötzlich drang aus der Kajüte ein mächtiges, ersticktes Gebrüll, gefolgt von allen Geräuschen eines wütenden Kampfes. Es waren der Leopard und der Löwe, und der Löwe machte den ganzen Lärm. Wolf Larsen war der Leopard.

„Da haben Sie die Heiligkeit unserer Gastfreundschaft", sagte ich bitter zu Maud Brewster.

Sie bestätigte durch ein Kopfnicken, daß sie höre, und ich bemerkte in ihrem Gesicht die Anzeichen der gleichen Übelkeit beim Anblick oder Geräusch eines heftigen Kampfes, unter denen ich in den ersten Wochen auf der „Ghost" so qualvoll gelitten hatte.

„Wäre es nicht besser, Sie gingen nach vorn, etwa über die Zwischendecktreppe, bis es vorbei ist?" schlug ich vor.

Sie schüttelte den Kopf und sah mich kläglich an. Sie war nicht bange, eher entsetzt über diese menschliche Tierhaftigkeit.

„Sie werden begreifen", sagte ich, die günstige Gelegenheit zum Sprechen benutzend, „daß ich, welchen Anteil ich auch an den jetzigen und künftigen Vorgängen nehme, dazu gezwungen bin – sollen wir beide, Sie und ich, je aus dieser Klemme mit dem Leben davonkommen. Es ist nicht angenehm – für mich", fügte ich hinzu.

„Ich verstehe", antwortete sie mit schwacher, ferner Stimme, und ihre Augen sagten mir, daß sie wirklich verstand.

Die Laute von unten erstarben bald. Dann kam Wolf Larsen allein an Deck. Eine leichte Röte lag unter dem Bronzeton, aber sonst trug er keine Spuren des Kampfes.

„Schicken Sie mir diese beiden Matrosen nach achtern, Mister van Weyden", sagte er.

Ich gehorchte, und ein oder zwei Minuten später standen sie vor ihm.

„Windet euer Boot hoch", sagte er zu ihnen. „Euer Jäger hat sich entschlossen, eine Weile an Bord zu bleiben, und möchte nicht, daß es längsseits schlägt. Windet euer Boot hoch, sage ich", wiederholte er, diesmal in schärferem Ton, da sie zögerten, seiner Aufforderung nachzukommen.

„Wer weiß? Vielleicht müßt ihr eine Zeitlang mit mir fahren", sagte er ganz freundlich, mit einer sanften Drohung, die seine Freundlichkeit Lügen strafte, als sie sich langsam regten, ihm zu willfahren, „und da könnten wir ebensogut gleich zu einer freundschaftlichen Verständigung kommen. Jetzt aber lebhaft! Tod Larsen läßt euch tüchtiger springen, das wißt ihr!"

Ihre Bewegungen wurden merklich flinker unter seiner Fuchtel, und als das Boot binnenbords schwang, wurde ich nach vorn geschickt, die Klüver gehen zu lassen. Wolf Larsen, am Rad, steuerte die „Ghost" hinter das zweite Luvboot der „Macedonia".

Da wir Fahrt machten und es im Augenblick nichts für mich zu tun gab, richtete ich meine Aufmerksamkeit auf die Lage der Boote. Das dritte Luvboot der „Macedonia" wurde von zwei der unsrigen angegriffen, das vierte von unsern restlichen drei, und das fünfte war umgekehrt und half seinem nächsten Gefährten, sich zu verteidigen. Der Kampf war auf weite Entfernung eröffnet worden, und die Büchsen knallten unentwegt.

Der Wind peitschte einen regen, lebhaften Seegang auf, ein Zustand, der zielsicherem Schießen im Wege stand, und als wir näher kamen, sahen wir ein übers andere Mal die Kugeln von Welle zu Welle flitzen.

Das Boot, das wir verfolgten, hatte vierkant gebraßt und lief vor dem Wind, um uns zu entkommen und um sich auf seinem Fluchtweg an der Abweisung unseres allgemeinen Bootsangriffes zu beteiligen.

Da ich Schote und Halsen zu bedienen hatte, blieb mir jetzt wenig Zeit zu sehen, was vor sich ging, aber ich war zufällig auf der Poop, als Wolf Larsen den beiden fremden Matrosen befahl, nach vorn in die Back zu gehen. Sie gingen widerstrebend, aber sie gingen. Darauf schickte er Miss Brewster nach unten und lächelte über das Entsetzen, daß ihr sofort in die Augen sprang.

„Sie werden da unten nichts Grausiges vorfinden", sagte er, „nur einen unbeschädigten Mann, der sicher an den Ringbolzen festgemacht ist. Vermutlich werden Kugeln an Bord fliegen, und ich möchte nicht, daß Sie getötet werden."

Schon als er noch sprach, wurde eine Kugel zwischen seinen Händen durch die Radspake mit messingner Kappe abgelenkt und pfiff durch die Luft nach Luv.

„Sie sehen", sagte er zu ihr – und dann zu mir: „Mister van Weyden, wollen Sie das Rad nehmen?"

Maud Brewster war ein paar Schritte die Kajüttreppe hinabgestiegen, so daß nur noch ihr Kopf ungeschützt war. Wolf Larsen hatte sich eine Büchse geholt und schob eine Patrone in den Lauf. Ich bat sie mit den Augen inständig, nach unten zu gehen, aber sie lächelte und sagte:

„Wir mögen schwache Landgeschöpfe ohne Beine sein, aber wir können Kapitän Larsen beweisen, daß wir zumindest ebenso tapfer sind wie er."

Er warf ihr einen raschen Blick der Bewunderung zu.

„Dafür gefallen Sie mir noch um hundert Prozent besser", sagte er. „Bücher und Verstand und Tapferkeit. Sie sind durchaus abgerundet, ein Blaustrumpf, der zur Frau eines Piratenhäuptlings taugt. Hm, darüber werden wir später reden", lächelte er, als eine Kugel tief in die Kajütwand einschlug.

Ich sah seine Augen golden aufblitzen, als er sprach, und sah das Entsetzen in die ihren steigen.

„Wir sind tapferer", sagte ich eilig. „Zumindest von mir gesprochen, weiß ich, daß ich tapferer bin als Kapitän Larsen."

Nun wurde ich mit einem schnellen Blick bedacht. Er fragte

sich wohl, ob ich mich über ihn lustig mache. Ich drehte das Rad um drei, vier Spaken, um zu verhindern, daß die „Ghost“ gegen den Wind gierte, und brachte sie in gleichmäßige Fahrt. Wolf Larsen wartete immer noch auf eine Erklärung, und ich deutete hinunter auf meine Knie.

„Sie werden da ein leichtes Zittern bemerken“, sagte ich. „Das kommt daher, weil ich mich fürchte, das Fleisch fürchtet sich, und ich fürchte mich in der Seele, weil ich nicht sterben möchte. Aber mein Geist meistert das zitternde Fleisch und die Schwächen der Seele. Ich bin mehr als tapfer. Ich bin mutig. Ihr Fleisch fürchtet sich nicht. Sie haben keine Furcht. Einerseits kostet es Sie nichts, Gefahren zu begegnen, andrerseits schenkt es Ihnen Lust. Sie genießen es. Sie mögen ohne Furcht sein, Mister Larsen, aber Sie müssen zugeben, daß ich die Tapferkeit besitze.“

„Sie haben recht“, räumte er sofort ein. „Auf diese Weise habe ich es nie zuvor erwogen. Aber trifft das Gegenteil zu? Wenn Sie tapferer sind als ich, bin ich dann feiger als Sie?“

Wir lachten beide über diese Ungereimtheit, und er ließ sich auf das Deck nieder und legte seine Büchse über die Reling. Die Kugeln, die wir abbekommen hatten, waren fast eine Meile Weg geflogen, doch inzwischen hatten wir diese Entfernung auf die Hälfte verkürzt. Er gab drei sorgfältige Schüsse ab. Der erste fiel fünfzig Fuß luvwärts von dem Boot, der zweite schlug längsseits ein, und beim dritten ließ der Steuermann das Steuerruder los und krümmte sich auf dem Boden des Bootes.

„Damit hab ich's ihnen vermutlich besorgt“, sagte Wolf Larsen und stand auf. „Ich konnte mir nicht leisten, den Jäger zu treffen, und es besteht die Möglichkeit, daß der Rojer nicht steuern kann. In dem Fall kann der Jäger nicht gleichzeitig steuern und schießen.“

Seine Schlußfolgerung erwies sich als richtig, denn das Boot stürzte umgehend in den Wind, und der Jäger sprang nach achtern, um den Platz des Steuermanns einzunehmen. Hier wurde nicht mehr geschossen, während die Büchsen der anderen Boote munter weiterknallten.

Dem Jäger war es gelungen, das Boot wieder vor den Wind zu bekommen, aber wir liefen darauf zu, da wir mindestens zwei Fuß machten, wenn er einen vorankam. Als wir noch hundert Yard entfernt waren, sah ich, wie der Rojer dem Jäger eine Büchse reichte. Wolf Larsen ging nach mittschiffs und nahm die Taurolle der Klaufallen von ihrem Pflock. Dann blickte er mit angelegter Büchse über die Reling. Zweimal sah ich, wie der Jäger das Steuerruder mit der einen Hand fahrenließ, nach seiner Büchse langte und zögerte. Wir waren jetzt längsseits und schäumten vorbei.

„Hier!“ rief Wolf Larsen plötzlich dem Rojer zu. „Leg einen Törn!“

Zur gleichen Zeit schleuderte er die Taurolle. Sie traf genau und schlug den Mann fast zu Boden, aber er gehorchte nicht. Statt dessen sah er seinen Jäger an und wartete auf Befehle. Der Jäger befand sich nun aber in einer mißlichen Lage. Die Büchse hatte er zwischen den Knien, ließ er jedoch das Steuerruder los, um zu schießen, dann würde das Boot im Nu herumfahren und mit dem Schoner zusammenstoßen. Auch sah er Wolf Larsens Büchse auf sich gerichtet und wußte, daß der auf ihn schießen würde, ehe er seine Büchse ins Spiel bringen konnte.

„Leg einen Törn“, sagte er ruhig zu dem Matrosen.

Der Rojer gehorchte, legte einen Törn um die vordere kleine Ducht und fierte das Tau, als es sich mit einem Ruck straffte. Plötzlich gierte das Boot, und der Jäger brachte es etwa zwanzig Fuß von der Schiffswand der „Ghost“ entfernt auf einen parallelen Kurs.

„Jetzt laßt das Segel runter und kommt längsseits!“ befahl Wolf Larsen.

Er trennte sich nicht von seiner Büchse und ließ sogar die

Taljen nur mit einer Hand hinab. Als sie an Bug und Heck befestigt waren und die beiden Unverletzten sich anschickten, an Bord zu kommen, nahm der Jäger seine Büchse auf, als wolle er sie an einen sicheren Platz stellen.

„Fallen lassen!“ rief Wolf Larsen, und der Jäger ließ sie fallen, als sei sie heiß und habe ihn verbrannt.

Einmal an Bord, wanden die beiden Gefangenen das Boot hoch und trugen unter Wolf Larsens Führung den verwundeten Steuermann in die Back.

„Wenn unsere fünf Boote so gut abschneiden wie Sie und ich, werden wir eine ziemlich vollständige Besatzung haben“, sagte Wolf Larsen zu mir.

„Der Mann, auf den Sie geschossen haben – ist doch – hoffentlich ...?“ sagte Maud Brewster mit bebender Stimme.

„Schulterschuß“, antwortete er. „Nichts Ernstes. Mister van Weyden wird ihn in drei, vier Wochen so gut wie nur je auf die Beine bringen. Aber es sieht nicht so aus, als könnte er diese Burschen da auf die Beine bringen“, fügte er hinzu und deutete auf das dritte Boot der „Macedonia“, auf das ich zugesteuert hatte und das sich nun fast auf gleicher Höhe mit uns befand. „Das ist Horners und Smokes Werk. Dabei habe ich ihnen gesagt, daß wir lebendige Männer brauchen, keine Leichen. Aber die Freude am Schießen, um zu treffen, ist etwas ungemein Zwingendes, wenn man erst einmal schießen gelernt hat. Jemals erprobt, Mister van Weyden?“

Ich schüttelte den Kopf und betrachtete ihr Werk. Es war in der Tat blutig und verdammenswert gewesen, denn sie hatten sich zurückgezogen und unsern anderen drei Booten bei dem Angriff auf die restlichen beiden des Feindes angeschlossen. Das verlassene Boot lag im Seegang und wälzte sich wie betrunken über jede sich überschlagende Schaumwelle, wobei das lose Sprietsegel im rechten Winkel dazu herausragte und im Wind schlappte. Der Jäger und der Rojer lagen zusammengekrümmt am Boden, der Steuermann jedoch, halb drinnen, halb draußen, über dem Dollbord, seine Arme schleiften im Wasser, und sein Kopf rollte von einer Seite zur andern.

„Sehen Sie nicht hin, Miss Brewster, bitte sehen Sie nicht hin“, hatte ich sie angefleht und war froh, daß sie auf mich gehört und sich den Anblick erspart hatte.

„Halten Sie genau in den Haufen, Mister van Weyden“, lautete Wolf Larsens Befehl.

Als wir näher kamen, hörte das Feuer auf, und wir sahen, daß der Kampf vorbei war. Die restlichen beiden Boote waren von unsern fünf gekapert worden, und alle sieben lagen beieinander und warteten darauf, an Bord genommen zu werden.

„Sehen Sie da!“ schrie ich unwillkürlich und zeigte nach Nordosten.

Der Rauchfleck, der die Position der „Macedonia“ anzeigte, war wieder aufgetaucht.

„Ja, ich habe es beobachtet“, gab Wolf Larsen gelassen zur Antwort. Er maß die Entfernung zu der Nebelbank und hielt einen Augenblick inne, um den Winddruck auf seiner Wange zu spüren. „Ich glaube, wir schaffen es, aber Sie können sich darauf verlassen, daß mein verwünschter Herr Bruder hinter unser kleines Spiel gekommen ist und jetzt auf uns losjagt. Ah, sehen Sie sich das an!“

Der Rauchfleck war plötzlich größer geworden und tiefschwarz.

„Und trotzdem werde ich dich schlagen, Bruderherz“, kicherte er. „Ich werde dich schlagen und erhoffe für dich nichts Schlimmeres, als daß du deine alten Maschinen in Stücke quälst.“

Als wir beilegten, herrschte ein heftiges, wenn auch geordnetes Durcheinander. Von beiden Seiten zugleich kamen die Boote an Bord. So schnell, wie die Gefangenen über die Reling kamen, wurden sie von unsern Jägern nach vorn in die

Back geführt, während unsere Matrosen die Boote unterschiedslos hochwanden, irgendwo auf das Deck niederließen und sich nicht damit aufhielten, sie festzulaschen. Wir machten bereits Fahrt, unter vollen und tragenden Segeln und die Schote nachgelassen für einen Wind dwars ein, als sich das letzte Boot völlig aus dem Wasser hob und in den Taljen schwang.

Eile tat not. Die „Macedonia", die pechschwarzen Rauch aus ihrem Schornstein ausstieß, jagte von Nordosten her auf uns zu. Ohne sich um die verbliebenen Boote zu kümmern, änderte sie ihren Kurs so, daß sie dem unsern in die Quere kommen mußte. Sie jagte nicht gerade auf uns zu, sondern uns voraus. Unsere Kurse liefen aufeinander zu wie die Schenkel eines Winkels, dessen Scheitelpunkt am Rande der Nebelbank lag. Dort oder überhaupt nicht konnte die „Macedonia" hoffen, uns zu erwischen. Die Hoffnung der „Ghost" lag darin, daß sie diesen Punkt hinter sich brachte, ehe die „Macedonia" ihn erreichte.

Wolf Larsen steuerte, seine Augen funkelten und blitzten auf, während sie bei einer Einzelheit der Jagd verweilten und zu einer anderen sprangen. Bald durchforschte er die See in Luv nach Anzeichen dafür, ob sich der Wind lege oder auffrische, bald beobachtete er die „Macedonia", dann wieder schweiften seine Augen über jedes Segel, und er gab Befehle, hier eine Schot ein klein wenig nachzulassen oder dort eine ein klein wenig anzuziehen, so daß er aus der „Ghost" das letzte bißchen Geschwindigkeit herausholte. Alle Streitigkeiten und aller Groll waren vergessen, und ich staunte, mit welcher Bereitwilligkeit die Männer, die so lange Zeit hindurch seine Roheit erduldet hatten, umhersprangen, um seine Befehle auszuführen. Merkwürdig! Der unglückliche Johnson kam mir in den Sinn, als wir so dahinrauschten, uns hoch auf die Wogen hoben oder krängten, und ich verspürte ein Bedauern, daß er nicht am Leben und mit dabei war; er hatte die „Ghost“ so geliebt, und ihre Segeleigenschaften hatten ihm so große Freude bereitet.

„Holt lieber eure Büchsen, Freunde“, rief Wolf Larsen unsern Jägern zu, und die fünf Männer reihten sich, das Gewehr in der Hand, an der Leereling auf und warteten.

Die „Macedonia“ war jetzt nur noch eine Meile entfernt, und der schwarze Rauch strömte im rechten Winkel aus ihrem Schornstein, so wahnsinnig raste sie dahin, mit siebzehn Knoten durch die See stampfend – „zum Himmel schreiend durch das Meer“, wie Wolf Larsen zitierte, während er sie betrachtete. Wir machten nicht mehr als neun Knoten, aber die Nebelbank war sehr nah.

Ein Rauchpuff löste sich vom Deck der „Macedonia“, wir hörten einen lauten Knall, und in der gespannten Leinwand unseres Großsegels zeichnete sich ein rundes Loch ab. Sie schossen auf uns mit einer der kleinen Kanonen, die sie dem Gerücht zufolge an Bord mitführten. Unsere Männer, die sich mitschiffs zusammendrängten, schwenkten die Hüte und erhoben ein Hohngeschrei. Wieder ein Rauchpuff und ein lauter Knall; diesmal traf die Kanonenkugel nicht mehr als zwanzig Fuß achtern und glänzte zweimal von Woge zu Woge nach Luv auf, ehe sie unterging.

Aber es gab kein Büchsenfeuer, weil all ihre Jäger draußen in den Booten oder unsere Gefangenen waren. Als die beiden Schiffe nur noch eine halbe Meile trennte, riß ein dritter Schuß abermals ein Loch in unser Großsegel. Dann drangen wir in den Nebel ein. Er legte sich um uns, verhüllte und verbarg uns in seinem dichten, feuchten Flor.

Der jähe Übergang war erschreckend. Den Augenblick zuvor waren wir noch durch den Sonnenschein gerast, über uns den klaren Himmel, die Wogen brachen und rollten weithin zum Horizont, und ein Schiff, das Rauch, Feuer und Eisengeschosse spuckte, stürzte wie toll auf uns zu. Und mit einemmal, im Handumdrehen, war die Sonne ausgelöscht, gab es

keinen Himmel, hatten sich selbst unsere Masttopps dem Blick entzogen und war unser Gesichtskreis so, wie ihn tränenblinde Augen wahrnehmen mögen. Der graue Nebel trieb wie ein Regen an uns vorbei. Jedes Wollfäserchen an unserer Kleidung, jedes Haar auf dem Kopf und im Gesicht war mit einem Kristallkügelchen wie mit Juwelen geschmückt. Die Wanten waren naß von Feuchtigkeit, sie tropfte aus der Takelung über uns, und an der Unterseite unserer Spieren bildeten sich Wassertropfen in langen schwingenden Reihen, die bei jeder plötzlichen Bewegung des Schoners losgerissen und wie ein Platzregen auf das Deck geschleudert wurden. Ich fühlte mich wie eingesperrt und zum Ersticken. So wie die Laute des Schiffes, das sich durch die Wogen schob, von dem Nebel zu uns zurückgeworfen wurden, so geschah es mit den Gedanken. Der Geist schauderte davor zurück, sich mit einer Welt zu beschäftigen, die jenseits dieses feuchten Schleiers lag, von dem wir ringsum eingehüllt waren. Dies war die Welt, war das Universum, und so nahe lagen seine Grenzen, daß man sich gedrängt fühlte, beide Arme auszustrecken und sie zurückzustoßen. Unmöglich, daß es hinter diesen Mauern von Grau noch etwas geben konnte. Alles andere war nur ein Traum, nichts weiter als die Erinnerung an einen Traum.

Es war unheimlich, seltsam unheimlich. Ich sah Maud Brewster an und wußte, daß es auf sie ebenso wirkte. Dann blickte ich auf Wolf Larsen, aber dessen Bewußtseinszustand war frei von Subjektivität. Sein ganzes Augenmerk war auf die unmittelbare, objektive Gegenwart gerichtet. Er hielt immer noch das Rad, und ich fühlte, daß er die Zeit maß, daß er das Verstreichen der Minuten bei jedem Vorwärtsschießen der „Ghost“ und jedem Krängen nach Lee berechnete.

„Gehn Sie nach vorn und halten Sie sich dicht beim Wind, ohne ein Geräusch“, sagte er leise zu mir. „Geien Sie zuerst die Marssegel auf. Stellen Sie Leute an alle Schote. Achten

Sie darauf, daß die Blöcke nicht knarren und daß keine Stimmen zu hören sind. Kein Geräusch, verstanden? Kein Geräusch!"

Als alles bereit war, wurde der Befehl „Dicht beim Wind!" von Mann zu Mann nach vorn an mich weitergegeben, und die „Ghost" schwang sich tatsächlich fast ohne einen Laut mit Backbordhalsen herum. Und die wenigen Laute – das Klatschen von ein paar Reffbändseln und das Knirschen einer Scheibe in ein oder zwei Blöcken – waren schemenhaft unter der dumpf den Schall zurückwerfenden Decke, die uns einhüllte.

Wir hatten anscheinend kaum vollgebraßt, als sich der Nebel plötzlich lichtete und wir wieder im Sonnenschein waren, vor uns die weit bis zum Horizont hingestreckte See. Aber der Ozean war leer. Keine zornige „Macedonia" durchbrach seine Fläche oder schwärzte den Himmel mit ihrem Rauch.

Wolf Larsen braßte sofort die Rahen vierkant und lief am Rande der Nebelbank entlang. Seine List war einleuchtend. Er war in Luv des Dampfers in den Nebel eingedrungen, und während der Dampfer auf die Möglichkeit hin, ihn zu fangen, weitergestürmt war in den Nebel, hatte er gewendet und seinen Schutz verlassen und lief nun dahin, um ihn in Lee wieder aufzusuchen. Gelang ihm das, dann würde der alte Vergleich von der Stecknadel im Heuschober ein sanfter Ausdruck sein für die Aussicht seines Bruders, ihn zu finden.

Er fuhr nicht lange. Nachdem wir die Fock- und Marssegel umgelegt und die Großsegel wieder gesetzt hatten, liefen wir in die Nebelbank zurück. Ich hätte schwören können, daß ich in dem Augenblick, als wir eindrangen, in Luv eine undeutliche Masse auftauchen sah. Ich blickte rasch nach Wolf Larsen. Wir waren bereits im Nebel begraben, aber er nickte. Auch er hatte sie gesehen – die „Macedonia", die sein Manöver erraten und nur um ein Haar verfehlt hatte, es zu vereiteln. Es bestand kein Zweifel, daß wir ungesehen entkommen waren.

„Er kann das nicht fortsetzen“, sagte Wolf Larsen. „Er muß zu seinen restlichen Booten zurück. Schicken Sie einen Mann ans Rad, Mister van Weyden, halten Sie vorläufig diesen Kurs, und dann können Sie auch gleich die Wachen einteilen, denn diese Nacht werden wir nicht vertrödeln. Aber ich hätte fünfhundert Dollar dafür gegeben“, fügte er hinzu, „nur fünf Minuten an Bord der ‚Macedonia‘ zu sein und meinen Bruder fluchen zu hören.

Und jetzt, Mister van Weyden“, sagte er zu mir, als er am Rad abgelöst worden war, „müssen wir diesen Zuwachs willkommen heißen. Verteilen Sie reichlich Whisky an die Jäger und sorgen Sie dafür, daß auch ein paar Flaschen nach vorn kommen. Ich möchte wetten, daß morgen alle bis zum letzten umgestimmt sind und so bereitwillig für Wolf Larsen jagen werden, wie sie nur je für Tod Larsen jagten.“

„Aber werden sie nicht entwischen wie Wainwright?“ fragte ich.

Er lachte schlau. „Nicht, solange unsere alten Jäger dabei mitzureden haben. Für jedes von den neuen Jägern erbeutete Fell zahle ich ihnen einen Dollar. Dem war mindestens die Hälfte ihrer heutigen Begeisterung zu verdanken. O nein, wenn sie mitzureden haben, wird es keine Flucht geben. Und jetzt gehen Sie besser nach vorn an Ihre Lazarettpflichten. Ein vollbelegtes Krankenzimmer muß Sie erwarten.“

Siebentes Kapitel

Wolf Larsen nahm mir die Verteilung des Whiskys aus der Hand, und die Flaschen kamen zum Vorschein, als ich mich mit dem neuen Schub Verwundeter in der Back befaßte. Ich hatte schon Whisky trinken sehen, mit Soda von den Männern in den Klubs, aber nie hatte ich so etwas gesehen, wie diese Männer ihn tranken, aus Trinkkännchen und Henkeltöpfchen und aus den Flaschen – in gewaltigen, übervollen Zügen, von denen jeder einzelne bereits eine Ausschweifung war. Aber sie hörten nicht nach einem oder zweien auf. Sie tranken und tranken, und immer noch kamen unversehens Flaschen nach vorn, und sie tranken weiter.

Alle tranken, die Verwundeten tranken, Oofty-Oofty, der mir half, trank. Nur Louis hielt Maß und befeuchtete sich nur vorsichtig die Lippen mit dem Alkohol, wenngleich er sich so ungeniert an der lärmenden Lustbarkeit beteiligte wie die meisten. Es war ein wüstes Gelage. Mit lauter Stimme frohlockten sie über den Kampf des Tages, zankten sich über Einzelheiten oder wurden liebevoll und freundeten sich mit den Männern an, die sie bekämpft hatten. Gefangene und Kaper schluchzten einander an der Schulter und schwuren mächtige Eide der Hochachtung und Wertschätzung. Sie weinten über das Ungemach der Vergangenheit wie über das noch zu erwartende unter der eisernen Herrschaft Wolf Larsens. Und alle verfluchten ihn und erzählten gräßliche Geschichten von seiner Unmenschlichkeit.

Es war ein sonderbarer und grausiger Anblick – der kleine, von Kojen gesäumte Raum, dessen Fußboden und Wände ruckten und schaukelten, das trübe Licht, die schwankenden, unnatürlich verlängerten oder verkürzten Schatten, die dicke Luft, geschwängert von Rauch und dem Geruch der Leiber und des Jodoforms, und die erhitzten Gesichter der Menschen – Halbmenschen, wie ich sie lieber nennen sollte. Ich beobachtete Oofty-Oofty, der das Ende einer Bandage hielt und das Schauspiel betrachtete, wobei seine samtigen, leuchtenden Augen im Licht wie Rehaugen schimmerten, und doch kannte ich den grausamen Teufel, der in seiner Brust lauerte und die ganze, fast weibliche Sanftmut und Weichheit seines

Gesichts und seiner Gestalt Lügen strafte. Und ich bemerkte das knabenhafte Gesicht Harrisons – früher ein gutes Gesicht und jetzt das eines Teufels –, verzerrt von Leidenschaft, als er den Neulingen von dem Höllenschiff erzählte, auf dem sie sich befanden, und Flüche auf das Haupt Wolf Larsens kreischte.

Wolf Larsen war es, immer Wolf Larsen, Menschenversklaver und -peiniger, eine männliche Circe und diese hier seine Schweine, leidende Tiere, die vor ihm auf dem Bauch lagen und sich nur in der Trunkenheit und im geheimen auflehnten. Und gehörte auch ich zu seinen Schweinen? Wohl ja. Und Maud Brewster? Nein! Ich knirschte mit den Zähnen vor Zorn und Entschlossenheit, bis der Mann, den ich verband, unter meiner Hand vor Schmerz zusammenzuckte und Oofty-Oofty mich neugierig ansah. Ich fühlte mich mit unvermuteter Kraft ausgerüstet. Meine seit kurzem entdeckte Liebe machte mich zum Riesen. Ich fürchtete nichts, ich würde bei allem meinen Willen durchsetzen, trotz Wolf Larsen und meinen fünfunddreißig buchgelehrten Jahren. Alles würde gut werden. Ich würde es gut machen. Und so, gehoben und getragen von einem Gefühl der Macht, kehrte ich dem heulenden Inferno den Rücken und stieg an Deck, wo der Nebel schemenhaft durch die Nacht trieb.

Das Zwischendeck, in dem sich zwei verwundete Jäger befanden, war eine Wiederholung der Back, außer daß Wolf Larsen nicht verflucht wurde, und mit großer Erleichterung tauchte ich wieder an Deck auf und ging nach achtern zur Kajüte.

Das Abendessen war fertig, und Wolf Larsen und Maud warteten auf mich.

Während sich sein ganzes Schiff so schnell wie nur möglich betrank, blieb er nüchtern. Kein Tropfen Alkohol kam über seine Lippen. Er wagte es nicht unter diesen Umständen, denn er hatte nur Louis und mich, auf die er sich verlassen konnte, und Louis stand eben jetzt am Rad. Wir segelten ohne Ausguck und ohne Lichter durch den Nebel. Daß Wolf Larsen den Whisky auf seine Leute losgelassen hatte, überraschte mich, aber offenbar wußte er über ihre seelischen Vorgänge Bescheid und kannte die beste Methode, in Herzlichkeit zusammenzukitten, was mit Blutvergießen begonnen hatte.

Sein Sieg über Tod Larsen schien eine bemerkenswerte Wirkung auf ihn zu haben. Am vorangegangenen Abend hatte er sich in Schwermut geredet, und jeden Augenblick hatte ich einen seiner eigentümlichen Ausbrüche erwartet. Aber nichts war geschehen, und jetzt befand er sich in glänzender Verfassung. Möglicherweise hatte sein Erfolg, so viele Jäger und Boote zu kapern, der üblichen Reaktion entgegengewirkt. Jedenfalls war die Schwermut verschwunden, und die bösen Dämonen waren nicht in Erscheinung getreten. So glaubte ich damals, aber, ach Himmel!, wie wenig kannte ich ihn oder wußte ich davon, ob er nicht vielleicht eben jetzt einen schrecklicheren Ausbruch plante als jeden, den ich erlebt hatte.

Wie gesagt, er zeigte sich in glänzender Verfassung, als ich die Kajüte betrat. Er hatte wochenlang keine Kopfschmerzen gehabt, seine Augen waren klarblau wie der Himmel, sein Bronzeton schön infolge ungetrübten Wohlbefindens, das Leben lief in einem mächtigen, herrlichen Strom schwellend durch seine Adern. Während sie auf mich warteten, hatte er Maud in ein angeregtes Gespräch verwickelt. Versuchung war der Gegenstand, auf den sie verfallen waren, und den wenigen Worten, die ich hörte, entnahm ich, daß er behauptete, Versuchung sei nur dann Versuchung, wenn sich der Mensch von ihr verleiten lasse und falle.

„Denn sehen Sie“, sagte er, „meiner Ansicht nach handelt der Mensch nach seinen Wünschen. Er hat viele Wünsche. Vielleicht wünscht er, Schmerz zu entgehen oder Vergnügen zu genießen. Aber was er auch immer tut, geschieht, weil er es zu tun wünscht."

„Aber angenommen, er wünscht zwei entgegengesetzte Dinge, deren keines ihm erlaubt, das andere zu tun", unterbrach Maud.

„Darauf wollte ich gerade hinaus", sagte er.

„Und eben zwischen diesen beiden Wünschen offenbart sich die Seele des Menschen", fuhr sie fort. „Wenn sie eine gute Seele ist, wird sie die gute Tat wünschen und vollbringen, und das Gegenteil, wenn sie eine schlechte Seele ist. Es ist die Seele, die entscheidet."

„Blödsinn und dummes Zeug!" rief er ungeduldig aus. „Es ist der Wunsch, der entscheidet. Nehmen wir einen Menschen, der sich, sagen wir, betrinken möchte. Gleichzeitig möchte er sich nicht betrinken. Was tut er? Wie tut er es? Er ist eine Marionette. Er ist ein Geschöpf seiner Wünsche, und von den beiden Wünschen gehorcht er dem stärksten, das ist alles. Seine Seele hat nichts damit zu tun. Wie kann er versucht sein, sich zu betrinken, und sich weigern, sich zu betrinken? Siegt der Wunsch, nüchtern zu bleiben, dann deshalb, weil er der stärkere Wunsch ist. Versuchung spielt keine Rolle, außer" – er hielt inne, um den neuen Gedanken aufzugreifen, der ihm in den Sinn gekommen war –, „außer, er ist versucht, nüchtern zu bleiben.

Haha!" lachte er. „Was halten Sie davon, Mister van Weyden?"

„Daß Sie sich beide in Haarspaltereien ergehen", erwiderte ich. „Des Menschen Seele sind seine Wünsche. Oder, wenn Sie so wollen, die Summe seiner Wünsche ist seine Seele. Darin haben Sie beide unrecht. Sie legen das Gewicht auf den von der Seele getrennten Wunsch, Miss Brewster legt das Gewicht auf die von dem Wunsch getrennte Seele, und tatsächlich sind Seele und Wunsch dasselbe. Allerdings hat Miss Brewster recht", fuhr ich fort, „wenn sie behauptet, Versuchung bleibe

Versuchung, einerlei ob ihr der Mensch nachgibt oder sie besiegt. Das Feuer wird vom Wind angefacht, bis es ungestüm auflodert. So ist der Wunsch wie das Feuer. Er wird wie durch den Wind angefacht durch den Anblick des Gewünschten oder durch eine neue und verlockende Schilderung oder Erfassung des Gewünschten. Da liegt die Versuchung. Sie ist der Wind, der den Wunsch anfacht, bis er zur Herrschaft auflodert. Das ist Versuchung. Vielleicht facht sie nicht hinreichend an, den Wunsch überwältigend werden zu lassen, aber soweit sie überhaupt anfacht, soweit ist sie Versuchung. Und wie Sie sagen, kann sie zum Guten wie zum Bösen versuchen."

Ich war stolz auf mich, als wir uns zu Tisch setzten. Meine Worte waren entscheidend gewesen. Zumindest hatten sie der Diskussion ein Ende gemacht.

Aber Wolf Larsen schien geschwätzig, zum Reden aufgelegt zu sein, wie ich ihn noch nie zuvor erlebt hatte. Es war, als berste er vor eingeengter Energie, die irgendwie einen Auslaß finden mußte. Fast unverzüglich stürzte er sich in ein Gespräch über die Liebe. Wie üblich vertrat er die rein materialistische Seite und Maud die idealistische. Ich selbst nahm, abgesehen hin und wieder von wenigen anregenden oder berichtigenden Worten, nicht daran teil.

Er war glänzend, aber Maud desgleichen, und für eine Weile verlor ich den Faden der Unterhaltung, weil ich ihr Gesicht studierte, wenn sie sprach. Es war ein Gesicht, das selten Farbe zeigte, aber an diesem Abend gerötet und lebhaft war. Ihr Geist führte ein scharfes Spiel, und sie genoß das Turnier so sehr wie Wolf Larsen, und er genoß es ungemein. Aus irgendeinem Grunde, wenn ich auch nicht weiß, was das in der Auseinandersetzung zu suchen hatte, so vollständig war ich in die Betrachtung einer verirrten braunen Locke von Mauds Haar versunken, zitierte er aus „Isolde in Tintagel", wo sie sagt:

Gesegnet bin ich über alle Frauen selbst darin,
Daß jenseits aller Frauen meine Sünde
Und mein Vergeh'n vollkommen ist.

So, wie er in Omar Pessimismus hineingelesen hatte, so las er jetzt Triumph, schneidenden Triumph und Frohlocken in die Zeilen von Swinburne. Und er las richtig, und er las gut. Kaum hatte er aufgehört, als Louis den Kopf zur Kajüttreppe hereinsteckte und nach unten flüsterte:

„Nich so laut! Der Nebel lichtet sich, und in dieser verwünschten Minute fährt die Backbordlaterne von 'nem Dampfer vor unserm Bug vorbei."

Wolf Larsen sprang an Deck, und so flink, daß er in der Zeit, da wir ihm folgten, bereits den Zwischendeckschieber über den Lärm der Betrunkenen gezogen hatte und auf dem Weg nach vorn war, um die Backluke zu schließen. Der Nebel blieb zwar, hatte sich aber in die Höhe gehoben, wo er die Sterne verdunkelte und die Nacht pechschwarz machte. Direkt vor uns konnte ich ein helles rotes Licht und ein weißes Licht sehen und das Stampfen der Maschinen eines Dampfers hören. Ohne jeden Zweifel war es die „Macedonia".

Wolf Larsen war zur Poop zurückgekommen, und wir standen schweigend beisammen und beobachteten, wie die Lichter rasch an unserm Bug vorbeiglitten.

„Ein Glück für mich, daß er keinen Scheinwerfer an Bord hat", sagte Wolf Larsen.

„Was wäre, wenn ich jetzt laut schriee?" fragte ich leise.

„Dann wäre alles aus", antwortete er. „Aber haben Sie auch daran gedacht, was im selben Augenblick geschehen würde?"

Ehe ich Zeit hatte, den Wunsch zu äußern, daß ich es gern erfahren wollte, hatte er mich mit seinem Gorillagriff bei der Kehle gepackt, und durch ein schwaches Beben der Muskeln – glcichsam als Fingerzeig – deutete er mir die Drehung an, die mir bestimmt das Genick gebrochen hätte. Gleich darauf hatte er mich losgelassen, und wir starrten auf die Lichter der „Macedonia".

„Und was wäre, wenn ich schriee?" fragte Maud.

„Sie gefallen mir zu gut, als daß ich Ihnen etwas antun würde", sagte er sanft – ja, seine Stimme enthielt eine Zärtlichkeit, eine Liebkosung, die mich zusammenzucken ließ. „Aber tun Sie es trotzdem nicht, denn ich würde Mister van Weyden sofort das Genick brechen."

„Dann hat sie meine Erlaubnis zu schreien", sagte ich herausfordernd.

„Ich glaube kaum, daß Sie Lust haben werden, den Swift der amerikanischen Literatur zu opfern", spottete er.

Wir sprachen nicht mehr, aber wir hatten uns schon zu sehr aneinander gewöhnt, um das Schweigen als unbehaglich zu empfinden, und als das rote und das weiße Licht verschwunden waren, kehrten wir in die Kajüte zurück, das unterbrochene Abendessen zu beenden.

Wieder verfielen sie darauf zu zitieren, und Maud sprach das Gedicht „Impenitentia Ultima" von Dowson. Sie gab es wunderschön wieder, aber ich beobachtete nicht sie, sondern Wolf Larsen. Mich fesselte der Blick, den er auf Maud gerichtet hielt. Er war völlig hingerissen, und ich bemerkte die unbewußte Bewegung seiner Lippen, die Wort für Wort so rasch formten, wie sie ausgesprochen wurden. Er unterbrach sie bei den Zeilen:

> Und ihre Augen sollten Licht mir sein, versank die Sonne hinter mir,
> Und die Violen ihrer Stimme der letzte Laut in meinem Ohr.

„In Ihrer Stimme klingen Violen", sagte er einfach, und seine Augen flammten ihr goldenes Licht.

Ich hätte jauchzen mögen über ihre Beherrschung. Sie

beendete die Schlußstrophe, ohne zu stocken, und lenkte sodann das Gespräch in weniger gefährliche Bahnen. Und die ganze Zeit saß ich fast wie betäubt da, während der trunkene Lärm im Zwischendeck durch das Schott drang und der Mann, den ich fürchtete, und die Frau, die ich liebte, immer weitersprachen. Der Tisch war nicht abgeräumt. Der Mann, der Mugridges Platz eingenommen hatte, war anscheinend bei seinen Kameraden in der Back.

Wenn Wolf Larsen je den Höhepunkt des Lebens erreichte, dann jetzt. Von Zeit zu Zeit ließ ich meine Gedanken fahren, um ihm zu folgen, und ich folgte staunend, für den Augenblick überwältigt von seinem ungewöhnlichen Verstand, unter dem Zauberbann seiner Leidenschaft, denn er predigte die Leidenschaft der Auflehnung. Es war unvermeidlich, daß Miltons Luzifer angeführt wurde, und der Scharfsinn, mit dem Wolf Larsen diesen Charakter analysierte und darstellte, war eine Offenbarung seiner erstickten genialen Anlagen. Sie erinnerten mich an Taine, dennoch wußte ich, daß Wolf Larsen nie von diesem glänzenden, allerdings gefährlichen Denker gehört hatte.

„Er führte eine verlorene Sache und fürchtete sich nicht vor Gottes Donnerkeilen“, sagte Wolf Larsen über Luzifer. „In die Hölle gestürzt, blieb er doch ungeschlagen. Ein Drittel der Engel Gottes hatte er mitgebracht, und ohne Zögern stachelte er den Menschen an, sich gegen Gott zu empören, und gewann für sich und die Hölle den Hauptanteil aller Menschengenerationen. Warum wurde er aus dem Himmel verstoßen? Weil er weniger mutig war als Gott? Weniger stolz? Weniger ehrgeizig? Nein! Tausendmal nein! Gott war mächtiger, der Donner hatte ihn mächtiger gemacht, wie er sagte. Aber Luzifer war ein freier Geist. Dienen hieß ersticken. Lieber wollte er in Freiheit leiden als alles Glück einer bequemen Knechtschaft genießen. Er war nicht geneigt, Gott zu dienen. Er war nicht geneigt, zu etwas dienlich zu sein. Er war keine

Gallionsfigur. Er stand auf eigenen Beinen. Er war ein Einzelwesen."

„Der erste Anarchist", lachte Maud und stand auf, um sich in ihre Schlafkabine zurückzuziehen.

„Dann ist es gut, ein Anarchist zu sein!" rief er. Auch er war aufgestanden und blickte ihr ins Gesicht, da sie an der Tür zu ihrem Raum stehengeblieben war, als er fortfuhr:

Hier zumindest
Sind wir frei, denn dies hat der Allmächtige nicht gebaut
Zu seinem Gegenstand des Neides, er wird von hier uns nicht vertreiben,
Hier können ungestört wir herrschen, und habe ich die Wahl, sag ich,
Zu herrschen ist den Ehrgeiz wert, und sei es in der Hölle:
Besser, zu herrschen in der Hölle, als Knecht zu sein im Himmel.

Es war der Trotz bietende Ruf eines mächtigen Geistes. Die Kajüte hallte noch von seiner Stimme, wie er da schwankend stand, das sonnengebräunte Gesicht leuchtend, den Kopf gebieterisch emporgeworfen und die Augen, golden und männlich, durchdringend männlich und eindringlich sanft, flammend auf Maud gerichtet, die an der Tür lehnte.

Wieder lag das unnennbare und unverkennbare Entsetzen in ihren Augen, und fast flüsternd sagte sie: „Sie sind Luzifer."

Die Tür schloß sich, und sie war fort. Er starrte ihr eine Minute lang nach, dann kam er wieder zu sich und kehrte auch zu mir zurück.

„Ich werde Louis am Rad ablösen", sagte er kurz, „und erwarte von Ihnen, daß Sie mich um Mitternacht ablösen. Legen Sie sich jetzt lieber hin und schlafen Sie ein bißchen."

Er zog ein Paar Halbfingerhandschuhe an, setzte seine Mütze auf und stieg die Kajüttreppe nach oben, während ich seinem Rat folgte und zu Bett ging. Aus einem mir unbekannten Grund, auf rätselhafte Weise dazu bewogen, zog ich mich nicht aus, sondern legte mich vollständig angekleidet nieder. Eine Zeitlang lauschte ich dem Tumult im Zwischendeck und staunte über die Liebe, die zu mir gekommen war; aber auf der „Ghost" war mein Schlaf ungemein gesund und natürlich geworden, und bald erstarben die Lieder und das Gegröl, meine Augen schlossen sich, und mein Bewußtsein sank in den Halbtod des Schlummers.

Ich wußte nicht, was mich geweckt hatte, fand mich jedoch außerhalb meiner Koje hellwach auf den Beinen, und meine Seele erbebte vor dem Signal der Gefahr, wie sie ein Trompetenschall durchschauert hätte. Ich stieß die Tür auf. Die Kajütlampe brannte schwach. Und ich sah Maud, meine Maud, sich winden und sträuben und erdrückt in Wolf Larsens Umarmung. Ich bemerkte ihre vergeblichen Anstrengungen, ihm zu widerstehen, und wie sie ihr Gesicht an seine Brust drückte, um ihm zu entrinnen. All das sah ich im ersten Augenblick und als ich bereits vorsprang.

Ich schlug ihm mit der Faust ins Gesicht, als er den Kopf hob, aber es war ein kraftloser Hieb. Er brüllte wild auf wie ein Tier und gab mir einen Stoß mit der Hand. Es war nur ein Stoß, eine rasche Bewegung aus dem Handgelenk, aber so gewaltig war seine Kraft, daß ich wie von einem Katapult zurückgeschleudert wurde. Ich stieß gegen die Tür der Schlafkabine, die Mugridge früher innegehabt hatte, und von dem Aufprall meines Körpers krachten und splitterten die Füllungen. Ich rappelte mich hoch und befreite mich mühsam aus der zertrümmerten Tür, ohne zu beachten, ob ich irgendwo verletzt sei. Ich war mir nur einer alles beherrschenden Wut bewußt. Ich glaube, auch ich schrie laut, als ich das Messer an meiner Hüfte zog und ein zweites Mal vorsprang.

Aber etwas war geschehen. Sie taumelten auseinander. Ich

war mit erhobenem Messer dicht über ihm, hielt jedoch den Stoß zurück. Das Sonderbare verwirrte mich. Maud lehnte an der Wand, eine Hand haltsuchend ausgestreckt; er dagegen schwankte, die Linke an die Stirn gedrückt und die Augen bedeckend, während er mit der Rechten wie geblendet um sich tastete. Sie traf die Wand, und sein Körper schien bei der Berührung vor allem in den Muskeln eine physische Erleichterung auszudrücken, als habe er seine Richtung gefunden, seine Ortsbestimmung, wie auch etwas, wogegen er sich stützen konnte.

Dann sah ich abermals rot. Alles Unrecht und alle Demütigungen überfielen mich plötzlich mit blendender Helligkeit, alles was ich und was andere von seinen Händen erduldet hatten, die ganze Ungeheuerlichkeit der Existenz dieses Mannes. Ich sprang ihn an, blind, wahnsinnig, und stieß ihm das Messer in die Schulter. Ich wußte gleich, daß es nichts weiter als eine Fleischwunde war – ich hatte gespürt, wie der Stahl sein Schulterblatt streifte –, und ich hob das Messer, um einen lebenswichtigeren Teil zu treffen.

Aber Maud hatte meinen ersten Stoß gesehen und rief: „Nicht! Bitte, nicht!"

Ich ließ meinen Arm einen Augenblick sinken, aber nur einen Augenblick. Wieder war das Messer erhoben, und bestimmt hätte Wolf Larsen den Tod gefunden, wäre sie nicht dazwischengetreten. Ihre Arme hatten mich umfangen, ihr Haar streifte mein Gesicht. Mein Pulsschlag jagte auf ungewöhnliche Weise in die Höhe, doch meine Wut stieg mit ihm.

Sie blickte mir tapfer in die Augen.

„Um meinetwillen", bat sie inständig.

„Um Ihretwillen würde ich ihn töten!" rief ich und versuchte meinen Arm zu befreien, ohne ihr weh zu tun.

„Still!" sagte sie und legte mir leicht ihre Finger auf die Lippen. Ich hätte ihre Finger küssen können, hätte ich es nur gewagt, denn selbst in meiner Wut war mir ihre Berührung so süß, so ungemein süß. „Bitte, bitte", flehte sie und entwaffnete mich mit diesen Worten, wie sie mich, was ich noch herausfinden sollte, stets entwaffnen würde.

Ich löste mich von ihr, trat zurück und steckte das Messer wieder in die Scheide. Ich sah nach Wolf Larsen. Er preßte immer noch seine Linke an die Stirn. Sie bedeckte seine Augen. Sein Kopf war gebeugt. Er schien schlapp geworden zu sein. Sein Körper sackte in den Hüften ab, seine mächtigen Schultern hingen und krümmten sich nach vorn.

„Van Weyden!" rief er heiser und mit einem Ton von Entsetzen in der Stimme. „Oh, van Weyden! Wo sind Sie?"

Ich blickte auf Maud.

Sie sprach nicht, nickte jedoch.

„Hier bin ich", antwortete ich und trat neben ihn. „Was ist los?"

„Helfen Sie mir zu einem Stuhl", sagte er mit derselben heiseren, entsetzten Stimme.

„Ich bin ein kranker Mann, ein sehr kranker Mann, Hump", sagte er dann, als er aus meinem stützenden Griff in einen Sessel sank.

Sein Kopf war nach vorn auf den Tisch gefallen und in den Händen vergraben. Von Zeit zu Zeit bewegte er ihn wie vor Schmerz vor und zurück. Einmal, als er ihn halb emporhob, sah ich auf seiner Stirn an den Haarwurzeln dicke Schweißperlen stehen.

„Ich bin ein kranker Mann, ein sehr kranker Mann", wiederholte er einmal und noch einmal.

„Was ist los?" fragte ich und legte ihm die Hand auf die Schulter. „Was kann ich für Sie tun?"

Doch mit einer gereizten Bewegung schüttelte er meine Hand ab, und lange stand ich schweigend neben ihm. Maud blickte mit angstvollem und erschrockenem Gesicht auf uns beide. Wir konnten uns nicht denken, was ihm zugestoßen war.

„Hump", sagte er schließlich, „ich muß in meine Koje. Helfen Sie mir. Nur ein Weilchen, dann werde ich wieder in Ordnung sein. Ich glaube, es sind diese verdammten Kopfschmerzen. Davor habe ich mich gefürchtet. Ich hatte ein Gefühl – nein, ich weiß nicht, wovon ich rede. Helfen Sie mir in meine Koje."

Aber als ich ihn in seine Koje gebracht hatte, vergrub er wieder das Gesicht in den Händen, wobei er seine Augen bedeckte, und als ich mich zum Gehen wandte, konnte ich ihn murmeln hören: „Ich bin ein kranker Mann, ein sehr kranker Mann."

Maud sah mich fragend an, als ich wieder zum Vorschein kam. Ich schüttelte den Kopf und erwiderte:

„Irgend etwas ist ihm zugestoßen. Was, weiß ich nicht. Er ist hilflos und voller Angst, zum erstenmal in seinem Leben, denke ich mir. Es muß geschehen sein, ehe er den Messerstich empfing, der nur eine oberflächliche Wunde verursacht hat. Sie müssen doch gesehen haben, was geschah."

Sie schüttelte den Kopf. „Ich habe nichts gesehen. Mir ist es genauso rätselhaft. Plötzlich ließ er mich los und taumelte von mir weg. Aber was sollen wir tun? Was soll ich tun?"

„Wenn Sie bitte warten wollen, bis ich zurückkomme", antwortete ich.

Ich ging an Deck. Louis stand am Rad.

„Du kannst nach vorn gehen und dich schlafen legen", sagte ich und nahm es selbst.

Er beeilte sich zu gehorchen, und ich sah mich allein an Deck der „Ghost". So leise wie möglich geite ich die Marssegel auf, fierte Außenklüver und Stagsegel, holte den Klüver back und stellte das Großsegel in Längsrichtung. Dann ging ich zu Maud hinunter. Ich legte den Finger an die Lippen, um ihr Schweigen zu bedeuten, und trat in Wolf Larsens Kabine. Er befand sich in derselben Lage, wie ich ihn verlassen hatte, und sein Kopf bewegte sich – wand sich fast – von einer Seite zur anderen.

„Kann ich etwas für Sie tun?" fragte ich.

Er gab zuerst keine Antwort, aber als ich meine Frage wiederholte, entgegnete er: „Nein, nein, ich bin ganz in Ordnung. Lassen Sie mich bis morgen früh allein."

Als ich mich jedoch zum Gehen wandte, sah ich, daß sein Kopf die schaukelnde Bewegung wieder aufgenommen hatte. Maud wartete geduldig auf mich, und mit einem Freudenschauer bemerkte ich die königliche Ausgewogenheit ihres

Kopfes und ihre herrlichen ruhigen Augen. Ruhig und sicher waren sie wie ihre Seele.

„Wollen Sie sich mir für eine Reise von etwa sechshundert Meilen anvertrauen?“ fragte ich.

„Sie wollen . . .?“ fragte sie, und ich wußte, sie hatte richtig erraten.

„Ja, genau das will ich“, erwiderte ich. „Uns bleibt nichts übrig als das offene Boot.“

„Mir, meinen Sie“, sagte sie. „Sie sind hier zweifellos so sicher, wie Sie es waren.“

„Nein, uns beiden bleibt nichts übrig als das offene Boot“, wiederholte ich hartnäckig. „Ziehen Sie sich bitte gleich so warm wie möglich an, und packen Sie alles, was Sie mitzunehmen wünschen, zusammen. Und beeilen Sie sich“, fügte ich hinzu, als sie sich umdrehte, um in ihre Kabine zu gehen.

Der Proviantraum befand sich direkt unter der Kajüte, und nachdem ich die Falltür im Fußboden geöffnet hatte, nahm ich eine Kerze, ließ mich hinuntergleiten und begann die Schiffsvorräte zu prüfen. Ich wählte hauptsächlich unter den Konserven aus, und als ich fertig war, streckten sich mir von oben bereitwillige Hände entgegen, um in Empfang zu nehmen, was ich hinaufreichte.

Wir arbeiteten schweigend. Ich nahm auch Decken, Fausthandschuhe, Ölzeug, Mützen und dergleichen aus der Kleiderkiste an mich. Es war kein geringes Abenteuer, uns in einem kleinen Boot einer so groben und stürmischen See anzuvertrauen, und es war eine gebieterische Notwendigkeit, uns gegen die Kälte und Nässe zu schützen.

Wir arbeiteten fieberhaft, unsere Beute an Deck zu schaffen und mittschiffs abzulegen, so fieberhaft, daß Maud, deren Kraft kaum eine positive Größe war, erschöpft aufgeben und sich auf den Poopsüll setzen mußte. Das half nicht, sie wieder auf die Beine zu bringen, und so legte sie sich mit dem Rücken auf das harte Deck, die Arme ausgebreitet und den ganzen

Körper entspannt. Das war ein Trick, den ich von meiner Schwester her in Erinnerung hatte, und ich wußte, daß sie bald wieder sie selbst sein würde. Ich wußte auch, daß Waffen nicht unwillkommen sein würden, und betrat abermals Wolf Larsens Kabine, um seine Büchse und seine Flinte zu holen. Ich sprach ihn an, aber er gab keine Antwort, obgleich er immer noch den Kopf von einer Seite zur anderen bewegte und nicht schlief.

„Leb wohl, Luzifer", flüsterte ich vor mich hin, als ich sacht die Tür schloß.

Als nächstes mußte ein Vorrat an Munition beschafft werden – ein leichtes, obgleich ich dazu die Zwischendecktreppe betreten mußte. Hier stapelten die Jäger die Munitionskästen, die sie in den Booten mitnahmen, und hier, nur wenige Fuß von ihrem lärmenden Gelage entfernt, eignete ich mir zwei Kästen an.

Dann mußte ein Boot hinabgelassen werden. Keine so einfache Aufgabe für einen einzelnen. Nachdem ich die Bändsel losgemacht hatte, zog ich zuerst an der Vordertalje, dann an der Achtertalje, bis das Boot klar über die Reling kam, worauf ich es ein paar Fuß tief an beiden Taljen abwechselnd hinabließ, bis es bequem überm Wasser an der Schonerwand hing. Ich vergewisserte mich, ob es die entsprechende Ausrüstung an Riemen, Klampen und Segel enthielt. Trinkwasser war eine wichtige Sache, und ich stahl aus jedem Boot an Bord die Fässer. Da es alles in allem neun Boote waren, bedeutete das, daß wir reichlich Wasser und zugleich Ballast haben würden, wenn auch angesichts des großzügigen Vorrats an anderen Dingen, die wir mitnahmen, die Möglichkeit bestand, das Boot zu überladen.

Während Maud mir den Proviant zureichte und ich ihn im Boot verstaute, kam ein Matrose aus der Back an Deck. Er stand eine Weile an der Luvreling (wir setzten das Boot an der Leereling aus) und schlenderte dann langsam nach mittschiffs, wo er abermals stehenblieb und, mit dem Rücken zu uns, das Gesicht in den Wind hielt. Ich konnte mein Herz klopfen hören, als ich mich tief im Boot zusammenkauerte. Maud hatte sich auf das Deck sinken lassen und lag, das wußte ich, reglos im Schatten der Bordwand. Aber der Mann drehte sich nicht ein einziges Mal um, und nachdem er die Arme über den Kopf gereckt und vernehmlich gegähnt hatte, lenkte er seine Schritte zurück zur Backluke und verschwand.

Wenige Minuten genügten, das Beladen zu vollenden, und ich ließ das Boot ins Wasser. Als ich Maud über die Reling half und ihren Körper dicht an dem meinen fühlte, konnte ich mich gerade noch zurückhalten, nicht laut zu rufen: „Ich liebe Sie! Ich liebe Sie!" Wahrhaftig, Humphrey van Weyden ist endlich verliebt, dachte ich, als ihre Finger die meinen umklammerten, während ich sie in das Boot hinabgleiten ließ. Mit einer Hand hielt ich mich an der Reling fest, und die andere trug ihr Gewicht, und ich war in dem Augenblick stolz auf das Kunststück. Es war eine Kraft, deren ich wenige Monate zuvor, an dem Tag, als ich mich von Charley Furuseth verabschiedet und mit der unseligen „Martinez" auf den Weg nach San Francisco gemacht hatte, nicht mächtig gewesen war.

Als sich das Boot auf eine Woge hob, berührten ihre Füße den Boden, und ich ließ ihre Hände fahren. Ich machte die Taljen los und sprang hinterher. Nie in meinem Leben hatte ich gerojt, aber ich legte die Riemen aus, und es kostete mich große Mühe, das Boot von der „Ghost" klarzubekommen. Dann experimentierte ich mit dem Segel. Viele Male hatte ich die Steuerleute und Jäger ihr Sprietsegel setzen sehen, doch dies war mein erster Versuch. Wozu sie vielleicht zwei Minuten brauchten, das nahm bei mir zwanzig in Anspruch, aber am Ende glückte es mir, es zu setzen und zu trimmen, und die Ruderpinne in den Händen, holte ich an den Wind.

„Dort liegt Japan“, bemerkte ich, „geradeswegs vor uns.“
„Humphrey van Weyden“, sagte sie. „Sie sind ein tapferer Mann.“
„Nein“, entgegnete ich, „Sie sind eine tapfere Frau.“
Wir wandten den Kopf, von einem gemeinsamen Impuls bewogen, das letzte von der „Ghost“ zu sehen. Ihr niedriger Rumpf hob sich und rollte auf einer Woge nach Luv, ihre Segel ragten undeutlich und düster in die Nacht, ihr festgemachtes Rad knarrte, wenn das Steuerruder stieß, dann entschwand sie unsern Augen und Ohren, und wir waren allein auf dem finsteren Meer.

Achtes Kapitel

Grau und frostig brach der Tag an. Das Boot lag scharf in einer frischen Brise, und der Kompaß zeigte an, daß wir uns genau auf dem Kurs befanden, der uns nach Japan bringen würde.
Obgleich in derben Fausthandschuhen, waren meine Finger kalt und schmerzten vom Halten der Ruderpinne. Meine Füße stachen von dem schneidenden Frost, und ich hoffte inbrünstig, die Sonne möge scheinen.
Vor mir, auf dem Boden des Bootes, lag Maud. Sie wenigstens war warm, denn unter und über sich hatte sie dicke Decken. Die oberste hatte ich über ihr Gesicht gezogen, um es vor der Nacht zu schützen, deshalb konnte ich nur einen undeutlichen Umriß von ihr sehen und ihr lichtbraunes Haar, das unter der Decke hervorgekommen und von der Luftfeuchtigkeit wie mit Juwelen besetzt war.
Lange verweilte mein Blick auf dem wenigen, was von ihr sichtbar war, wie es nur einem Mann einfallen konnte, der es für das Kostbarste auf Erden erachtete. So eindringlich war mein Blick, daß sie sich am Ende unter den Decken regte,

das oberste Stück wurde zurückgeworfen, und daraus hervor lächelte sie mich an, die Augen noch schwer von Schlaf.

„Guten Morgen, Mister van Weyden", sagte sie. „Haben Sie schon Land gesichtet?"

„Nein", antwortete ich, „aber wir nähern uns ihm in einem Tempo von sechs Meilen in der Stunde."

Sie zog vor Enttäuschung einen Schmollmund.

„Aber das bedeutet einhundertvierundvierzig Meilen in vierundzwanzig Stunden", fügte ich beruhigend hinzu.

Ihr Gesicht hellte sich auf. „Und wie weit müssen wir fahren?"

„Dort liegt Sibirien", sagte ich und deutete nach Westen. „Aber im Südwesten, etwa sechshundert Meilen entfernt, liegt Japan. Wenn dieser Wind andauern sollte, schaffen wir es in fünf Tagen."

„Und wenn es stürmt? Da könnte sich das Boot wohl nicht halten?"

Sie hatte eine besondere Art, einem in die Augen zu sehen und die Wahrheit zu fordern, und so sah sie mich jetzt an, als sie diese Frage stellte.

„Es müßte schon sehr heftig stürmen", erwiderte ich, um Zeit zu gewinnen.

„Und wenn es sehr heftig stürmt?"

Ich nickte.

„Aber wir können jeden Augenblick von einem Robbenschoner aufgelesen werden. In diesem Teil des Meeres sind sie massenhaft verstreut."

„Aber Sie sind ja völlig durchfroren!" rief sie aus. „Da! Sie zittern vor Kälte. Streiten Sie es nicht ab, Sie zittern. Und ich habe hier so schön warm gelegen."

„Ich sehe nicht ein, was es nützen sollte, wenn auch Sie aufrecht säßen und frören", lachte ich.

„Aber es wird, wenn ich steuern lerne, was ich ganz gewiß tun werde."

Sie setzte sich auf und beschäftigte sich mit ihrer einfachen Toilette. Sie schüttelte ihr Haar nach unten, und es fiel in einer braunen Wolke um sie, die ihr Gesicht und ihre Schultern verbarg. Geliebtes feuchtes braunes Haar! Es verlangte mich, es zu küssen, es durch meine Finger rieseln zu lassen, mein Gesicht darin zu vergraben. Entzückt staunte ich, bis das Boot in den Wind lief und das schlagende Segel mich daran erinnerte, daß ich nicht meinen Pflichten nachkam. Idealist und Romantiker, der ich war und ungeachtet meiner analytischen Eigenart stets gewesen war, hatte ich doch bislang versäumt, viel von den sinnlichen Merkmalen der Liebe zu erfassen. Die Liebe zwischen Mann und Frau, hatte ich immer behauptet, sei ein erhabenes, dem Geist verwandtes Etwas, ein geistiges Band, das ihre Seelen aneinanderkette und zueinander hinzöge. Die Bande des Fleisches hatten wenig teil an meinem Kosmos der Liebe. Doch ich lernte von selbst die köstliche Lektion, daß sich die Seele durch das Fleisch verwandelte und ausdrückte, daß Anblick, Empfindung und Berührung des Haars der Geliebten ebenso Atem, Stimme und Wesen des Geistes waren wie das Licht, das aus den Augen leuchtete, und die Gedanken, die von den Lippen fielen. Schließlich war reiner Geist nicht erkennbar, sondern etwas, das nur erfühlt und geahnt werden konnte, auch vermochte er sich nicht in eigenen Begriffen auszudrücken. Jehova war anthropomorphisch, weil er zu den Juden nur in Worten sprechen konnte, die sie verstanden, deshalb wurde er in ihrer eigenen Gestalt begriffen, als eine Wolke, eine Feuersäule, als etwas Greifbares, Wahrnehmbares, das der Verstand der Israeliten zu erfassen vermochte.

Und so blickte ich auf Mauds lichtbraunes Haar und liebte es und lernte mehr von der Liebe, als mich alle Dichter und Sänger mit all ihren Liedern und Sonetten gelehrt hatten. Sie warf es mit einer unvermuteten, behenden Bewegung zurück, und ihr lächelndes Gesicht tauchte auf.

„Warum tragen Frauen ihr Haar nicht immer offen?“ fragte ich. „Es ist so viel schöner.“

„Wenn es nicht so schrecklich zerzausen würde“, lachte sie. „Da! Nun habe ich eine meiner kostbaren Haarnadeln verloren!“

Ich vergaß das Boot und ließ das Segel immer wieder in den Wind brassen, so groß war mein Entzücken, jede ihrer Bewegungen zu verfolgen, als sie die Decken nach der Haarnadel durchsuchte. Es überraschte und freute mich, daß sie so sehr Frau war, und jeder typisch weibliche Zug, den sie zeigte, auch wenn er geziert war, bereitete mir noch innigere Freude. Denn ich hatte sie in meiner Meinung von ihr zu hoch erhoben, sie zu weit von der Ebene des Menschlichen entfernt. Ich hatte sie zu einem gottähnlichen und unerreichbaren Wesen gemacht. Deshalb begrüßte ich mit Wonne die kleinen Züge, die sie schließlich nur als Frau erkennen ließen, wie diese jähe Kopfbewegung, die ihre Haarwolke zurückwarf, und die Suche nach der Haarnadel. Sie war eine Frau, meiner Gattung, meiner Ebene, und die köstliche Vertraulichkeit der Gattung zwischen Mann und Frau war möglich wie auch die Achtung und Ehrfurcht, die ich ihr gegenüber stets, das wußte ich, bewahren würde.

Mit einem wunderhübschen kleinen Aufschrei fand sie die Nadel, und ich wandte meine Aufmerksamkeit ungeteilter meinem Steuern zu. Ich experimentierte weiter, laschte und verkeilte die Ruderpinne, bis sich das Boot auch ohne meine Hilfe recht gut am Wind hielt. Hin und wieder kam es zu dicht an ihn oder fiel zu stark ab, doch es richtete sich immer von selbst wieder aus und benahm sich im ganzen zufriedenstellend.

„Und jetzt werden wir frühstücken“, sagte ich. „Aber zunächst müssen Sie sich wärmer anziehen.“

Ich holte ein schweres Hemd hervor, frisch aus der Kleiderkiste und aus dem wollenen Deckenstoff gearbeitet. Ich kannte die Sorte aus dem so dicken und so dichten Gewebe, daß es die Nässe abstieß und bei stundenlangem Regen nicht durchweichte. Als sie es über den Kopf gestreift hatte, vertauschte ich ihr Knabenmützchen gegen eine Männermütze, die groß genug war, ihr Haar und, wenn der Aufschlag heruntergeklappt war, auch Hals und Ohren völlig zu bedecken. Die Wirkung war bezaubernd. Ihr Gesicht war so beschaffen, daß es unter allen Umständen nicht anders als gut aussehen konnte. Nichts vermochte sein köstliches Oval, seine nahezu klassischen Linien, seine wie mit einer feinen Schablone gezeichneten Brauen und die großen braunen Augen zu beeinträchtigen, die klar und ruhig blickten, wunderbar ruhig.

Gerade da traf uns ein etwas stärkerer Stoß als sonst. Das Boot erhielt ihn, als es schräg den Kamm einer Woge schnitt. Es legte sich plötzlich zur Seite, berührte mit dem Dollbord die See und nahm etwa einen Eimervoll Wasser über. Ich öffnete eben in diesem Augenblick eine Dose mit Zunge, sprang an die Schot und warf sie noch rechtzeitig los. Das Segel schlug und flatterte, und das Boot fiel ab. Wenige Minuten genügten, es auszurichten und wieder auf seinen Kurs zu bringen, worauf ich mich wieder an die Zubereitung des Frühstücks begab.

„Anscheinend macht es seine Sache sehr gut, allerdings bin ich im Seemännischen nicht gerade beschlagen", sagte sie und nickte meiner Steuererfindung ernsthaften Beifall zu.

„Aber sie ist nur von Nutzen, wenn wir am Wind segeln", erklärte ich. „Wenn wir mit dem Wind von achtern, dwars oder backstags tüchtiger Fahrt machen, werde ich unbedingt steuern müssen."

„Ich muß zugeben, daß ich Ihre technischen Ausdrücke nicht verstehe", sagte sie, „aber ich verstehe Ihre Schlußfolgerung, und sie gefällt mir nicht. Sie können nicht Tag und Nacht und in alle Ewigkeit steuern. Deshalb erwarte ich, nach dem Frühstück meine erste Lektion zu erhalten. Und dann werden Sie sich hinlegen und schlafen. Wir werden abwechselnd Wache halten, genauso, wie es auf Schiffen getan wird."

„Mir ist nicht klar, wie ich Ihnen etwas beibringen soll", wandte ich ein. „Ich lerne ja selbst erst. Als Sie sich mir anvertrauten, haben Sie wohl kaum bedacht, daß ich mit kleinen Booten überhaupt keine Erfahrung besitze. Dies ist das erstemal, daß ich in einem fahre."

„Dann werden wir zusammen lernen, Sir. Und da Sie eine Nacht Vorsprung haben, werden Sie mir beibringen, was Sie gelernt haben. Und jetzt das Frühstück. Himmel! Macht einem diese Luft Appetit!"

„Kein Kaffee", sagte ich bedauernd, als ich ihr mit Butter bestrichenen Schiffszwieback und ein Stück Dosenzunge reichte. „Und es wird auch keinen Tee, keine Suppen, überhaupt nichts Heißes geben, bis wir irgendwo, irgendwie an Land gekommen sind."

Nach dem einfachen Frühstück, das von einem Becher kalten Wassers gekrönt wurde, nahm Maud Unterricht im Steuern. Sie belehrend, lernte ich selbst eine ganze Menge, allerdings verwandte ich die Kenntnisse, die ich mir bereits durch das Segeln der „Ghost" und die Beobachtung der Steuerleute, wie sie die kleinen Boote führten, erworben hatte. Sie war eine fähige Schülerin und lernte bald, den Kurs zu halten, die Windstöße anzuluven und im Notfall die Schot loszuwerfen.

Als das Pensum sie offenbar ermüdet hatte, überließ sie mir das Ruder. Ich hatte die Decken zusammengefaltet, aber sie breitete sie jetzt auf dem Boden aus.

„Nun zu Bett, Sir. Und Sie werden bis zum zweiten Frühstück schlafen. Bis zum Mittagessen", verbesserte sie sich, da ihr die Einteilung auf der „Ghost" einfiel.

Was konnte ich tun? Sie bestand darauf und sagte „bitte, bitte!", worauf ich ihr das Ruder übergab und gehorchte. Ich empfand ein geradezu sinnliches Wohlbehagen, als ich in das Bett kroch, das sie mir mit ihren Händen bereitet hatte. Die Ruhe und Beherrschung, die so sehr ein Teil ihrer selbst waren, schienen sich den Decken mitgeteilt zu haben, so daß ich mich in einen angenehm träumerischen und zufriedenen Zustand versetzt sah, in dem ich ein ovales Gesicht mit braunen Augen wahrnahm, umrahmt von einer Fischermütze und auf und nieder bewegt gegen einen Hintergrund bald grauer Wolken, bald grauer Wogen, und dann wurde mir bewußt, daß ich geschlafen hatte.

Ich blickte auf meine Uhr. Es war eins. Ich hatte sieben Stunden geschlafen! Und sie hatte sieben Stunden gesteuert! Als ich das Ruder übernahm, mußte ich zuerst ihre steifen Finger davon lösen. Ihr bißchen Kraft war erschöpft, und sie war nicht einmal imstande, sich von ihrem Platz zu bewegen. Ich mußte die Schot laufen lassen, als ich ihr in das Nest von Decken half und ihr Hände und Arme rieb.

„Ich bin so müde", sagte sie mit einem tiefen Atemzug und einem Seufzer und ließ matt den Kopf sinken.

Aber im nächsten Augenblick richtete sie sich wieder auf. „Schelten Sie nicht, wagen Sie ja nicht zu schelten", rief sie in gespieltem Trotz.

„Ich hoffe, mein Gesicht sieht nicht zornig aus", antwortete ich ernst, „denn ich versichere Ihnen, daß ich nicht im geringsten zürne."

„N-nein", überlegte sie. „Es sieht nur vorwurfsvoll aus."

„Dann ist es ein ehrliches Gesicht, denn es drückt aus, was ich fühle. Sie haben weder gegen sich noch gegen mich richtig gehandelt. Wie kann ich Ihnen jemals wieder trauen?"

Sie blickte reuevoll. „Ich werde brav sein", sagte sie wie ein unartiges Kind. „Ich verspreche ..."

„Zu gehorchen, wie ein Matrose seinem Kapitän gehorchen würde?"

„Ja", antwortete sie. „Es war dumm von mir, ich weiß."

„Dann müssen Sie noch etwas versprechen", wagte ich zu bemerken.

„Gern."

„Daß Sie nicht zu oft ‚bitte, bitte' sagen, denn wenn Sie das tun, überfahren Sie glatt meine Autorität."

Sie lachte in belustigtem Verständnis. Auch sie hatte bemerkt, welche Macht das wiederholte „bitte" besaß.

„Es ist ein bewährtes Wort...", begann ich.

„Aber man darf es nicht übermäßig in Anspruch nehmen", fiel sie ein.

Und sie lachte matt und ließ abermals den Kopf sinken. Ich überließ das Ruder lange genug sich selbst, um ihr die Decken um die Füße zu stopfen und einen Zipfel übers Gesicht zu ziehen. Ach! Sie war nicht kräftig. Ich blickte besorgt nach Südwesten und dachte an die sechshundert Meilen Beschwernis vor uns – ja, wenn es nichts Schlimmeres wurde als Beschwernis. Auf diesem Meer konnte jeden Augenblick ein Sturm aufkommen und uns vernichten. Und doch fürchtete ich mich nicht. Ich hatte kein Vertrauen zur Zukunft, war voller Zweifel, und doch empfand ich deshalb keine Furcht. Es mußte gut gehen, es mußte gut gehen, wiederholte ich mir ein übers andere Mal.

Am Nachmittag frischte der Wind auf, der die See heftiger erregte und das Boot und mich ernsthaft auf die Probe stellte. Aber der Vorrat an Proviant und die neun Fässer mit Trinkwasser setzten das Boot in den Stand, sich gegen See und Wind zu behaupten, und solange ich es wagte, hielt ich das Segel. Dann entfernte ich das Spriet, holte die Piek des Segels fest nieder, und wir jagten dahin unter einem Segel, das die Matrosen seiner Form wegen Hammelkeule nennen.

Spät am Nachmittag sichtete ich in Lee den Rauch eines Dampfers am Horizont und wußte, daß es entweder ein russischer Kreuzer oder, was wahrscheinlicher war, die „Macedonia", immer noch auf der Suche nach der „Ghost", sein mußte. Die Sonne hatte den ganzen Tag nicht geschienen, und es war bitterkalt gewesen. Als die Nacht herankam, wurden die Wolken dunkler, und der Wind frischte noch mehr auf, so daß Maud und ich beim Abendbrot die Fausthandschuhe anbehielten und ich weitersteuerte und zwischen Windstößen immer mal einen Happen aß.

Unterdessen war es finster, waren Wind und See für das Boot zu stark geworden, und widerstrebend holte ich das Segel ein und versuchte einen Dregganker, einen seewärts liegenden, zu machen. Diesen Kunstkniff hatte ich aus Gesprächen der Jäger erfahren, und es war eine einfache Sache. Ich raffte das Segel, laschte es fest um Mast, Baum, Spriet und zwei Paar Ersatzriemen und warf das ganze über Bord. Eine Leine verband es mit dem Bug, und da es tief im Wasser lag und nicht dem Wind ausgesetzt war, trieb es weniger schnell als das Boot. Infolgedessen hielt sich das Boot mit dem Bug gegen See und Wind – die sicherste Lage, nicht vollgeschlagen zu werden, wenn der Seegang in Schaumwellen ausbricht.

„Und jetzt?“ fragte Maud heiter, als die Arbeit vollbracht war und ich wieder die Fausthandschuhe anzog.

„Und jetzt fahren wir nicht mehr nach Japan“, antwortete ich. „Wir treiben nach Südost oder Südsüdost, in einem Tempo von mindestens zwei Meilen in der Stunde.“

„Das sind dann nur vierundzwanzig Meilen“, bemerkte sie, „wenn der Wind die ganze Nacht so heftig bleibt.“

„Ja, und nur hundertvierzig Meilen, wenn er drei Tage und Nächte anhält.“

„Aber er wird nicht anhalten“, sagte sie mit unbekümmerter Zuversicht. „Er wird sich drehen und günstig wehen.“

„Die See ist die große Treulose.“

„Aber der Wind!“ gab sie zurück. „Ich habe gehört, wie beredsam Sie über den braven Passat wurden.“

„Ich wünschte, ich hätte daran gedacht, Wolf Larsens Chronometer und Sextanten mitzunehmen", sagte ich, immer noch düster. „Nach der einen Richtung segeln, in die andere Richtung treiben, ganz zu schweigen vom Lauf der Strömung in eine dritte Richtung, ergibt eine Resultante, die ungefähre Berechnung nie zu bestimmen vermag. Es wird lange dauern, ehe wir wissen, wo wir nach fünfhundert Meilen sind."

Dann bat ich sie um Verzeihung und versprach ihr, nicht wieder den Mut zu verlieren. Auf ihr Ersuchen ließ ich sie die Wache bis Mitternacht übernehmen – es war jetzt neun Uhr, aber ich hüllte sie in Decken und Ölzeug, ehe ich mich niederlegte. Ich nickte immer nur für kurze Zeit ein. Das Boot hüpfte und stieß, wenn es über die Wogenkämme fiel, ich konnte die Wellen vorbeirauschen hören, und ständig spritzte Gischt über Bord. Und doch war es keine schlimme Nacht, überlegte ich – nichts im Vergleich zu den Nächten, die ich auf der „Ghost" durchgemacht hatte, nichts vielleicht im Vergleich zu denen, die wir in dieser Nußschale noch durchmachen würden. Ihre Planken waren dreiviertel Zoll dick. Zwischen uns und dem Meeresgrund lag weniger als eine Zollbreite Holz.

Und doch, das muß ich immer wieder betonen, hatte ich keine Angst. Den Tod, den mich Wolf Larsen und sogar Thomas Mugridge hatten fürchten lassen, fürchtete ich nicht mehr. Daß Maud Brewster in mein Leben getreten war, schien mich verwandelt zu haben. Alles in allem, dachte ich, ist es wohl besser und schöner zu lieben, als geliebt zu werden, wenn es etwas im Leben so der Mühe wert macht, daß man nicht abgeneigt ist, dafür zu sterben. Ich vergaß mein eigenes Leben über der Liebe zu einem anderen Leben, und doch, das ist das Paradoxe, hatte ich niemals so innig gewünscht zu leben wie gerade jetzt, da ich meinem eigenen Leben den geringsten Wert beimaß. Nie hatte ich soviel Veranlassung gehabt zu leben, war mein abschließender Gedanke, und danach gab ich mich bis zum Einschlummern damit zufrieden, das Dunkel in der Richtung zu durchdringen, wo ich, tief zusammengekauert in den Achtersitzen, Maud wußte, wie sie wachsam die schäumende See beobachtete, bereit, mich jeden Augenblick zu rufen.

Neuntes Kapitel

Es erübrigt sich, ausführlich unsere Leiden zu schildern, die wir in dem kleinen Boot auszustehen hatten, als wir viele Tage lang, mochten wir nun wollen oder nicht, hierhin und dorthin über den Ozean geweht und getrieben wurden. Der heftige Wind blies vierundzwanzig Stunden lang aus Nordwesten, dann beruhigte er sich und erhob sich in der Nacht aus Südwesten. Das war uns genau entgegen, aber ich holte den Dregganker ein, setzte das Segel und nahm einen Kurs am Wind, der uns in südsüdöstliche Richtung führte. Die Wahl zwischen diesem Kurs und dem nach Westnordwesten, den uns der Wind ebenfalls erlaubte, blieb sich gleich, aber die warmen Lüftchen des Südens entfachten meine Sehnsucht nach wärmeren Gegenden und gaben bei meinem Entschluß den Ausschlag.

Nach drei Stunden – es war Mitternacht, wie ich noch genau weiß, und so dunkel, wie ich es noch nie auf See erlebt hatte – nahm der Wind, immer noch aus Südwesten, ungestüm zu, und wieder einmal war ich genötigt, den Dregganker fertig zu machen.

Der Tag brach an und fand mich fahläugig, das Meer weiß gepeitscht und das Boot, wie es fast senkrecht zu seinem Bremsanker emporgeschleudert wurde. Wir waren in unmittelbarer Gefahr, von den Schaumwellen vollgeschlagen zu werden. Ohnehin kamen Gischt und Schaum in solchen Mengen über Bord, daß ich unaufhörlich schöpfen mußte. Die Decken waren durchweicht. Alles war naß außer Maud, in

Ölzeug, Gummistiefeln und Südwester war sie trocken bis auf Gesicht und Hände und ein verirrtes Haarbüschel. Von Zeit zu Zeit löste sie mich am Schöpfgatt ab und goß tapfer Wasser über Bord und trotzte dem Wind. Alles ist relativ. Es war nicht mehr als ein steifes Wehen, aber für uns, die wir in unserm zerbrechlichen Fahrzeug um das Leben kämpften, kam es tatsächlich einem Sturm gleich.

Kalt und unfreundlich peitschte der Wind unsere Gesichter, die weißen Wogen brüllten vorbei, so kämpften wir uns durch den Tag. Die Nacht kam, aber keiner von uns schlief. Der Tag kam, und immer noch peitschte der Wind unsere Gesichter, brüllten die weißen Wogen vorbei. In der zweiten Nacht schlief Maud vor Erschöpfung ein. Ich deckte sie mit Ölzeug und einer Persenning zu. Sie war verhältnismäßig trocken, aber starr vor Kälte. Ich hatte große Angst, daß sie in der Nacht sterben könnte, aber der Tag brach an, kalt und unfreundlich, mit dem gleichen bewölkten Himmel und dem peitschenden Wind und den brüllenden Wogen.

Ich hatte seit achtundvierzig Stunden nicht geschlafen. Ich war bis aufs Mark durchnäßt und durchfroren. Mein Körper war steif von Anstrengung wie von Kälte, und meine schmerzenden Muskeln bereiteten mir die heftigste Pein, wenn ich sie gebrauchte, und ich mußte sie fortwährend gebrauchen. Und die ganze Zeit wurden wir immer weiter nach Nordosten getrieben, geradeswegs fort von Japan und dem trostlosen Beringmeer entgegen.

Und wir lebten noch, und das Boot hielt sich, und der Wind blies unvermindert. Tatsächlich nahm er gegen Abend des dritten Tages sogar noch etwas mehr als eine Kleinigkeit zu. Der Bug des Bootes tauchte unter einen Wogenkamm, und wir kamen wieder zum Vorschein, halb vollgeschlagen. Ich schöpfte wie ein Wahnsinniger. Die Gefahr, abermals eine solche Sturzsee überzunehmen, war ungeheuer gewachsen durch das Wasser, das das Boot niederzog und sein Tragvermögen verminderte. Noch eine solche Woge bedeutete das Ende. Als ich das Boot wieder leer hatte, mußte ich notgedrungen die Persenning fortnehmen, mit der Maud zugedeckt war, und sie quer über dem Bug festmachen. Das war wohlgetan, denn sie bedeckte das Boot zu einem vollen Drittel und ließ in den nächsten Stunden dreimal, als der Bug in eine Woge stieß, den größten Teil des niederstürzenden Wassers ablaufen.

Mauds Zustand war jammervoll. Sie hockte zusammengekauert auf dem Boden des Bootes, mit blauen Lippen und grauem Gesicht, das deutlich zeigte, welche Qualen sie litt. Aber stets blickten mich ihre Augen tapfer an, und ihr Mund sprach tapfere Worte.

Am schlimmsten muß der Sturm in jener Nacht gewütet haben, wenn ich auch wenig davon merkte. Ich hatte schlappgemacht und war, wo ich saß, in den Achtersitzen eingeschlafen. Der Morgen des vierten Tages fand den Wind zu einem gelinden Säuseln geschwächt, der Seegang legte sich, und die Sonne schien auf uns herab. Oh, die gesegnete Sonne! Wie wir unsere armen Leiber in ihrer köstlichen Wärme badeten und gleich Käfern und Gewürm nach einem Unwetter wiederauflebten. Wir lächelten wieder, sagten lustige Dinge und wurden optimistisch über unsere Situation. Die war jedoch übler denn je. Wir waren weiter von Japan entfernt als in jener Nacht, da wir die „Ghost" verließen. Auch konnte ich nur ungefähr erraten, auf welchem Längen- und Breitengrad wir uns befanden. Wenn man annahm, daß wir in dem etwa siebzig Stunden anhaltenden Sturm zwei Meilen in der Stunde gemacht hatten, dann waren wir mindestens hundertfünfzig Meilen nach Nordosten getrieben worden. Aber war das eine richtige Annahme? Nach allem, was ich wußte, konnten es statt zwei auch vier Meilen in der Stunde gewesen sein. In dem Fall hatten wir weitere hundertfünfzig Meilen verloren.

Wo wir uns befanden, wußte ich nicht, obgleich es durchaus wahrscheinlich war, daß wir uns in der Nähe der „Ghost“ befanden. Um uns her sahen wir Robben, und ich war darauf gefaßt, jederzeit einen Robbenschoner zu sichten. Am Nachmittag, als sich die Nordwestbrise von neuem erhoben hatte, sichteten wir tatsächlich einen. Aber der fremde Schoner verlor sich am Horizont, und wir waren Alleinherrscher im Umkreis des Meeres.

Es kamen Nebeltage, an denen selbst Maud der Mut sank und sie keine heiteren Worte mehr auf den Lippen hatte; Tage der Windstille, da wir auf der einsamen Unermeßlichkeit des Meeres dahintrieben, bedrückt durch seine Größe und doch voller Staunen über das Wunder winzigen Lebens, denn wir lebten noch und kämpften darum, zu leben; Tage mit Graupeln, Wind und Schneeböen, an denen uns nichts warm zu halten vermochte, oder Tage mit feinem Sprühregen, an denen wir unsere Wasserfässer mit der von dem Segel triefenden Nässe füllten.

Und immer liebte ich Maud mit wachsender Liebe. Sie war so vielseitig, so viellaunig – „proteuslaunig“ nannte ich sie. Aber so und mit anderen, teureren Namen nannte ich sie nur in meinen Gedanken. Obgleich sich mir tausendmal die Erklärung meiner Liebe auf die Zunge drängte, obgleich sie mir bebend auf der Zungenspitze lag, wußte ich doch, daß dies nicht der Zeitpunkt für eine solche Erklärung war. Wenn aus keinem anderen Grunde, so war es nicht der Zeitpunkt, eine Frau um ihre Liebe zu bitten, wenn man sie beschützte und zu retten suchte. So heikel die Situation war, nicht allein darin, sondern auch in anderen Dingen, schmeichelte ich mir doch, sie mit Zartgefühl zu meistern, und ich schmeichelte mir ebenfalls, weder durch Blicke noch Zeichen die Liebe erkennen zu lassen, die ich für sie empfand. Wir waren wie gute Kameraden und wurden im Laufe der Tage immer bessere Kameraden.

Eins überraschte mich an ihr, und das war ihr Mangel an Zaghaftigkeit und Furcht. Das gewaltige Meer, das zerbrechliche Boot, die Stürme, die Leiden, das Neue und Isolierte unserer Lage – all das, was eine robuste Frau erschreckt hätte – schien keinen Eindruck auf sie zu machen, die doch das Leben nur von seiner geschütztesten und vollendet zivilisierten Seite kennengelernt hatte und die selbst ganz Flamme, Tau und Hauch war, erhabener Geist und alles, was eine Frau an Sanftmut, Zärtlichkeit und Anhänglichkeit besaß. Und doch habe ich unrecht. Sie war zaghaft und furchtsam, aber sie besaß Mut. Das Fleisch und die Schwächen des Fleisches waren ihr Erbteil, aber schwer lastet das Fleisch nur auf dem Fleisch. Und sie war Geist, in erster Linie und immer Geist, vergeistigte Daseinsform des Lebens, ruhig wie ihre ruhigen Augen und seiner Fortdauer in der wechselnden Ordnung des Universums gewiß.

Es kamen Sturmtage, Tage und Nächte des Sturms, in denen uns der Ozean mit seiner brüllenden Weiße bedrohte und der Wind unser kämpfendes Boot mit Titanenstößen traf. Und immer weiter und weiter nach Nordosten wurden wir geschleudert. In einem solchen Sturm, und dem schlimmsten, den wir erlebt hatten, warf ich einen müden Blick nach Lee, nicht auf der Suche nach etwas, sondern mehr aus Ermüdung, dem Kampf der Elemente zu trotzen, und in stummer, fast flehentlicher Bitte an die wütenden Gewalten, aufzuhören und uns in Frieden zu lassen. Was ich sah, vermochte ich anfangs nicht zu glauben. Tage und Nächte der Schlaflosigkeit und Sorge hatten mir zweifellos den Kopf verdreht. Ich blickte zurück auf Maud, um mich gleichsam in Raum und Zeit wiederzufinden. Der Anblick ihrer lieben feuchten Wangen, ihres fliegenden Haares und ihrer tapferen braunen Augen überzeugten mich, daß mein Sehvermögen noch gesund war. Wieder wandte ich mein Gesicht nach Lee, und wieder nahm ich das ins Meer ragende Vorgebirge wahr, schwarz, hoch und kahl, und die wütende Brandung, die sich an seinem Fuß brach und ihre spritzenden Springwasser hoch an ihm hinaufschleuderte, und die grimmige, keineswegs einladende Küstenlinie, die von einer ungeheuren weißen Fransenschärpe gesäumt nach Südosten lief.

„Maud", sagte ich. „Maud."

Sie drehte den Kopf und wurde des Anblicks gewahr.

„Das kann doch nicht Alaska sein!" rief sie.

„Leider nein", antwortete ich und fragte, „können Sie schwimmen?"

Sie schüttelte den Kopf.

„Ich auch nicht", sagte ich. „Also müssen wir ohne Schwimmen an Land gelangen, durch irgendeine Lücke zwischen den Felsen, wo wir das Boot hindurchlenken und hinausklettern können. Aber wir müssen geschickt sein, mehr als geschickt – und unfehlbar."

Ich sprach mit einer Zuversicht, die ich, wie sie wußte, nicht empfand, denn sie sah mich mit diesem eigentümlich festen Blick an und sagte:

„Ich habe Ihnen noch nicht gedankt für alles, was Sie für mich getan haben, aber . . ."

Sie zögerte, als sei sie unschlüssig, wie sie ihre Dankbarkeit am besten in Worte kleiden könne.

„Na und?" sagte ich grob, denn es gefiel mir durchaus nicht, daß sie sich bei mir bedanken wollte.

„Sie könnten mir helfen", lächelte sie.

„Ihre Verbindlichkeiten anzuerkennen, ehe Sie sterben? Keineswegs. Wir werden nicht sterben. Wir werden auf dieser Insel landen und es behaglich und geschützt haben, ehe der Tag um ist."

Ich sprach mannhaft, glaubte aber kein Wort davon. Und es war nicht Furcht, die mich zu lügen bewog. Ich empfand keine Furcht, obgleich ich gewiß war, daß wir in dieser brodelnden Brandung zwischen den Felsen, die rasch näher

kamen, den Tod finden würden. Es war unmöglich, das Segel zu heißen und windwärts von diesem Ufer abzuhalten. Der Wind würde das Boot sofort zum Kentern bringen, die Wogen würden es in dem Augenblick vollschlagen, da es in das Wellental fiel, und außerdem trieb das an die Ersatzriemen gelaschte Segel vor uns im Meer.

Wie gesagt, ich fürchtete mich nicht davor, dort, ein paar hundert Yard in Lee, selbst den Tod zu finden, aber der Gedanke, daß Maud sterben müsse, entsetzte mich. Meine verfluchte Phantasie sah sie an die Felsen geschleudert und zerschmettert, und das war zu grausig.

Ich bemühte mich krampfhaft, mir den Glauben abzunötigen, daß wir unbeschadet landen würden, und so sprach ich aus, nicht, was ich glaubte, sondern was ich so gern glauben wollte.

Ich schreckte davor zurück, diesem gräßlichen Tod ins Auge zu sehen, und eine Sekunde lang hegte ich die schwärmerische Absicht, Maud in die Arme zu nehmen und über Bord zu springen. Dann entschloß ich mich, abzuwarten und sie im letzten Augenblick, wenn wir vor dem endgültigen Notfall standen, in meine Arme zu nehmen, ihr meine Liebe zu erklären und so mit ihr in meiner Umarmung den verzweifelten Schritt zu tun und zu sterben.

Instinktiv rückten wir auf dem Boden des Bootes dichter zusammen. Ich fühlte, wie sie ihre Hand im Fausthandschuh nach mir ausstreckte. Und so, ohne zu sprechen, erwarteten wir das Ende. Wir waren nicht weit entfernt von der Linie, die der Wind mit der Westgrenze des Vorgebirges bildete, und ich paßte auf in der Hoffnung, daß uns ein Strömungslauf oder eine aufsteigende Woge vorbeitreiben würde, ehe wir die Brandung erreichten.

„Wir werden klarkommen", sagte ich mit einer Zuversicht, von der ich wußte, daß sie keinen von uns beiden zu täuschen vermochte.

„Bei Gott, wir werden klarkommen!“ schrie ich fünf Minuten später.

Der Fluch kam mir in meiner Aufregung von den Lippen – der erste in meinem Leben, glaube ich, wenn man nicht „du liebes bißchen!“, ein Füllwort aus meiner Jugend, als Fluch rechnet.

„Verzeihung“, sagte ich.

„Sie haben mich von Ihrer Aufrichtigkeit überzeugt“, erwiderte sie mit einem schwachen Lächeln. „Jetzt weiß ich, daß wir klarkommen.“

Ich hatte in der Ferne hinter dem äußersten Rand des Vorgebirges eine Landzunge erblickt, und als wir hinschauten, konnten wir die dazwischenliegende Küstenlinie sich zu etwas weiten sehen, das offenbar eine tiefe Bucht war. Zu gleicher Zeit schlug ein fortgesetztes gewaltiges Brüllen an unser Ohr. Es hatte etwas von der Größe und Kraft fernen Donners und kam direkt aus Lee zu uns, erhob sich über das Getöse der Brandung und fuhr genau dem Sturm entgegen. Als wir um die Spitze des Vorgebirges kamen, hatten wir mit einemmal die ganze Bucht vor unserm Blick, einen Halbmond von weißem Sandstrand, in den eine mächtige Brandung schlug und der mit Myriaden von Robben bedeckt war. Von ihnen stieg das Riesengebrüll auf.

„Ein Rookerie!“ schrie ich. „Nun sind wir wirklich gerettet. Hier muß es Menschen und Kreuzer geben, es vor den Robbenjägern zu schützen. Möglicherweise befindet sich sogar eine Station auf der Insel.“

Doch als ich die Brandung studierte, die an den Strand schlug, sagte ich: „Immer noch arg, aber nicht so arg. Und wenn uns die Götter wahrhaft gnädig sind, werden wir an jener nächsten Landzunge vorbeitreiben und an einen völlig geschützten Strand kommen, wo wir landen können, ohne uns die Füße naß zu machen.“

Und die Götter waren uns gnädig. Die erste und die zweite

Landzunge lagen genau in der Richtung des Südwestwindes, und als wir die zweite umfahren hatten – und wir kamen ihr gefährlich nahe –, machten wir Bekanntschaft mit der dritten, die ebenfalls in einer Richtung mit dem Wind und den beiden anderen verlief. Aber die dazwischenliegende Bucht! Sie drang tief ins Land ein, und die einsetzende Flut trieb uns in den Schutz der ins Meer ragenden Spitze. Hier war die See ruhig, abgesehen von einer schweren, aber langsamen Grunddünung, und ich holte den Seeanker ein und begann zu rojen. Von der Landspitze lief die Küste in einem Bogen mehr und mehr nach Süden und Westen, bis sie schließlich eine Bucht innerhalb der Bucht sehen ließ, einen kleinen, vom Land geschützten Hafen, dessen Wasser glatt war wie ein Teich, nur von winzigen Kräuselwellen durchbrochen, wohin sich ein Hauch oder kräftiger Luftzug des Sturms verirrte, der von der finster drohenden Felswand hundert Fuß landeinwärts im Rücken des Strandes hinabstieß.

Hier gab es überhaupt keine Robben. Der Bootssteven stieß auf den harten Kies. Ich sprang hinaus und streckte Maud meine Hand hin. Im nächsten Augenblick stand sie neben mir. Als meine Finger die ihren losließen, griff sie hastig nach meinem Arm. Gleichzeitig schwankte ich und war drauf und dran, auf den Sand zu fallen. Das war die überraschende Wirkung des Stillstands. Wir hatten so lange Zeit auf dem sich bewegenden, wogenden Meer zugebracht, daß das feste Land wie ein Schock für uns war. Wir erwarteten, den Strand hier und da aufsteigen, die Felswände vor und zurück schwingen zu sehen wie Schiffswände, und da wir automatisch unsere Kräfte spannten, diese verschiedenen erwarteten Bewegungen auszugleichen, brachte uns die Bewegungslosigkeit aus dem Gleichgewicht.

„Ich muß mich wirklich hinsetzen“, sagte Maud mit nervösem Lachen und einer schwindligen Gebärde und setzte sich in den Sand.

Ich sorgte dafür, das Boot zu sichern, und gesellte mich zu ihr. So landeten wir auf der Mühsalinsel, landkrank von der langen Gewöhnung an die See.

Zehntes Kapitel

„Blödian!" schrie ich laut in meinem Ärger.

Ich hatte das Boot entladen und seinen Inhalt hoch den Strand hinaufgetragen, wo ich ein Lager aufschlagen wollte. Es lag Treibholz am Strand, wenn auch nicht viel, und der Anblick einer Kaffeedose, die ich aus dem Speiseschrank der „Ghost" mitgenommen hatte, brachte mich auf den Gedanken an ein Feuer.

„Verflixter Idiot!" fuhr ich fort.

Aber Maud sagte mit sanftem Vorwurf: „Pfui, pfui", und fragte dann, warum ich ein verflixter Idiot sei.

„Keine Streichhölzer", stöhnte ich. „Nicht ein Streichholz habe ich mitgenommen. Und nun werden wir keinen heißen Kaffee, keine Suppe, keinen Tee oder sonstwas haben!"

„War es nicht – hm – Crusoe, der Stöcke aneinanderrieb?" meinte sie gedehnt.

„Aber ich habe die persönlichen Berichte von mehr als einem Dutzend Schiffbrüchiger gelesen, die es versuchten und vergeblich versuchten", erwiderte ich. „Ich denke noch an Winters, einen Zeitungsmann mit dem Ruf eines Alaska- und Sibirienkenners. Traf ihn mal im Bibelot, und da erzählte er uns, wie er versucht hatte, mit zwei Stöcken Feuer zu machen. Es war höchst vergnüglich. Er erzählte unnachahmlich, aber es war die Geschichte eines Fehlschlags. Ich erinnere mich noch an den Schluß, als er mit seinen blitzenden schwarzen Augen sagte: ‚Meine Herren, die Südseeinsulaner mögen es tun, die Malaien mögen es tun, aber ich gebe Ihnen mein Wort, einem Weißen ist es unmöglich.'"

„Oh, nun, wir sind so lange ohne Feuer ausgekommen", sagte sie heiter. „Und es besteht kein Grund, warum wir nicht immer noch ohne das auskommen könnten."

„Aber denken Sie an den Kaffee!" rief ich. „Und es ist überdies guter Kaffee, ich weiß es. Ich habe ihn aus Wolf Larsens Privatvorrat genommen. Und sehen Sie nur das vortreffliche Holz."

Ich gestehe, daß ich Kaffee dringend nötig hatte, und nicht viel später erfuhr ich, daß die Kaffeebohne auch eine kleine Schwäche von Maud war. Außerdem hatten wir so lange von kalter Kost gelebt, daß wir innen wie außen erstarrt waren. Etwas Warmes wäre uns höchst erfreulich gewesen. Aber ich beklagte mich nicht mehr, sondern schickte mich an, aus dem Segel ein Zelt für Maud zu machen.

Ich hatte das für eine leichte Aufgabe gehalten, angesichts von Riemen, Mast, Baum und Spriet, ganz zu schweigen von einer Menge Leinen. Aber da ich keine Erfahrung besaß und da jede Einzelheit ein Experiment und jede gelungene Einzelheit eine Erfindung war, hatte sich der Tag bereits geneigt, ehe ihr Obdach eine vollendete Tatsache war. Und dann regnete es in dieser Nacht, und Maud wurde hinausgespült und in das Boot zurückgetrieben.

Am nächsten Morgen grub ich eine flache Rinne um das Zelt, und eine Stunde später peitschte ein jäher Stoßwind über die Felswand hinter uns, hob das Zelt empor und schmetterte es dreißig Yard entfernt auf den Sand.

Maud lachte über mein niedergeschlagenes Gesicht, und ich sagte: „Sobald der Wind nachläßt, gedenke ich ins Boot zu steigen und die Insel zu erforschen. Irgendwo muß es eine Station und Menschen geben. Und Schiffe müssen die Station besuchen. Irgendeine Regierung muß all diese Robben schützen. Aber ich möchte, daß Sie es behaglich haben, ehe ich losfahre."

„Ich würde gern mitfahren", entgegnete sie nur.

„Es wäre besser, Sie blieben. Sie haben genug Ungemach hinter sich. Es ist ein Wunder, daß Sie es überlebt haben. Und das Rojen und Segeln im Boot wird bei diesem Regenwetter bestimmt nicht gemütlich sein. Was Sie brauchen, ist Ruhe, und ich hätte gern, wenn Sie blieben und sich ausruhten."

Etwas, was verdächtig nach Feuchtigkeit aussah, trübte ihre schönen Augen, ehe sie sie niederschlug und den Kopf halb abwandte.

„Ich würde lieber mitfahren", sagte sie mit leiser Stimme, in der nur eben eine Andeutung von inständiger Bitte lag.

„Ich könnte Ihnen vielleicht helfen . . .", ihre Stimme brach, „ein wenig. Und bedenken Sie, daß ich hier allein zurückbliebe, wenn Ihnen etwas zustoßen sollte."

„Oh, ich gedenke sehr vorsichtig zu sein", antwortete ich. „Und ich werde nicht so weit fahren, daß ich nicht zum Abend zurück sein kann. Ja, alles in allem halte ich es für sehr viel besser, wenn Sie hier blieben und schliefen und ausruhten und nichts täten."

Sie wandte sich und sah mir in die Augen. Ihr Blick war fest, aber sanft.

„Bitte, bitte", sagte sie, oh, so sanft.

Ich verhärtete mich, um es zu verweigern, und schüttelte den Kopf. Sie wartete noch und blickte mich an. Ich versuchte meine abschlägige Antwort zu formulieren, schwankte jedoch. Da sah ich ihre Augen vor Freude aufleuchten und wußte, daß ich verloren hatte. Danach war es unmöglich, nein zu sagen.

Am Nachmittag legte sich der Wind, und wir waren darauf vorbereitet, am folgenden Morgen aufzubrechen. Es gab keine Möglichkeit, von unserer Bucht aus in die Insel vorzudringen, denn die Felswände stiegen vom Strand aus steil in die Höhe und erhoben sich zu beiden Seiten der Bucht aus dem tiefen Wasser.

Trübe und grau, aber ruhig brach der Morgen an, und ich war früh auf den Beinen und machte das Boot bereit.

„Blödian! Dummkopf! Trottel!" rief ich, als ich es für angebracht hielt, Maud zu wecken, aber diesmal rief ich es im Scherz, während ich in gespielter Verzweiflung barhäuptig am Strand herumtanzte.

Ihr Kopf tauchte unter dem baumelnden Ende des Segels auf.

„Was gibt's?" fragte sie verschlafen und zugleich neugierig.

„Kaffee!" schrie ich. „Was halten Sie von einem Becher Kaffee? Heißem Kaffee? Brühheiß?"

„Du meine Güte!" murmelte sie. „Sie haben mich erschreckt, und Sie sind grausam. Da habe ich nun meine Seele darauf vorbereitet, ohne ihn auszukommen, und nun regen Sie mich mit Ihren falschen Vorspiegelungen auf."

„Passen Sie auf", sagte ich.

Aus Spalten zwischen den Felsen sammelte ich ein paar trockene Holzstücke und -splitter. Die spaltete ich zu Anmacheholz und schnitzelte sie zu Spänen. Aus meinem Notizbuch riß ich eine Seite und nahm aus dem Munitionskasten eine Jagdpatrone. Nachdem ich mit meinem Messer die Filzpfropfen entfernt hatte, leerte ich das Pulver auf einen flachen Stein. Dann hob ich das Zündhütchen aus der Hülse und legte es mitten in das verstreute Pulver auf den Stein. Alles war bereit. Maud beobachtete vom Zelt aus. Das Papier in der Linken, schlug ich mit einem Stein, den ich in der Rechten hielt, auf das Zündhütchen. Es gab ein Wölkchen weißen Rauchs, eine aufspringende Flamme, und der gerissene Rand des Papiers brannte.

Maud klatschte fröhlich in die Hände. „Prometheus!" rief sie.

Aber ich war zu beschäftigt, ihre Freude zu quittieren. Die schwache Flamme mußte liebevoll genährt werden, wenn sie stark und lebensfähig werden sollte. Also fütterte ich sie

Spänchen für Spänchen und Splitter für Splitter, bis es schließlich knackte und knisterte, als sie die kleineren Splitter und größeren Späne erfaßte. Auf eine Insel verschlagen zu werden, damit hatte ich nicht gerechnet, deshalb waren wir ohne Kessel oder sonstige Kochgeräte, aber ich behalf mich mit der Blechdose, die wir zum Ausschöpfen des Boots benutzt hatten, und später, als wir unsern Vorrat an Konserven verbrauchten, sammelte sich bei uns eine stattliche Reihe von Kochgeschirren an.

Ich kochte das Wasser, aber den Kaffee bereitete Maud. Und wie gut war er! Mein Beitrag bestand in Dosenfleisch, das ich mit zerbröckeltem Schiffszwieback und Wasser geschmort hatte. Das Frühstück war ein Erfolg, und wir saßen viel länger am Feuer, als es unternehmungslustige Forscher hätten tun sollen, schlürften den heißen schwarzen Kaffee und besprachen unsere Lage.

Ich baute darauf, daß wir in einer von den Buchten eine Station finden würden, da ich wußte, daß die Rookeries am Beringmeer auf diese Weise geschützt wurden, aber Maud äußerte die Theorie – um mich auf die Enttäuschung vorzubereiten, glaube ich, falls wir eine Enttäuschung erleben sollten –, daß wir ein unbekanntes Rookerie entdeckt hätten. Sie war jedoch sehr guter Laune und belustigte sich darüber, unsere Lage für ernst zu halten.

„Wenn Sie recht haben", sagte ich, „dann müssen wir uns darauf vorbereiten, hier zu überwintern. Unser Proviant wird nicht ausreichen, aber da sind ja die Robben. Im Herbst ziehen sie fort, deshalb muß ich bald beginnen, einen Fleischvorrat anzulegen. Ferner müssen wir Hütten bauen und Treibholz sammeln. Auch werden wir Robbentran für Beleuchtungszwecke auslassen. Kurzum, wir werden alle Hände voll zu tun haben, wenn wir die Insel unbewohnt finden. Aber ich weiß, das werden wir nicht."

Doch sie hatte recht. Wir segelten mit Dwarswind längs

der Küste, suchten die Buchten mit unsern Ferngläsern ab und landeten auch hin und wieder, ohne auf ein Zeichen menschlichen Lebens zu stoßen. Allerdings merkten wir, daß wir nicht als erste auf der Mühsalinsel gelandet waren. Hoch auf dem Strand der, von uns aus gerechnet, zweiten Bucht entdeckten wir das zersplitterte Wrack eines Bootes – eines Robbenfängerbootes, denn die Ruderklampen waren mit Strohflechten umwunden; steuerbords im Bug befand sich ein Gewehrrecken, und schwach sichtbar waren die weißen Buchstaben „Gazelle Nr. 2" zu lesen. Das Boot hatte dort lange Zeit gelegen, denn es war halb mit Sand gefüllt, und das gesplitterte Holz sah so verwittert aus, wie es wird, wenn es lange den Elementen ausgesetzt ist. In den Achtersitzen fand ich eine verrostete zehnkalibrige Flinte und ein abgebrochenes und so verrostetes Matrosenmesser, daß es als solches kaum mehr zu erkennen war.

„Sie sind fortgekommen", sagte ich munter, fühlte jedoch mein Herz sinken und ahnte wohl auch, daß irgendwo auf diesem Strand gebleichte Knochen lagen.

Ich wollte nicht, daß Maud durch einen solchen Fund entmutigt würde, deshalb wandte ich unser Boot wieder seewärts und lief dicht um die Nordostspitze der Insel. An der Südküste gab es keinen Strand, und am frühen Nachmittag fuhren wir um das düstere Vorgebirge und vollendeten damit die Umseglung der Insel. Ich schätzte ihre Peripherie auf fünfundzwanzig Meilen, ihr Durchmesser schwankte zwischen zwei bis fünf Meilen, und meine vorsichtigste Schätzung belief sich auf zweihunderttausend Robben an ihrem Strand. Am höchsten war die Insel an ihrer äußersten Südwestspitze, die Landzungen und Gebirgszüge fielen gleichmäßig ab, so daß der Nordostteil nur wenige Fuß aus dem Meer ragte. Mit Ausnahme unserer kleinen Bucht stieg die Küste sonst über eine Entfernung von etwa einer halben Meile sanft ins Innere an zu Felsniederungen, wie ich sie nennen möchte, die hier und da Flecken von Moos und Tundragras bedeckten. Hierhin zog es die Robben, und die alten Bullen bewachten ihren Harem, während die jungen Bullen ihre eigenen Wege gingen.

Diese kurze Beschreibung ist alles, was die Mühsalinsel verdient. Dunstig und feucht, wo sie nicht schneidend kalt und felsig war, von Sturmwinden geohrfeigt und gepeitscht von der See und die Luft unaufhörlich erbebend von dem Gebrüll der über zweihunderttausend Tiere, war sie ein trübseliger und erbärmlicher Aufenthaltsort. Maud, die mich auf eine Enttäuschung vorbereitet hatte und den ganzen Tag heiter und lebhaft gewesen war, brach zusammen, als wir in unserer kleinen Bucht landeten. Sie bemühte sich tapfer, es vor mir zu verbergen, aber während ich abermals ein Feuer anzündete, wußte ich, daß sie ihr Schluchzen in den Decken unter dem Segelzelt erstickte.

Jetzt war ich an der Reihe, heiter zu sein, und ich spielte die Rolle nach meinem besten Vermögen und mit solchem Erfolg, daß ich sie wieder zum Lachen brachte. Zum erstenmal hörte ich sie singen, und ich lag am Feuer und lauschte hingerissen, denn sie war in allem, was sie tat, eine Künstlerin, und ihre Stimme, wenn auch nicht kräftig, war wunderbar süß und ausdrucksvoll.

Ich schlief immer noch im Boot und lag in dieser Nacht lange wach, blickte zu den ersten Sternen empor, die ich seit vielen Nächten sah, und dachte über unsere Lage nach. Verantwortung dieser Art war mir etwas Neues. Wolf Larsen hatte völlig recht gehabt. Ich hatte auf den Beinen meines Vaters gestanden. Meine Anwälte und Geschäftsführer hatten mein Geld für mich verwaltet. Ich hatte keinerlei Verantwortung gehabt. Dann, auf der „Ghost", hatte ich gelernt, für mich verantwortlich zu sein. Und nun sah ich mich zum erstenmal in meinem Leben für jemand anders verantwortlich. Und es wurde von mir verlangt, daß dies die gewichtigste aller Verantwortungen sein sollte, denn sie galt der einzigen Frau auf der Welt – der einzigen kleinen Frau, wie ich sie gern in Gedanken nannte.

Elftes Kapitel

Kein Wunder, daß wir sie die Mühsalinsel nannten. Denn zwei Wochen mühten wir uns ab, eine Hütte zu bauen. Maud bestand darauf zu helfen, und ich hätte heulen können über ihre zerschundenen und blutenden Hände. Und doch war ich deswegen stolz auf sie. Sie hatte etwas Heroisches, diese vornehm erzogene Frau, wie sie unsere fürchterlichen Strapazen ertrug und ihr bißchen Kraft für die Arbeiten einer Bauersfrau aufbot. Sie sammelte viele jener Steine, die ich zu den Mauern der Hütte verbaute, und hatte ein taubes Ohr für meine inständigen Bitten, wenn ich sie ersuchte, es bleibenzulassen. Doch immerhin fand sie sich zu dem Kompromiß bereit, die leichteren Arbeiten zu übernehmen, wie das Kochen und das Sammeln von Treibholz und Moos als Wintervorrat.

Die Mauern der Hütte wuchsen ohne Schwierigkeit empor, und alles ging glatt, bis ich vor dem Dachproblem stand. Welchen Nutzen hatten die vier Wände ohne ein Dach? Und woraus konnte das Dach gemacht werden? Gewiß, da waren die Ersatzriemen. Sie konnten als Sparren dienen, aber womit sollte ich sie decken? Moos würde nie den Zweck erfüllen. Tundragras war ungeeignet. Das Segel brauchten wir für das Boot, und die Persenning war durchlässig geworden.

„Winters hat für seine Hütte Walroßhäute benutzt“, sagte ich.

„Hier haben wir die Robben“, meinte sie.

Also begann am nächsten Tag die Jagd. Ich verstand nichts vom Schießen, hatte aber die Absicht, es zu lernen. Doch als ich etwa dreißig Patronen auf drei Robben verschossen hatte, kam ich zu dem Schluß, daß die Munition erschöpft sein würde, ehe ich die nötigen Kenntnisse erworben hatte. Acht Patronen hatte ich zum Feueranmachen verbraucht, ehe ich auf den Einfall kam, über die glimmende Asche feuchtes Moos zu häufen, und so waren nicht mehr als hundert Patronen in dem Kasten übriggeblieben.

„Wir müssen die Robben mit der Keule erschlagen", verkündete ich, als ich mich von meiner geringen Fähigkeit im Schießen überzeugt hatte. „Ich habe die Robbenfänger davon reden hören, daß man sie auch mit der Keule erschlägt."

„Sie sind so hübsch", wandte sie ein. „Ich kann den Gedanken daran nicht ertragen. Es ist so unverhohlen brutal, so ganz anders als Schießen."

„Das Dach muß vorankommen", entgegnete ich grimmig. „Der Winter steht vor der Tür. Da heißt es, unser Leben gegen das ihre. Es trifft sich unglücklich, daß wir nicht Munition in Hülle und Fülle haben, aber wie dem auch sei, ich glaube, sie haben weniger zu leiden, wenn sie mit der Keule erschlagen werden, als wenn man sie über den Haufen schießt. Im übrigen werde ich das besorgen."

„Das ist es ja gerade", begann sie eifrig und brach in jäher Verwirrung ab.

„Natürlich", sagte ich, „wenn Sie es vorziehen ..."

„Und was werde ich tun?" unterbrach sie mit jener Sanftmut, die ich voll und ganz als Hartnäckigkeit kennengelernt hatte.

„Brennholz sammeln und Essen kochen", antwortete ich leichthin.

Sie schüttelte den Kopf. „Es ist zu gefährlich für Sie, allein anzugreifen. Ich weiß, ich weiß", kam sie meinem Einwand zuvor. „Ich bin nur eine schwache Frau, aber vielleicht ermöglicht Ihnen meine geringe Hilfe, einem Unheil zu entgehen."

„Und das Erschlagen?" sagte ich.

„Das werden Sie natürlich tun. Ich werde wahrscheinlich laut schreien. Ich werde wegsehen, wenn ..."

„... die Gefahr am größten ist", lachte ich.

„Ich werde mich auf mein Urteil verlassen, wann ich hinzusehen habe und wann nicht", erwiderte sie mit erhabener Miene.

Das Ende der Sache war, daß sie mich am nächsten Morgen begleitete.

Ich rojte in die benachbarte Bucht und bis ans Ufer. Um uns im Wasser wimmelte es von Robben, und das Gebrüll Tausender auf dem Strand nötigte uns, einander zuzuschreien, um uns verständlich zu machen.

„Ich weiß, daß man sie mit der Keule erschlägt", sagte ich mit dem Versuch, mich zu bestärken, und blickte bedenklich auf einen mächtigen Bullen, der sich keine dreißig Fuß entfernt auf den Vorderflossen aufrichtete und mich gespannt betrachtete. „Die Frage ist nur, wie sie das machen?"

„Lassen Sie uns Tundragras sammeln und damit das Dach decken", sagte Maud.

Der Anblick ängstigte sie ebenso wie mich, und wir hatten allen Grund dazu, als wir aus geringer Entfernung auf die schimmernden Zähne und Hundemäuler schauten.

„Ich habe immer geglaubt, sie fürchteten sich vor Menschen", sagte ich.

„Woher weiß ich, daß sie sich nicht fürchten?" zweifelte ich einen Augenblick später, nachdem ich noch ein paar Schläge am Ufer entlanggerudert war. „Wenn ich dreist an Land ginge, würden sie vielleicht Reißaus nehmen, und ich könnte nicht eine erwischen."

Und dennoch zögerte ich.

„Ich habe einmal von einem Mann gehört, der in die Nistplätze wilder Gänse eindrang", sagte Maud. „Sie töteten ihn."

„Die Gänse?"

„Jawohl, die Gänse. Mein Bruder hat mir davon erzählt, als ich noch ein kleines Mädchen war."

„Aber ich weiß, daß man sie mit der Keule erschlägt", beharrte ich.

„Ich glaube, das Tundragras wird ein ebensogutes Dach abgeben", sagte sie.

Weit entfernt von dem, was ihre Absicht war, machten mich ihre Worte wütend und trieben mich an. Ich konnte mich nicht vor ihren Augen als Feigling erweisen.

„Jetzt geht's los", sagte ich, während ich mit einem Riemen das Wasser strich und den Bug auf den Strand laufen ließ.

Ich stieg aus und ging tapfer auf einen langmähnigen Bullen zu, der inmitten seiner Weiber lag. Meine Waffe war die übliche Keule, mit der die Bootsrojer die von den Jägern mit einem Fischhaken an Bord gezogenen verwundeten Robben töteten. Sie war nur anderthalb Fuß lang, und in meiner Unwissenheit ersten Ranges ließ ich mir nicht träumen, daß die an Land benutzte Keule, wenn die Rookeries überfallen wurden, vier bis fünf Fuß maß. Die Kühe rutschten mir schwerfällig aus dem Weg, und die Entfernung zwischen mir und dem Bullen nahm ab. Er richtete sich bedrohlich auf den Flossen empor. Wir waren ein Dutzend Fuß voneinander getrennt. Ich rückte standhaft weiter vor, wobei ich erwartete, er werde im nächsten Augenblick kehrtmachen und davonlaufen.

Auf sechs Fuß Entfernung durchfuhr mich der schreckerregende Gedanke: Was tun, wenn er nicht davonläuft? Gut, dann werde ich ihn mit der Keule erschlagen, lautete meine Antwort. In meiner Angst hatte ich vergessen, daß ich ja hier war, um den Bullen zu erwischen, nicht, um ihn in die Flucht zu jagen. Und just in diesem Augenblick gab er ein Schnauben und Knurren von sich und stürzte auf mich los. Seine Augen flammten, sein Maul stand weit offen, die Zähne schimmerten grausam weiß. Ohne Scham gestehe ich, daß ich es war, der kehrtmachte und Fersengeld gab. Er lief unbeholfen, lief aber gut. Er war nur zwei Schritt hinter mir, als ich mich ins Boot fallen ließ, und als ich ihn mit dem einen Riemen wegstieß, grub er knirschend die Zähne in das Blatt. Das starke Holz wurde wie eine Eierschale zermalmt. Maud und ich waren starr vor Schreck. Einen Augenblick später war er unter das Boot getaucht, packte mit seinem Maul den Kiel und schüttelte das Boot heftig hin und her.

„Du liebe Güte!“ sagte Maud. „Lassen Sie uns zurückfahren.“

Ich schüttelte den Kopf. „Was andere getan haben, kann ich auch, und ich weiß, daß andere Leute Robben mit der Keule erschlagen haben. Aber ich glaube, die Bullen werde ich nächstesmal in Ruhe lassen.“

„Ich wünschte, Sie ließen es ganz bleiben“, entgegnete sie.

„Sagen Sie jetzt nicht ‚bitte, bitte‘ “, schrie ich fast wütend, wie mir schien.

Sie gab keine Antwort, und ich wußte, mein Ton mußte sie verletzt haben.

„Verzeihen Sie bitte“, sagte oder rief ich vielmehr laut, um mich bei dem Gebrüll auf dem Rookerie verständlich zu machen. „Wenn Sie das sagen, mache ich kehrt und fahre zurück, aber ehrlich gesagt, würde ich lieber bleiben.“

„Nun sagen Sie aber nicht, das hätten Sie davon, eine Frau mitzunehmen“, erwiderte sie.

Wunderlich lächelte sie mich an, und ich wußte, daß ich keiner Verzeihung bedurfte.

Ich rojte zweihundert Fuß am Ufer entlang, um meine Nerven zu erholen, und ging dann abermals an Land.

„Seien Sie vorsichtig“, rief sie mir nach.

Ich nickte und schickte mich an, einen Flankenangriff auf den nächsten Harem zu machen. Alles ging gut, bis ich einen Hieb auf den Kopf einer außen liegenden Kuh richtete und zu kurz schlug. Sie schnaubte und versuchte, rasch davonzu-

strampeln. Ich lief dicht heran und schlug noch einmal zu, traf aber die Schulter und nicht den Kopf.

„Passen Sie auf!" hörte ich Maud schreien.

In meiner Aufregung hatte ich auf nichts anderes geachtet, und als ich nun hochsah, erblickte ich den Herrn und Gebieter des Harems, der auf mich losstürmte. Wieder floh ich, hitzig verfolgt, zum Boot, aber diesmal machte Maud keine Andeutung, zurückzukehren.

„Ich denke mir, es wäre vielleicht besser, Sie ließen die Harems in Ruhe und widmeten Ihre Aufmerksamkeit den einzelnen und harmlos aussehenden Robben", sagte sie. „Ich glaube, ich habe etwas über sie gelesen. Wahrscheinlich in dem Buch von Doktor Jordan. Es sind die jungen Bullen, die noch nicht alt genug sind, einen eigenen Harem zu haben. Er nannte sie die Holluschickie oder so ähnlich. Mir scheint, wenn wir herausfinden, welchen Weg sie nehmen ..."

„Und mir scheint, Ihre Kampfnatur ist erwacht", lachte ich.

Sie errötete lebhaft und hübsch. „Ich will zugeben, daß mir eine Schlappe ebensowenig zusagt wie Ihnen oder wie die Vorstellung, so hübsche, harmlose Geschöpfe zu töten."

„Hübsch!" schnaufte ich. „Ich habe an diesen Biestern mit ihren schaumbedeckten Mäulern, die mich jagten, nichts auffallend Hübsches bemerken können."

„Ihr Gesichtspunkt", lachte sie. „Ihnen fehlte die Perspektive. Wenn Sie nicht so nahe an den Gegenstand herangehen müßten ..."

„Genau das!" rief ich aus. „Was ich brauche, ist eine längere Keule. Und da kommt der zerbrochene Riemen gerade zupaß."

„Mir fällt eben ein", sagte sie, „daß mir Kapitän Larsen erzählt hat, wie die Leute auf den Rookeries Beute machen. Sie treiben die Robben in kleinen Herden ein Stückchen landeinwärts, ehe sie sie töten."

„Ich habe kein Verlangen danach, einen von diesen Harems zusammenzutreiben", wandte ich ein.

„Aber da sind doch die Holluschickie", erklärte sie. „Die Holluschickie gehen ihrer eigenen Wege, und Doktor Jordan sagt, daß zwischen den Harems Pfade frei gelassen werden, und solange sich die Holluschickie streng an den Pfad halten, werden sie von den Haremsgebietern nicht behelligt."

„Da ist einer", sagte ich und zeigte auf einen jungen Bullen im Wasser. „Wir wollen ihn beobachten und ihm folgen, wenn er sich an Land auf den Weg macht."

Er schwamm schnurstracks zum Strand und kletterte hinaus in einen schmalen Spalt zwischen zwei Harems, deren Gebieter warnende Geräusche von sich gaben, ihn aber nicht angriffen. Wir beobachteten, wie er langsam landeinwärts zog und sich mühsam zwischen den Harems auf einer Spur hindurchwand, die der Pfad sein mußte.

„Es geht los", sagte ich und stieg aus, aber ich gestehe, daß mich der Gedanke, mitten durch diese ungeheure Herde zu gehen, mit Schrecken erfüllte.

„Es wäre klug, das Boot festzumachen", sagte Maud.

Sie war ausgestiegen und stand neben mir, und ich betrachtete sie mit Verwunderung.

Sie nickte entschieden. „Ja, ich gehe mit Ihnen, deshalb wäre es wohl angebracht, Sie sicherten das Boot und bewaffneten mich mit einer Keule."

„Lassen Sie uns zurückfahren", meinte ich niedergeschlagen. „Ich glaube, Tundragras tut's schließlich auch."

„Sie wissen, daß es nicht geeignet ist", gab sie zur Antwort. „Soll ich vorausgehen?"

Mit einem Achselzucken, aber mit innigster und stolzer Bewunderung für diese Frau im Herzen, rüstete ich sie mit dem zerbrochenen Riemen aus und nahm den andern für mich. In nervöser Unruhe brachten wir das erste Stück unseres Weges hinter uns. Einmal schrie Maud vor Schreck auf, als eine Kuh mit ihrer neugierigen Nase an ihren Fuß stieß, und mehrmals beschleunigte ich aus demselben Grund meinen Schritt. Doch außer warnendem Husten von beiden Seiten gab es keine Zeichen von Feindseligkeit. Es war ein Rookerie, den niemals Jäger überfallen hatten, deshalb waren die Robben sanftmütig und zugleich ohne Angst.

Im Kern der Herde war der Lärm fürchterlich. Seine Wirkung war so, daß einem fast schwindlig wurde. Ich blieb stehen und lächelte Maud beruhigend zu, denn ich hatte meinen Gleichmut eher wiedergefunden als sie. Ich konnte sehen, daß ihr immer noch sehr bange war. Sie kam dicht an mich heran und rief:

„Ich fürchte mich schrecklich!"

Und ich gar nicht. Obgleich das Neue noch nicht alt geworden war, hatte das friedliche Verhalten der Robben meine Unruhe beschwichtigt. Maud zitterte.

„Ich fürchte mich und fürchte mich nicht", schnatterte sie mit bebenden Kiefern. „Das ist mein erbärmlicher Körper, nicht ich."

„Es ist ja gut, es ist ja gut", beruhigte ich sie, wobei ich unwillkürlich beschützend den Arm um sie legte.

Ich werde nie vergessen, wie ungestüm ich mir in diesem Augenblick meiner Männlichkeit bewußt wurde. Die Urtiefen meines Wesens waren aufgestört. Ich fühlte mich als Mann, als Beschützer der Schwachen, als das kämpfende Männchen. Und das beste von allem war: Ich fühlte mich als Beschützer meiner Geliebten. Sie lehnte sich an mich, so leicht und zart, und als sich ihr Zittern legte, schien ich eine ungeheure Kraft in mir zu spüren. Ich fühlte mich dem grimmigsten Bullen in der Herde gewachsen, und ich weiß, wäre ein solcher Bulle auf mich losgestürmt, so hätte ich mich ihm, ohne zu wanken und völlig kalten Blutes, gestellt, und ich weiß auch, daß ich ihn getötet hätte.

„Ich bin jetzt ganz in Ordnung", sagte sie und blickte dankbar zu mir auf. „Wir wollen weitergehen."

Und daß diese Kraft in mir sie beruhigt und ihr Zuversicht gegeben hatte, erfüllte mich mit jauchzender Freude. Die Jugend des Menschengeschlechts schien in mir, dem Überzivilisierten, auszuschlagen, und ich durchlebte innerlich die alten Jagdtage und Waldnächte meiner fernen und vergessenen Vorfahren. Ich habe Wolf Larsen für vieles zu danken, dachte ich, als wir zwischen den drängenden und stoßenden Harems den Pfad entlanggingen.

Nach einer Viertelmeile landeinwärts stießen wir auf die Holluschickie – glatte junge Bullen, die die Einsamkeit ihres Junggesellentums verlebten und Kraft sammelten für den Tag, da sie sich ihren Weg in die Reihen der bekehrten Junggesellen erkämpfen würden.

Alles ging jetzt reibungslos. Anscheinend wußte ich genau, was zu tun und wie es zu tun war. Ich schrie, schwenkte drohend meine Keule und trieb die Faulen sogar mit Stößen an; auf diese Weise schnitt ich rasch etwa zwanzig junge Bullen von ihren Gefährten ab. Jedesmal, wenn einer den Versuch machte, nach rückwärts zum Wasser durchzubrechen, verlegte ich ihm den Weg. Maud beteiligte sich lebhaft an dem Treiben und war mit ihren Schreien und dem Schwenken des zerbrochenen Riemens eine beträchtliche Hilfe. Ich bemerkte jedoch, daß sie jede Robbe, die müde und abgespannt aussah, vorbeischlüpfen ließ. Und ich bemerkte ferner, daß ihre Augen glitzerten und aufleuchteten, wenn ein kampflustig aussehender junger Bulle durchzubrechen versuchte, und daß sie ihn kräftig mit ihrem Knüttel schlug.

„Himmel, ist das aufregend!“ rief sie, als sie aus reiner Ermattung eine Pause machen mußte. „Ich glaube, ich setze mich lieber.“

Ich trieb die kleine Herde (jetzt ein Dutzend stark, da sie einigen die Flucht erlaubt hatte) etwa hundert Yard weiter, und bis sie sich zu mir gesellte, hatte ich das Gemetzel beendet und begann mit dem Abpelzen. Eine Stunde später gingen wir stolz auf dem Pfad zwischen den Harems zurück. Und noch zweimal machten wir, mit Fellen beladen, den Weg, bis ich meinte, wir hätten nun genug für das Dach der Hütte. Ich setzte das Segel, ging mit einem Schlag aus der Bucht hinaus und gelangte mit dem zweiten Schlag in unsere kleine Innenbucht.

„Es ist wie Heimkommen“, sagte Maud, als ich das Boot auf den Strand laufen ließ.

Ich vernahm ihre Worte mit dem gleichen Erschauern, alles war so lieb vertraut und natürlich, und ich sagte:

„Mir ist, als hätte ich immer dieses Leben geführt. Die Welt der Bücher und Büchermenschen ist sehr verschwommen, mehr wie eine Traumerinnerung als eine Wirklichkeit. Ganz gewiß habe ich mein Lebtag gejagt und Raubzüge gemacht und gekämpft. Und auch Sie gehören dazu. Sie sind ...", ich war drauf und dran zu sagen, „mein Weib, meine Gefährtin", änderte es aber zungenfertig in: „... sehr standhaft und ausdauernd in Strapazen."

Aber der Sprung war ihrem Ohr nicht entgangen. Sie erkannte einen Ausbruch, der mittendrin versiegte. Sie warf mir einen raschen Blick zu.

„Das nicht. Sie wollten sagen ..."

„Daß die amerikanische Mistress Meynall das Leben einer Wilden führt, und durchaus mit Erfolg", entgegnete ich leichthin.

„Oh", antwortete sie nur, aber ich hätte schwören können, daß ein Ton von Enttäuschung in ihrer Stimme lag.

Doch „mein Weib, meine Gefährtin" klang mir für den Rest des Tages und noch viele Tage im Kopf. Aber niemals lauter als an diesem Abend, da ich sie beobachtete, wie sie die Moosdecke von der glimmenden Holzkohle entfernte, das Feuer anblies und das Abendessen kochte. Die geheime Wildheit muß sich in mir geregt haben, daß mich die alten, so mit den Wurzeln des Menschengeschlechts verbundenen Worte packten und durchrieselten. Und sie hielten mich gepackt und durchrieselten mich, bis ich, sie wieder und wieder vor mich hin murmelnd, einschlief.

Zwölftes Kapitel

„Es wird riechen", sagte ich, „aber es wird die Wärme drinnen und Regen und Schnee draußen halten."

Wir prüften das fertige Dach aus Robbenfellen.

„Es ist plump, wird aber seinen Zweck erfüllen, und das ist die Hauptsache", fuhr ich, nach ihrem Lob lechzend, fort.

Und sie klatschte in die Hände und erklärte, sie sei ungemein zufrieden.

„Aber hier drin ist es finster", sagte sie im nächsten Augenblick, und ihre Schultern zogen sich in einem unwillkürlichen Schauder zusammen.

„Sie hätten mich auf ein Fenster hinweisen sollen, als die Mauern in die Höhe wuchsen", sagte ich. „Es ist ja Ihre Hütte, und Sie hätten sehen müssen, daß man ein Fenster braucht."

„Aber ich sehe doch nie, was einem in die Augen springt", lachte sie zurück. „Und übrigens können Sie ja jederzeit ein Loch in die Wand schlagen."

„Das ist wahr, daran hatte ich nicht gedacht", erwiderte ich und wackelte weise mit dem Kopf. „Aber haben Sie auch daran gedacht, Fensterglas zu bestellen? Sie brauchen nur die Firma anzurufen – Red. 4451, glaube ich –, und sagen Sie ihnen, welche Größe und Sorte Glas Sie wünschen."

„Das bedeutet ...", begann sie.

„Kein Fenster."

Es war ein düster und häßlich aussehendes Ding, diese Hütte, in einem zivilisierten Land nicht für Besseres als für Schweine geeignet, aber für uns, die wir das Elend des offenen Bootes kennengelernt hatten, war es eine gemütliche kleine Behausung. Auf den Einzugsschmaus folgte die Jagd, um Fleisch für den Winter zu beschaffen, und der Bau der zweiten Hütte. Das war jetzt eine einfache Sache, am Morgen loszufahren und gegen Mittag mit einer Bootsladung Robben heimzukehren. Und während ich dann an der zweiten Hütte arbeitete, ließ Maud den Speck zu Tran aus und unterhielt ein träges Feuer unter den Gestellen mit Fleisch. Ich hatte davon gehört, daß sie in der Prärie Rindfleisch in Streifen schneiden und an der Luft trocknen, und unser in dünne Streifen geschnittenes und in den Rauch gehängtes Robbenfleisch wurde vorzüglich geräuchert.

Die zweite Hütte war leichter zu errichten, denn ich baute sie an die erste und brauchte daher nur drei Mauern. Aber all das bedeutete Arbeit, schwere Arbeit. Maud und ich schufteten vom Morgendämmern bis zum Dunkelwerden bis an die Grenze unserer Kraft, so daß wir, wenn die Nacht kam, in einen animalischen Schlaf der Erschöpfung fielen. Und doch erklärte Maud, sie habe sich nie in ihrem Leben besser oder kräftiger gefühlt. Ich wußte, daß dies auf mich selbst zutraf, aber sie war so zart, daß ich fürchtete, sie werde zusammenbrechen. Oft, sehr oft, wenn ihre letzte Reserve an Kraft verbraucht war, sah ich sie flach auf dem Rücken im Sand liegen, wie sie auszuruhen und sich zu erholen pflegte. Und danach war sie wieder auf den Beinen und arbeitete schwer wie immer. Wo sie diese Kraft herholte, war mir ein Rätsel.

„Denken Sie an die lange Winterruhe", gab sie auf meine Vorstellungen zur Antwort. „Wir werden danach schreien, etwas zu tun zu haben."

Den Einzugsschmaus in meiner Hütte hielten wir an dem Abend, als das Dach gedeckt war. Der dritte Tag eines wütenden Sturms, der den Bogen von Südost nach Nordwest geschlagen hatte und nun genau in unsere Richtung blies, war zu Ende gegangen. An den Strand der äußeren Bucht donnerte die Brandung, und selbst in unsere von Land eingeschlossene innere Bucht brach ein beachtlicher Seegang. Kein hoher Inselbergrücken schützte uns vor dem Wind, und er pfiff und heulte um die Hütte, daß ich zuweilen um die Stärke der Mauern besorgt war. Das Felldach, fest gespannt wie ein Trommelfell, so hatte ich geglaubt, sackte bei jedem Windstoß ein und buchtete sich aus, und in den Mauern zeigten sich unzählige Lücken, die nicht so fest mit Moos verstopft waren, wie Maud angenommen hatte. Doch der Robbentran brannte hell, und wir hatten es warm und gemütlich.

Es war wirklich ein angenehmer Abend, und wir erklärten,

daß er als gesellschaftliches Ereignis auf der Mühsalinsel bislang durch nichts in den Schatten gestellt worden sei. Wir waren ruhigen Gemüts. Wir hatten uns nicht nur mit der Aussicht auf den bitterkalten Winter abgefunden, sondern bereiteten uns auf ihn vor. Die Robben mochten jetzt von uns aus jederzeit ihren rätselhaften Zug nach Süden antreten, und die Stürme enthielten für uns keine Schrecken. Wir waren nicht nur gewiß, trocken, warm und geschützt vor dem Wind zu hausen, sondern besaßen die weichsten und üppigsten Matratzen, die aus Moos gemacht werden konnten. Das war Mauds Idee, und sie war eifersüchtig darauf bedacht gewesen, das ganze Moos selbst zu sammeln.

Dies sollte meine erste Nacht auf der Matratze sein, und ich wußte, daß ich um so süßer schlafen würde, weil sie sie gemacht hatte.

Als sie aufstand, um zu gehen, wandte sie sich mir mit dem wunderlichen Ausdruck zu, den sie mitunter an sich hatte, und sagte:

„Etwas wird geschehen – geschieht bereits. Ich fühle es. Etwas kommt her, zu uns. Jetzt. Ich weiß nicht, was es ist, aber es kommt."

„Gutes oder Schlechtes?" fragte ich.

Sie schüttelte den Kopf. „Ich weiß es nicht, aber es ist da, irgendwo."

Sie deutete in die Richtung von See und Wind.

„Es ist eine Leeküste", lachte ich, „und in einer Nacht wie dieser wäre es mir wahrhaftig lieber, hier zu sein, als herzukommen. Sie fürchten sich doch nicht?" fragte ich, als ich vortrat, um ihr die Tür zu öffnen.

Ihre Augen blickten tapfer in die meinen.

„Und Sie fühlen sich wohl? Völlig wohl?"

„Ich habe mich nie besser gefühlt", gab sie zur Antwort.

Wir sprachen noch ein wenig länger miteinander, ehe sie ging.

„Gute Nacht, Maud“, sagte ich.

„Gute Nacht, Humphrey“, sagte sie.

Daß wir uns beim Vornamen nannten, hatte sich als etwas ganz Selbstverständliches ergeben und war ebenso unvorbedacht wie natürlich. In diesem Augenblick hätte ich die Arme um sie legen und sie an mich ziehen mögen. Draußen in jener Welt, zu der wir gehörten, hätte ich es gewiß getan. So aber endete die Situation, wie es anders nicht möglich war, und ich blieb allein in meiner kleinen Hütte, warm durchglüht von einer angenehmen Zufriedenheit, und ich wußte, daß ein Band oder stillschweigendes Etwas zwischen uns bestand, das zuvor nicht dagewesen war.

Dreizehntes Kapitel

Von einem rätselhaften Gefühl übermannt, erwachte ich. Etwas in meiner Umgebung schien zu fehlen. Aber das Rätselhafte und Beklemmende schwand nach den ersten Sekunden des Wachseins, da ich das fehlende Etwas als den Wind erkannte. Ich war in jenem Zustand der Nervenanspannung eingeschlafen, mit dem man die fortgesetzten Angriffe von Geräusch und Bewegung erwidert, und erwacht, war ich immer noch angespannt, indem ich mich gegen einen Druck stark machte, der nicht mehr auf mir lastete.

Es war die erste Nacht seit Monaten, die ich geschützt verbracht hatte, und ich lag schwelgerisch noch einige Minuten unter meinen Decken (diesmal nicht feucht von Nebel oder Gischt) und analysierte, zunächst die Wirkung, die das Schweigen des Windes auf mich ausübte, und dann die Freude, die mir die Ruhe auf der von Mauds Händen geschaffenen Matratze bereitete. Als ich mich angekleidet hatte und die Tür öffnete, hörte ich immer noch die Wellen an den Strand schlagen, die geschwätzig die rasende Tollheit der

vergangenen Nacht bezeugten. Der Tag war klar, und die Sonne schien. Ich hatte lange geschlafen und trat mit ungestümer Energie hinaus, entschlossen, die verlorene Zeit aufzuholen, wie es sich für einen Bewohner der Mühsalinsel schickte.

Und als ich draußen war, blieb ich mit einem Ruck stehen. Ich hielt meine Augen für unbedingt zuverlässig, und doch war ich im Moment verblüfft über das, was sie mir zeigten. Dort am Strand, keine fünfzig Fuß entfernt, Bug voran, ohne Masten, lag ein Schiff mit schwarzem Rumpf. Masten und Spieren, verfitzt mit Wanten, Schoten und zerrissenen Segeln, scheuerten sacht an der Schiffswand. Ich hätte mir die Augen reiben mögen, während ich schaute. Da war die hausgemachte Kombüse, die wir gebaut hatten, der vertraute Aufgang zur

Poop, die niedrige Jachtkajüte, die sich kaum über die Reling erhob. Es war die „Ghost“.

Welche Laune des Schicksals hatte sie hergeführt – von allen Flecken auf Erden ausgerechnet hierher? Welcher Zufall aller Zufälle? Ich blickte auf die kahle, unzugängliche Wand in meinem Rücken und erlebte die Tiefe der Verzweiflung. Flucht war aussichtslos, undenkbar. Ich dachte an Maud, die dort in der Hütte schlief, die wir errichtet hatten; ich erinnerte mich an ihr „Gute Nacht, Humphrey“; „mein Weib, meine Gefährtin“ klang es mir immer noch im Kopf, doch ach, jetzt war es ein Grabgeläut. Dann wurde mir schwarz vor Augen.

Vielleicht dauerte es nur den Bruchteil einer Sekunde, aber ich wußte nicht, wie lange Zeit vergangen war, ehe ich wieder zu mir kam. Dort lag die „Ghost“, mit dem Bug zum Strand, ihr zersplitterter Bugspriet ragte über den Sand, ihr Spierengewirr rieb sich im Wogen der leise klagenden Wellen an der Schiffswand. Etwas mußte getan werden, mußte getan werden.

Plötzlich fiel mir als sonderbar auf, daß sich nichts an Bord regte. Ermüdet von der Nacht des Kampfes und Schiffbruchs schlafen noch alle Mann, dachte ich. Mein nächster Gedanke war, daß Maud und ich noch entkommen konnten. Wenn wir das Boot nahmen und um die Landspitze fuhren, ehe jemand erwachte? Ich wollte sie rufen und sogleich mit ihr aufbrechen. Schon hatte ich die Hand gehoben, um an ihre Tür zu klopfen, als mir einfiel, wie klein die Insel war. Wir konnten uns nirgendwo auf ihr verbergen. Nichts blieb uns als der weite, rauhe Ozean. Ich dachte an unsere behaglichen kleinen Hütten, unsere Vorräte an Fleisch und Tran, Moos und Brennholz, und ich wußte, daß wir die winterliche See und die großen Stürme, die kommen würden, nie und nimmer überleben konnten.

So stand ich mit unschlüssig gekrümmtem Finger vor ihrer

Tür. Es war unmöglich, unmöglich. Der phantastische Gedanke, hineinzustürzen und sie im Schlaf zu töten, schoß mir durch den Kopf. Und dann kam ich blitzartig auf die bessere Lösung. Alle Mann schliefen. Warum nicht an Bord schleichen – gut kannte ich den Weg zu Wolf Larsens Koje – und ihn im Schlaf töten? Danach – nun, wir würden sehen. Aber war er tot, hatte ich Zeit und Spielraum, andere Dinge vorzubereiten, und außerdem, welche neue Situation sich auch ergeben mochte, sie konnte unmöglich schlimmer sein als die gegenwärtige.

Mein Messer hing an der Hüfte. Ich kehrte in meine Hütte zurück, um die Flinte zu holen, vergewisserte mich, daß sie geladen war, und ging hinab zur „Ghost". Mit einiger Mühe und nachdem ich in Kauf nehmen mußte, bis zur Taille naß zu werden, kletterte ich an Bord. Die Backluke stand offen. Ich blieb stehen, um auf den Atem der Matrosen zu horchen, aber niemand atmete. Mir blieb fast die Luft weg, als mir der Gedanke kam: Was, wenn die „Ghost" verlassen ist? Ich lauschte angestrengter. Kein Laut. Vorsichtig stieg ich die Treppe hinab. Der Raum hatte die Atmosphäre und den Geruch von Leere und Muffigkeit, wie sie nicht mehr bewohnte Behausungen zu haben pflegen. Überall lagen in dichtem Durcheinander abgelegte und zerrissene Kleidungsstücke, alte Seestiefel, durchlässiges Ölzeug – das ganze wertlose Backgepäck für eine lange Fahrt.

Überstürzt verlassen, schloß ich, als ich wieder an Deck stieg.

Hoffnung lebte aufs neue in meiner Brust, und ich hielt mit größerer Kaltblütigkeit Umschau. Ich bemerkte, daß die Boote fehlten. Das Zwischendeck erzählte dieselbe Geschichte wie die Back. Die Jäger hatten ihre Habseligkeiten in gleicher Hast zusammengepackt. Die „Ghost" war im Stich gelassen worden. Sie gehörte Maud und mir. Ich dachte an die Schiffsvorräte und den Proviantraum unter der Kajüte, und mir kam der Einfall, Maud mit etwas Hübschem zum Frühstück zu überraschen.

Die Reaktion auf meine Furcht und das Bewußtsein, daß die schreckliche Tat, die mich hergeführt hatte, nicht mehr erforderlich war, machten mich kindisch und begierig. Ich nahm die Zwischendecktreppe hinauf zwei Stufen auf einmal, ohne etwas Bestimmtes im Sinn zu haben, außer Freude und der Hoffnung, Maud möge noch schlafen, bis die Frühstücksüberraschung für sie fertig sei. Als ich um die Kombüse ging, wurde mir eine neue Befriedigung zuteil bei dem Gedanken an all die herrlichen Kochgeräte drinnen. Ich sprang auf die Poop und erblickte – Wolf Larsen. Infolge meines Antriebs und der betäubenden Überraschung stapfte ich noch drei, vier Schritt über das Deck, ehe ich mich zum Halt bringen konnte. Er stand auf der Kajüttreppe, nur Kopf und Schultern waren sichtbar, und starrte mir genau ins Gesicht. Seine Arme ruhten auf dem halbgeöffneten Schieber. Er machte nicht die geringste Bewegung – er stand nur da und starrte mich an.

Ich begann zu zittern. Das alte Magenübel packte mich. Ich legte eine Hand auf den Rand des Hauses, um mich zu stützen. Meine Lippen kamen mir plötzlich trocken vor, und ich feuchtete sie an, bis ich notgedrungen etwas sagen mußte. Nicht eine Sekunde wandte ich die Augen von ihm ab. Keiner von uns sprach. Etwas Unheilschwangeres lag in seinem Schweigen, seiner Reglosigkeit. Meine alte Furcht vor ihm kehrte zurück und wuchs durch neue Furcht ins Hundertfache. Und immer noch standen wir beide und starrten uns an.

Ich spürte das Gebot zu handeln, und da meine alte Hilflosigkeit schwer auf mir lastete, wartete ich, daß er den ersten Schritt tue. Dann, wie die Augenblicke verstrichen, war mir, als gliche diese Situation jener, da ich mich dem langmähnigen Bullen genähert hatte und meine Absicht, ihn mit der Keule niederzuschlagen, von Furcht getrübt wurde, bis sie sich in den Wunsch verkehrte, ihn in die Flucht zu schlagen. So wurde mir am Ende eindringlich klargemacht, weswegen ich hier war, nicht um Wolf Larsen den ersten Schritt unternehmen zu lassen, sondern um ihn selbst zu tun.

Ich spannte die Hähne beider Läufe und legte die Flinte auf ihn an. Hätte er sich bewegt, versucht, sich die Kajüttreppe hinabfallen zu lassen, dann hätte ich auf ihn geschossen, das weiß ich. Aber er stand reglos und starrte wie zuvor. Da ich mich ihm gegenüber befand, mit angelegter Flinte, die in meinen Händen zitterte, hatte ich Zeit zu bemerken, wie erschöpft und abgehärmt sein Gesicht aussah. Die Wangen waren eingesunken, die gerunzelte Stirn hatte etwas Gequältes. Und seine Augen kamen mir merkwürdig vor, nicht allein ihr Ausdruck, sondern ihr physisches Bild, als wären die Sehnerven und Augenmuskeln beschädigt und hätten die Augäpfel leicht verdreht.

All das sah ich, und da mein Verstand jetzt rasch arbeitete, kamen mir tausenderlei Gedanken, und dennoch vermochte ich nicht abzudrücken. Ich senkte die Flinte und trat an die Ecke der Kajüte, hauptsächlich, um meine Nervenanspannung zu mindern und noch einmal von vorn anzufangen, nebenbei aber auch, um näher zu sein. Wieder hob ich die Flinte. Er stand fast auf Armeslänge von mir entfernt. Es gab keine Hoffnung für ihn. Ich war entschlossen. Es war unmöglich, ihn zu verfehlen, wie erbärmlich meine Schießkunst auch sein mochte. Und doch rang ich mit mir und konnte nicht abdrücken.

„Nun?" fragte er ungeduldig.

Ich bemühte mich vergeblich, meine Finger auf die Abzüge niederzuzwingen, und vergeblich bemühte ich mich, etwas zu sagen.

„Warum schießen Sie nicht?" fragte er.

Ich räusperte mich, da mich etwas in der Kehle am Sprechen hinderte.

„Hump“, sagte er langsam, „Sie können es nicht. Sie haben nicht gerade Angst. Sie sind einfach unfähig. Ihre konventionelle Moral ist stärker als Sie. Sie sind der Sklave jener Anschauungen, die bei den Leuten Gültigkeit haben, mit denen Sie bekannt waren und über die Sie gelesen haben. Deren Gesetze sind Ihnen seit der Zeit, da Sie stammeln konnten, in den Kopf eingehämmert worden, und Ihrer Philosophie und allem, was ich Sie gelehrt habe, zum Trotz werden sie Ihnen nicht erlauben, einen unbewaffneten Mann, der keinen Widerstand leistet, zu töten.“

„Ich weiß es“, sagte ich heiser.

„Und Sie wissen, daß ich einen Unbewaffneten so hemmungslos töten würde, wie ich eine Zigarre rauche“, fuhr er fort. „Sie kennen mich als das, was ich bin – meinen Wert in der Welt nach Ihrem Richtmaß. Sie haben mich Schlange, Tiger, Hai, Ungeheuer und Kaliban genannt. Und doch, Sie kleine Lumpenmarionette, Sie kleine Nachbetmaschine, sind Sie außerstande, mich zu töten, wie Sie eine Schlange oder einen Hai töten würden, weil ich Hände, Füße und einen Körper besitze, die so ähnlich wie die Ihren geformt sind. Pah! Ich hatte Besseres von Ihnen erwartet, Hump.“

Er trat aus der Kajüttreppe und kam zu mir.

„Nehmen Sie diese Flinte runter. Ich möchte Ihnen ein paar Fragen stellen. Ich habe noch nicht die Möglichkeit gehabt, mich umzuschauen. Was ist dies für ein Ort? Wie liegt die ‚Ghost‘? Warum sind Sie naß geworden? Wo ist Maud? – Verzeihung, Miss Brewster – oder müßte ich ‚Mistress van Weyden‘ sagen?“

Ich war vor ihm zurückgewichen, den Tränen nahe über meine Unfähigkeit, auf ihn zu schießen, aber nicht so töricht, die Flinte abzusetzen. Ich hoffte inbrünstig, er möge eine Feindseligkeit begehen, versuchen, mich zu schlagen oder zu erwürgen, denn nur auf solche Weise, wußte ich, konnte ich gereizt werden zu schießen.

„Dies ist die Mühsalinsel", sagte ich.
„Nie davon gehört", fiel er ein.
„Zumindest nennen wir sie so", berichtigte ich.
„Wir?" fragte er. „Wer ist wir?"
„Miss Brewster und ich. Und die ‚Ghost' liegt, wie Sie selbst sehen können, mit dem Bug zum Strand."
„Hier gibt es Robben", sagte er. „Sie haben mich mit ihrem Gebelfer geweckt, sonst würde ich noch schlafen. Ich hörte sie, als ich letzte Nacht hereintrieb. Sie zeigten mir an, daß ich an einer Leeküste war. Es ist ein Rookerie, von der Art, wie ich es jahrelang gesucht habe. Dank meinem Bruder Tod habe ich mich auf einem Vermögen niedergelassen. Es ist eine Fundgrube. Wie ist die Lage der Insel?"
„Nicht die geringste Ahnung", erwiderte ich. „Aber Sie müßten das ziemlich genau wissen. Wie lauteten Ihre letzten Beobachtungen?"
Er lächelte unergründlich, antwortete aber nicht.
„Und wo ist die ganze Besatzung?" fragte ich. „Wie kommt es, daß Sie allein sind?"
Ich war darauf gefaßt, daß er auch diese Frage übergehen würde, und erstaunt, wie bereitwillig er antwortete.
„Mein Bruder hat mich innerhalb von achtundvierzig Stunden erwischt, und nicht durch meine Schuld. Nachts, als nur die Wache an Deck war, hat er mich geentert. Die Jäger fielen mir in den Rücken. Er gab ihnen einen größeren Gewinnanteil. Hörte, wie er ihn bot. Tat es direkt vor meinen Augen. Natürlich ließ mich die Mannschaft im Stich. Das war zu erwarten. Alle Mann liefen über, und da war ich nun, ausgesetzt auf meinem eigenen Schiff. Das war der Streich von Tod, und jedenfalls bleibt alles in der Familie."
„Aber wie haben Sie die Masten verloren?" fragte ich.
„Gehen Sie und untersuchen Sie die Taljereeps", sagte er und zeigte dahin, wo die Besanwanten hätten sein sollen.
„Sie sind mit einem Messer durchgeschnitten!" rief ich aus.

„Nicht ganz“, sagte er lachend. „Es war eine hübschere Arbeit. Sehen Sie noch einmal hin.“

Ich tat es. Die Taljereeps waren fast durchgetrennt, so daß gerade noch genug übrigblieb, die Wanten zu halten, bis sie einer heftigen Spannung ausgesetzt waren.

„Das hat der Smutje gemacht“, lachte er wieder. „Ich weiß es, obgleich ich ihn nicht dabei erwischt habe. Gewissermaßen ein bißchen die Rechnung ausgeglichen.“

„Tüchtig von Mugridge!“ rief ich.

„Ja, das dachte ich auch, als alles über Bord ging. Nur hab ich es geflucht.“

„Aber was haben Sie die ganze Zeit getan, als all das geschah?“ fragte ich.

„Mein Bestes, da können Sie sicher sein, was aber unter den Umständen nicht viel war.“

Ich drehte mich um, weil ich Thomas Mugridges Werk noch einmal betrachten wollte.

„Ich glaube, ich werde mich hinsetzen und sonnen“, hörte ich Wolf Larsen sagen.

Eine Andeutung, nur eben eine leichte Andeutung von körperlicher Schwäche lag in seiner Stimme, und das war so ungewöhnlich, daß ich rasch zu ihm hinblickte. Seine Hand wischte nervös über sein Gesicht, als fege er Spinnweben fort. Ich war verblüfft. Das Ganze paßte so gar nicht zu dem Wolf Larsen, den ich kennengelernt hatte.

„Was machen Ihre Kopfschmerzen?“ fragte ich.

„Sie plagen mich immer noch“, gab er zur Antwort. „Ich glaube, ich bekomme sie gerade wieder.“

Er ließ sich aus seiner sitzenden Stellung gleiten, bis er auf dem Deck lag. Dann wälzte er sich auf eine Seite, legte den Kopf auf den Bizeps des darunterliegenden Arms und schützte mit dem Unterarm seine Augen vor der Sonne. Ich stand und betrachtete ihn verwundert.

„Jetzt haben Sie Ihre Gelegenheit, Hump“, sagte er.

„Ich verstehe nicht", log ich, denn ich verstand durchaus.

„Oh, nichts", fügte er leise, wie im Halbschlaf, hinzu, „nur haben Sie mich jetzt da, wo Sie mich haben wollen."

„Nein, keineswegs", entgegnete ich, „denn ich möchte Sie ein paar tausend Meilen fort von hier haben."

Er kicherte, sprach dann aber nicht mehr. Er regte sich nicht, als ich an ihm vorbei und in die Kajüte hinabging. Ich hob die Falltür im Fußboden, schaute aber ein paar Augenblicke unschlüssig in das Dunkel des Proviantraums unter mir. Ich zögerte hinabzusteigen. Was, wenn es nur eine List war, daß er sich niedergelegt hatte? Wirklich nett, da unten wie eine Ratte gefangen zu werden. Leise schlich ich mich die Kajüttreppe hinauf und blickte verstohlen nach ihm hin. Er lag so, wie ich ihn verlassen hatte. Wieder ging ich hinunter, aber ehe ich mich in den Proviantraum gleiten ließ, war ich so umsichtig, vorher die Klappe hinabzuwerfen. Zumindest konnte die Falle jetzt nicht geschlossen werden. Aber das war alles unnötig. Ich gelangte wieder in die Kajüte mit einem Vorrat an Marmelade, Schiffszwieback, Büchsenfleisch und ähnlichen Dingen – was ich nur tragen konnte – und setzte die Falltür wieder ein.

Ein Blick auf Wolf Larsen zeigte mir, daß er sich nicht bewegt hatte. Ein glänzender Gedanke kam mir. Ich stahl mich in seine Schlafkabine und eignete mir seine Revolver an. Andere Waffen waren nicht vorhanden, so gründlich ich auch die drei übrigen Schlafkabinen durchsuchte. Um ganz sicher zu sein, ging ich zurück und noch einmal durch das Zwischendeck und die Back, und in der Kombüse sammelte ich alle scharfen Fleisch- und Gemüsemesser ein. Dann besann ich mich auf das große Klappmesser, das er immer trug, und ging zu ihm und sprach zu ihm, erst leise, dann laut. Er rührte sich nicht. Ich beugte mich über ihn und nahm es aus seiner Tasche. Nun atmete ich freier. Er besaß keine Waffen mehr, mich aus der Entfernung anzugreifen, während ich, bewaffnet, ihm jederzeit zuvorkommen konnte, sollte er versuchen, mich mit seinen schrecklichen Gorillaarmen zu packen.

Nachdem ich eine Kaffeekanne und eine Bratpfanne mit einem Teil meiner Beute gefüllt und einiges Porzellan aus der Anrichte in der Kajüte an mich genommen hatte, ließ ich Wolf Larsen in der Sonne liegen und ging an Land.

Maud schlief noch. Ich blies die glimmende Asche an (wir hatten noch keine Küche für den Winter eingerichtet) und bereitete geradezu fieberhaft das Frühstück. Da hörte ich, wie sie sich bei ihrer Toilette in der Hütte bewegte. Gerade als alles fertig und der Kaffee eingegossen war, ging die Tür auf, und sie kam heraus.

„Das ist nicht recht von Ihnen“, begrüßte sie mich. „Sie maßen sich eins von meinen Vorrechten an. Sie wissen doch, daß Sie mir das Kochen als meine Angelegenheit zugestanden haben, und ...“

„Nur dies eine Mal“, verteidigte ich mich.

„Wenn Sie mir versprechen, es nie wieder zu tun“, lächelte sie. „Ausgenommen natürlich, wenn Sie meiner schwachen Bemühungen überdrüssig geworden sind.“

Zu meiner Freude blickte sie nicht ein einziges Mal zum Strand, und ich setzte die scherzhafte Unterhaltung mit solchem Erfolg fort, daß sie, ohne daß es ihr bewußt wurde, Kaffee aus einer Porzellantasse trank, gebratene Trockenkartoffeln aß und sich Marmelade auf ihren Zwieback strich. Aber das konnte nicht anhalten. Ich sah das Staunen, das sie überkam. Sie hatte den Porzellanteller entdeckt, von dem wir aßen. Sie überblickte das Frühstück und bemerkte eins nach dem anderen. Dann sah sie mich an und wandte ihr Gesicht langsam zum Strand.

„Humphrey!“ sagte sie.

Das alte, unnennbare Entsetzen stieg in ihre Augen.

„Ist – er ...?“ fragte sie mit bebender Stimme.

Ich nickte.

Vierzehntes Kapitel

Wir warteten den ganzen Tag darauf, daß Wolf Larsen an Land käme. Es war eine unerträgliche Zeit der Beunruhigung. Immer wieder warf der eine oder andere von uns einen gespannten Blick nach der „Ghost". Aber er kam nicht. Er tauchte nicht einmal an Deck auf.

„Vielleicht hat er seine Kopfschmerzen", sagte ich. „Als ich ihn verließ, lag er auf der Poop. Vielleicht liegt er dort noch die ganze Nacht. Ich denke, ich werde hingehen und nachsehen."

Maud blickte mich flehend an.

„Schon gut", beruhigte ich sie. „Ich werde die Revolver mitnehmen. Sie wissen doch, daß ich alle Waffen an Bord eingesammelt habe."

„Aber er hat seine Arme, seine Hände, seine schrecklichen Hände!" wandte sie ein. Und dann rief sie aus: „O Humphrey, ich fürchte mich vor ihm! Gehen Sie nicht – bitte, gehen Sie nicht!"

Bittend legte sie ihre Hand auf die meine und jagte meinen Puls hoch. Gewiß sprach sekundenlang mein Herz aus meinen Augen. Ich war versucht, meinen Arm um sie zu legen, wie damals inmitten der Robbenherde, aber ich überlegte und beherrschte mich dann.

„Ich werde mich nicht in Gefahr begeben", sagte ich. „Ich werde nur verstohlen über den Bug schauen."

Sie drückte mir die Hand und ließ mich gehen. Aber der Platz auf dem Deck, wo ich ihn hatte liegenlassen, war leer. Offenbar war er nach unten gegangen. In dieser Nacht hielten wir abwechselnd Wache, während der andere eine Weile schlief, denn keiner konnte sagen, was Wolf Larsen einfallen mochte. Er war zweifellos zu allem fähig.

Am nächsten Tag warteten wir und am übernächsten, und immer noch gab er kein Lebenszeichen.

„Diese Kopfschmerzen von ihm, diese Anfälle", sagte Maud am Nachmittag des vierten Tages, „vielleicht ist er krank, sehr krank. Er mag tot sein. – Oder sterben", fiel ihr dann ein, nachdem sie eine Weile gewartet hatte, daß ich etwas sage.

„Um so besser", antwortete ich.

„Aber bedenken Sie, Humphrey, ein Mitmensch in seiner letzten einsamen Stunde."

„Vielleicht", meinte ich.

„Ja, nur vielleicht", gab sie zu. „Aber wir wissen es nicht. Es wäre schrecklich, wenn er im Sterben läge. Ich könnte mir niemals verzeihen. Wir müssen etwas tun."

„Vielleicht", meinte ich wieder.

Ich wartete ab, innerlich lächelnd über das Weib in ihr, das sie trieb, sich um Wolf Larsen zu sorgen, ausgerechnet um ihn. Wo bleibt ihre Sorge um mich, dachte ich – um mich, für den sie schon gefürchtet hatte, als er nur einen Blick an Bord werfen wollte?

Sie war zu scharfsinnig, um nicht der Strömung meines Schweigens folgen zu können. Und sie war so ehrlich wie scharfsinnig.

„Sie müssen an Bord gehen, Humphrey, und es herausfinden", sagte sie. „Und wenn Sie mich auslachen wollen, haben Sie meine Einwilligung und Verzeihung."

Gehorsam stand ich auf und ging zum Strand.

„Seien Sie ja vorsichtig", rief sie mir nach.

Ich winkte ihr von der Backspitze zu und ließ mich an Deck gleiten. Dann ging ich nach achtern zur Kajüttreppe und begnügte mich damit, hinunterzurufen. Wolf Larsen antwortete, und als er die Treppe hinaufzusteigen begann, spannte ich meinen Revolver. Ich ließ ihn während unserer Unterhaltung ganz offen sehen, aber er beachtete ihn nicht. Sein körperlicher Zustand schien derselbe wie das letztemal, als ich ihn gesehen hatte, aber er war düster und schweigsam.

Tatsächlich konnten die wenigen Worte, die wir sprachen, kaum eine Unterhaltung genannt werden. Ich erkundigte mich nicht, warum er nicht an Land, und er fragte nicht, warum ich nicht an Bord gekommen sei. Sein Kopf sei wieder in Ordnung, sagte er, und so, ohne ein weiteres Gespräch, verließ ich ihn.

Maud nahm meinen Bericht mit unverkennbarer Erleichterung entgegen, und der Anblick des Rauches, der später von der Kombüse aufstieg, versetzte sie in fröhlichere Stimmung. Wir sahen den Rauch auch am nächsten und übernächsten Tag von der Kombüse aufsteigen, und mitunter erblickten wir Wolf Larsen vorübergehend auf der Poop. Aber das war alles. Er machte keinen Versuch, an Land zu kommen. Das wußten wir, denn wir hielten immer noch unsere Nachtwachen. Wir warteten darauf, daß er etwas unternähme, gewissermaßen seine Hand zeige, und seine Untätigkeit verblüffte und beunruhigte uns.

So verging eine Woche. Wir hatten für nichts Interesse als für Wolf Larsen, und seine Anwesenheit belastete uns mit einem Argwohn, der uns hinderte, etwas von all den kleinen Dingen zu tun, die wir geplant hatten.

Doch am Ende dieser Woche stieg kein Rauch mehr von der Kombüse auf, und Wolf Larsen zeigte sich auch nicht mehr auf der Poop. Ich sah Mauds Sorge aufs neue wachsen, wenngleich sie es aus Scheu – und sogar aus Stolz, glaube ich – unterließ, ihre Bitte zu wiederholen. Wie sollte man sie schließlich tadeln? Sie war eine Frau. Außerdem spürte ich selbst, wie mich der Gedanke schmerzte, daß dieser Mann, den ich zu töten versucht hatte, allein sterben sollte, wo ihm seine Mitmenschen so nahe waren. Er hatte recht. Die Gesetze meiner Schicht waren stärker als ich. Die Tatsache, daß er Hände, Füße und einen Körper besaß, die so ähnlich wie die meinen geformt waren, ergab eine Forderung, die ich nicht übergehen konnte.

Daher wartete ich nicht ein zweites Mal ab, daß mich Maud schickte. Ich entdeckte, daß wir kondensierte Milch und Marmelade brauchten, und verkündete, daß ich an Bord gehen wolle. Ich merkte, daß sie sich nicht schlüssig war. Sie ging sogar so weit, daß sie leise sagte, sie seien nicht unbedingt notwendig und es sei nicht angebracht, deswegen zu gehen. Und wie sie der Strömung meines Schweigens gefolgt war, so folgte sie jetzt der Strömung meiner Worte und wußte, daß ich nicht wegen kondensierter Milch und Marmelade an Bord wollte, sondern ihretwegen und wegen ihrer Besorgnis, die sie, das war ihr klar, nicht hatte verhehlen können.

Ich zog mir die Schuhe aus, als ich auf die Backspitze geklettert war, und ging auf meinen bestrumpften Füßen lautlos nach achtern. Vorsichtig stieg ich hinab und fand die Kajüte verlassen. Die Tür zu seiner Schlafkabine war geschlossen. Zuerst dachte ich daran zu klopfen, dann fiel mir meine vorgebliche Besorgung ein, und ich beschloß, sie zu erledigen. Sorgfältig jedes Geräusch vermeidend, hob ich die Falltür im Fußboden und legte sie beiseite. Im Proviantraum befand sich außer den Lebensmitteln auch die Kleiderkiste, und ich nahm die Gelegenheit wahr, mir einen Vorrat an Unterwäsche anzueignen.

Als ich aus dem Proviantraum wieder zum Vorschein kam, hörte ich Laute aus Wolf Larsens Schlafkabine. Ich kauerte mich zusammen und lauschte. Der Türknauf knarrte. Unwillkürlich schlich ich mich verstohlen hinter den Tisch und zog und spannte meinen Revolver. Die Tür ging auf, und er kam heraus. Nie hatte ich so tiefe Verzweiflung gesehen wie jetzt auf seinem Gesicht – dem Gesicht Wolf Larsens, des Kämpfers, des starken Mannes, des Unbezwingbaren. So wie ein Weib die Hände ringt, hob er seine geballten Fäuste und stöhnte. Eine Faust öffnete sich, und er fuhr sich mit der Handfläche über die Augen, als wische er Spinnweben fort.

„Gott! Gott!“ stöhnte er, und wieder hob er die geballten

Fäuste zu der unendlichen Verzweiflung, die in seiner Kehle bebte.

Es war grausig. Ich zitterte am ganzen Leibe und spürte, wie mir ein Schauer nach dem andern das Rückgrat entlanglief und der Schweiß auf der Stirn stand. Gewiß kann es auf der Welt kaum Schrecklicheres geben als den Anblick eines starken Mannes in dem Augenblick, da er völlig schwach und zusammengebrochen ist.

Aber durch eine Anstrengung seines außerordentlichen Willens erlangte Wolf Larsen seine Selbstbeherrschung zurück. Und es war eine Anstrengung. Es schüttelte ihn von Kopf bis Fuß bei dem Ringen. Er glich einem Mann, der kurz vor einem Anfall steht. Sein Gesicht rang um Fassung und verzog und verzerrte sich bei dem Bemühen, bis er wieder zusammenbrach. Abermals fuhren die geballten Fäuste nach oben, und er stöhnte. Ein- oder zweimal holte er tief Luft und ächzte. Dann gelang es ihm. Ich hätte ihn für den alten Wolf Larsen halten können, und doch lag in seinen Bewegungen eine vage Andeutung von Schwäche und Unentschlossenheit.

Ich war jetzt mit der Angst um mich selbst beschäftigt. Die offene Falltür lag direkt auf seinem Weg, und entdeckte er diese, so würde das augenblicklich dazu führen, daß er mich entdeckte. Ich war wütend auf mich, in einer so feigen Stellung, auf dem Fußboden hingekauert, erwischt zu werden. Es war noch Zeit. Geschwind stand ich auf und nahm, das weiß ich, ganz unbewußt eine herausfordernde Haltung ein. Er beachtete mich nicht. Er beachtete auch nicht die offene Falltür. Ehe ich die Situation erfassen oder handeln konnte, war er geradeswegs in die Öffnung getreten. Ein Fuß trat hinein, während sich der andere gerade heben wollte. Doch da der niedersteigende Fuß den festen Boden vermißte und unter sich Leere spürte, war er wieder der alte Wolf Larsen mit den Tigermuskeln, die den fallenden Körper selbst schon im Fall über die Öffnung hinwegspringen ließen, so daß er mit Brust, Leib und ausgestreckten Armen auf der anderen Seite zu Boden schlug. Im nächsten Augenblick hatte er die Beine angezogen und sich weggerollt. Aber er rollte in meine Marmelade und Unterwäsche und gegen die Falltür.

Der Ausdruck seines Gesichts ließ erkennen, daß er völlig begriffen hatte. Doch ehe ich erraten konnte, was er begriffen hatte, war es ihm schon gelungen, die Falltür einzusetzen und so den Proviantraum zu schließen. Da verstand ich. Er glaubte mich drinnen zu haben. Also war er blind, stockblind. Ich beobachtete ihn, behutsam atmend, damit er mich nicht höre. Rasch ging er in seine Schlafkabine. Ich sah, wie seine

Hand um Zollbreite den Türknauf verfehlte, wie er danach tastete und ihn fand. Das war meine Chance. Auf Zehenspitzen ging ich durch die Kajüte und die Treppe hinauf. Er kam zurück und schleppte eine schwere Seemannskiste, die er auf der Falltür absetzte. Nicht zufrieden damit, holte er eine zweite Kiste und stellte sie auf die erste. Dann hob er die Marmelade und das Unterzeug auf und legte alles auf den Tisch. Als er die Treppe hinaufzusteigen begann, zog ich mich zurück, indem ich mich lautlos auf das Kajütdach wälzte.

Er stieß den Schieber ein Stück zurück und stützte die Arme darauf, während er auf der Kajüttreppe stehenblieb. Seine Haltung war die eines Mannes, der den Schoner entlang nach vorn blickt oder vielmehr glotzt, denn seine Augen waren starr und blinzelten nicht. Ich befand mich nur fünf Fuß von ihm entfernt und genau in dem, was seine Blicklinie hätte sein sollen. Es war unheimlich. Ich fühlte mich wegen meiner Unsichtbarkeit wie ein Gespenst. Ich winkte mit der Hand vor und zurück, natürlich ohne Erfolg, doch als der wandernde Schatten auf sein Gesicht fiel, erkannte ich sofort, daß er für den Eindruck empfänglich war. Sein Gesicht wurde erwartungsvoller und gespannter, während er den Eindruck zu deuten und einzuordnen suchte. Er wußte, daß er auf etwas von außen reagiert hatte, daß sein Empfindungsvermögen durch etwas angerührt worden war, was sich in seiner Umgebung verändert hatte, doch was das war, vermochte er nicht zu entdecken. Ich hörte auf, mit der Hand zu wedeln, so daß der Schatten stillstand. Langsam bewegte er den Kopf vor und zurück und drehte ihn von einer Seite zur andern, so daß er bald in der Sonne, bald im Schatten lag, wobei er den Schatten gleichsam erfühlte und durch die Empfindung prüfte.

Auch ich war beschäftigt, indem ich zu ergründen suchte, wie er das Vorhandensein von etwas so Unfühlbarem wie einem Schatten zu spüren vermochte. Wenn nur seine Augäpfel angegriffen oder seine Sehnerven nicht völlig zerstört waren, gab es eine einfache Erklärung. Andernfalls konnte ich nur zu dem Schluß kommen, daß die empfindliche Haut den Temperaturunterschied zwischen Schatten und Sonnenlicht erkannte. Oder vielleicht – wer kann das sagen? – war es der sagenhafte sechste Sinn, der ihm einen nahegelegenen Gegenstand sichtbar und fühlbar machte.

Er gab den Versuch auf, den Schatten zu bestimmen, trat an Deck und ging nach vorn, mit einer Behendigkeit und Dreistigkeit, die mich erstaunten. Und doch lag diese Andeutung der Schwäche eines Blinden in seinem Gang. Ich hatte sie jetzt als das erkannt, was sie war.

Zu meinem erheiternden Verdruß entdeckte er meine Schuhe auf der Backspitze und nahm sie mit zurück in die Kombüse. Ich beobachtete ihn, wie er Feuer machte und daranging, sich sein Essen zu kochen, dann schlich ich mich in die Kajüte und holte meine Marmelade und Unterwäsche, schlüpfte an der Kombüse vorbei nach vorn und kletterte auf den Strand hinunter, um meinen barfüßigen Bericht zu erstatten.

Fünfzehntes Kapitel

„Es ist doch zu schade, daß die ‚Ghost' ihre Masten eingebüßt hat. Wir könnten mit ihr davonsegeln. Meinen Sie nicht auch, Humphrey?"

Ich sprang erregt auf.

„Ich frage mich, ich frage mich ...", wiederholte ich, während ich auf und ab ging.

Mauds Augen, die mir folgten, glänzten in froher Erwartung. Sie hatte ein solches Vertrauen zu mir! Und der Gedanke daran gab mir soviel zusätzliche Kraft. Ich erinnerte mich an die Worte von Michelet: „Die Frau ist dem Mann, was die Erde ihrem sagenhaften Sohn ist; er braucht nur niederzufallen und ihre Brust zu küssen, und er ist wieder stark."

Zum erstenmal erkannte ich die wunderbare Wahrheit dieser Worte. Schließlich erlebte ich sie ja. All das war mir Maud, eine unerschöpfliche Quelle der Kraft und des Mutes. Ich brauchte sie nur anzusehen oder an sie zu denken, und ich war wieder stark.

„Es ist möglich, es ist möglich", dachte und versicherte ich laut. „Was andere getan haben, kann ich auch, und wenn es nie zuvor jemand getan hat, kann ich es trotzdem."

„Was um Himmels willen?" fragte Maud. „Seien Sie barmherzig. Was können Sie tun?"

„Wir können es tun", verbesserte ich. „Nun, nichts weiter, als der ‚Ghost' die Masten wieder einsetzen und davonsegeln."

„Humphrey!" rief sie aus.

Und ich war so stolz auf meinen Vorsatz, als wäre er bereits eine vollendete Tatsache.

„Aber wie ist das zu ermöglichen?" fragte sie.

„Ich weiß nicht", gab ich zur Antwort. „Ich weiß nur, daß ich in diesen Tagen zu allen Taten fähig bin."

Verwegen lächelte ich sie an – zu verwegen, denn sie senkte die Augen und schwieg eine Weile.

„Aber da ist Kapitän Larsen", wandte sie ein.

„Blind und hilflos", erwiderte ich sofort, indem ich ihn wie einen Strohhalm beiseite fegte.

„Aber seine schrecklichen Hände! Sie wissen, wie er über die Öffnung des Proviantraums sprang."

„Und Sie wissen, wie ich herumschlich und ihm entwischte", widersprach ich fröhlich.

„Und Ihre Schuhe einbüßten."

„Sie können schwerlich erwarten, daß sie Wolf Larsen entwischen, wenn meine Füße nicht drinstecken."

Wir lachten beide, und dann machten wir uns ernsthaft an die Arbeit, den Plan zu entwerfen, nach dem wir die Masten in die „Ghost“ einsetzen und in die Welt zurückkehren wollten. Ich erinnerte mich dunkel an den Physikunterricht in meiner Schulzeit, und die letzten paar Monate hatten mir mit handwerklichen Arbeiten praktische Erfahrung verschafft. Dennoch muß ich sagen, daß mich, als wir zur „Ghost“ hinabgingen, um die vor uns liegende Aufgabe genauer zu prüfen, der Anblick der großen, im Wasser liegenden Masten beinahe entmutigte. Wo sollten wir beginnen? Hätte wenigstens ein Mast gestanden, etwas Hohes, Blockwerk und Taljen daran zu befestigen! Aber nichts war da. Es erinnerte mich an das Problem, sich selbst an den Schnürsenkeln emporzuziehen. Ich verstand den Mechanismus von Hebebäumen, aber wo sollte ich einen Stützpunkt hernehmen?

Da war der Großmast, fünfzehn Zoll im Durchmesser an seinem jetzigen dicken Ende, immer noch fünfundsechzig Fuß lang und mit einem Gewicht von, wie ich roh überschlug, mindestens dreitausend Pfund. Und dann kam der Fockmast, noch größer im Durchmesser, der bestimmt seine dreitausendfünfhundert Pfund wog. Wo sollte ich anfangen? Maud stand schweigend neben mir, während ich im Kopf jene Einrichtung ausarbeitete, die unter Seeleuten als „Bock“ bekannt ist. Aber mochte er auch den Seeleuten bekannt sein, ich erfand ihn dort auf der Mühsalinsel. Indem ich die Enden zweier Spieren kreuzte und zusammenlaschte und sie dann wie ein umgekehrtes „V“ aufstellte, konnte ich mir über dem Deck einen Punkt schaffen, mein Heißtakel zu befestigen. Mit diesem Heißtakel konnte ich, wenn nötig, ein zweites Heißtakel verbinden. Und dann hatten wir ja auch noch das Ankerspill!

Maud sah, daß ich zu einer Lösung gelangt war, und ihre Augen wurden warm vor Mitempfinden.

„Was werden Sie tun?“ fragte sie.

„Dies Gerümpel klarmachen“, antwortete ich und deutete auf die im Wasser liegenden verfitzten Reste des Schiffbruchs.

Ach, die Entschiedenheit, schon allein der Klang der Worte tat meinen Ohren gut. „Dies Gerümpel klarmachen!“ Man stelle sich einen so gesalzenen Satz auf den Lippen Humphrey van Weydens ein paar Monate früher vor!

In meiner Haltung und Stimme muß eine Spur Melodramatisches gelegen haben, denn Maud lächelte. Sie besaß eine scharfe Wahrnehmung für das Lächerliche, und in allen Dingen erkannte und spürte sie, falls er vorhanden war, unfehlbar den Beigeschmack von Unechtem, das Überschattende, den Oberton. Dies war es, was ihrem eigenen Werk Gewicht und Durchschlagskraft gegeben und sie der Welt wertvoll gemacht hatte. Der ernsthafte Kritiker mit dem Sinn für Humor und der Fähigkeit, sich auszudrücken, mußte unweigerlich Gewalt haben über das Ohr der Welt. Ihr Sinn für Humor war in Wirklichkeit der Instinkt des Künstlers für Proportionen.

„Ich bin sicher, daß ich das irgendwo schon mal in Büchern gelesen habe“, bemerkte sie fröhlich.

Ich besaß selber einen Instinkt für Proportionen und brach sofort zusammen, indem ich aus der hoheitsvollen Pose des Herrn der Sache hinabsank in einen Zustand demütiger Verwirrung, der zumindest sehr erbärmlich war.

Unverzüglich langte ihre Hand nach der meinen.

„Es tut mir so leid“, sagte sie.

„Keine Ursache“, schluckte ich. „Es tut mir gut. Ich habe zuviel von einem Schuljungen in mir. Aber all das hat nichts zu sagen. Was wir tun müssen, ist tatsächlich und buchstäblich, dies Gerümpel klarzumachen. Wenn Sie im Boot mitkommen wollen, können wir an die Arbeit gehen und aufräumen.“

„‚Wenn die Toppgasten das Gerümpel klarmachen, das Taschenmesser zwischen den Zähnen‘“, zitierte sie meine

Anweisung, und den Rest des Nachmittags machten wir uns über unsere Arbeit lustig.

Ihre Aufgabe war es, das Boot in seiner Lage zu halten, während ich mich mit dem Wirrwarr abmühte. Und welch einem Wirrwarr – Fallen, Schote, Achterholer, Niederholer, Wanten, Stage, alles von der See herum und vor und zurück und hindurch gespült und verschlungen und verfitzt. Ich zerschnitt nicht mehr, als notwendig war, und da ich die langen Taue unter den Spieren und Masten durch und um sie herum ziehen, die Fallen und Schote ausscheren, im Boot aufwickeln und dann wieder abwickeln mußte, um sie durch einen weiteren Knoten in der Bucht zu ziehen, war ich bald naß bis auf die Haut.

Die Segel mußten teilweise zerschnitten werden, und die von Wasser schwere Leinwand stellte meine Kraft auf eine harte Probe, aber es gelang mir, vor Einbruch der Nacht alles auf dem Strand zum Trocknen auszubreiten. Wir waren beide sehr müde, als wir zum Abendessen die Arbeit unterbrachen, und überdies hatten wir gute Arbeit geleistet, wenn sie auch für das Auge nach nichts aussah.

Am nächsten Morgen stieg ich mit Maud als tüchtiger Hilfe in den Raum der „Ghost", um die Spuren der Mastfüße zu säubern. Wir hatten eben erst mit der Arbeit begonnen, als mein Klopfen und Hämmern Wolf Larsen herbeiführte.

„Hallo, da unten!" rief er durch die offene Luke herab.

Beim Klang seiner Stimme drängte sich Maud hastig, wie schutzsuchend, an mich und ließ ihre Hand auf meinem Arm liegen, während wir uns unterhielten.

„Hallo, an Deck", erwiderte ich. „Wünsche guten Morgen."

„Was machen Sie da unten?" fragte er. „Versuchen Sie mein Schiff anzubohren und zu versenken?"

„Ganz im Gegenteil, ich repariere es", gab ich zur Antwort.

„Aber was zum Donner reparieren Sie?" In seiner Stimme klang Verwirrung.

„Nun, ich bereite alles vor, um die Masten wieder einzusetzen“, antwortete ich leichthin, als wäre es das denkbar einfachste Vorhaben.

„Anscheinend stehen Sie endlich auf Ihren eigenen Beinen, Hump“, hörten wir ihn sagen, und dann schwieg er eine Zeitlang.

„Aber hören Sie, Hump“, rief er dann hinunter. „Das können Sie nicht.“

„O doch, ich kann“, entgegnete ich. „Ich bin schon dabei.“

„Aber es ist mein Schiff, mein persönliches Eigentum. Was ist, wenn ich es Ihnen verbiete?“

„Sie vergessen“, gab ich zurück. „Sie sind nicht mehr das größte Teilchen Gärungsstoff. Sie waren es einmal und waren imstande, mich zu fressen, wie Sie es auszudrücken beliebten, aber es ist eine Verminderung eingetreten, und jetzt bin ich imstande, Sie zu fressen. Die Hefe ist abgestanden.“

Er stieß ein kurzes, unangenehmes Lachen aus. „Ich verstehe, Sie schlagen mich nach Kräften mit meiner Philosophie. Aber verfallen Sie nicht in den Fehler, mich zu unterschätzen. Ich warne Sie zu Ihrem Besten.“

„Seit wann sind Sie ein Philanthrop geworden?“ fragte ich. „Gestehen Sie, daß Sie sehr inkonsequent sind, wenn Sie mich zu meinem Besten warnen.“

Er überhörte meinen beißenden Spott und sagte: „Angenommen, ich schlage jetzt den Lukendeckel zu? Hier werden Sie mich nicht zum Narren machen wie im Proviantraum.“

„Wolf Larsen“, sagte ich streng, indem ich ihn zum erstenmal mit seinem gebräuchlichsten Namen anredete, „ich bin nicht fähig, auf einen hilflosen Mann zu schießen, der keinen Widerstand leistet. Das haben Sie zu Ihrer wie zu meiner Genugtuung ausprobiert. Aber jetzt warne ich Sie, und nicht so sehr zu Ihrem Besten wie zu meinem, daß ich in demselben Augenblick, da Sie eine feindliche Handlung wagen, auf Sie schießen werde. Ich kann Sie von hier aus, wo ich stehe, niederschießen, und wenn Sie so gesonnen sind, nur los, und versuchen Sie den Lukendeckel zuzuschlagen."

„Trotzdem verbiete ich Ihnen, verbiete ich Ihnen ausdrücklich, an meinem Schiff herumzupfuschen."

„Aber, Mann!" sagte ich vorwurfsvoll. „Sie machen die Tatsache, daß es Ihr Schiff ist, wie ein moralisches Recht geltend. In Ihrem Umgang mit anderen haben Sie niemals auf moralische Rechte Rücksicht genommen. Sie lassen sich doch gewiß nicht im Traum einfallen, daß ich sie im Umgang mit Ihnen berücksichtigen werde?"

Ich war unter die offene Luke getreten, so daß ich ihn sehen konnte. Die Ausdruckslosigkeit seines Gesichts, so ganz anders als bei solchen Gelegenheiten, da ich ihn ungesehen beobachtet hatte, wurde noch verstärkt durch die reglosen, starren Augen. Es war als Gesicht kein erfreulicher Anblick.

„Und daß jemand, sei es selbst Hump, so erbärmlich wäre, ihm Achtung zu erweisen", höhnte er.

Der Hohn lag allein in seiner Stimme. Sein Gesicht blieb so ausdruckslos wie zuvor.

„Guten Tag, Miss Brewster", sagte er plötzlich nach einer Pause.

Ich erschrak. Sie hatte nicht das geringste Geräusch verursacht, hatte sich nicht einmal bewegt. Konnte er einen schwachen Schimmer von Sehvermögen behalten haben? Oder kehrte es wieder?

„Guten Tag, Kapitän Larsen", antwortete sie. „Bitte, woher wußten Sie, daß ich hier bin?"

„Habe Sie natürlich atmen hören. Hump bessert sich, finden Sie nicht?"

„Ich weiß nicht", erwiderte sie und lächelte mich an. „Ich habe ihn nie anders erlebt."

„Dann hätten Sie ihn vorher erleben sollen."

„Wolf Larsen in großen Dosen", murmelte ich, „vorher und nachher einzunehmen."

„Ich möchte Ihnen noch einmal sagen, Hump", bemerkte er drohend, „daß Sie besser die Finger davon lassen."

„Aber liegt Ihnen denn nicht ebensoviel wie uns daran, von hier fortzukommen?" fragte ich ungläubig.

„Nein", erwiderte er. „Ich habe die Absicht, hier zu sterben."

„Na schön, wir aber nicht", schloß ich herausfordernd und begann aufs neue mit meinem Klopfen und Hämmern.

Sechzehntes Kapitel

Am nächsten Tag, die Mastspuren waren sauber und alles bereit, machten wir uns daran, die beiden Marsstengen an Bord zu bringen. Die Großmarsstenge war mehr als dreißig Fuß lang, die Vormarsstenge fast dreißig, und aus diesen gedachte ich den Bock zu machen. Es war eine knifflige Arbeit. Nachdem ich das eine Ende einer schweren Talje am Ankerspill befestigt hatte und das andere am Fuß der Vormarsstenge, begann ich zu winden. Maud hielt den Törn auf dem Ankerspill und schoß das freie Ende auf.

Wir staunten, wie leicht sich die Spiere hob. Es war ein verbessertes Kurbelspill, und der Stützpunkt, den es ergab, war enorm. Was es uns an Kraft gab, bezahlten wir natürlich mit Entfernung; so viele Male, wie es meine Kraft verdoppelte, so viele Male wurde die Länge des Taus verdoppelt, das wir einhievten.

Die Talje zog schwer über die Reling, ihr Zug verstärkte sich, je weiter sich die Spiere aus dem Wasser hob, und der Druck auf das Spill wurde gewaltig.

Doch als der Fuß der Marsstenge auf gleicher Höhe mit der Reling war, kam das Ganze zum Stillstand.

„Das hätte ich wissen können", sagte ich ungeduldig. „Jetzt müssen wir alles noch mal machen."

„Warum machen wir nicht die Talje etwas tiefer an der Stenge fest?“ schlug Maud vor.

„Das ist es ja gerade, was ich gleich hätte tun sollen“, antwortete ich, mächtig ärgerlich über mich.

Indem ich einen Törn nachließ, senkte ich die Stenge wieder ins Wasser und befestigte die Talje auf einem Drittel der Länge vom Fuß aus. Nach einer Stunde hatte ich sie bis zu dem Punkt hochgewunden, wo es nicht mehr weiterging. Acht Fuß des unteren Endes befanden sich über der Reling, und ich war weiter denn je davon entfernt, die Spiere an Bord zu bekommen. Ich setzte mich und dachte über das Problem nach. Ich brauchte nicht lange dazu. Frohlockend sprang ich auf.

„Jetzt hab ich's!“ rief ich. „Ich muß die Talje am Schwerpunkt befestigen. Und was wir daraus lernen, wird uns bei allem von Nutzen sein, was sonst noch an Bord zu hieven ist.“

Wieder einmal machte ich meine Arbeit rückgängig, indem ich den Baum ins Wasser gleiten ließ. Aber ich verrechnete mich beim Schwerpunkt, so daß die Stenge beim Hochwinden mit der Spitze und nicht mit dem Fuß nach oben kam. Maud machte ein verzweifeltes Gesicht, aber ich lachte und sagte, so sei es genausogut.

Nachdem ich ihr beigebracht hatte, wie sie den Törn halten und sich bereit machen solle, auf Kommando auslaufen zu lassen, packte ich den Baum mit den Händen und versuchte, ihn über die Reling binnenbords zu balancieren. Als ich glaubte, ich sei soweit, rief ich ihr zu, auslaufen zu lassen, aber ungeachtet meiner angestrengten Bemühungen richtete sich die Spiere auf und fiel ins Wasser zurück. Wieder wand ich sie in ihre vorige Stellung hoch, denn jetzt hatte ich eine neue Idee. Mir war die Handtalje eingefallen – ein kleines Ding mit einem doppelten und einem einfachen Block –, und ich holte sie.

Als ich sie zwischen der Spierenspitze und der gegenüberliegenden Reling anbrachte, betrat Wolf Larsen den Schauplatz. Wir wechselten nur einen Gutenmorgengruß, und er setzte sich, obgleich er nicht sehen konnte, auf die Reling und verfolgte nach dem Geräusch, was ich tat.

Abermals wies ich Maud an, auf mein Kommando am Spill auslaufen zu lassen, und dann begann ich mit der Handtalje zu hieven. Langsam schwang sich der Baum herein, bis er im rechten Winkel über der Reling schwebte, und da entdeckte ich zu meinem Erstaunen, daß Maud gar nicht nachzulassen brauchte. Tatsächlich war genau das Gegenteil vonnöten. Ich machte die Handtalje fest, drehte das Spill und brachte den Baum Zoll für Zoll herein, bis sich seine Spitze zum Deck hinabneigte und er endlich der Länge nach auf dem Deck lag.

Ich blickte auf meine Uhr. Es war zwölf. Mein Rücken schmerzte heftig, und ich war über die Maßen müde und hungrig. Und da auf dem Deck lag ein einziges Stück Holz als Zeugnis der Arbeit eines ganzen Vormittags. Zum erstenmal machte ich mir den Umfang der vor uns liegenden Aufgabe völlig klar. Aber ich lernte, ich lernte. Der Nachmittag würde sich als weit glücklicher erweisen. Und so war es, denn um ein Uhr gingen wir zurück, nachdem wir uns bei einem kräftigen Mittagessen ausgeruht und gestärkt hatten.

In weniger als einer Stunde hatte ich die Großmarsstenge an Bord und errichtete nun den Bock. Ich laschte die beiden Marsstengen zusammen, und indem ich ihre ungleiche Länge berücksichtigte, befestigte ich am Schnittpunkt den Doppelblock des Großklaufalls. Dies in Verbindung mit dem einfachen Block und den Klaufallen selbst verschaffte mir ein Heißtakel. Um zu verhindern, daß die Stengefüße auf dem Deck abrutschten, nagelte ich dicke Klampen vor. Als alles fertig war, machte ich am Scheitelpunkt des Bocks eine Leine fest und führte sie zum Ankerspill. Ich begann Zutrauen zu diesem Spill zu bekommen, denn es gab mir eine Fähigkeit, die all meine Erwartungen übertraf. Wie üblich hielt

Maud den Törn, während ich wand. Der Bock hob sich in die Luft.

Da entdeckte ich, daß ich nicht an Halteseile gedacht hatte. Das nötigte mich, auf den Bock zu klettern, was ich zweimal tun mußte, ehe ich vorn und achtern und zu beiden Seiten die Halteseile angebracht hatte. Als ich dies vollendet hatte, war inzwischen die Dämmerung hereingebrochen. Wolf Larsen, der den ganzen Nachmittag herumgesessen und gelauscht und nicht ein einziges Mal den Mund aufgetan hatte, war in die Kombüse gegangen und bereitete sein Abendessen. Ich fühlte mich völlig steif im Kreuz, so daß ich mich nur mit Mühe und unter Schmerzen aufzurichten vermochte. Stolz blickte ich auf mein Werk. Es begann sich zu zeigen. Wie ein Kind mit einem neuen Spielzeug war ich außer mir vor Verlangen, etwas mit meinem Bock zu heben.

„Ich wünschte, es wäre nicht so spät“, sagte ich. „Ich möchte so gern sehen, wie er arbeitet.“

„Seien Sie kein Nimmersatt, Humphrey“, schalt mich Maud. „Denken Sie daran, daß morgen auch noch ein Tag ist, und Sie sind jetzt so müde, daß Sie kaum noch stehen können.“

„Und Sie?“ erwiderte ich, plötzlich besorgt. „Sie müssen sehr müde sein. Sie haben schwer und ausgezeichnet gearbeitet. Ich bin stolz auf Sie, Maud.“

„Nicht halb so stolz, wie ich auf Sie bin, und nicht mit halb soviel Veranlassung“, antwortete sie und blickte mir sekundenlang gerade in die Augen, mit einem Ausdruck in den ihren und einem tanzenden, flirrenden Licht darin, das ich noch nie zuvor gesehen hatte und das mich – ich weiß nicht warum, denn ich verstand es nicht – mit einer schmerzhaft ungestümen Wonne erfüllte. Dann senkte sie die Augen, hob sie jedoch gleich darauf wieder und lachte.

„Wenn unsere Freunde uns jetzt sehen könnten“, sagte sie. „Schauen Sie uns an. Haben Sie mal einen Augenblick Pause gemacht, um unser Äußeres zu betrachten?“

„Doch, Sie habe ich häufig betrachtet", erwiderte ich, verwirrt über das, was ich in ihren Augen wahrgenommen hatte, und verwirrt auch über ihren plötzlichen Themawechsel.

„Um Himmels willen!" rief sie aus. „Und wie, bitte, sehe ich aus?"

„Wie eine Vogelscheuche, muß ich leider sagen", gab ich zurück. „Werfen Sie zum Beispiel nur einen Blick auf Ihre schmutzigen Rocksäume. Und diese Dreiangel, die Sie sich gerissen haben. Und die Taille! Man braucht kein Sherlock Holmes zu sein, um zu folgern, daß Sie über einem Lagerfeuer Essen gekocht haben, ganz zu schweigen vom Ausbraten des Robbenspecks. Und um allem die Krone aufzusetzen, diese Mütze! Und das ist die Frau, die den ‚Geduldeten Kuß' geschrieben hat."

Sie bedachte mich mit einem vollendeten, hoheitsvollen Knicks und sagte: „Was Sie betrifft, Sir ..."

Und doch, in den fünf Minuten scherzhafter Rede, die folgten, lag unter dem Spaß ein ernsthafter Ton, den ich nur mit dem schnell vorübergehenden sonderbaren Ausdruck ihrer Augen in Verbindung bringen konnte. Was war das? Konnte es sein, daß sich unsere Augen über unsern Willen, zu reden oder nicht zu reden, hinwegsetzten und sprachen? Meine Augen hatten gesprochen, das wußte ich, und ich hatte die Schuldigen ertappt und zum Schweigen gebracht. Das war mehrmals geschehen. Aber hatte sie ihre laute Klage bemerkt und verstanden? Und hatten ihre Augen ebenso zu mir gesprochen? Was sonst konnte dieser Ausdruck besagt haben – dieses tanzende, flirrende Licht und ein Etwas darüber hinaus, das Worte nicht wiederzugeben vermochten. Und doch konnte es nicht sein. Es war unmöglich. Außerdem war ich nicht bewandert in der Augensprache. Ich war nur Humphrey van Weyden, ein Büchermensch, der liebte. Und zu lieben und zu warten und Liebe zu gewinnen war gewiß köstlich genug für mich. So gingen meine Gedanken, selbst als wir uns über unser Aussehen neckten, bis wir an Land waren, und da gab es anderes zu bedenken.

„Es ist eine Schande", beklagte ich mich nach dem Abendessen, „daß wir nach der schweren Arbeit den ganzen Tag nicht einmal eine ungestörte Nachtruhe genießen können."

„Aber jetzt kann doch keine Gefahr drohen? Von einem Blinden?" fragte sie.

„Ich werde ihm nie trauen können", erklärte ich, „und jetzt, da er blind ist, noch viel weniger. Höchstwahrscheinlich wird ihn seine teilweise Hilflosigkeit noch boshafter machen denn je. Ich weiß, was ich morgen als erstes tun werde – einen Warpanker ausbringen und den Schoner ein Stück vom Strand verholen. Und jeden Abend, wenn wir im Boot an Land kommen, wird Mister Wolf Larsen als Gefangener an Bord zurückbleiben. Dies wird die letzte Nacht sein, daß wir Wache halten müssen, und deshalb wird es leichter gehen."

Wir erwachten früh und beendeten eben unser Frühstück, als es hell wurde.

„O Humphrey!" hörte ich Maud bestürzt rufen und jäh innehalten.

Ich sah sie an. Sie starrte auf die „Ghost". Ich folgte ihrem Blick, konnte jedoch nichts Ungewöhnliches wahrnehmen. Sie sah mich an, und ich blickte fragend zurück.

„Der Bock", sagte sie, und ihre Stimme bebte.

Ich hatte sein Vorhandensein vergessen. Ich schaute wieder hin, konnte ihn aber nicht entdecken.

„Wenn er ...", knurrte ich wild.

Sie legte mitfühlend ihre Hand auf die meine und sagte: „Sie werden wieder von vorn anfangen müssen."

„Oh, glauben Sie mir, meine Drohung hat nichts zu bedeuten, ich könnte keiner Fliege etwas zuleide tun", lächelte ich bitter zurück. „Und das schlimmste daran ist, daß er es weiß. Sie haben recht. Wenn er den Bock zerstört hat, werde ich nichts anderes tun, als wieder von vorn anfangen.

Aber danach werde ich an Bord Wache halten", platzte ich heraus. „Und wenn er mir in die Quere kommt . . ."

„Aber ich getraue mich nicht, nachts allein an Land zu bleiben", sagte Maud, als ich wieder zu mir kam. „Es wäre doch so viel netter, wenn er sich freundschaftlich gegen uns benehmen und uns helfen würde. Wir könnten alle bequem an Bord leben."

„Das werden wir", versicherte ich ihr, immer noch wütend, denn die Zerstörung meines geliebten Bocks hatte mich schwer getroffen. „Das heißt, Sie und ich werden an Bord leben, ob nun freundschaftlich mit Wolf Larsen oder nicht. Es ist kindisch", sagte ich später lachend, „von ihm, solche Geschichten zu machen, und von mir, mich darüber zu ärgern."

Aber es gab mir einen Stich durchs Herz, als wir an Bord kletterten und auf die Verwüstung blickten, die er angerichtet hatte. Der Bock war restlos verschwunden. Die Halteseile waren rechts und links durchgehauen. Die Klaufallen waren überall durchgeschnitten. Und er wußte, daß ich nicht spleißen konnte. Ein Gedanke kam mir. Ich lief zum Ankerspill. Es arbeitete nicht. Er hatte es zerbrochen. Bestürzt sahen wir uns an. Dann lief ich an die Reling. Die Masten, Spieren und Gaffeln, die ich klargemacht hatte, waren fort. Er hatte die Leinen gefunden, die sie hielten, hatte sie gekappt und alles Wind und Wellen preisgegeben.

Tränen standen in Mauds Augen, und ich glaube, um meinetwillen. Ich hätte selber weinen mögen. Wo war jetzt unser Vorhaben, der „Ghost" wieder Masten einzusetzen? Er hatte seine Arbeit gut gemacht. Ich setzte mich auf den Lukensüll und stützte voll düsterer Verzweiflung das Kinn in die Hände.

„Er verdient den Tod", rief ich aus, „und Gott verzeih mir, daß ich nicht Manns genug bin, sein Henker zu sein."

Aber Maud stand neben mir und fuhr mir beschwichtigend mit der Hand durchs Haar, als wäre ich ein Kind, und sagte: „Aber, aber, es wird ja alles gut werden. Wir sind im Recht, und es muß alles gut werden."

Ich dachte an Michelet und lehnte meinen Kopf an sie, und wahrhaftig, ich wurde wieder stark. Die gesegnete Frau war ein unerschöpflicher Quell der Kraft für mich. Was lag daran? Es war nur ein Rückschlag, eine Verzögerung. Die Ebbe konnte die Masten nicht so weit auf die See hinausgetrieben haben, und es war nicht windig gewesen. Es bedeutete nur mehr Arbeit, sie aufzufinden und im Schlepptau zurückzuholen. Und überdies war es eine Lehre. Ich wußte nun, worauf wir gefaßt sein mußten. Er hätte warten und unser Werk wirkungsvoller zerstören können, wenn wir der Vollendung näher gewesen wären.

„Er kommt“, flüsterte sie.

Ich blickte hoch. Er schlenderte gemächlich auf der Backbordseite der Poop entlang.

„Beachten Sie ihn nicht“, raunte ich. „Er kommt, um zu sehen, wie wir es aufnehmen. Lassen Sie ihn nicht merken, daß wir Bescheid wissen. Diese Genugtuung können wir ihm versagen. Ziehen Sie Ihre Schuhe aus – so ist's recht – und tragen Sie sie in der Hand.“

Und dann spielten wir Verstecken mit dem Blinden. Da er auf der Backbordseite daherkam, schlichen wir hinüber nach steuerbord, und von der Poop aus beobachteten wir, wie er sich umdrehte, um unserer Spur nach achtern zu folgen.

Irgendwie muß er gewußt haben, daß wir an Bord waren, denn er sagte sehr überzeugt „Guten Morgen“ und wartete auf die Erwiderung seines Grußes.

Dann schlenderte er nach achtern, und wir schlichen nach vorn.

„Oh, ich weiß, daß Sie an Bord sind“, rief er laut, und ich sah, wie aufmerksam er lauschte, nachdem er gesprochen hatte.

Das erinnerte mich an den großen Graukauz, der nach seinem durchdringenden Schrei auf das Regen seiner aufgeschreckten Beute horcht. Aber wir regten uns nicht, und wir bewegten uns nur, wenn er sich bewegte. Und so huschten wir im Zickzack über das Deck, Hand in Hand, wie zwei Kinder, die von einem bösen Menschenfresser gejagt werden, bis Wolf Larsen offensichtlich verärgert das Deck verließ und in die Kajüte ging. Heiterkeit war in unsern Augen und unterdrücktes Kichern in unserm Mund, als wir unsere Schuhe anzogen und über die Reling ins Boot kletterten. Und als ich in Mauds klare braune Augen blickte, vergaß ich das Übel, das er uns angetan hatte, und wußte nur, daß ich sie liebte und durch sie die Kraft besaß, uns unsern Weg zurück in die Welt zu erobern.

Siebzehntes Kapitel

Zwei Tage lang streiften Maud und ich auf der See umher und erforschten die Küste auf der Suche nach den fehlenden Masten. Doch erst am dritten Tag fanden wir sie, alle miteinander, einschließlich Bock, an den gefährlichsten Stellen, in der zermalmenden Brandung des grimmigen Vorgebirges im Südwesten. Und wie wir arbeiteten! Am Ende des ersten Tages kehrten wir in der Dunkelheit erschöpft zu unserer kleinen Bucht zurück, hinter uns im Schlepptau den Großmast. Und wir hatten bei völliger Windstille wahrhaftig jeden Zoll des Weges rojen müssen.

Nach einem zweiten Tag herzzerbrechender und gefahrvoller Schufterei landeten wir mit den beiden Marsstengen als Gewinn im Lager. Am Tag darauf war ich verwegen und band den Fockmast, die Bäume zum Schonersegel und zum Großsegel und die Vorgaffel und Hauptgaffel zu einem Floß zusammen. Der Wind war günstig, und ich hatte vorgehabt, das Floß unter Segel im Schlepptau mitzunehmen, aber der Wind vereitelte es und legte sich dann, und mit den Riemen kamen wir nur im Schneckentempo voran. Und es war eine so entmutigende Anstrengung. Sich mit ganzer Kraft und dem ganzen Gewicht in die Riemen zu legen und zu spüren, wie das Boot bei seinem Vorwärtsstoß durch das schwere Floß hinten gehemmt wurde, war nicht gerade erheiternd.

Der Abend dunkelte, und um die Sache noch ärger zu machen, bekamen wir Wind von vorn. Nicht allein daß wir uns nicht mehr vorwärtsbewegten, begannen wir zurück und aufs offene Meer zu treiben. Ich kämpfte an den Riemen, bis ich völlig ausgepumpt war. Die arme Maud, die ich nie hindern konnte, bis an die Grenze ihrer Kraft zu arbeiten, legte sich erschöpft in den Achtersitzen zurück. Ich konnte nicht mehr rojen. Meine zerschundenen und geschwollenen Hände waren außerstande, sich um die Riemengriffe zu schließen.

Meine Handgelenke und Arme schmerzten unerträglich, und obgleich ich um zwölf Uhr tüchtig zu Mittag gegessen hatte, war ich schwach vor Hunger, so schwer hatte ich gearbeitet.

Ich zog die Riemen ein und beugte mich vor zu der Leine, die das Floß hielt. Aber Maud streckte Einhalt gebietend die Hand nach der meinen aus.

„Was wollen Sie tun?" fragte sie in gezwungenem, gespanntem Ton.

„Es loswerfen", antwortete ich und ließ einen Törn von dem Tau abgleiten.

Aber ihre Finger schlossen sich um die meinen.

„Bitte, nicht", bat sie.

„Es hat keinen Sinn", erwiderte ich. „Es ist Nacht, und der Wind treibt uns vom Land ab."

„Aber bedenken Sie, Humphrey. Wenn wir nicht mit der ‚Ghost' davonsegeln können, bleiben wir vielleicht jahrelang auf der Insel – womöglich unser ganzes Leben. Wenn sie in all diesen Jahren nicht entdeckt wurde, wird man sie vielleicht nie entdecken."

„Sie vergessen das Boot, daß wir am Strand fanden", erinnerte ich sie.

„Es war ein Robbenfängerboot", gab sie zurück, „und Sie wissen genau, daß die Männer, hätten sie entkommen können, zurückgekehrt wären, um mit dem Rookerie ihr Glück zu machen. Sie wissen, daß sie nicht entkommen sind."

Ich schwieg unentschlossen.

„Außerdem", fügte sie langsam hinzu, „ist es Ihre Idee, und ich möchte Sie Erfolg haben sehen."

Jetzt konnte ich mein Herz stark machen. Sobald sie die Sache auf eine schmeichelhaft persönliche Basis brachte, nötigte mich Großmut, ihre Bitte abzuschlagen.

„Lieber Jahre auf der Insel, als heute nacht oder morgen oder übermorgen in dem offenen Boot sterben. Wir sind nicht darauf vorbereitet, dem Meer zu trotzen. Wir haben keinen Proviant, kein Wasser, keine Decken, überhaupt nichts. Ohne Decken würden Sie die Nacht nicht überleben. Ich weiß, wie kräftig Sie sind. Sie zittern ja jetzt schon."

„Das ist nur Nervosität", antwortete sie. „Weil ich fürchte, daß Sie die Masten gegen meinen Wunsch losmachen werden. Oh, bitte, bitte, Humphrey, tun Sie's nicht!" rief sie einen Augenblick später aus.

Und so endete es, mit diesen Worten, die völlig Macht über mich hatten, das wußte sie. Die ganze Nacht klapperten wir erbärmlich vor Kälte. Dann und wann schlief ich ein, aber immer wieder weckte mich die schmerzhafte Kälte. Wie Maud das aushalten konnte, ging über meinen Verstand. Ich war zu müde, die Arme um mich zu schlagen und mich zu wärmen, fand jedoch hin und wieder die Kraft, ihre Hände und Füße zu reiben, damit ihre Blutzirkulation wieder in Gang käme.

Und immer noch rechtete sie mit mir, ja nicht die Masten loszumachen. Gegen drei Uhr morgens wurde sie von einem Kältekrampf gepackt, und nachdem ich sie frottiert hatte, bis er vorbei war, lag sie völlig starr. Ich erschrak. Ich legte die Riemen aus und ließ sie rojen, obgleich sie so schwach war, daß ich bei jedem Schlag glaubte, sie werde in Ohnmacht fallen.

Der Morgen brach an, und lange schauten wir in dem zunehmenden Licht nach unserer Insel aus. Endlich zeigte sie sich, klein und schwarz, am Horizont, volle fünfzehn Meilen entfernt. Ich prüfte das Meer mit dem Fernglas. Weit fort im Südwesten konnte ich einen dunklen Strich auf dem Wasser erkennen, der beim Hinschauen größer wurde.

„Günstiger Wind!" rief ich mit einer so heiseren Stimme, daß ich sie nicht als die meine wiedererkannte.

Maud versuchte zu antworten, brachte aber keinen Ton heraus. Ihre Lippen waren blau vor Kälte, und ihre Augen lagen tief in den Höhlen – doch wie tapfer blickten mich ihre braunen Augen an! Zum Erbarmen tapfer!

Wieder rieb ich ihr die Hände und bewegte ihre Arme auf und ab und im Kreise, bis sie sie selber schlagen konnte. Dann nötigte ich sie aufzustehen, und obgleich sie gefallen wäre, hätte ich sie nicht gestützt, zwang ich sie, die paar Schritte zwischen der Ducht und den Achtersitzen hin und her zu gehen und schließlich auf und nieder zu hüpfen.

„Oh, Sie tapfere, tapfere Frau", sagte ich, als ich sah, wie das Leben in ihr Gesicht zurückkehrte. „Wußten Sie, daß Sie tapfer sind?"

„Ich war es nie", antwortete sie. „Ich war nie tapfer, bis ich Sie kennenlernte. Sie sind es, der mich tapfer gemacht hat."

„Ich war auch nicht tapfer, ehe ich Sie kennenlernte", gab ich zurück.

Sie warf mir einen raschen Blick zu, und wieder erhaschte

ich das tanzende, flirrende Licht in ihren Augen. Aber das dauerte nur eine Sekunde. Dann lächelte sie.

„Es muß an den Umständen gelegen haben", sagte sie, aber ich wußte, daß sie nicht recht hatte, und fragte mich, ob sie es ebenfalls wußte.

Dann kam der Wind auf, günstig und frisch, und bald arbeitete sich das Boot durch eine grobe See der Insel zu. Nachmittags um halb vier fuhren wir an dem südwestlichen Vorgebirge vorbei. Wir waren nicht nur hungrig, sondern litten jetzt auch Durst. Unsere Lippen waren trocken und aufgesprungen, wir konnten sie nicht mehr mit der Zunge anfeuchten. Dann legte sich allmählich der Wind. Gegen Abend wurde es völlig windstill, und wieder einmal quälte ich mich an den Riemen – aber schwach, sehr schwach. Um zwei Uhr morgens stieß der Bug des Bootes auf den Strand unserer inneren Bucht, und ich wankte hinaus, um die Fangleine festzumachen. Maud konnte sich nicht auf den Beinen halten, und ich hatte nicht die Kraft, sie zu tragen. Ich fiel mit ihr in den Sand, und als ich mich erholt hatte, begnügte ich mich damit, ihr meine Hände unter die Achseln zu schieben und sie den Strand hinauf zur Hütte zu schleifen.

Am nächsten Tag arbeiteten wir nicht. Tatsächlich schliefen wir bis drei Uhr nachmittags, oder zumindest ich, denn als ich aufwachte, sah ich Maud das Essen kochen. Ihre Fähigkeit, sich zu erholen, war erstaunlich. Ihr zarter Körper besaß eine zähe Ausdauer, eine Lebensbeharrlichkeit, die mit seiner offenkundigen Schwäche unvereinbar waren.

„Sie wissen doch, daß ich meiner Gesundheit wegen nach Japan fuhr", sagte sie, als wir nach dem Essen faul am Feuer hockten und die Bewegungslosigkeit des Müßiggangs genossen. „Ich war nicht sehr kräftig. Das war ich nie. Die Ärzte empfahlen mir eine Seereise, und ich suchte mir die längste aus."

„Ohne zu wissen, was Sie sich da aussuchten", lachte ich.

„Aber ich werde durch das Erlebnis eine ganz andere Frau sein“, antwortete sie, „eine kräftigere und hoffentlich auch eine bessere. Zumindest werde ich ein ganz Teil mehr vom Leben verstehen.“

Dann, während der kurze Tag dahinschwand, sprachen wir über Wolf Larsens Blindheit. Sie war unerklärlich. Und daß sie ernsthaft sei, belegte ich mit seiner Erklärung, daß er auf der Mühsalinsel zu bleiben und zu sterben gedenke. Wenn er, bei all seiner Kraft und Liebe zum Leben, sich mit dem Tod abfand, dann war klar, daß ihn mehr als nur die Blindheit plagte. Da waren seine fürchterlichen Kopfschmerzen, und wir einigten uns darauf, daß sie gewissermaßen einen Zusammenbruch des Gehirns bedeuteten und daß er bei seinen Anfällen Qualen zu erleiden habe, die über unsere Begriffe gingen.

Als wir über seinen Zustand sprachen, bemerkte ich, daß sich ihm mehr und mehr Mauds Mitgefühl zuwandte, aber ich konnte sie dafür nur lieben, so entzückend weiblich war es. Außerdem lag keine falsche Sentimentalität in ihrem Gefühl. Sie stimmte mit mir überein, daß die strengste Behandlung erforderlich sei, wenn wir von hier fortkommen wollten, obgleich sie vor dem Gedanken zurückschreckte, daß ich eines Tages gezwungen sein könnte, ihm das Leben zu nehmen, um das meine zu retten – „das unsere“, sagte sie.

Am nächsten Morgen frühstückten wir und waren schon an der Arbeit, als es tagte. Vorn im Raum, wo all dergleichen aufbewahrt wurde, fand ich einen leichten Warpanker und schaffte ihn, nicht ohne Anstrengung, an Deck und ins Boot. Mit einer im Heck aufgeschossenen langen laufenden Leine rojte ich ein gutes Stück in unsere Bucht hinaus und ließ den Anker ins Wasser fallen. Es wehte kein Wind, die Flut war hoch und der Schoner flott. Ich warf die Leinen los und verholte ihn mit ganzer Kraft (da das Ankerspill zerbrochen war), bis er dicht bei dem kleinen Anker – zu klein, ihn bei einer Brise zu halten – auf und nieder tanzte. Also ließ ich noch den großen Steuerbordanker fallen, dem ich reichlich Spielraum gab, und am Nachmittag arbeitete ich an dem Spill.

Drei Tage arbeitete ich an diesem Ankerspill. Am wenigsten von allem war ich ein Mechaniker, und in der langen Zeit brachte ich zustande, wozu ein gewöhnlicher Maschinist nur ebenso viele Stunden gebraucht hätte. Ich mußte lernen, mit meinem Handwerkszeug umzugehen, und desgleichen mußte ich die einfachsten Grundregeln der Mechanik lernen, die so ein Mann in den Fingerspitzen hat.

Nach drei Tagen hatte ich ein Ankerspill, das schwerfällig arbeitete. Nie gab es mir die Befriedigung, die mir das alte gegeben hatte, aber es arbeitete und ermöglichte mir meine Arbeit.

In einem halben Tag hatte ich die beiden Marsstengen an Bord geschafft und den Bock wie zuvor samt Halteseilen gebrauchsfertig gemacht. In dieser Nacht schlief ich an Bord, und zwar auf Deck neben meinem Werk. Maud, die sich weigerte, allein an Land zu bleiben, schlief in der Back. Wolf Larsen hatte herumgesessen, gelauscht, wie ich das Spill instand setzte, und mit Maud und mir über gleichgültige Dinge gesprochen. Von keiner Seite fiel eine Anspielung auf die Zerstörung des Bocks, auch sagte er nichts mehr davon, daß ich die Finger von seinem Schiff lassen solle. Und dennoch fürchtete ich mich vor ihm, der blind und hilflos war und horchte, immer horchte, und nie ließ ich ihn bei meiner Arbeit mit seinen starken Armen in Reichweite kommen.

In dieser Nacht, als ich unter meinem geliebten Bock schlief, weckten mich seine Schritte an Deck. Es war eine sternhelle Nacht, und ich konnte undeutlich seine Gestalt erkennen, als er umherging. Ich rollte mich aus meinen Decken und schlich ihm auf Strümpfen lautlos nach. Er hatte sich mit einer Ziehklinge aus dem Werkzeugkasten bewaffnet und schickte sich an, die Klaufallen, die ich wieder am Bock angebracht hatte, damit durchzuschneiden. Er betastete die Fallen und stellte fest, daß ich sie nicht straffgezogen hatte. So konnte er mit einer Ziehklinge nichts anfangen, deshalb packte er das laufende Ende, zog es an und machte es fest. Dann war er soweit, mit der Ziehklinge zu sägen.

„Ich an Ihrer Stelle würde es nicht tun", sagte ich ruhig.

Er hörte meine Pistole klicken und lachte.

„Hallo, Hump", sagte er. „Ich wußte die ganze Zeit, daß Sie hier sind. Sie können meine Ohren nicht täuschen."

„Das ist eine Lüge, Wolf Larsen", entgegnete ich so ruhig wie zuvor. „Wie es aber auch sein mag, ich sehne mich nach einer Gelegenheit, Sie umzubringen, also los, schneiden Sie."

„Die Gelegenheit haben Sie immer", höhnte er.

„Los, schneiden Sie", drohte ich unheilvoll.

„Ich möchte Sie lieber enttäuschen", lachte er, machte auf dem Absatz kehrt und ging nach achtern.

„Etwas muß unternommen werden, Humphrey", sagte Maud am nächsten Morgen, als ich ihr von dem nächtlichen Vorfall erzählt hatte. „Solange er frei umhergeht, ist ihm alles möglich. Er kann das Schiff versenken oder in Brand setzen. Niemand kann sagen, was ihm einfallen mag. Wir müssen ihn gefangennehmen."

„Aber wie?" fragte ich und zuckte ratlos die Achseln. „Ich wage mich nicht in Reichweite seiner Arme, und er weiß, daß ich ihn nicht niederschießen kann, solange sein Widerstand passiv bleibt."

„Es muß eine Möglichkeit geben", widersprach sie. „Lassen Sie mich nachdenken."

„Es gibt eine Möglichkeit", bemerkte ich grimmig.

Sie wartete.

Ich hob eine Robbenkeule auf.

„Die würde ihn nicht umbringen", sagte ich. „Und ehe er

wieder bei sich wäre, hätte ich ihn tüchtig und dauerhaft gefesselt."

Sie schüttelte schaudernd den Kopf. „Nein, nicht so. Es muß eine weniger brutale Möglichkeit geben. Wir wollen abwarten."

Aber wir brauchten nicht lange zu warten, und das Problem löste sich von selbst. Am Vormittag fand ich nach mehreren Versuchen den Schwerpunkt des Fockmastes und befestigte mein Heißtakel ein paar Fuß darüber. Maud hielt den Törn auf dem Spill und schoß auf, während ich hievte. Wäre das Spill in Ordnung gewesen, hätte es weniger Schwierigkeiten bereitet, so aber war ich gezwungen, bei jedem Zoll Hochwinden mein ganzes Gewicht und meine ganze Kraft einzusetzen. Ich mußte häufig eine Pause machen. Im Grunde genommen waren meine Ruhezeiten länger als meine Arbeitsperioden. Maud brachte es sogar fertig, in Augenblicken, wenn all meine Anstrengungen das Spill nicht zu bewegen vermochten, den Törn mit einer Hand zu halten und mit der anderen das Gewicht ihres schmächtigen Körpers zu meiner Unterstützung aufzubieten.

Nach einer Stunde kamen der einfache und der Doppelblock zusammen an die Bockspitze. Ich konnte nicht mehr hieven. Und doch war der Mast noch nicht völlig binnenbords geschwungen. Der Fuß ruhte an der Außenseite der Backbordreling, während die Mastspitze weit jenseits der Steuerbordreling über dem Wasser hing. Mein Bock war zu kurz. Meine ganze Arbeit war umsonst gewesen. Aber ich verzweifelte nicht mehr wie früher. Ich hatte mehr Selbstvertrauen und mehr Vertrauen zu Spills, Böcken und Heißtakeln erlangt. Es gab eine Möglichkeit, wie es gemacht werden konnte, und an mir war es, diese Möglichkeit zu finden.

Während ich über das Problem nachdachte, kam Wolf Larsen an Deck. Wir bemerkten sofort etwas Außergewöhnliches an ihm. Die Unschlüssigkeit oder Schwäche seiner Be-

wegungen trat deutlicher hervor. Sein Gang war ausgesprochen schwankend, als er auf der Backbordseite von der Kajüte kam. Am Pooprand taumelte er, hob eine Hand mit der bekannten Wischgebärde zu den Augen und fiel die Stufen hinab – immer noch lotrecht – auf das Hauptdeck, über das er mit haltsuchend fuchtelnden Armen stolperte und stürzte. An der Zwischendecktreppe gewann er sein Gleichgewicht wieder und blieb dort eine ganze Weile stehen, als sei ihm schwindlig, worauf er plötzlich absackte und zusammenbrach, die Beine unter sich gekrümmt, als er auf das Deck sank.

„Einer von seinen Anfällen", flüsterte ich Maud zu.

Sie nickte, und ich sah, wie ihre Augen warm wurden vor Mitgefühl.

Wir gingen zu ihm, aber er schien bewußtlos zu sein und atmete krampfhaft. Sie sorgte für ihn, hob seinen Kopf an, damit das Blut nicht hineinströme, und schickte mich in die Kajüte nach einem Kissen. Ich brachte auch Decken mit, und wir machten es ihm bequem. Ich fühlte ihm den Puls. Er schlug regelmäßig und stark und war völlig normal. Das verblüffte mich. Ich wurde mißtrauisch.

„Wie, wenn er das nur vortäuscht?" fragte ich, immer noch sein Handgelenk haltend.

Maud schüttelte den Kopf, und ihre Augen blickten vorwurfsvoll. Aber genau in diesem Augenblick entriß er mir mit einem Ruck sein Handgelenk und packte das meine wie ein Tellereisen. Ich schrie laut auf vor entsetzlicher Angst, es war ein wilder, wortloser Schrei, und ich konnte eben noch einen Blick auf sein Gesicht werfen, sein boshaftes und triumphierendes Gesicht, als seine andere Hand nach mir langte und mich in einer grauenhaften Umklammerung zu ihm hinabzog.

Mein Handgelenk ließ er los, legte jedoch den andern Arm um meinen Rücken und hielt meine Arme so fest, daß ich mich nicht rühren konnte. Seine freie Hand fuhr an meine Kehle, und in diesem Augenblick lernte ich den bitteren Vorgeschmack des Todes kennen, den ich mir durch meine eigene Idiotie verdient hatte. Warum hatte ich mich in die Reichweite dieser schrecklichen Arme getraut? Ich konnte andere Hände an meinem Hals spüren. Es waren die Hände von Maud, die sich vergeblich bemühte, die Hand, die mich würgte, loszureißen. Sie gab es auf, und ich hörte sie gellend schreien auf eine Weise, die mir in die Seele schnitt, denn es war der Aufschrei einer Frau in Angst und herzbrechender Verzweiflung. Ich hatte ihn früher schon gehört, beim Untergang der „Martinez".

Mein Gesicht war an seiner Brust, und ich konnte nichts sehen, aber ich hörte, wie Maud sich umdrehte und geschwind das Deck entlanglief. Alles geschah sehr rasch. Ich hatte noch nicht das Bewußtsein verloren, und eine unendliche Zeit schien zu verstreichen, bis ich ihre Füße zurückeilen hörte. Und genau da spürte ich, wie der ganze Mann unter mir zusammensank. Der Atem entwich seinen Lungen, und seine Brust fiel ein unter meinem Gewicht. Ob es nur von dem ausgestoßenen Atem herrührte oder dem Bewußtsein zunehmender Hinfälligkeit, weiß ich nicht, aber seine Kehle erbebte in einem tiefen Stöhnen. Die Hand an meinem Hals erschlaffte. Ich atmete. Sie flatterte und spannte sich wieder. Aber nicht einmal sein ungeheurer Wille vermochte der Auflösung Herr zu werden, die ihn befiel. Sein Wille brach zusammen. Er wurde ohnmächtig.

Mauds Schritte waren ganz nah, als seine Hand zum letztenmal flatterte, und meine Kehle war frei. Ich wälzte mich fort und über das Deck auf den Rücken, keuchend und im Sonnenschein blinzelnd. Maud war bleich, aber beherrscht – meine Augen hatten sofort ihr Gesicht gesucht –, und sie sah mich besorgt und zugleich erleichtert an. Ich gewahrte eine schwere Robbenkeule in ihrer Hand, und sie folgte meinem Blick und sah darauf nieder. Die Keule fiel ihr aus der Hand, als hätte sie ihr unvermutet einen Stich versetzt, und mir schwoll das Herz vor großer Freude. Wahrlich, sie war mein Weib, die Frau, die zu mir gehörte, die mit mir und für mich kämpfte, wie das Weib eines Höhlenbewohners gekämpft hätte, sie war zu allem Ursprünglichen in ihrem Innern erwacht, nicht achtend ihrer Bildung und Gesittung, hart unter der verweichlichenden Zivilisation der einzigen Lebensweise, die sie je gekannt hatte.

„Geliebtes Weib!“ rief ich, nachdem ich mich mühsam hochgerappelt hatte.

Im nächsten Augenblick lag sie in meinen Armen und weinte zuckend an meiner Schulter, während ich sie fest umfing. Ich blickte wieder auf die braune Strahlenkrone ihres Haares, diese im Sonnenlicht glitzernden Juwelen, die mir viel kostbarer waren als die Edelsteine in den Schatztruhen von Königen. Und ich neigte den Kopf und küßte sacht ihr Haar, so sacht, daß sie es nicht merkte.

Dann kamen mir nüchterne Gedanken. Schließlich war sie nur eine Frau, die nun, da die Gefahr vorüber war, in den Armen ihres Beschützers oder dessen, der in Gefahr gewesen war, ihre Erleichterung hinausweinte. Wäre ich ihr Vater oder ihr Bruder gewesen, hätte die Situation in keiner Weise anders sein können. Außerdem waren Zeit und Ort ungeeignet, und ich wünschte mir mit größerem Recht zu verdienen, daß ich ihr meine Liebe erklären durfte. So küßte ich noch einmal sanft ihr Haar, da ich spürte, wie sie sich meiner Umarmung entzog.

„Diesmal war es ein echter Anfall", sagte ich, „so wie der Schlaganfall, der ihn erblinden ließ. Zuerst verstellte er sich, und dadurch führte er ihn herbei."

Maud ordnete bereits wieder sein Kissen.

„Nein", sagte ich, „noch nicht. Jetzt, da ich ihn hilflos habe, soll er hilflos bleiben. Von heute an bewohnen wir die Kajüte. Wolf Larsen wird im Zwischendeck hausen."

Ich faßte ihn unter die Achseln und schleifte ihn dorthin zur Treppe. Auf meine Anweisung holte Maud ein Tau. Ich zog es ihm unter den Armen hindurch, bugsierte ihn über die Schwelle und ließ ihn die Stufen hinab auf den Boden gleiten. Ich konnte ihn nicht so einfach in die Koje heben, aber mit Mauds Hilfe brachte ich zuerst Schultern und Kopf, dann den Rumpf hoch, balancierte ihn über den Rand und rollte ihn in eine Unterkoje.

Aber das war noch nicht alles. Ich erinnerte mich an die Handschellen in seiner Kabine, die er bei Matrosen lieber anzuwenden pflegte als die altertümlichen, plumpen Schiffsfesseln. So lag er nun, als ich ihn verließ, an Händen und Füßen in Eisen. Zum erstenmal seit vielen Tagen atmete ich frei. Ich fühlte mich seltsam leicht, da ich an Deck kam, als sei mir eine Last von den Schultern genommen. Auch spürte ich, daß Maud und ich uns nähergekommen waren. Und ich fragte mich, ob auch sie es spüre, als wir Seite an Seite über das Deck gingen, dorthin, wo der steckengebliebene Fockmast im Bock hing.

Achtzehntes Kapitel

Ohne Säumen zogen wir an Bord der „Ghost" um, nahmen unsere alten Schlafkabinen in Besitz und kochten in der Kombüse. Die Gefangennahme Wolf Larsens war zu einem überaus günstigen Zeitpunkt erfolgt, denn was auf diesem hohen Breitengrad der Altweibersommer gewesen sein mußte, war vorbei, und stürmisches Nieselwetter hatte eingesetzt. Wir hatten es sehr behaglich, und der unzulängliche Bock mit dem daran baumelnden Fockmast gab dem Schoner ein geschäftsmäßiges Aussehen und deutete auf Abreise hin.

Und wie wenig bedurften wir nun dessen, daß wir Wolf Larsen in Eisen hatten! Wie der erste Anfall war auch der zweite von einer schwerwiegenden Abnahme der Fähigkeiten begleitet. Maud machte diese Entdeckung am Nachmittag, als sie ihm Nahrung einzuflößen versuchte. Er hatte erkennen lassen, daß er bei Bewußtsein war, und sie hatte zu ihm gesprochen, jedoch keine Antwort aus ihm herauslocken können. Er lag gerade auf der linken Seite und litt offenbar unter Schmerzen.

Mit einer ruhelosen Bewegung wälzte er den Kopf herum und befreite so das linke Ohr von dem Kissen, in das es vorher gepreßt war. Sofort hörte und antwortete er, und sofort kam sie zu mir.

Nachdem ich das Kissen wieder an sein linkes Ohr gedrückt hatte, fragte ich ihn, ob er mich höre, aber er gab kein Zeichen. Ich entfernte das Kissen und wiederholte die Frage, und sogleich antwortete er, daß er mich höre.

„Wissen Sie, daß Sie auf dem rechten Ohr taub sind?" fragte ich.

„Ja", antwortete er mit leiser, fester Stimme, „und Schlimmeres als das. Meine ganze rechte Seite ist angegriffen. Wie eingeschlafen. Ich kann weder Arm noch Bein bewegen."

„Verstellen Sie sich wieder?" fragte ich ungehalten.

Er schüttelte den Kopf, sein harter Mund formte ein überaus seltsames, verzerrtes Lächeln. Es war tatsächlich ein verzerrtes Lächeln, denn es befand sich nur auf der linken Seite, da sich die Gesichtsmuskeln auf der rechten Seite überhaupt nicht bewegten.

„Das war der letzte Streich des Wolfs", sagte er. „Ich bin gelähmt. Ich werde nie wieder gehen. Oh, nur auf der einen Seite", fügte er hinzu, als ahne er den mißtrauischen Blick, den ich auf sein linkes Bein warf, dessen Knie er eben angezogen und dadurch die Decken gehoben hatte.

„Es trifft sich unglücklich", fuhr er fort. „Ich hätte Sie vorher noch gern umgebracht, Hump. Und ich glaubte, dazu würde es bei mir noch reichen."

„Aber warum?" fragte ich, teils vor Entsetzen, teils aus Neugier.

Wieder formte der harte Mund das verzerrte Lächeln, als er sagte:

„Oh, nur um lebendig zu sein, zu leben und zu handeln, bis zum Schluß das größte Teilchen Gärungsstoff zu sein, um Sie zu fressen. Aber auf diese Weise zu sterben ..."

Er zuckte die Achseln oder versuchte es vielmehr, denn nur die linke Schulter bewegte sich. Das Achselzucken war wie das Lächeln verzerrt.

„Aber wie können Sie sich das erklären?" fragte ich. „Wo sitzt Ihr Übel?"

„Im Gehirn", antwortete er sofort. „Diese verfluchten Kopfschmerzen haben dazu geführt."

„Symptome", sagte ich.

Er nickte. „Es gibt keine Erklärung dafür. Ich war nie in meinem Leben krank. Etwas stimmt nicht mehr mit meinem Gehirn. Ein Krebsgeschwür, ein Tumor oder etwas dergleichen – etwas, das frißt und zerstört. Es greift mein Nervenzentrum an und frißt es Stück für Stück, Zelle für Zelle – vor Schmerz."

„Auch die Bewegungszentren", ergänzte ich.

„Es scheint so, und das verfluchte ist, daß ich hier liegen muß, bei Bewußtsein, geistig ungeschwächt, und weiß, daß die Leinen fallen und daß nach und nach die Verbindung mit der Außenwelt abreißt. Ich kann nicht sehen, Gehör und Gefühl lassen mich im Stich, unter diesen Umständen wird es auch bald mit dem Sprechen ein Ende haben, dennoch werde ich die ganze Zeit da sein, lebendig, tatendurstig und machtlos."

„Wenn Sie sagen, *Sie* sind da, möchte ich auf die Wahrscheinlichkeit der Seele hinweisen", sagte ich.

„Blödsinn!“ gab er zurück. „Es bedeutet einfach, daß die höheren psychischen Zentren von dem Angriff auf mein Gehirn nicht berührt sind. Ich kann mich erinnern, kann denken und urteilen. Wenn das schwindet, verschwinde ich. Bin ich nicht mehr. Die Seele?“

Er brach in spöttisches Gelächter aus und drehte dann sein linkes Ohr dem Kissen zu, zum Zeichen, daß er das Gespräch nicht fortzusetzen wünsche.

Maud und ich gingen an unsere Arbeit, bedrückt durch das furchtbare Schicksal, das ihn ereilt hatte – wie furchtbar, sollten wir uns noch vollauf vergegenwärtigen. Etwas von der Erhabenheit der Vergeltung lag darin. Unsere Gedanken waren tief und feierlich ernst, und wir sprachen fast nur flüsternd miteinander.

„Sie können mir die Handschellen abnehmen“, sagte er am Abend, als wir bei ihm standen und über ihn beratschlagten. „Es ist völlig sicher. Ich bin jetzt ein Gelähmter. Als nächstes muß ich mich auf das Wundliegen gefaßt machen.“

Er lächelte sein verzerrtes Lächeln, und Maud, die Augen vor Entsetzen geweitet, mußte sich abwenden.

„Wissen Sie, daß Ihr Lächeln schief ist?“ fragte ich ihn, denn ich wußte ja, daß sie ihn pflegen mußte, und wollte ihr so viel wie möglich ersparen.

„Dann werde ich nicht mehr lächeln“, antwortete er ruhig. „Ich dachte mir schon, daß etwas nicht stimmt. Meine rechte Wange ist den ganzen Tag taub gewesen. Ja, seit drei Tagen habe ich schon Alarmzeichen erhalten, so nacheinander schien meine rechte Seite einzuschlafen, mal Arm oder Hand, mal Bein oder Fuß. So, ich lächle also schief?“ fragte er ein Weilchen später. „Na schön, dann denken Sie sich von jetzt an, daß ich innerlich lächle, mit meiner Seele, wenn Sie so wollen, mit meiner Seele. Denken Sie sich, daß ich jetzt lächle.“

Und einige Minuten lang lag er still und hing seinem wunderlichen Einfall nach.

Der Mann in seinem Innern war unverändert. Es war der alte unbezwingbare, fürchterliche Wolf Larsen, irgendwo in diesem Körper eingesperrt, der einst so unbesiegbar und herrlich gewesen war. Jetzt band er ihn mit leblosen Fesseln, hüllte seine Seele in Dunkel und Schweigen und schloß ihn von der Welt ab, die für ihn ein Schwelgen in Tätigkeit gewesen war. Nie mehr würde er das Verb „tun" in jedem Modus und Tempus konjugieren. „Sein" war alles, was ihm blieb – ohne Bewegung sein, wie er den Tod definiert hatte; wollen, aber nicht ausführen, denken und urteilen und im Geist so lebendig sein wie eh und je, aber im Fleisch tot sein, völlig tot.

Und doch, obgleich ich sogar die Handschellen entfernte, vermochten wir uns nicht mit seinem Zustand abzufinden. Unser Gefühl empörte sich dagegen. Für uns besaß er seine volle Wirkungskraft. Wir wußten nicht, was als nächstes von ihm zu erwarten war, zu welch furchtbarer Tat er, erhaben über das Fleisch, ausbrechen mochte. Unsere Erfahrung rechtfertigte diesen Gemütszustand, und mit einer ständig auf uns lastenden Besorgnis gingen wir an unsere Arbeit.

Ich hatte das Problem, das durch den zu kurzen Bock aufgetaucht war, gelöst. Mit Hilfe der Handtalje (ich hatte eine neue angefertigt) wand ich den Fuß des Fockmastes über die Reling und ließ ihn dann auf das Deck hinab. Dann hievte ich mit dem Bock den Baum zum Großsegel an Bord. Seine vierzig Fuß Länge würden mir die notwendige Höhe verschaffen, um den Mast so zu schwingen, wie ich ihn brauchte. Mit einer Nebentalje, die ich am Bock befestigt hatte, schwang ich den Baum in eine fast lotrechte Stellung, dann senkte ich den Fuß auf das Deck und nagelte ringsherum große Klampen, damit er nicht rutschen konnte. Den einfachen Block meiner ursprünglichen Bocktalje hatte ich am Ende des Baums festgemacht. Nachdem ich nun diese Talje zum Spill geführt hatte, konnte ich das Ende des Baums nach Belieben heben und senken, wobei der Fuß immer an derselben Stelle blieb, und mit Hilfe der Klaufallen konnte ich den Baum von einer Seite zur andern schwingen. Auch ein Heißtakel hatte ich am Ende des Baums angebracht, und als die ganze Einrichtung fertig war, konnte ich nur staunen über die Wirkung und den Spielraum, die sie mir gab.

Natürlich brauchte ich zwei Tage, um diesen Teil meiner Arbeit auszuführen, und erst am Morgen des dritten Tages schwang ich den Fockmast vom Deck und schickte mich an, den Fuß vierkantig zu behauen, damit er in die Spur paßte. Dabei stellte ich mich besonders ungeschickt an. Ich sägte und hackte und stemmte an dem verwitterten Holz herum, bis es aussah, als hätte eine riesige Maus daran genagt. Aber es paßte.

„Es wird arbeiten, ich weiß, es wird arbeiten", rief ich.

„Kennen Sie Doktor Jordans entscheidenden Wahrheitstest?" fragte Maud.

Ich schüttelte den Kopf und hörte eine Weile auf, die Späne zu entfernen, die mir ins Genick und den Rücken hinabgeweht waren.

„Können wir es arbeiten lassen? Können wir ihm unser Leben anvertrauen? Das ist der Prüfstein."

„Sie halten viel von ihm", sagte ich.

„Als ich mein altes Pantheon niederriß und Napoleon, Cäsar und ihresgleichen hinauswarf, errichtete ich ungesäumt ein neues Pantheon", erwiderte sie ernst, „und der erste, dem ich darin einen Sitz gab, war Doktor Jordan."

„Ein moderner Halbgott."

„Und ein größerer, weil er modern ist", fügte sie hinzu. „Wie können die Halbgötter der Alten Welt einen Vergleich mit den unseren aushalten?"

Ich schüttelte den Kopf. Wir waren uns in vielen Dingen zu ähnlich, um ein Streitgespräch zu führen. Zumindest glichen sich unsere Standpunkte und Ansichten vom Leben.

„Für zwei Kritiker vertragen wir uns ausgezeichnet“, lachte ich.

„Und als Schiffbauer und tüchtiger Gehilfe“, lachte sie zurück.

Aber in jenen Tagen blieb wenig Zeit zum Lachen, wegen unserer schweren Arbeit und dem Grausen, das uns Wolf Larsens lebendiger Tod einflößte.

Er hatte abermals einen Schlaganfall erlitten. Er hatte seine Stimme verloren oder war dabei, sie zu verlieren. Nur zeitweilig konnte er sie noch gebrauchen. Die Telegraphendrähte seien wie die Börse, so drückte er es aus, bald oben, bald unten. Hin und wieder hatten sie ein Hoch, und dann sprach er so gut wie je, wenn auch langsam und schwerfällig. Dann wieder versagte ihm plötzlich die Stimme, möglicherweise mitten in einem Satz, und dann warteten wir mitunter stundenlang, daß die Verbindung wiederhergestellt werde. Er klagte über heftige Schmerzen im Kopf, und in dieser Zeit verabredete er mit uns ein Mitteilungssystem für die Zeit, da er die Sprache völlig verlieren würde – einen Händedruck für „ja“, zwei für „nein“. Es war gut, daß wir das abgemacht hatten, denn gegen Abend hatte er die Stimme verloren. Danach beantwortete er unsere Fragen durch den Druck seiner Hand, und wenn er etwas sagen wollte, kritzelte er seine Gedanken einigermaßen leserlich mit der Linken auf ein Blatt Papier.

Der strenge Winter war nun über uns hereingebrochen. Ein Sturm folgte dem andern mit Schnee, Graupelschauern und Regen. Die Robben hatten ihre große Wanderung nach Süden angetreten, und das Rookerie war verödet. Ich arbeitete fieberhaft. Ungeachtet des schlechten Wetters und des Windes, der mir besonders hinderlich war, stand ich vom Morgengrauen bis in die Dunkelheit an Deck und machte ansehnliche Fortschritte.

Ich profitierte von der Lektion, die ich erhalten hatte, als ich den Bock aufstellte und dann hinaufklettern mußte, um die Klaufallen zu befestigen. Die Spitze des Fockmastes hatte ich gerade so hoch vom Deck emporgewunden, daß ich bequem daran arbeiten konnte, als ich die Takelung anbrachte, Stage, Klaufallen und Piekfallen. Wie üblich hatte ich den mit diesem Teil der Aufgabe verbundenen Umfang an Arbeit unterschätzt, und zwei lange Tage gingen drauf, sie zu vollenden. Und es war noch so viel zu tun – zum Beispiel die Segel, die völlig aufgearbeitet werden mußten.

Während ich mich mit der Takelung des Fockmastes abquälte, nähte Maud an den Segeln, jederzeit bereit, alles hinzuwerfen und mir zu helfen, wenn mehr als zwei Hände erforderlich waren. Das Segelleinen war schwer und hart, und sie nähte es mit dem üblichen Segelhandschuh und der Dreikantnadel. Ihre Hände waren bald voller Blasen, aber tapfer mühte sie sich weiter und kochte überdies das Essen und sorgte für den kranken Mann.

„Zum Teufel mit dem Aberglauben“, sagte ich am Freitagmorgen. „Dieser Mast kommt heute rein.“

Alles war für das Unternehmen bereit. Nachdem ich die Baumtalje zum Ankerspill geführt hatte, wand ich den Mast fast klar über das Deck. Ich machte die Talje fest, holte die Bocktalje (die mit dem Baumende verbunden war) zum Spill, und nach ein paar Windungen hatte ich den Mast lotrecht und klar.

Maud klatschte in die Hände, als sie davon erlöst war, den Törn zu halten, und rief:

„Er arbeitet! Er arbeitet! Wir werden ihm unser Leben anvertrauen!“

Dann machte sie ein klägliches Gesicht.

„Er ist nicht über dem Gatt“, sagte sie. „Müssen Sie jetzt wieder von vorn anfangen?“

Ich lächelte überlegen, ließ ein Halteseil am Baum nach, zog das andere an und schwang den Mast genau in die Mitte des

Decks. Aber immer noch nicht war er über dem Gatt. Wieder kam der klägliche Ausdruck in ihr Gesicht, und wieder lächelte ich überlegen. Indem ich an der Baumtalje nachgab und an der Bocktalje entsprechend anzog, brachte ich den Mastfuß genau über das Gatt im Deck. Dann gab ich Maud sorgfältige Anweisungen zum Herunterlassen und lief in den Raum zu der Spur am Boden des Schoners.

Ich rief ihr zu, und der Mast bewegte sich leicht und akkurat. Genau zu dem viereckigen Gatt der Spur senkte sich der viereckige Fuß, aber während er hinabsank, drehte er sich langsam, so daß Viereck nicht in Viereck passen würde. Ich war jedoch nicht einen Augenblick unschlüssig. Nachdem ich Maud zugerufen hatte, sie solle ihn nicht weiter hinunterlassen, ging ich an Deck und befestigte die Handtalje mit einem Rollstek am Mast. Ich verließ Maud, die inzwischen ziehen mußte, und ging wieder hinunter. Beim Licht der Laterne sah ich, wie sich der Fuß langsam drehte, bis seine Kanten mit den Kanten der Spur übereinstimmten. Maud machte fest und ging wieder an das Spill. Langsam senkte sich der Fuß die paar Zoll hinab, die ihn von der Spur trennten, und drehte sich dabei wieder ein wenig. Wieder berichtigte Maud die Drehung mit der Handtalje, und wieder ließ sie vom Spill aus hinab. Viereck paßte in Viereck. Der Mast war eingesetzt.

Ich stieß einen Jubelschrei aus, und sie kam heruntergelaufen, um zu sehen. Bei dem gelben Licht der Laterne schauten wir auf das, was wir vollbracht hatten. Wir sahen uns an, und unsere Hände ertasteten ihren Weg und umfaßten sich. Ich glaube, unser beider Augen waren feucht vor Freude über den Erfolg.

„Am Ende war es so leicht getan", bemerkte ich. „Die ganze Arbeit bestand in der Vorbereitung."

„Und das ganze Wunder in der Vollendung", fügte Maud hinzu. „Ich kann es noch gar nicht so recht fassen, daß der große Mast wirklich steht und eingesetzt ist, daß Sie ihn aus dem Wasser gehoben, durch die Luft geschwungen und hier abgesetzt haben, wo er hingehört. Das ist ein Titanenwerk."

„Und die haben auch viele Erfindungen gemacht", begann ich heiter und hielt dann inne, um in der Luft zu schnüffeln.

Hastig blickte ich nach der Laterne. Sie qualmte nicht. Wieder schnüffelte ich.

„Irgend etwas brennt", sagte Maud plötzlich überzeugt.

Wir sprangen gleichzeitig zu der Leiter, aber ich sauste an ihr vorbei an Deck. Eine dicke Rauchwolke quoll von der Zwischendecktreppe empor.

„Der Wolf ist noch nicht tot", murmelte ich vor mich hin, als ich durch den Rauch hinabsprang.

Er war so dicht in dem engen Raum, daß ich mir meinen Weg ertasten mußte, und einen so mächtigen Zauber übte Wolf Larsen auf meine Einbildung aus, daß ich völlig darauf gefaßt war, von dem hilflosen Riesen mit einem Würgegriff bei der Kehle gepackt zu werden. Ich zögerte; das Verlangen, zurück und die Treppe hinauf an Deck zu jagen, überwältigte mich fast. Dann fiel mir Maud ein. Ihr Gesicht, wie ich es zuletzt gesehen hatte, im Laternenschein des Schonerraums, ihre braunen Augen, warm und feucht vor Freude, all das tauchte plötzlich vor mir auf, und ich wußte, daß ich nicht umkehren konnte.

Ich würgte und erstickte fast, bis ich Wolf Larsens Koje erreichte. Ich streckte die Hand aus und tastete nach der seinen. Er lag reglos, bewegte sich jedoch ein wenig, als ich ihn berührte. Ich fühlte über und unter seinen Decken nach. Da war keine Wärme, kein Anzeichen von Feuer. Dennoch mußte dieser Rauch, der mich blind machte und husten und keuchen ließ, einen Ursprung haben. Ich verlor vorübergehend den Kopf und rannte außer mir im Zwischendeck herum. Ein Zusammenstoß mit dem Tisch schlug mir die Luft aus dem Leib und brachte mich zu mir. Ich überlegte, daß ein hilfloser Mann nur in seiner unmittelbaren Nähe ein Feuer anzünden konnte.

Ich kehrte zu Wolf Larsens Koje zurück. Dort stieß ich auf Maud. Wie lange sie sich schon in dieser erstickenden Luft aufhielt, ahnte ich nicht.

„Gehen Sie an Deck!" befahl ich entschieden.

„Aber, Humphrey ...", setzte sie mit einer eigentümlichen, heiseren Stimme zu einem Einwand an.

„Bitte! Bitte!" schrie ich sie streng an.

Sie entfernte sich gehorsam, und dann kam mir der Gedanke: Wenn sie womöglich nicht die Treppe findet? Ich lief ihr nach und blieb am Fuß der Treppe stehen. Vielleicht war sie schon hinaufgegangen. Während ich noch unschlüssig dastand, hörte ich sie leise rufen:

„Oh, Humphrey, ich habe mich verirrt."

Ich fand sie, wie sie an der Wand des nach achtern liegenden Schotts herumtappte, und schaffte sie, wobei ich sie fast trug, die Treppe hinauf. Die reine Luft war wie Nektar. Maud war nur schwach und benommen, und ich ließ sie an Deck liegen und tauchte zum zweitenmal nach unten.

Der Ursprung des Rauchs mußte in Wolf Larsens nächster Nähe sein – zu diesem Schluß war ich gekommen und ging daher schnurstracks zu seiner Koje. Als ich an seinen Decken herumtastete, fiel mir etwas Heißes auf den Handrücken. Es brannte mich, und ich zog mit einem Ruck die Hand zurück. Da begriff ich. Durch die Risse im Boden der Oberkoje hatte er die Matratze in Brand gesetzt. Sein linker Arm war noch hinreichend gebrauchsfähig, das zu tun. Das feuchte Stroh der Matratze, von unten angebrannt und ohne Luftzufuhr, hatte die ganze Zeit geschwelt.

Als ich die Matratze aus der Koje zog, schien sie mitten in der Luft zu zerfallen und flammte im selben Augenblick auf. Ich schlug die brennenden Reste von Stroh in der Koje aus und stürzte dann an Deck, um frische Luft zu schöpfen.

Einige Eimer Wasser genügten, die mitten auf dem Fußboden des Zwischendecks brennende Matratze zu löschen, und zehn Minuten später, als sich der Rauch einigermaßen verzogen hatte, erlaubte ich Maud, herunterzukommen. Wolf Larsen war bewußtlos, aber wenige Minuten frischer Luft brachten ihn wieder zu sich. Dennoch bemühten wir uns um ihn, als er durch ein Zeichen um Papier und Bleistift bat.

„Bitte stören Sie mich nicht", schrieb er. „Ich lächle.

Wie Sie sehen, bin ich immer noch ein Teilchen Gärungsstoff", schrieb er ein wenig später.

„Ich bin froh, daß Sie nur ein so kleines sind", sagte ich.

„Vielen Dank", schrieb er. „Und bedenken Sie, wieviel kleiner ich sein werde, wenn ich sterbe. Und dennoch bin ich voll und ganz da, Hump", schrieb er mit einem Schnörkel am Schluß. „Ich vermag klarer zu denken als je zuvor in meinem Leben. Nichts stört mich. Die Konzentration ist vollkommen. Ich bin voll und ganz da und mehr als da."

Es war wie eine Botschaft aus der Nacht des Grabes, denn der Leib dieses Mannes war sein Mausoleum geworden. Und dort, in einer so ungewöhnlichen Grabstätte, flackerte sein Geist und lebte. Er würde flackern und leben, bis die letzte Verbindung abgerissen war, und wer konnte sagen, wieviel länger er danach noch weiter flackern und leben mochte?

Neunzehntes Kapitel

„Ich glaube, meine linke Seite stirbt ab", schrieb Wolf Larsen am Morgen nach seinem Versuch, das Schiff in Brand zu setzen. „Die Empfindungslosigkeit nimmt zu. Ich kann kaum mehr die Hand bewegen. Sie werden lauter sprechen müssen. Die letzten Leinen fallen."

„Haben Sie Schmerzen?" fragte ich.

Ich mußte meine Frage ganz laut wiederholen, ehe er antwortete:

„Nicht immer."

Die Linke stolperte langsam und quälend über das Papier, und nur mit äußerster Mühe entzifferten wir das Gekritzel. Es war wie eine „Geisterbotschaft", für einen Dollar Eintritt bei den Séancen der Spiritisten geliefert.

„Aber ich bin noch da, voll und ganz da", kritzelte die Hand noch langsamer und quälender als zuvor.

Der Bleistift entfiel ihm, und wir mußten ihn wieder in seine Hand stecken.

„Wenn ich keine Schmerzen spüre, habe ich vollständig Frieden und Ruhe. Nie habe ich so klar gedacht. Ich kann wie ein Hindu-Weiser über das Leben und den Tod nachsinnen."

„Und die Unsterblichkeit?" fragte Maud laut an seinem Ohr.

Dreimal versuchte die Hand zu schreiben, tappte jedoch erfolglos herum. Der Bleistift fiel. Vergeblich versuchten wir ihn wieder an seinen Platz zu bringen. Die Finger vermochten sich nicht um ihn zu schließen. Dann drückte Maud mit ihrer Hand die Finger um den Stift und hielt sie fest, und die Hand schrieb in großen Buchstaben und so langsam, daß die Minuten zu jedem Buchstaben tickten:

„B-L-Ö-D-S-I-N-N."

Das war Wolf Larsens letztes Wort, „Blödsinn", skeptisch und unbezwinglich bis zum Ende. Arm und Hand erschlafften. Der Rumpf bewegte sich ein wenig. Dann hörte jede Bewegung auf. Maud ließ die Hand los. Die Finger spreizten sich etwas, fielen durch ihr eigenes Gewicht auseinander, und der Bleistift rollte davon.

„Hören Sie noch?" rief ich, während ich seine Hand hielt und auf den einmaligen Druck wartete, der „ja" bedeuten würde. Es kam keine Antwort. Die Hand war tot.

„Ich habe bemerkt, daß sich die Lippen leicht bewegten“, sagte Maud.

Ich wiederholte die Frage. Die Lippen bewegten sich. Sie legte die Fingerspitzen auf seinen Mund. Abermals wiederholte ich die Frage.

„Ja“, verkündete Maud. Wir sahen einander erwartungsvoll an.

„Was nützt das?“ fragte ich. „Was sollen wir jetzt sagen?“

„Oh, fragen Sie ihn ...“

Sie zögerte.

„Fragen Sie ihn etwas, worauf er mit nein antworten müßte“, schlug ich vor. „Dann werden wir genau Bescheid wissen.“

„Haben Sie Hunger?“ rief sie.

Die Lippen bewegten sich unter ihren Fingern, und sie antwortete: „Ja.“

„Wollen Sie etwas Fleisch haben?“ lautete ihre nächste Frage.

„Nein“, verkündete sie.

„Kraftbrühe?“

„Ja, er möchte etwas Kraftbrühe“, sagte sie ruhig und sah zu mir empor. „Bis sein Gehör schwindet, werden wir uns noch mit ihm verständigen können. Und danach ...“

Sie blickte mich auf eigentümliche Weise an. Ich sah ihre Lippen beben und ihre Augen in Tränen schwimmen. Sie taumelte auf mich zu, und ich fing sie in meinen Armen auf.

„O Humphrey“, schluchzte sie, „wann wird das alles enden? Ich bin so müde, so müde.“

Sie barg ihr Gesicht an meiner Schulter, ihre zerbrechliche Gestalt wurde von ungestümem Weinen geschüttelt. Sie lag wie eine Feder in meinen Armen, so schwach, so zart. Schließlich ist sie nun doch zusammengebrochen, dachte ich. Was kann ich ohne ihre Hilfe tun?

Aber ich beschwichtigte und tröstete sie, bis sie sich tapfer zusammenriß und seelisch so rasch erholte, wie sie es körperlich zu tun pflegte.

„Ich sollte mich schämen“, sagte sie. Dann fügte sie mit diesem wunderlichen Lächeln, das ich anbetete, hinzu: „Aber ich bin ja nur eine einzige kleine Frau.“

Dieser Ausdruck, „einzige kleine Frau“, erschreckte mich wie ein elektrischer Schlag. Es waren meine eigenen Worte, meine geheimen Lieblingsworte, meine Liebesworte für sie.

„Wo haben Sie diesen Ausdruck her?“ fragte ich mit einer Schroffheit, die nun wieder sie erschreckte.

„Welchen Ausdruck?“ fragte sie.

„Einzige kleine Frau.“

„Ist es Ihrer?“ fragte sie.

„Ja“, antwortete ich. „Meiner. Ich habe ihn erfunden.“

„Dann müssen Sie im Schlaf gesprochen haben“, lächelte sie.

Das tanzende, flirrende Licht war in ihren Augen. Die meinen, das wußte ich, sprachen über den Willen zu reden hinweg.

Ich lehnte mich an sie. Ohne Willenskraft lehnte ich mich an sie wie ein im Wind schwankender Baum. Ach, wir waren uns in diesem Augenblick sehr nahe. Aber sie schüttelte den Kopf, wie man den Schlaf oder einen Traum abschütteln mag, und sagte:

„Ich kenne ihn mein Leben lang. So nannte mein Vater meine Mutter.“

„Es ist auch mein Ausdruck“, sagte ich eigensinnig.

„Für Ihre Mutter?“

„Nein“, erwiderte ich, und sie fragte nicht weiter, obgleich ich hätte schwören können, daß ihre Augen noch eine ganze Weile einen spöttischen, belustigten Ausdruck behielten.

Da der Fockmast eingesetzt war, ging die Arbeit nun geschwind voran. Ehe ich es noch so recht wußte und ohne ein einziges ernsthaftes Hindernis, hatte ich den Großmast eingesetzt. Das hatte ein am Fockmast befestigter Ladebaum vollbracht, und nach ein paar weiteren Tagen waren alle Stage und Wanten an Ort und Stelle und alles vortrefflich angesetzt. Marssegel würden für eine aus zwei Mann bestehende Besatzung eine Plage und eine Gefahr sein, deshalb hievte ich die Marsstengen an Deck und laschte sie fest.

Noch ein paar Tage vergingen, ehe die Segel fertig und angeschlagen waren. Wir hatten nur drei – Klüver, Focksegel und Großsegel –, und so geflickt, verkürzt und entstellt waren sie eine lächerlich unpassende Austattung für ein so schmukkes Fahrzeug wie die „Ghost".

„Aber sie werden arbeiten!" rief Maud jubelnd. „Wir werden sie arbeiten lassen und ihnen unser Leben anvertrauen!"

Unter meinen vielen neuen Berufen glänzte ich sicherlich am wenigsten als Segelmacher. Ich konnte sie besser führen als anfertigen, und ich zweifelte nicht an meiner Fähigkeit, den Schoner in irgendeinen nördlichen Hafen Japans zu bringen. Mit Hilfe der Lehrbücher an Bord hatte ich Navigation gepaukt, und außerdem gab es ja noch Wolf Larsens Sternenskala, eine so einfache Erfindung, daß ein Kind damit arbeiten konnte.

Was ihren Erfinder betraf, so hatte sich sein Zustand, abgesehen davon, daß seine Taubheit zunahm und die Bewegung seiner Lippen schwächer und schwächer wurde, seit einer Woche wenig verändert. Doch an dem Tag, als wir damit fertig wurden, die Segel anzuschlagen, vernahm ich sein letztes Wort und erstarb die letzte Bewegung seiner Lippen – doch nicht, ehe ich ihn gefragt hatte: „Sind Sie noch voll und ganz da?", und seine Lippen antworteten: „Ja."

Die letzte Leine war gefallen. Irgendwo in dieser Gruft des Fleisches wohnte noch die Seele des Mannes. Umschlossen von dem lebendigen Lehm, brannte noch dieser leidenschaftliche Verstand, den wir kennengelernt hatten, aber er brannte in Schweigen und Dunkel. Und er war entkörpert. Dieser Verstand konnte keine gegenständliche Kenntnis von einem

Körper haben. Er kannte keinen Körper. Nicht einmal die Welt existierte. Er wußte nur von sich und von der Unermeßlichkeit und Tiefe der Ruhe und des Dunkels.

Zwanzigstes Kapitel

Der Tag unserer Abreise kam. Es gab nichts mehr, was uns auf der Mühsalinsel zurückhalten konnte. Die verkürzten Masten der „Ghost" waren an ihrem Platz, ihre närrischen Segel angeschlagen. Meiner Hände Werk war zuverlässig, nichts davon schön, aber ich wußte, daß es arbeiten würde, und ich fühlte mich als ein mächtiger Mann, da ich es betrachtete.

Ich habe es geschaffen! Ich habe es geschaffen! Mit meinen Händen habe ich es geschaffen! hätte ich laut schreien mögen.

Doch Maud und ich besaßen die Eigentümlichkeit, einer des anderen Gedanken auszusprechen, und als wir uns anschickten, das Großsegel zu heißen, sagte sie:

„Zu denken, Humphrey, daß Sie all das mit Ihren Händen geschaffen haben!"

„Aber es waren noch zwei Hände da", antwortete ich. „Zwei kleine Hände, und sagen Sie ja nicht, das sei auch ein Ausdruck Ihres Vaters."

Sie lachte und schüttelte den Kopf und hielt zur Musterung die Hände hoch.

„Die kann ich nie wieder sauber bekommen", klagte sie, „oder die Wetterbräune beschönigen."

„Dann werden Schmutz und Wetterbräune Ihr Ehrenlohn sein", sagte ich und ergriff ihre Hände, und ungeachtet meiner Entschlüsse hätte ich die beiden lieben Hände geküßt, wären sie mir nicht rasch entzogen worden.

Unsere Kameradschaft geriet ins Wanken. Lange und gut

hatte ich meine Liebe beherrscht, doch nun beherrschte sie mich. Eigenwillig hatte sie mir den Gehorsam versagt und meine Augen zum Sprechen überredet, und nun überredete sie meine Zunge – ja, und meine Lippen, denn sie waren in diesem Augenblick verrückt danach, die beiden kleinen Hände zu küssen, die sich so getreu und schwer abgemüht hatten. Und ich war ebenfalls verrückt. Ein Ruf war in mir wie von Hifthörnern, die mich zu ihr riefen. Und ein Wind wehte mich an, dem ich nicht standzuhalten vermochte und der mich von Kopf bis Fuß schwanken ließ, so daß ich mich zu ihr neigte, ganz ohne es zu wissen. Aber sie wußte es. Sie mußte es wissen, da sie mir rasch ihre Hände entzog und sich doch nicht einen schnellen, forschenden Blick versagen konnte, ehe sie die Augen abwandte.

Mit Hilfe von Handtaljen hatte ich die Fallen nach vorn zum Ankerspill gebracht, und nun heißte ich das Großsegel und gleichzeitig Piek und Klau. Das war eine umständliche Sache, dauerte aber nicht lange, und bald war auch das Focksegel oben und flatterte.

„Nie im Leben bekommen wir in dieser Enge den Anker heraus, wenn er erst mal vom Boden los ist“, sagte ich. „Eher säßen wir auf den Klippen.“

„Was können Sie tun?“ fragte sie.

„Ihn schlippen lassen“, antwortete ich. „Wenn ich soweit bin, müssen Sie Ihre erste Arbeit am Spill leisten. Ich muß dann sofort ans Rad laufen, und gleichzeitig müssen Sie den Klüver setzen.“

Dieses Abfahrtsmanöver hatte ich mehr als ein dutzendmal studiert und ausgearbeitet, und ich wußte, daß Maud, mit dem Klüverfall am Spill, imstande war, dies höchst notwendige Segel zu setzen. Ein scharfer Wind wehte jetzt in die Bucht, und obgleich das Wasser ruhig war, tat rasche Arbeit not, um unbeschadet hinauszukommen.

Als ich den Schäkelbolzen hinausgeschlagen hatte, donnerte die Kette durch das Klüsgatt und ins Meer. Ich sauste nach achtern und legte das Rad um. Die „Ghost“ schien plötzlich Leben zu bekommen, als sie krängte, da sich zum erstenmal ihre Segel füllten. Der Klüver ging hoch. Als er sich füllte, schwang sich der Bug der „Ghost“ herum, und ich mußte das Rad ein paar Spaken zurückdrehen, um sie auf den Kurs zu bringen.

Ich hatte mir eine automatische Klüverschot ausgedacht, die den Klüver von selbst dwars legte, so daß Maud ihn nicht zu bedienen brauchte, aber sie war noch dabei, den Klüver zu setzen, als ich das Ruder hart in Lee legte. Das war ein beängstigender Augenblick, denn die „Ghost“ raste bis auf Steinwurfweite geradeswegs dem Strand zu. Aber gehorsam drehte sie sich in den Wind. Es gab ein mächtiges Flattern und Schlagen von Segeln und Reffbändseln, das meinen Ohren höchst willkommen war, und beim nächsten Schlag füllten sie sich wieder.

Maud hatte ihre Arbeit beendet und kam nach achtern, wo sie sich neben mich stellte, ein kleines Mützchen auf ihrem windzerzausten Haar, die Wangen von der Anstrengung gerötet, die Augen weit und glänzend vor Erregung, die Nasenflügel bebend im schneidenden Ansturm der frischen, salzigen Luft. Ihre braunen Augen glichen den Augen eines aufgescheuchten Rehs. Sie hatten einen wilden, scharfen Blick, den ich noch nie zuvor gesehen hatte, und ihre Lippen öffneten sich, und ihr Atem stockte, als die „Ghost“ auf die Felswand am Eingang zu der inneren Bucht losstürmte, in den Wind ging und vollbraßte in sicheres Wasser.

Mein Amt als Steuermann in den Robbengründen kam mir jetzt gut zustatten, ich gelangte aus der inneren Bucht und ging mit einem langen Schlag längs der Küste der äußern Bucht. Noch einmal gewendet, und die „Ghost“ steuerte hinaus in die offene See. Sie hatte jetzt den vertrauten Atem des Ozeans eingefangen und atmete selbst in seinem Rhythmus, wie sie über die breitrückigen Wogen sacht auf und nieder glitt. Der Tag war trübe und bewölkt gewesen, doch nun brach die Sonne durch die Wolken, ein freundliches Vorzeichen, und schien auf den Bogen der Küste, wo wir miteinander die Haremsgebieter herausgefordert und die Holluschickie erschlagen hatten. Die ganze Mühsalinsel erstrahlte unter der Sonne. Selbst das grimmige Vorgebirge im Südwesten zeigte sich weniger grimmig, und hier und da, wo der Gischt seine Oberfläche benetzte, blitzten in der Sonne helle Lichter auf und blendeten das Auge.

„Ich werde immer mit Stolz an sie denken", sagte ich zu Maud.

Sie warf mit einer königlichen Gebärde den Kopf zurück und sagte: „Liebe, liebe Mühsalinsel! Ich werde sie immer lieben."

„Ich auch", sagte ich rasch.

Es schien, als müßten sich unsere Blicke in tiefem Einvernehmen treffen, und dennoch wandten sie sich unwillig ab und begegneten sich nicht.

Ein Schweigen trat ein, das ich fast verlegen nennen könnte, so daß ich es mit den Worten brach:

„Sehen Sie die schwarzen Wolken in Luv. Sie erinnern sich, gestern abend sagte ich Ihnen, das Barometer fällt."

„Und die Sonne ist fort", erwiderte sie, die Augen immer noch auf unsere Insel gerichtet, wo wir unsere Herrschaft über die Dinge bewiesen hatten und zu der aufrichtigsten Kameradschaft gelangt waren, die Mann und Frau zufallen kann.

„Und das bedeutet die Schote nachlassen und auf nach Japan!" rief ich fröhlich. „Ein günstiger Wind und raumschots segeln oder wie das heißt, Sie wissen schon."

Ich laschte das Rad und lief nach vorn, ließ die Fock- und Großschote nach, zog an den Baumtaljen ein und rüstete alles für den Backstagswind, der unser war. Es war eine frische

Brise, eine sehr frische, aber ich beschloß, so lange Fahrt zu machen, wie ich es wagen konnte. Leider ist es, wenn man raumschots segelt, unmöglich, das Rad zu laschen, und das bedeutete, daß ich die ganze Nacht Wache halten mußte. Maud bestand darauf, mich abzulösen, aber es zeigte sich, daß sie nicht die Kraft besaß, in einer groben See zu steuern, selbst wenn sie sich in so kurzer Zeit das Geschick dazu angeeignet hätte. Ihr schien fast das Herz zu brechen über diese Entdeckung, doch ihre Stimmung hob sich wieder bei der Arbeit, Takelwerk und Fallen und verirrte Taue aufzuschießen. Dann mußten auch Mahlzeiten in der Kombüse gekocht und Betten gemacht werden, Wolf Larsen war zu versorgen, und sie beendete den Tag mit einem großen Hausputzüberfall auf die Kajüte und das Zwischendeck.

Die ganze Nacht steuerte ich ohne Ablösung, wobei der Wind langsam und stetig zunahm und die See immer höher ging. Um fünf Uhr morgens brachte mir Maud heißen Kaffee und Kekse, die sie gebacken hatte, und um sieben ein gehaltvolles und kochendheißes Frühstück, das mir neues Leben einflößte.

Den ganzen Tag und so langsam und stetig wie zuvor nahm der Wind zu. Seine verbissene Entschlossenheit, zu wehen und stärker zu wehen und immer weiter zu wehen, ließ mich nicht kalt. Und immer noch schäumte die „Ghost" dahin und raste die Meilen ab, so daß ich überzeugt war, sie mache mindestens elf Knoten. Das war geradezu ein Traum, aber als die Nacht hereinbrach, war ich erschöpft. Obgleich in blendender körperlicher Verfassung, hatte meine Ausdauer mit dem sechsunddreißigstündigen Kunststück am Rad ihre Grenze erreicht. Außerdem bat mich Maud inständig beizudrehen, und ich wußte, daß ein Beidrehen bald nicht mehr möglich sein würde, wenn Wind und See im Laufe der Nacht mit derselben Geschwindigkeit weiter stiegen. Folglich brachte ich, als sich die Dämmerung vertiefte, mit Freuden und gleichzeitig widerstrebend, die „Ghost" an den Wind.

Aber ich hatte nicht mit der Riesenarbeit gerechnet, die das Reffen dreier Segel für einen einzelnen Mann bedeutete. Während ich dem Wind davonlief, hatte ich seine Stärke nicht richtig eingeschätzt, als ich nun damit aufhörte, erfuhr ich zu meinem Kummer und nahezu meiner Verzweiflung, wie heftig er in Wirklichkeit blies. Der Wind vereitelte jede meiner Anstrengungen, riß mir die Leinwand aus den Händen und machte im Nu rückgängig, was ich in zehn Minuten schwerster Mühe erreicht hatte. Um acht Uhr war mir als einziges geglückt, das zweite Reff der Fock einzustecken. Um elf Uhr war ich noch nicht weiter gekommen. Blut tropfte von meinen Fingerspitzen, und die Nägel waren bis zum Fleisch abgebrochen. Vor Schmerz und aus reiner Erschöpfung weinte ich im Dunkeln, heimlich, damit Maud es nicht merke.

Verzweifelt gab ich meine Bemühungen auf, das Großsegel zu reffen, und entschloß mich, den Versuch zu wagen und unter der dicht gerefften Fock beizudrehen. Drei weitere Stunden gingen drauf, das Großsegel und den Klüver zu beschlagen, und um zwei Uhr morgens war ich, fast tot, nachdem mir durch Püffe und Stöße das Leben aus dem Leib getrieben war, kaum mehr hinreichend bei Bewußtsein, um zu erkennen, daß ich mit meinem Versuch Erfolg gehabt hatte. Die dichtgereffte Fock wirkte. Die „Ghost" hielt sich dicht am Wind und zeigte keine Neigung, breitseits zum Seegang abzufallen.

Ich war ausgehungert, aber Maud versuchte vergeblich, mich zum Essen zu bringen. Mit vollem Mund döste ich vor mich hin. Manchmal schlief ich schon dabei ein, wenn ich einen Bissen zum Mund führte, und erwachte voller Pein, daß diese schwere Arbeit noch nicht beendet war. So kraftlos war ich in meiner Schläfrigkeit, daß mich Maud auf meinem Stuhl halten mußte, damit ich bei dem heftigen Stampfen des Schoners nicht zu Boden stürze.

Wie ich aus der Kombüse in die Kajüte gelangte, weiß ich nicht. Ich war ein von Maud geführter und gestützter Schlafwandler. Tatsächlich merkte ich überhaupt nichts, bis ich, ohne Schuhe an den Füßen, in meiner Koje erwachte, wie lange danach, davon hatte ich keine Vorstellung. Es war dunkel. Ich war steif und lahm und schrie auf vor Schmerz, als das Bettzeug an meine armen Fingerspitzen kam.

Offenbar war es noch nicht Morgen, deshalb schloß ich die Augen und schlief weiter. Ich wußte es nicht, aber ich hatte einmal um die Uhr geschlafen, und es war wieder Nacht.

Abermals erwachte ich, beunruhigt, daß ich nicht besser schlafen konnte. Ich zündete ein Streichholz an und blickte auf meine Uhr. Sie zeigte auf Mitternacht. Und ich hatte doch erst um drei das Deck verlassen! Das hätte mich verwirrt, wäre ich nicht auf die Lösung gekommen. Kein Wunder, daß ich mit Unterbrechungen schlief. Ich hatte einundzwanzig Stunden geschlafen. Ich horchte eine Weile, wie sich die „Ghost" benahm, horchte auf die Stöße der Wogen und das gedämpfte Brausen des Windes an Deck und drehte mich dann auf die Seite und schlief friedlich bis zum Morgen.

Als ich um sieben aufstand, entdeckte ich keine Spur von Maud und schloß daraus, sie sei in der Kombüse und bereite das Frühstück. An Deck stellte ich fest, daß sich die „Ghost" unter ihrem bißchen Leinwand prächtig hielt. Doch in der Kombüse brannte zwar ein Feuer und kochte Wasser, aber ich fand keine Maud.

Ich entdeckte sie im Zwischendeck an Wolf Larsens Koje. Ich betrachtete ihn, den Mann, der, vom höchsten Gipfel des Lebens hinabgeschleudert und lebendig begraben, schlimmer als tot war. Eine Entspannung schien über seinem ausdruckslosen Gesicht zu liegen, die neu war. Maud sah mich an, und ich begriff.

„Sein Leben ist im Sturm verflackert", sagte ich.

„Aber er lebt noch", antwortete sie mit einer unendlichen Zuversicht in der Stimme.

„Seine Kraft war zu groß."

„Ja", sagte sie, „aber nun fesselt sie ihn nicht mehr. Er ist ein freier Geist."

„Ein freier Dämon ist er zweifellos", antwortete ich, nahm ihre Hand und führte sie an Deck.

Der Sturm legte sich in dieser Nacht, das heißt so langsam, wie er sich erhoben hatte, nahm er ab. Nach dem Frühstück am nächsten Morgen, als ich Wolf Larsens Leichnam, fertig für die Beisetzung, an Deck wand, wehte er immer noch heftig, und es ging eine grobe See. Fortwährend wurde das Deck von den Wogen überspült, die über die Reling und durch die Speigatten an Bord kamen. Ein unvermuteter Windstoß traf den Schoner, und er legte sich so weit auf die Seite, daß die Leereling begraben wurde, während das Heulen in der Takelung anstieg zu einem gellenden Kreischen. Wir standen bis zu den Knien im Wasser, als ich den Kopf entblößte.

„Ich erinnere mich nur an eine Stelle der Zeremonie", sagte

ich, „und die heißt: ‚Und der Leichnam soll ins Meer geworfen werden.' "

Maud sah mich überrascht und betroffen an, aber zu stark lastete der Geist eines früheren Erlebnisses auf mir und zwang mich, Wolf Larsen zu bestatten, wie Wolf Larsen einmal einen anderen Mann bestattet hatte. Ich hob das Ende des Lukendeckels, und der in Leinwand eingenähte Leichnam glitt mit den Füßen voran ins Meer. Das Eisengewicht zog ihn hinab. Er war dahin.

„Leb wohl, Luzifer, stolzer Geist", flüsterte Maud, so leise, daß es vom Wind überschrien wurde, aber ich sah die Bewegung ihrer Lippen und verstand.

Als wir uns mit der Hand an der Leereling unsern Weg nach achtern erkämpften, blickte ich zufällig nach Lee. Die „Ghost" wurde in diesem Augenblick von einer Woge emporgeworfen, und ich konnte deutlich, zwei oder drei Meilen entfernt, einen kleinen Dampfer erkennen, der rollend und stampfend gegen den Seegang genau auf uns zukam. Er war schwarz gestrichen, und nach dem, was die Jäger von ihren Heldentaten als Wilderer erzählt hatten, erkannte ich ihn als einen Zollkutter der Vereinigten Staaten. Ich zeigte ihn Maud und führte sie eilends in die Sicherheit der Poop.

Dann wollte ich hinunterstürzen zu der Flaggkiste, aber mir fiel ein, daß ich beim Takeln der „Ghost" vergessen hatte, für ein Flaggenfall zu sorgen.

„Wir brauchen kein Notsignal", sagte Maud. „Ein Blick auf uns wird ihnen genügen."

„Wir sind gerettet", sagte ich ernst und feierlich. Und dann, in überschwenglicher Freude: „Ich weiß kaum, ob ich froh sein soll oder nicht."

Ich sah sie an. Unsere Augen waren nicht unwillig, sich zu begegnen. Wir lehnten uns aneinander, und ehe ich es noch wußte, hatte ich sie in die Arme genommen.

„Muß ich?" fragte ich.

Und sie antwortete: „Du mußt nicht, aber es wäre so süß, so süß, wenn du es sagtest."

Ihre Lippen kamen dem Druck der meinen entgegen, und ich weiß nicht, durch welch sonderbares Spiel der Phantasie, plötzlich sah ich das Bild in der Kajüte vor mir, als sie mir leicht die Finger auf die Lippen gelegt und gesagt hatte: „Still, still."

„Meine Frau, meine einzige kleine Frau", sagte ich und streichelte mit der freien Hand ihre Schulter, worauf sich alle Liebenden verstehn, ohne es in der Schule gelernt zu haben.

„Mein Mann", sagte sie und sah mich sekundenlang mit bebenden Lidern an, die sich rasch schlossen und ihre Augen verhüllten, als sie ihren Kopf mit einem glücklichen kleinen Seufzer an meine Brust schmiegte.

Ich schaute nach dem Kutter aus. Er war sehr nah. Ein Boot wurde hinabgelassen.

„Einen Kuß, Liebste", flüsterte ich. „Noch einen Kuß, ehe sie kommen."

„Und uns vor uns selbst retten", vollendete sie mit einem hinreißenden Lächeln, wunderbar, wie ich es nie zuvor gesehen hatte, denn es enthielt die Wunder der Liebe.

NACHWORT

Das Panorama der amerikanischen Literatur an der Schwelle unseres Jahrhunderts war außerordentlich bewegt. Es wurde charakterisiert von dem Kampf, den die bürgerlichen Realisten gegen eine geschmacklose und unwahre, romantisch-sentimentale Epigonenliteratur führten. Eine ältere Generation bedeutender realistischer Autoren, zu denen wir Walt Whitman und Mark Twain rechnen, hatte in einer Reihe jüngerer Schriftsteller, wie Stephen Crane und Frank Norris, Verbündete gefunden. Ihr Ziel war, das Leben darzustellen, wie es wirklich war, sie waren überzeugt, daß für die Übergangsperiode vom Kapitalismus der freien Konkurrenz zum Monopolismus nicht die bürgerlichen Idylle typisch waren, sondern vielmehr das zusammen mit dem Industrieproletariat entstehende Massenelend, als dessen unübersehbare Manifestation die Slums in den großen Industriestädten des Nordostens der Staaten angesehen wurde. Sie fanden ihre kritische Einstellung zur Gesellschaft der „Gründerjahre", in denen die Reichen noch reicher, die Armen aber noch elender wurden, außerdem bestätigt durch die Misere der hinter der ökonomischen Entwicklung zurückbleibenden Landwirtschaft.

Es entstanden Werke, in denen sich (wie in Stephen Cranes Erzählungen über New York) das Elend des Großstadtproletariats widerspiegelte, und es erschienen Bücher, die sich kritisch mit der Lage der Menschen auf dem Lande auseinandersetzten (Frank Norris, „Der Octopus"). Und schließlich begann im Jahre 1900 auch Theodore Dreiser, einer der bekanntesten amerikanischen Realisten unseres Jahrhunderts, nach einer literarischen Lehrzeit als Journalist seine Laufbahn als Romanautor. Auch sein Werk zeigt, daß unter den herrschenden Verhältnissen die Suche nach der Wahrheit und das Streben nach einer wirklichkeitsgetreuen Widerspiegelung der Wirklichkeit dem literarischen Schaffen mit Notwendigkeit einen kritischen Akzent verleiht.

Galt dies für die bisher genannten Autoren, die sämtlich aus dem Bürgertum bzw. aus den kleinbürgerlichen Mittelschichten kamen, so mußte es vollends Gültigkeit haben für das Schaffen des aus proletarischem Milieu kommenden Jack London (1876—1916). Zwar war auch er als uneheliches Kind in einer verarmten Kleinbürgerfamilie in San Francisco zur Welt gekommen, aber er hatte bereits während seiner frühen Kindheits- und Jugendjahre die gleichen bitteren Erfahrungen machen müssen wie die Kinder von Proletariern. Er litt, ehe ihm das Debüt als Schriftsteller gelang, unter der gleichen Erniedrigung und unter dem gleichen Schmutz, durch den auch die Enterbten der Wohlstandsgesellschaft hindurch mußten. In dieser Gemeinsamkeit der Erfahrungen liegt das Geheimnis der unvorstellbaren Erfolge begründet, die Jack London mit seinen Büchern bei den einfachen Menschen in aller Welt hatte. Ein Rezensent schrieb darüber bereits im Jahre 1929 in der fortschrittlichen amerikanischen Literaturzeitschrift „The New Masses“: „Ein wirklicher proletarischer Schriftsteller muß nicht nur über die Arbeiterklasse schreiben, er muß auch dort gelesen werden. Ein wirklicher proletarischer Schriftsteller muß nicht nur das Leben des Proletariats als Material benutzen; was er schreibt, muß auch vom Geist der Empörung durchglüht sein. Jack London war ein echter proletarischer Schriftsteller — der erste und bis heute der einzige proletarische Schriftsteller Amerikas von hohem Rang. Arbeiter, die lesen, lesen Jack London. Er ist der einzige Autor, den alle gelesen haben, er ist ein literarisches Erlebnis, das allen gemein ist. Fabrikarbeiter, Landarbeiter, Seeleute, Bergarbeiter, Zeitungsjungen lesen ihn und lesen ihn immer wieder. Er ist der beliebteste Autor der amerikanischen Arbeiterklasse.“

Tatsächlich hat Jack London selbst auch in all den hier

genannten Berufen gearbeitet: Er ist Zeitungsverkäufer, Tramp und Seemann, Wäscher und Goldgräber gewesen. Er war Teilnehmer eines Protestmarsches Hungernder auf die Bundeshauptstadt Washington und hat sich als politischer Agitator für den Sozialismus bekannt; er hat die Londoner Slums durchforscht und über das Leben der „Menschen der Tiefe" (1903) geschrieben. Er hat den hohen Norden besucht und die Südsee bereist; er war Kriegsberichterstatter und Besitzer einer Musterfarm, die sich als ein Fehlschlag erwies. Sein Leben war ein einziges Abenteuer: Das erste Stück der Wegstrecke bestand in jenem zähen Kampf, den er selbst in dem autobiographischen Roman „Martin Eden" (1909) beschreibt und in dem er sich als Autodidakt das Rüstzeug für seine schriftstellerische Laufbahn erwarb; der zweite Abschnitt war gekennzeichnet durch das Erscheinen seiner bedeutendsten Werke, darunter „Der Ruf der Wildnis" (1903), „Der Seewolf" (1904), „Wolfsblut" (1906), „Die eiserne Ferse" (1907) und „Lockruf des Goldes" (1910). Hier reiften die Früchte jener Periode der schmerzvollen und entbehrungsreichen Selbstdisziplinierung; in dieser Periode stellten sich aber auch die großen finanziellen Erfolge ein, die ihn schließlich in jenen Widerspruch zu seinen Ansichten über die korrumpierende Macht des Geldes brachten, aus dem er sich nicht mehr zu befreien vermochte.

Wer von seinen Lesern der Arbeiterklasse angehörte, der konnte in den gesellschaftskritischen Werken (wie „Menschen der Tiefe" und „Die eiserne Ferse"), aber auch in den Abenteuerromanen und Erzählungen Jack Londons unschwer die Erfahrungswelt der Proletarier wiedererkennen. Viele seiner Werke fanden aber auch die Billigung der Ausbeuterklasse. Das erscheint auf den ersten Blick unerklärlich, wird aber verständlicher, wenn man die in den Werken sich offenbarende Weltanschauung des Autors etwas genauer ansieht und die Aufmerksamkeit auf einige der inneren Widersprüche und philosophisch-ideologischen Fehlschlüsse richtet, die sich teilweise ja auch im „Seewolf" finden.

Die Jugendjahre Jack Londons, in denen sich sein Weltbild formte, waren gekennzeichnet durch die Verschärfung der Konkurrenz und durch jene Konzentrierung ökonomischer Macht, die schließlich in den Jahren vor der Jahrhundertwende zur Entstehung der riesigen amerikanischen Wirtschaftsmonopole führte. Amerika hatte — wie Friedrich Engels dies einmal ausgedrückt hat — auf Grund der günstigen geographischen Bedingungen und auf Grund günstiger historischer Umstände die alten Industrienationen Europas mit Siebenmeilenstiefeln überholt und war in der zweiten Hälfte des 19. Jahrhunderts zum wirtschaftlich mächtigsten Land der Welt geworden. Gleichzeitig aber hatte sich mit diesem Wachsen der wirtschaftlichen Macht das Leben der einfachen Menschen, besonders aber der Arbeiter, die den Reichtum schufen, verschlechtert. Der Geist des Profitstrebens und der Konkurrenz durchdrang das Leben der ganzen Nation; der Virus der Habgier infizierte breite Kreise der Bevölkerung. Der Versuchung, sich an der Rauferei um die ökonomische Beute zu beteiligen, erlagen auch Menschen, die nicht zur Klasse der Ausbeuter gehörten. Warum, so meinten sie, sollten sie abseits stehen, wenn sich die Großen dieser Welt schadlos hielten. Aus der Perspektive der Masse der Entrechteten aber, die nichts weiter auf den Markt bringen konnten als ihre Arbeitskraft, wirkte es bedrückend, daß sich die ganze Gesellschaft in einem bitteren Kampf eines jeden gegen jeden wand.

Bürgerliche Beobachter dieses Gesellschaftsbildes setzten hingegen den Zustand, in dem sich die amerikanische Nation um die Jahrhundertwende befand, in eine direkte Beziehung zu einigen wichtigen biologischen und naturwissenschaftlichen Entdeckungen und Verallgemeinerungen jener Epoche, besonders aber zu dem, was sich aus den Schriften des englischen Abstammungsforschers Charles Darwin über den Kampf ums Dasein (struggle for existence) und über das Überleben des Stärkeren (survival of the fittest) herauslesen ließ. Übertragungen der von Darwin aus der Naturbeobachtung gewonnenen Erkenntnisse auf die Gesellschaft ergaben schließlich (ergänzt durch die Lehren des englischen Pfarrers Thomas Malthus über die Gefährdung der Menschheit durch eine Überbevölkerung der Erde und ergänzt durch die einen revolutionären Umbruch ausschließende Evolutionstheorie des Engländers Herbert Spencer) jenen philosophischen Flikkenteppich, der als sogenannter Sozialdarwinismus Verwirrungen in die Köpfe gebracht hat und dafür verantwortlich ist, daß Freund und Feind im Klassenkampf glaubten, Jack London für sich in Anspruch nehmen zu können.

Jack London hatte das Leben als erbarmungslosen Kampf kennengelernt; es war ihm gelungen, sehr früh in seiner schriftstellerischen Arbeit diese Erkenntnis in der Tiergeschichte „Der Ruf der Wildnis" („The Call of the Wild", 1903) auszudrücken. Der Hund Buck, so erzählt er, kommt aus dem warmen zivilisierten Kalifornien nach der Eiswüste des alaskisch-kanadischen Klondikegebiets und lernt dort das Gesetz des Knüppels und des Reißzahns kennen: „Man muß selbst Herr sein oder sich beherrschen lassen; töte, oder du wirst getötet; friß, oder du wirst gefressen; das war das Gesetz!" Und es wird ganz deutlich, daß Jack London als Wirkungsgebiet dieses Gesetzes nicht nur die Hundewelt ansah, in der sich Buck bewegte. Denn dort, wo der Mensch sich einmischte, war er der Stärkere, weil er einen Knüppel hatte und rücksichtslos genug war, an der Stelle zuzuschlagen, wo es am meisten schmerzte.

Damit aber war ein Gleichnis, eine in sehr einprägsame Bilder gekleidete Analogie zwischen Natur und Gesellschaft geschaffen, die von den beiden sich im Klassenkampf gegenüberstehenden Seiten zur Rechtfertigung ihrer eigenen Position verwendet werden konnte und auch tatsächlich entsprechend genutzt worden ist. Die Monopolbourgeoisie konnte unter Berufung auf den natürlichen Kampf ums Dasein ihre eigene Rücksichtslosigkeit als ein völlig normales, in Übereinstimmung mit der Natur befindliches Vorgehen entschuldigen. Daß die Großen die Kleinen fraßen, war gewissermaßen bereits in der von einem höheren Wesen vorherbestimmten Weltordnung festgelegt und mußte daher als etwas Unabänderliches hingenommen werden, das sich der Beeinflussung oder der Beurteilung durch moralische Maßstäbe entzog. Die Konkurrenz wurde als der Motor der Entwicklung angesehen, der Starke, der es zu etwas gebracht hatte, als Idol vergöttert und die Unmenschlichkeit des rücksichtslosen Profitstrebens mit Kalendersprüchen wie „Freie Bahn dem Tüchtigen!“ kaschiert. Die Ausgebeuteten hingegen konnten, unter Berufung auf die gleichen Verallgemeinerungen aus der Biologie, freilich mit vollem Recht, darauf hinweisen, daß sich der Mensch als vernunftbegabtes, moralisches Wesen eben nicht auf den Standpunkt stellen dürfe, daß er des Menschen Wolf sei, und daß es im Leben der Menschen nicht zugehen dürfe wie im Dschungel, wo Kraft und brutale Rücksichtslosigkeit siegen und ein ethisch völlig indifferentes Naturgesetz herrscht.

Jack London ist sich in zunehmendem Maße der Zwiespältigkeit dieser vereinfachenden Gleichsetzung von Natur und Gesellschaft bewußt gewesen. Aber er war andererseits zu sehr Individualist, um nicht angezogen zu werden von der Persönlichkeit des starken kraftvollen Einzelnen, der entweder, völlig auf sich selbst gestellt, jeder Herausforderung seiner Umwelt gewachsen war, oder aber als Führer eine mehr oder weniger leitungsbedürftige Masse in eine bestimmte Richtung zu bewegen vermochte. Ob ausdauernder Waldläufer oder listenreicher Industriekapitän, immer hatten diese Männer etwas von jener Stärke, die letzten Endes auch den Übermenschen charakterisierte, der als Nietzsches „blonde

Bestie“ nicht nur ein geistesgeschichtliches Phänomen blieb, sondern (wiedergeboren in der faschistischen Rassentheorie) leider auch historische Wirklichkeit geworden ist.

Es würde unser Verständnis für Jack Londons Werke und die darin gespiegelten Probleme erschweren, wenn wir vor diesem Zwiespalt die Augen verschlössen. Und wir würden auch nicht begreifen, warum der Autor im Jahre 1916, auf der Höhe seines Ruhms, den Freitod wählte, gerade in dem Augenblick, als ihm durch die Fron einer freilich immer mehr auf den Gewinn spekulierenden Lohnschreiberei endlich die Mittel zuflossen, die er brauchte, um selbst das Leben eines „Übermenschen“ führen zu können. Er hat den Widerspruch zwischen der emotionalen und durch Lebenserfahrungen bedingten Bindung an die einfachen Menschen in der Masse und seiner hochmütigen Bewunderung für das starke Individuum nicht zu überwinden vermocht und ist in den Tod gegangen, weil er mit der seiner Existenz zugrunde liegenden inneren Unwahrheit nicht länger leben konnte.

Aber es hat dennoch bei allem nicht an Versuchen Jack Londons gefehlt, mit dem Problem des Übermenschen fertig zu werden. Einen solchen Versuch unternimmt er auch im „Seewolf“, wenngleich ihm Kritiker vorgehalten haben, daß er erst im Nachhinein versucht habe, das Werk als einen Angriff auf die Gestalt und die Philosophie des Übermenschen zu charakterisieren. In einem Brief aus dem Jahre vor Jack Londons Tod findet sich eine Stelle, in der der Autor seine kritische Absicht bekennt: „Vor vielen Jahren“, so schrieb er, „ganz zu Anfang meiner Laufbahn als Schriftsteller, habe ich Nietzsche und seine Idee des Übermenschen angegriffen. Dies geschah im ‚Seewolf‘. Viele Menschen haben den ‚Seewolf‘ gelesen, keiner hat entdeckt, daß es ein Angriff auf die Philosophie des Übermenschen war.“ Ich glaube nicht, daß dies lediglich ein untauglicher nachträglicher Rechtfertigungsversuch ist, sondern denke eher, daß sich auch ohne die eben zitierte Briefstelle aus dem Werk selbst genügend Belege und Hinweise bringen lassen, durch die deutlich wird, daß der Autor auch schon 1904, im Jahre des ersten Erscheinens des „Seewolfs“, hinlänglich begründete Zweifel an der Existenzberechtigung und an der Existenzfähigkeit jenes faszinierenden Herrenmenschentyps hatte, dem er (das soll und kann nicht geleugnet werden) andererseits so viel Sympathie entgegenbrachte.

Wolf Larsen ist — wie Londons Zeitgenosse Ambrose Bierce es formuliert hat — „eine ganz kolossale Schöpfung, eine bleibende Figur in der Erinnerung der Leser“. Er ist das Muster eines physisch perfekten Menschen mit großer Kraft und hervorragend ausgebildeten Reflexen, und er ist darüber hinaus gebildet genug, um nicht wie ein analphabetisches Seeungeheuer zu wirken, sondern um seine Lebensphilosophie auch darlegen und in der Auseinandersetzung mit anderen verteidigen zu können. Durch diese Intellektualität wird er vom Gorilla emporgehoben auf die Stufe eines Gesprächspartners ernst zu nehmender Menschen. Aber selbst dieses Minimum an Geistigkeit wird nicht als integrierender Bestandteil des Menschen Larsen, sondern eher als Kunstgriff des Autors empfunden, der so den ständigen Gedankenaustausch und Meinungsstreit zwischen dem Kapitän und seinem zwangsverpflichteten Dichter-Kajütjungen aufrechterhält. Der Autor bezeichnet Larsen als einen Atavismus, als einen Rückfall in die Periode der menschlichen Entwicklungsgeschichte, in der es noch keine Moralvorstellungen gab (was sicher nicht empfehlend gemeint ist), und er läßt Larsen nicht in nobler Haltung, sondern in der Kläglichkeit seiner Gebrechen untergehen. Ist dies schon keine in der konkreten Gestaltung der Figur des Kapitäns liegende Verherrlichung des Individualismus, sondern viel eher ein symbolisch eingekleidetes Urteil, das nicht nur die Grenzen, sondern überhaupt die allgemeine Untauglichkeit der Larsenschen Lebensphilosophie enthüllt, so werden weitere Zweifel daran, ob Jack London dem Individualismus ein Denkmal setzen wollte, aufgeklärt durch die Argumente, die Humphrey van Weyden vom Autor in den Mund gelegt werden. Als Larsen seine Lebensregeln erklärt und sie schließlich in der zynischen Maxime zusammengefaßt hat: „Macht ist Recht, Schwäche ist Unrecht", hält ihm Weyden entgegen, daß er wohl Darwin gelesen, ihn aber mißverstanden habe und ihn (ohne Berechtigung und Notwendigkeit) zur Rechtfertigung seiner eigenen unmenschlichen Handlungsweise mißbrauche. Es ist nicht einzusehen, warum Weyden hier nicht auch zugleich für Jack London selbst gesprochen haben sollte, zumal sich der Irrtum und die Unhaltbarkeit der Position, in der Larsen sich befand, am Schluß des Romans noch einmal in dem gräßlichen Ende manifestiert, das der Übermensch findet, nun allerdings nicht mehr in argumentierender Rede, sondern in der gleichnishaften Gestaltung der Paralyse und des Verfalls.

Die Gestalt der Maud Brewster entspricht, ohne daß er sich allerdings abschließend von ihr distanzieren müßte, ebenfalls einem Leitbild Jack Londons. Sie verkörpert die Frau als Gefährtin des Mannes. Sie ist keine Romantikerin, nicht schwach und gebrechlich, sondern (bei möglicher Bewahrung ihrer Fraulichkeit) robust und entschlossen genug, um ihm bei seinem anstrengenden Leben wie ein Kamerad zur Seite stehen zu können. Maud hat reichlich Gelegenheit, sich an der Seite des zum Manne gewordenen Weyden in den Tugenden einer solchen Kameradschaftsehe zu üben. Allerdings entgeht dabei der Autor nicht der Gefahr eines Bruches in der der Gestaltung zugrunde liegenden inneren Struktur des Romans. Im ganzen ersten Teil herrscht ein moralisch völlig wertfreies, indifferentes Naturgesetz, unter dem sich Weyden zu jener Männlichkeit entwickelt, die es ihm überhaupt erst möglich macht, gegen die „blonde" Bestie Larsen zu revoltieren, und unter dem auch Maud Brewster bis zu ihrer Flucht steht,

Weyden und Maud verlassen das Schiff und werden damit, obschon das Naturgesetz in Weyden weiterwirkt (denn er wird ja nicht wieder zum Schwächling), herausgerückt aus dem Bezirk, der von Larsen und den Gesetzen des Kampfes ums Dasein beherrscht wird. Sie entkommen aus dem Wirkungsbereich der moralischen Gleichgültigkeit, aber sie haben sich so weit an amoralisches ungehemmtes Handeln gewöhnt, daß sie später Larsen mit seinen eigenen Waffen zu schlagen vermögen. Und doch befleißigen sich die beiden während der Sturmfahrt im Boot und nach ihrer Landung auf der einsamen Robbeninsel, wo sie die einzigen Menschen sind, einer Tugendhaftigkeit, die weder glaubhaft noch nach den vorausgegangenen Erlebnissen von Maud und Weyden zu motivieren ist.
„Der Seewolf“ ist trotz dieser Unebenheiten und Probleme, die einerseits nicht schwerwiegend genug sind, um unseren Kunstgenuß einzuschränken, und die andererseits gewichtig und anregend genug sind, um uns zur Präzisierung unseres eigenen Standpunkts herauszufordern, ein großer Publikumserfolg gewesen. Kurz nach ihrem Erscheinen im November 1904 war die erste Auflage von 40 000 Exemplaren ausverkauft, und noch heute zählt „Der Seewolf“ – neben den Werken der späteren Schaffensperiode („Abenteuer eines Tramps“, „Martin Eden“, „Lockendes Gold“ und den vielen Erzählungen) – zu den bekanntesten Büchern Jack Londons, der stets leidenschaftlich bemüht war, für die einfachen Menschen zu schreiben, und der doch in tragischer Weise selbst dem Widerspruch erlegen ist, den er oft, vor allem aber in dem autobiographischen Roman „Martin Eden“, gestaltet hat.

Den Generationen von Lesern, die im Sozialismus aufgewachsen sind, wird es immer schwerer werden, den Zwiespalt nachzuempfinden, in dem der Künstler in der Klassengesellschaft schaffen muß. Damit wird aber auch die Betroffenheit über das unglückliche und widerspruchsvolle Schicksal des Autors Jack London immer mehr einer unbeeinträchtigten Freude an den von ihm geschaffenen Romanen und Erzählungen weichen, und der Übermensch und die von ihm repräsentierte Weltanschauung der unbarmherzigen Konkurrenz und des Wolfsgesetzes werden nicht mehr als Gegenwartsprobleme, sondern als Überreste jener Epoche der gesellschaftlichen Entwicklung angesehen werden, die wir gerade überwunden haben.

Karl-Heinz Wirzberger

WORT- UND SACHERKLÄRUNGEN

Achterholer — Tau zur Befestigung oder zum Einholen nach hinten hin

achtern — hinten

Ankerspill — senkrecht stehende Winde zum Ankerlichten

aufschießen — 1.) ein Segelschiff plötzlich in den Wind drehen lassen, wobei es zunächst noch Fahrt behält
2.) ordnungsgemäßes Zusammenlegen des Tauwerks

auftoppen — Rahen und dergleichen aus einer horizontalen in eine mehr oder weniger schräge Lage bringen

Außenklüver — leichte Spiere zur Verlängerung des Klüverbaumes

Back — vorderer, vielfach überhöhter Teil des Schiffes

Backbordhalsen — die Halsen der Untersegel an Backbord angeholt, segelt ein Schiff beim Wind, wenn dieser von der Backbordseite kommt

backstags — die das Bugspriet nach unten bzw. seitlich stützenden Stage heißen Wasser- bzw. Backstage

Baum — ein im Takelwerk zu verschiedenen Zwecken verwendetes Rundholz

binnenbord — innerhalb eines Schiffes befindlich oder in ein Schiff hinein

Block — Gehäuse zur Aufnahme einer oder mehrerer Seilscheiben (eines Flaschenzuges)

Bock	zwei an dem einen Ende verbundene, am anderen Ende gespreizte Spieren, die, senkrecht aufgestellt, zum Heben von schweren Lasten dienen, z. B. von Masten
brassen	Drehen der Rahen
Bugspriet	ein über den Bug hinausragendes Rundholz
Buline	Tau zum Bewegen eines Segels
Chronometer	Präzisionsuhr, zur Bestimmung des Schiffsstandortes gebraucht
Cockney	geborener Londoner
Dingi	kleines Beiboot
Dollbord	oberste Bordplanke eines offenen Bootes; in ihm sind die Dollen zur Aufnahme der Riemen eingelassen
Dregganker	kleinerer Anker mit mehreren Armen
Ducht	Sitzbank in einem offenen Boot
dwars	quer zur Längsachse des Schiffes
Dwarssaling	je ein Balken vor und hinter der Spitze eines Untermastes
Fall	Tauwerk zum Aufziehen von Rahen, Segeln usw.
festlaschen	verbinden; Gegenstände an Bord festmachen (zurren)
fieren	Hinablassen einer Last oder Nachlassen einer Leine
Fockmast	vorderster Mast eines mehrmastigen Segelschiffes
Fuß	Längenmaß; 1 Fuß = 12 Zoll = 0,305 m
Gaffeltoppsegel	an einer schräg nach oben zeigenden Spiere (der Gaffel) befestigtes Segel
Galionsfigur	an einem Vorbau des Bugs angebrachte Figur

geien	die Segel mit dem Geitau bergen
gieren	durch Seegang, Strömung oder Wind hervorgerufenes Bestreben des Schiffes, aus dem Kurs seitlich auszubrechen
Großschot	über eine Talje geführtes Tau, mit dem das Segel bedient wird
Großsegel	Segel, die am Großmast gefahren werden
Großmast	bei einem Segelschiff mit mehreren Masten der zweite Mast von vorn (der größte)
Großwanten	festes Tauwerk, das den Masten (hier dem Großmast) seitlich Halt gibt
Mrs. Grundy	in der englischen Literatur gefürchtete Sittenrichterin
Halse	vordere Ecke der Untersegel, auch das Tau, mit dem dieser Hals des Segels heruntergesetzt und befestigt wird
Hedonist	Anhänger der altgriechischen Auffassung, nach der das Genießen als Motiv und Ziel allen Strebens gilt
Heißtakel	Talje mit zwei Blöcken zum Heben von Lasten
Holluschickie	das russische Wort für die noch nicht geschlechtsreifen Jungtiere der Pelzrobben (eigentlich Cholostezkije)
Kamee	Edel- oder Halbedelstein mit erhaben geschnittenen bildlichen Darstellungen
Klau	gabelartiges Befestigungsstück, mit dem die Gaffel am Mast angebracht ist
Klaufall	Fall, die die Klau einer Gaffel anfaßt
Klüsgatt	Öffnung in der Bordwand
Klüver	dreieckiges Segel, am Klüverbaum, der Verlängerung des Bugspriets, gefahren

Klüverbaum-toppnant	bewegliches Tau, das den Klüverbaum festhält
Knoten	Geschwindigkeitsmaß der Schiffe; 1 kn = 1 sm/h
Lee	die dem Wind abgewandte Seite des Schiffes
Leviathan	mythologisches Ungeheuer des Urmeeres, von Gott vor der Schöpfung erlegt oder gebändigt und zum Spielzeug erkoren; nach anderer Überlieferung das Ungeheuer der Sonnenfinsternis
Lukengatter	Luke = jede Öffnung im Deck, hauptsächlich Ladeluken zur Aufnahme der Ladung
Lukensüll	hohe Schwelle zum Schutz der Luken vor dem Seewasser
Luv	die dem Wind zugekehrte Seite des Schiffes
Marlpfriem	dornartiges Handwerkszeug zum Spleißen von Tauwerk
Marsrahe	Rahe am Mars (Mastplattform)
Marssegel	das zweite Segel von unten
Masttopp	Mastspitze
Nap	Kartenspiel für zwei und mehr Personen, eigentlich Napoleon
Niederholer	Leine zum raschen Niederholen der Segel
Oofty-Oofty	bedeutet etwa Zaster-Zaster
Patentlog	Gerät, mit dem die Geschwindigkeit des Schiffes gemessen wird.
Pfund	britische Münzeinheit
Piek	obere, spitzwinklige Ecke eines Gaffelsegels

Poller	Pfosten, an denen das Schiff mit seinen Leinen festmacht
Pony	Summe von 25 Pfund beim Wetten
Poop	überhöhter Hinterdecksaufbau
prangen	mehr Segel führen als üblich, um einer Gefahr zu entgehen
preien	laut rufen
Rackkugel	durchbohrte Holzkugel, die das Gleiten eines Taues am Mast erleichtert
Radspake	schweres Kant- oder Rundholz, mit dem das Ankerspill gedreht wird
Rahe	Rundholz, drehbar und waagerecht vor dem Mast angebracht; an ihm werden die Segel befestigt
Raum	Schiffsraum, Laderaum
raumschots segeln	mit dem Wind schräg von hinten segeln
Reffbändsel	kurze Taue zum Einbinden der gerefften Segel
Riemen	vom Nicht-Seemann als Ruder bezeichnet; Ruder nennt der Seemann nur die Steuereinrichtung des Schiffes
rojen	ein Boot mit den Riemen vorwärts bewegen
Rollstek	bestimmte Art der Befestigung eines Tauendes
Rookerie	Paarungsplatz
Rudergast	der das Ruder bedienende Seemann
Saling	Verbindungsstück der einzelnen Mastteile
Sampan	malaiisches oder chinesisches Wohnboot
Schäkel	Verbindungsglied zwischen Ketten Kette und Anker, Block und Tauwerk usw.

schiften	von einem Ort zum anderen bringen, Segel wechseln
schlippen	gleiten, schlüpfen
Sextant	Winkelmeßinstrument zur Bestimmung des Schiffsortes
Speigatt	kleinere Öffnung im Schanzkleid zum Abfluß übergekommenen Wassers
Spiere	mit Ausnahme der Masten alle Rundhölzer an Bord eines Schiffes
Sprietsegel	viereckiges Segel für leichte, offene Boote
Stag	festes Tauwerk, das die Masten in Schiffslängsrichtung hält
Stagsegel	an den Stagen gefahrene Segel
Stahlstag	Stag aus Stahldraht
Takelung	Art der Takelage (aller Masten, Stengen, Rahen, Segel und des dazugehörenden Tauwerks)
Talje	Flaschenzug
Törn	1.) einmaliges Umschlingen eines Rundholzes mit einem Tau 2.) bestimmte Reihenfolge
Toppgasten	Bedienungsmannschaft eines Mastes
vor Topp und Takel	bei Sturm, wenn kein Segel mehr geführt werden kann, beidrehen
trimmen	ordnungsgemäßes Setzen der Segel
verholen	über kurze Entfernung den Liegeplatz eines Schiffes wechseln
vierkant brassen	bei Wind von hinten werden die Rahen so gedreht, daß sie im rechten Winkel zur Schiffslängsrichtung stehen
Vivisektor	jemand, der operative Eingriffe an lebenden, nicht betäubten Tieren vornimmt

Vorsegel	die am Klüverbaum gefahrenen Segel
Warpanker	Verholanker, der mit Beibooten ausgefahren wird
Webeleinen	Leinen zum Ausweben der Wantenleitern
Zoll	siehe Fuß

Benito Wogatzki

Das Narrenfell

Roman

5. Auflage · 304 Seiten · Ganzleinen 9,– M

Ulli Wuttke heißt der Mann, über den sie alle lachen. „Vonne Landesregierung" aufs Dorf geschickt, um die Bauern aufzuklären, kümmert er sich zunächst um Fragen der Fortpflanzung. Bald flüstert man, daß er es mit den Kühen treibe; dann stiehlt er Enten wie ein Fuchs und hält das noch für richtig; sein großes Vertrauen in die Wissenschaft bringt allen Zwiebeln auf dem Acker den Tod. Ulli, ahnungslos zu großen Veränderungen aufgebrochen, ist überall dabei und hält sein Fell hin. Die Mädchen, und nicht nur eins, machen ihn zum Helden dreister Geschichten. Aber da ist auch Herzauge, sein zuversichtlicher Lehrmeister und Freund. Beide brauchen einander in dieser abenteuerlichen Aufbruchzeit, von der Benito Wogatzki in seinem Roman spannend zu erzählen weiß.

Verlag Neues Leben Berlin

Lia Pirskawetz

Der Stille Grund

Roman

2. Auflage · 432 Seiten · Ganzleinen 9,70 M

Wird man im Stillen Grund – einem Stück geschützter Natur – eine neue Werkhalle bauen? Oder soll eines der schönsten Landschaftsgebiete unserer Heimat um jeden Preis unberührt bleiben? Um diesen Konflikt rankt sich die Handlung des Romans ... Diejenige, die diese schwerwiegende Entscheidung zu treffen hat, ist die dreiundzwanzigjährige Stadträtin Carola Witt, einst selbst Textilfacharbeiterin in der betreffenden Polsterfabrik, nun Nachfolgerin des Bürgermeisters. Carola wird als aktive, gar nicht immer so selbstsichere ... junge Frau geschildert, die mit Frische und Witz an die Arbeit geht und vorurteilslos die Wahrheit sucht. Ihre enge Bindung an die sächsische Heimat und die dort lebenden Menschen lassen sie von vornherein fühlen, daß die Besiedlung der Landschaft ein nicht wiedergutzumachender Verlust wäre. Aber gerade jemand wie sie versteht auch die Hoffnungen der Arbeiter auf ein besseres Leben. „Gegenspieler" ist Schön Albert, der ebenfalls junge technische Direktor der Polsterfabrik, der ohne Rücksicht auf die Landschaft den Raum bebauen will ...

Berliner Zeitung

Manfred Freitag

Joachim Nestler

Der Entwurf oder Pfeifen habe ich nicht gelernt

284 Seiten · Ganzleinen 8,80 M

Der sensible Filmstudent Christian, von seinem Freund Klaus gelegentlich „Hölderlin" genannt, fühlt sich zu der hübschen Konstanze vom Jugendwerkhof hingezogen, „dem Ideal proletarischer Naivität in mädchenhafter Form". Klaus, der stets dabei ist, sich für andere „Lebensentwürfe" auszudenken, die Filmszenarien gleichen, will auch für die keimende Liebe der beiden Schicksal spielen, was in Christian Gegenkräfte weckt.
Der Roman führt zurück in die fünfziger Jahre unseres Jahrhunderts. Damals begann sie, die Zeit der Entwürfe, die aufregend war und voller Gegensätze.
„Eine Geschichte, lebendig oder dicht, reich an Dialogen und einer Bildsprache, die an Verfilmung denken läßt."

Der Morgen, Berlin

Verlag Neues Leben Berlin

Helmut Sakowski

Daniel Druskat

Roman

13. Auflage · 376 Seiten · Ganzleinen 9,20 M

Geht es um die Umwandlung seit langem geprägter Verhältnisse ..., dann wird der einzelne gepackt ..., dann geht es nicht ohne Abenteuer ab, dann fordern Siege auch Bitterkeit und Leid, dann geraten Freundschaft und Liebe in härteste Prüfung. In Helmut Sakowskis Roman geht es um diese Forderungen an den Menschen im revolutionären Prozeß. Was heute so überschaubar und so selbstverständlich scheint, die Neugestaltung des Lebens im großen Bereich der Landwirtschaft, macht Sakowski wieder rauh, aufregend, spannungsvoll ... Erzählt wird die Geschichte der Freundschaft zweier ganz unterschiedlicher Männer. Zu Daniel Druskat und Max Stephan kommen viele andere starke Charaktere, und es ist überall zu spüren, daß Sakowski seinen Roman in dramatischen Szenen gedacht hat, in heftigen Konfrontationen mit erregend gebauten Höhepunkten ... Diese Bauern und Bäuerinnen haben eine unverwechselbare Vitalität, sie sind ausgestattet mit reichen Geschichten, mit einer Summe oft widersprüchlicher Eigenschaften, aus der sich eine packende Wahrhaftigkeit ergibt.

Der Morgen, Berlin